W0291124

HEYNE BÜCHER

SCIENCE FICTION

Herausgegeben
von Dr. Herbert W. Franke
und Wolfgang Jeschke

Vom gleichen Autor erschienen außerdem
als Heyne-Taschenbücher

Kontakt mit Jupiter · Band 3063
Der Sternenhändler · Band 3079
Die Macht des Geistes · Band 3095
Weltraumroboter · Band 3105
Korridore der Zeit · Band 3115
Das letzte Sternenschiff · Band 3169
Das Horn der Zeit · Band 3212
Rebellion auf Alpha Crucis · Band 3253
Siegeszug im All · Band 3281
Universum ohne Ende · Band 3306
Jenseits der Unendlichkeit · Band 3316
Operation Chaos · Band 3329
Der Außenweltler · Band 3338
Höllenzirkus · Band 3350
Die Tänzerin von Atlantis · Band 3404

POUL ANDERSON

ZEIT DES FEUERS

Science Fiction-Roman

Deutsche Erstveröffentlichung

WILHELM HEYNE VERLAG
MÜNCHEN

HEYNE-BUCH Nr. 3599
im Wilhelm Heyne Verlag, München

Titel der amerikanischen Originalausgabe
FIRE TIME
Deutsche Übersetzung von Walter Brumm

Redaktion: Wolfgang Jeschke
Copyright © 1974 by Poul Anderson
Copyright © 1978 der deutschen Übersetzung
by Wilhelm Heyne Verlag, München
Printed in Germany 1978
Umschlagbild: Karel Thole
Umschlaggestaltung: Atelier Heinrichs, München
Gesamtherstellung: Mohndruck Reinhard Mohn GmbH, Gütersloh

ISBN 3-453-30506-X

Hal Clement gewidmet, dem »Weltenschmied«

VORWORT

Es ist schlimm, in die Hände eines ganz und gar gerechten Mannes zu fallen.

Im Gerichtssaal hatte schon sein Bild genügt, um einen frösteln zu machen; nun sollten wir ihm persönlich vorgeführt werden. Dämmerung war blaugrau um uns, als wir aus der Maschine kletterten, vertiefte sich zu Schwarz, wo die Bergflanke ins Tal abfiel, und spannte sich wie blauvioletter Samt über uns, besetzt mit den ersten funkelnden Sternen. Zwischen ihnen zog ein Satellit seine Bahn, trat in den Erdschatten und erlosch, als ob der dünne kalte Wind, der uns um die Ohren pfiff, ihn ausgeblasen hätte. Es roch nach Gletschern und weiten Entfernungen.

Das weitläufige Gebäude war aus einheimischem Naturstein gemauert, ein Teil dieser Gebirgswelt. Nur wenige Menschen auf der Erde können sich Einsamkeit leisten. Der Gerichtspräsident war einer von ihnen. Über der eisenbeschlagenen eichenen Tür glomm ein Licht. Unser Pilot bedeutete uns, einzutreten. Seine Miene und seine ganze Haltung gaben uns zu verstehen, daß wir gut daran täten, Daniel Espina nicht warten zu lassen.

Das Herz klopfte mir im Halse, doch versuchte ich mir die Beklommenheit, die mich erfüllte, nicht anmerken zu lassen. Ein Diener öffnete die Tür. »Buenas tardes«, sagte er. »Siganme ustedes, por favor.« Wir folgten ihm durch einen dunkel getäfelten Korridor in einen Raum, der anscheinend für Zusammenkünfte wie diese gedacht war.

Er war hoch und geräumig, voll von Antiquitäten und Stille. Der Teppich dämpfte die Schritte. Sessel und eine Couch mit steifem Rahmen und Lederpolstern standen um einen Tisch aus Teakholz und Elfenbein. Gegenüber einer in Marmor geschnittenen Eule tickte eine Standuhr aus vergangenen Jahrhunderten. Regale mit Hunderten von Büchern bedeckten die Wände. Ein moderner Schreibtisch mit Sprechanlage, Datenanschluß und Projektionsgerät störte nur wenig.

Die Rückseite des Raums war ein einziges Fenster. Jenseits ragten die Berge waldumgürtet aus nachtdunklem Tal, die fernen Schneegipfel unwirklich im letzten Widerschein des Tages leuchtend. Der Himmel zeigte mit jeder Minute mehr Sterne. Vor dem

Fenster saß Espina auf einer Chaiselongue. Er war schwarz gekleidet, als könne er nicht einmal hier auf seine Robe verzichten; nur der skelettartig magere Kopf und die Hände waren zu sehen. Ein Blick von ihm brachte uns zum Stehen.

Dann aber sagte er: »Guten Abend«, als ob wir Gäste und nicht Verbrecher wären, die er zu verurteilen hatte. »Bitte setzen Sie sich.«

Wir verneigten uns, jeder auf seine Art, und ließen uns ihm gegenüber auf Stuhlkanten nieder.

Die Wanduhr tickte langsam. Nach einer Minute regte sich Espina und sagte: »So. Wer möchte Kaffee, und wer Tee?« Wir murmelten unsere Antwort, und er winkte seinen Diener herbei und gab die Bestellung weiter. Als der Diener gegangen war, zog Espina ein silbernes Etui aus der Robe, steckte eine Zigarette zwischen nikotingelbe Finger und begann bedächtig zu inhalieren.

»Rauchen Sie, wenn Sie wollen«, forderte er uns auf. Er war weder feindselig noch herzlich, eher gleichgültig. Wir rührten uns nicht. Sein Blick fühlte sich an wie der kalte, trockene Bergwind.

»Sie fragen sich, warum ich Sie kommen ließ«, sagte er schließlich. »Es muß Ihnen sehr ungewöhnlich erscheinen. Wenn ein Richter es für nötig hält, ein erhellendes Gespräch mit Angeklagten zu führen, so braucht er sie beim derzeitigen Stand der Nachrichtentechnik im allgemeinen auch nicht mit einem Flugzeug heranschaffen zu lassen.«

Er sog Rauch in die Lunge und stieß ihn wieder aus, um seine an die Mumie Ramses' II. gemahnenden Züge zu verhüllen.

»Was den zweiten Punkt betrifft«, fuhr er fort, »so enthebt die Holographie mich der Notwendigkeit, Reisen zu unternehmen, die mir zunehmend lästig werden. Aber sie ist nicht mit der lebendigen Unmittelbarkeit eigener Anschauung zu vergleichen. Ihre und meine Gegenwart hier an diesem Ort ist nicht das gleiche wie die Konfrontation jedes einzelnen von uns mit den farbigen Schattenbildern der anderen. Ich wünschte, diesem Unterschied würde allgemein mehr Verständnis entgegengebracht.«

Ein Hustenanfall quälte ihn. Ich hatte einige seiner Fernsehauftritte gesehen; sie waren frei von solchen Hinweisen auf die Sterblichkeit gewesen. Wahrscheinlich hatte man solche Stellen vor der Sendung herausgeschnitten, wie es bei Ansprachen von Politikern und anderen hochgestellten Persönlichkeiten üblich war. Doch glaubte ich mich auch zu erinnern, daß Espina immer ein Gegner von Retuschen und unwahren Schaueffekten gewesen war...

Er schnappte nach Luft, nahm einen frischen Lungenzug von seinem Gift und fuhr fort: »Sie wissen, daß mein Gerichtshof die letzte Instanz für Fälle ist, die unter keine einzelne Jurisdiktion fallen. So kommt es, daß ich nie auf gleichgelagerte Präzedenzfälle zurückgreifen kann. Nicht nur ganze Rechtssysteme können in ihren Wertungen untereinander uneins sein; dies gilt sogar für Philosophien. Das Wort ›Menschheit‹ enthält ungefähr ebensoviel Sinn wie der Begriff ›Phlogiston‹. Sagen Sie mir, wenn Sie es können, wieviel Gemeinsamkeit es in unserer angeblich geeinten Weltföderation zwischen einem erfolgreichen japanischen Ingenieur, einem Bandenoberhaupt aus dem Slumviertel einer nordamerikanischen Großstadt, einem tibetischen Mystiker und einem Bauern aus den Dürregebieten Afrikas gibt. Und wir haben mehr und mehr mit Fällen zu tun, die ihren Ursprung außerhalb der Erde haben – in einem äußerst vielgestaltigen und undurchsichtigen Universum.«

Er tastete nach einer Fernbedienung, und die Beleuchtung erlosch. Die rasch hereingebrochene Nacht des Hochlands lag in majestätischer Klarheit und Stille vor unseren Augen.

Sterne drängten sich in der Schwärze. Die Milchstraße schimmerte von Horizont zu Horizont. Tief im Süden stand das Sternbild des Schützen. Dort suchte ich – und glaubte zu finden – den Lichtflecken, der den Tripelstern Anubelea gegen Sicht von der Erde verdeckt. Nicht weit davon spaltete schwarzer Nebel den galaktischen Arm. Anderswo, unsichtbar für uns, wurden Sterne geboren und starben als ausgebrannte Neutronenschlacke von unvorstellbarer Dichte, um als ›Schwarze Löcher‹ eine geisterhafte Existenz fortzuführen; und die Frage, woher dies alles kam und wohin es zurückkehren wird, und warum, ist nicht zu beantworten.

Espinas spröde, wie ausgetrocknete Stimme riß mich aus meinen Betrachtungen. »Ich habe die Akten über Sie studiert und Zeugenaussagen gehört. Meine gelehrten Kollegen haben bereits den Zeitaufwand beklagt, den ich dieser Sache widme. Sie erinnern mich an Probleme und Fälle, die ihnen wichtiger erscheinen, namentlich jetzt, nachdem wir uns im Kriegszustand befinden. Sie sagen, die Meuterei sei eine geringfügige Affäre gewesen und ohne nennenswerte Folgen geblieben. Überdies hätten die Beklagten die gegen sie vorgebrachten Beschuldigungen nicht geleugnet. So stünde einer raschen Aburteilung nichts im Wege.«

Er klopfte mit der flachen Hand auf die neben ihm liegende Akte. »Es unterliegt keinem Zweifel, daß wir hinreichendes Material für eine Verurteilung zusammengetragen haben. Ja, an Fakten mangelt es wirklich nicht. Aber ergeben sie auch ein wahrheitsgetreues Bild?«

Ich wagte das Wort zu ergreifen: »Herr Präsident, wenn Sie auf die moralische Rechtfertigung unseres Handelns anspielen, so baten wir bereits um die Erlaubnis, eine Erklärung abzugeben, doch wurde sie uns verweigert.«

»Selbstverständlich«, erwiderte er mit einem Anflug von Verärgerung. »Glauben Sie, ein Gericht könnte seinem Auftrag gerecht werden, wenn es im Stadium der Beweisaufnahme emotionale Erörterungen zuließe, die nicht unmittelbar den Tatbestand betreffen?«

»Ich verstehe, Herr Präsident. Aber man hat uns auch nicht erlaubt, öffentliche Erklärungen abzugeben. Wir wurden ohne Verbindung mit der Außenwelt gehalten, und während der Beweisaufnahme war die Öffentlichkeit von den Sitzungen ausgeschlossen. Ich bezweifle die Rechtmäßigkeit dieser Maßnahmen.«

»Mit dem Ausbruch des Krieges ist automatisch die Notstandsgesetzgebung in Kraft getreten. Vielleicht werden Sie selbst noch zu der Einsicht kommen, daß die angeordneten Maßnahmen begründet waren.«

Der gebrechliche Körper beugte sich ein wenig vor, und die dunklen, noch immer lebhaften Augen blitzten uns an. »Hier können Sie reden, soviel Sie wollen«, sagte Espina. »Ich rate Ihnen jedoch davon ab. Was ich von Ihnen erfahren möchte, ist subtiler und schwieriger zu erläutern, als Ihre persönlichen Einwände gegen bestimmte Gerichtsbeschlüsse. Es ist juristisch wahrscheinlich irrelevant, aber möglicherweise nicht ohne Bedeutung für die Meinungsbildung des Gerichts. Sie sind bereit, Ihre Zukunft für jene Wesen dort draußen aufzuopfern. Warum?«

Er machte eine auffordernde Handbewegung. »Erzählen Sie mir, was Sie über diese Leute denken und wissen. Geben Sie mir ein Bild von der Wirklichkeit auf Ischtar. Lassen Sie mich hören, welchen Einfluß das Bewußtsein des bevorstehenden Weltuntergangs auf das Denken und Handeln der Bewohner hat.«

Der Diener kam mit einem Tablett herein. »Wenn Sie wollen, können Sie später Alkohol oder andere Drogen zur Entspannung haben«, sagte Espina. »Aber lieber jetzt noch nicht. Wir haben keine leichte Aufgabe vor uns.«

Er ließ sich Tee einschenken und schlürfte genießerisch. Ich witterte das teerige Aroma von Lapsang Suchong. Dann begann er uns auszuforschen.

1

In der Zeit des Feuers hatte das Land im Norden keinen Frieden von der Dämonensonne. Tag und Nacht, sommers und winters, brannte sie herab, bis es weder Tageszeiten noch einen Winter gab. Aber das waren die Ödländer, wohin wenige Sterbliche je gekommen waren und wo niemand leben konnte, sei das Jahr gut oder schlecht. Wenn die Dauri jener Gegenden auf ihren unbekannten Wanderungen nach Süden zogen, sahen sie den Roten während ihrer Wanderschaft tiefer sinken, bis er zuletzt hinter ihnen unter dem Horizont versank.

Nachdem sie die Einödhügel überwunden hatten, waren solche Wanderer unter den Tassui, den Grenzbewohnern, die im südlichen Teil von Valennen lebten und daher die Nördlichsten unter den Sterblichen waren. Auch hierher verirrte sich selten jemand aus südlicheren Breiten; das Land, sein Himmel und seine Bewohner waren denen aus dem Süden so gut wie unbekannt.

Wenn der Sturmentfacher weit von der Welt entfernt war, nicht viel mehr als ein sehr heller Stern, dann erlebten diese Gegenden kleine Unterschiede zwischen den Jahreszeiten. Im Winter konnte man auf Regen hoffen, und die Tage waren ein wenig kürzer als die Nächte, aber das war schon fast alles. Durchziehende Händler und Soldaten aus der Gemeinschaft sagten, daß die Wahre Sonne während dieser Zeit im hohen Norden niemals aufgehe und die Kälte so hart werde, daß Eis sogar in den Tälern liege. Aber die Zeit des Feuers änderte das, wie sie alles änderte. Dann hatten die Tassui den Eindringling bei Tag, zwei Sonnen zugleich, während sie ihn im Winter allein hatten: und nicht einen Augenblick gesegneter Dunkelheit.

Ganz anders war es, wenn man südwärts über die See reiste. Dann erlebte man nicht nur die Umkehrung der Jahreszeiten – Winter in Beronnen, wenn in Valennen Sommer war –, sondern man sah den Roten am Nordhimmel immer tiefer sinken und zuletzt hinter dem Horizont verschwinden, wenn man die hohen südlichen Breiten erreichte. Dort sah man die Dämonensonne nicht einmal während der Zeit des Feuers, nur nachher, wenn sie sich schon zu weit zurückgezogen hatte, um Schaden anzurichten. Die meisten Tassui dachten, dies müsse ein von den Göttern begünstigtes Land sein, und mißtrauten Ausländern, die ihnen erzählten, daß es statt dessen kalt und karg sei.

Arnanak wußte, daß es sich so verhielt. Als Legionär der Gemeinschaft hatte er vor hundert Jahren selbst Haelen besucht. Aber er sprach zu seinen Gefährten und Gefolgsleuten selten über solche Dinge. Sollten sie ihre falschen Vorstellungen behalten, wenn sie wollten, besonders solche Vorstellungen, die Neid, Mißgunst und Fremdenfeindlichkeit nährten. Denn er war endlich bereit, zum Angriff überzugehen.

Ein Horn erklang in den Hügeln über Tarhanna. Steilhänge und Felsschluchten warfen Echos zurück. Der Esali rauschte und gurgelte in seinem Bett; er hatte es eilig, durch die Schlucht in die Ebene zu kommen. Die bereits einsetzende Dürre hatte ihn noch nicht zu dem Rinnsal zwischen Blöcken schrumpfen lassen, die die Füße der Durstigen verbrannten, an das Arnanaks Großvater sich aus seiner Kindheit erinnerte. Doch die Luft lag schon reglos und heiß über dem Hügelland, mit einem rauchigen Duft nach verdorrenden Gräsern und Büschen.

Allein am Himmel, näherte sich die Wahre Sonne den westlichen Höhenzügen. Dunst überzog ihren gleißenden Schild mit stumpfem Gelb, Aschenstaub von einem Wald oder einem Grasland, auf dem Flammen geweidet hatten. Sonst war der Himmel klar, von einem so harten Blau, daß man meinte, er müsse erklingen, wenn man dagegenschlüge. Schatten von einem tieferen Blau lagen in den Rinnen und Runzeln der Hänge; in den Schluchten und Talmulden waren sie purpurgrau.

Wieder stieß Arnanak ins Horn. Die Krieger verließen ihre schattigen Plätze und trotteten zu ihm. Gürtel und Wehrgehänge mit Proviantbeutel und Köcher waren für viele die einzige Kleidung; wer einen Kriegsharnisch besaß, legte ihn erst unmittelbar vor dem Kampf an. Ihre grünen Felle, die grün und golden schimmernden rostbraunen Mähnen und die schwarzen Gesichter und Arme standen in lebhaftem Kontrast zu dem Gelb der dürren Vegetation und dem Grau der verstreut liegenden Felsblöcke. Speerspitzen glühten im Abendlicht. Schwänze zuckten und peitschten das gelbe Gras in der Ungeduld erwartungsvoller Erregung. Als sie die niedrige Felsbank umdrängten, auf der er stand, stieg ein Geruch wie von feuchtem Eisen zu ihm auf.

Sein Stolz hinderte ihn nicht daran, sie nun, da er sie in einer Gruppe beisammen hatte, flüchtig durchzuzählen. Er schätzte ihre Zahl auf ungefähr zweitausend. Das waren viel weniger als er in Kürze zu benötigen erwartete. Immerhin konnte man es als einen guten Anfang betrachten. Und sie waren von überall her gekommen. Sein eigenes Kontingent hatte wahrscheinlich den weitesten Weg zu diesem Treffpunkt zurückgelegt – von Ulu unter der Weltenmauer. Aber an Gesprächsfetzen, Waffen und Schmuck erkannte er viele andere, die aus dem südlichen Valennen gekommen waren – Gebirgler, Waldläufer, Bewohner der Ebenen, Küsten und Inseln. Wenn sie sich imstande zeigten, die Handelsstadt zu erobern, würden ihre Verwandten ihnen folgen.

Ein drittes Mal ließ er das Horn ertönen, und es wurde still; nur der Fluß gurgelte und rauschte weiter. Arnanak blickte in die Runde und wartete, bis aller Blicke auf ihn gerichtet waren, ehe er sprach.

Da seine Leute jeden bewunderten, der die Kraft und die Klugheit hatte, Reichtum zu gewinnen und zu erhalten, hatte er sich mit kostspieligem Zierat reich herausgeputzt. Aus seiner Mähne ragten die goldenen, mit Edelsteinen besetzten Spitzen einer kleinen Krone. Goldreifen schmückten Arme und Beine, Ringe glänzten an allen acht Fingern beider Hände. Eine vielfarbige, fein gearbeitete Decke aus Sehala lag um seine Schultern. Das Schwert, das er zum Zeichen seiner Kommandogewalt in die Höhe hielt, war jenseits des Meeres aus dem besten Stahl geschmiedet worden.

Hinter ihm erhob sich der bräunlichrote Stamm eines Phönixbaumes und breitete mächtige Äste aus, die ein weites, hohes, blaugrünes Laubdach trugen. In seinem Schutz war in letzter Zeit Röhricht aufgeschossen, das sich nun mit der beginnenden Dürre verfärbte, eine Kulisse aus fahlbraunen, raschelnden Halmen. Arnanak hatte den Treffpunkt mit Bedacht ausgewählt und dafür gesorgt, daß er als erster eingetroffen war, um diese Stelle frühzeitig für sich zu beanspruchen. Nicht, daß er so weit gegangen wäre, anderen das Betreten zu verbieten; im Gegenteil, er hatte sich die meiste Zeit draußen im grellen Sonnenlicht aufgehalten, nicht anders als die am wenigsten vom Glück begünstigten Nachzügler. Aber er brauchte die Stelle unter dem mächtigen Baum für seinen geplanten Auftritt.

Ernst trat er an den Rand der Felsbank, blickte ihnen in die Augen, holte tief Atem und begann mit dröhnender Stimme:

»Hört, ihr Tassui. Ich, Arnanak, Oberherr von Ulu, spreche, und ihr werdet verstehen.

Meine Boten, die den Kriegsdolch von Haushalt zu Haushalt trugen, konnten nur die Zeit und den Treffpunkt nennen. Ihr wißt, daß ich im Laufe der Jahre viele Verbündete und Eidgeber im Westen gefunden habe, und nicht wenige anderswo. Ihr habt gehört, daß es mein Wunsch ist, die Ausländer von den Küsten zu vertreiben und uns den Weg nach Süden zu öffnen, bevor die Zeit des Feuers mit ihren Schrecken über uns kommt. Ihr habt vermutet, daß ich zuerst gegen Tarhanna losschlagen werde.

Aber die Legion weiß das auch und kann Vermutungen anstellen. Ich will nicht riskieren, daß Spione oder Verräter unseren Feinden genaueres darüber sagen, was wir tun werden.

Darum bin ich nicht erzürnt, daß die meisten Krieger Zurückhaltung üben und nicht gekommen sind. Manche fürchten mich, manche fürchten meine Niederlage; außerdem ist es die Jahreszeit, wo jeder Haushalt die Ernte einbringen und Vorräte anlegen muß, um die harten Zeiten zu überstehen, die kommen werden. Daß trotz alledem so viele von euch meinem Ruf gefolgt sind, betrachte ich als ein gutes Omen. Bei Sonnenuntergang brechen wir auf. Ich werde euch den Plan erläutern.

Ein Grund dafür, daß ich die Frühjahrszeit wählte, ist, daß die Tassui gerade jetzt mit Feldarbeit beschäftigt sind. Die Legion wird von uns nicht mehr als ein paar Überfälle erwarten; ganz gewiß nicht einen Angriff auf den wichtigsten Inlandstützpunkt der Gemeinschaft. Ich weiß, wie sie denken, jene aus den Ländern jenseits der See. Durch Doppelagenten habe ich unter ihnen die Meinung verbreiten lassen, daß größere Bewegungen von uns nur im Sommer zu erwarten seien, wenn wir die Vorräte unter Dach und Fach haben und dunkle, kühle Nächte unsere Aktionen begünstigen.

Aber auch so haben wir eine halbe Nacht, bevor der Rote aufgeht – Zeit genug, um Tarhanna zu erreichen. Ich habe die Strecke selbst zweimal zurückgelegt und weiß es. Ich weiß auch, daß die Garnison klein ist. Die Legion hat Teile davon abgezogen, um Piraterie an den Küsten von Ehur zu bekämpfen... Piraterie, die ich eben zu diesem Zweck im vergangenen Winter ins Leben rief!«

Ein Murmeln ging durch die Versammlung. Arnanak fuhr mit erhobener Stimme fort:

»Heute haben eure Anführer und ich den Angriffsplan ausgearbeitet. Wir werden in zwei Abteilungen das nördliche und das südliche Tor angreifen. Dann, wenn die Soldaten vollauf mit der Verteidigung der Tore beschäftigt sind, wird eine kleine Gruppe der unsrigen die Mauer vom Fluß her erklettern – eine schwierige Aufgabe, aber nicht allzu schwierig für meine Seeleute, die das Erklettern solcher Mauern in Ulu geübt haben. Sie werden den Feind überraschen und einen Brückenkopf für andere bilden, die den Soldaten in den Rücken fallen und das schwächer verteidigte Tor von innen öffnen werden; und so nehmen wir die Stadt.

Wenn ihr Hunger und Dürre fürchtet, Krieger, dann denkt daran, daß es in der See Inseln gibt, wo man noch im Überfluß lebt und deren Verteidigung zu stark ist, als daß wir sie jetzt schon überwältigen könnten. Doch das wird der nächste Schritt sein. Vergeßt nicht, daß wir heute erst beginnen, was mit dem Zusammenbruch der Gemeinschaft enden wird. Unsere Kinder sollen in den Ländern leben, die die Götter lieben. Ich werde euch ein Wunderzeichen dafür geben.«

Während seiner Ansprache hatte er die Sonne beobachtet. Als sie hinter den Hügeln versank, legte sich Dämmerung über das Land, und die ersten Sterne kamen zum Vorschein. Im Westen erhob sich der kleine Mond Kilivu, die bizarre Felsgestalt in gleißendes Licht getaucht. Irgendwo heulte ein Tier. Die Geräusche des Flusses schienen sich zu verstärken. Obwohl der steinige Boden die Hitze des Tages zurückstrahlte, empfand man die Hitze sofort als weniger drückend.

Arnanak gab ein Zeichen, und aus dem Röhricht hinter ihm schlüpften die Dauri. Ihr Anführer trug unter seinen Blütenblättern das Ding in den Armen.

Furcht bemächtigte sich der im Halbdunkel ausharrenden Menge. Speerspitzen neigten sich vorwärts, gezogene Schwerter und Streitäxte blinkten im Mondschein. Arnanak nahm das Ding und hielt es in die Höhe, daß alle die Schwärze und die winzig funkelnden Lichter sehen konnten. »Ruhig!« rief er mit lauter Stimme. »Bleibt ruhig! Kein Fluch ist hier. Diese Wesen sind auf meiner Seite.«

Nach einer Weile hatte er die Krieger soweit beruhigt, daß er fortfahren konnte: »Viele von euch haben gehört, wie ich ein Freund der Dauri wurde. Ihr wißt, wie ich in die Ödländer zog, die sie bewohnen, und daß ich in Gegenden kam, die kein Sterblicher je betreten hatte, und aus ihrer Gräberstadt ein Ding zurückbrachte, von dem Macht ausgeht. Seht, es war keine Lüge. Der Sieg ist uns sicher.

Heute nacht brechen wir auf. Ich habe gesprochen, und ihr werdet verstehen.«

Noch vor dem Aufbruch der Truppe ging im Osten Narvu auf, kleiner, matter, langsamer als Kilivu, aber voll. Das bedeutete, voll im Licht der Wahren Sonne. Die rötliche Glut des Eindringlings lag auf beiden; sie waren nicht mehr verdunkelt, wenn sie zu dieser Zeit am Osthimmel standen. Im Licht der Monde, der Sterne und der Geisterbrücke konnten die Tassui gut sehen.

Nichtsdestoweniger war der Abstieg ins Tal schwierig. Oft mußte Arnanak sich mit allen zwölf Zehen seiner vier Füße anklammern, um nicht einen der gefährlich erodierten Hänge hinabzustürzen. Seine Herzen schlugen laut, und seine Kehle fühlte sich ausgedörrt und versengt an wie das dornige Gestrüpp, darin seine Beine sich immer wieder verfingen. Fast konnte er spüren, wie die Blätter seiner Mähne und des Fells gleichfalls austrockneten. Die Nacht stand warm und brütend um ihn. Er wußte, daß es abkühlte, aber sein beladener, angestrengt arbeitender Körper merkte nichts davon.

Er hatte seinen Schmuck und das Ding in der Obhut der Dauri zurückgelassen. Kein Tassui – und auch kein Legionär – würde versuchen, diesen Wesen etwas zu stehlen. Im Gegenteil, die meisten würden fortlaufen, und wenn einer ungewöhnlich kühn war, würde er in der Hoffnung auf späteres Glück eine Opfergabe niederlegen. Nun trug Arnanak seine Kriegsrüstung auf dem Rücken. In Beronnen für ihn angefertigt, als er der Gemeinschaft gedient hatte, war sie schwerer als die Harnische der meisten seiner Gefolgsleute.

Er hörte sie hinter sich, stampfende Tritte, Metallgeklirr, das Rasseln losgetretener Steine, unterdrückte Verwünschungen und angestrengtes Keuchen. Er hielt hartnäckig die Spitze. Wenn er Gehorsam wollte, mußte er auf dem Marsch oder im Kampf immer vorn sein.

Albernheit, dachte er. Zivilisierte Leute waren klüger. Sein Kommandant während der Soldatenzeit war durch alte Kriegsverletzungen halb lahm gewesen, behielt aber den Befehl, weil es keinen besseren Taktiker und Truppenführer gab. Barbaren – ja, Barbaren – konnten gegen eine Zivilisation nur gewinnen, wenn sie schon morsch und vom Zusammenbruch bedroht war.

Er war froh, daß die Legion, die er aus diesem Land zu vertreiben gedachte, die Zera Victrix war, und nicht seine alten Tamburu-Hopliten.

Freilich war nicht auszuschließen, daß die letzteren später als Verstärkung hierher verlegt würden, aber sehr wahrscheinlich war es nicht. Die Gemeinschaft mußte ihre äußeren Territorien nach und nach aufgeben, wie die Staatengebilde ihrer Vorläuferzivilisationen es alle tausend Jahre hatten tun müssen, wenn der Sturmentfacher zurückkehrte. Wenn Valennen verlorenging, würde die Gemeinschaft kaum versuchen, das Land zurückzuerobern... nicht einmal, wenn es den Fall der Inseln zur Folge hätte. Und danach...

Es sei denn, die Menschen griffen ein. Was wußte man schon von ihnen, die noch unheimlicher als die Dauri waren, diesen Wesen aus so weiter Ferne, daß man nicht einmal ihre Sonne sehen konnte – wenn diese und die anderen Geschichten, die sie verbreiteten, als glaubwürdig gelten konnten?

Arnanak gestand sich ein, daß ihn diese Ungewißheit bis zu einem gewissen Grad beunruhigte. Doch wenn er recht gehört, verstanden und vermutet hatte, dann waren die Menschen zu sehr bei Sehala beschäftigt, um diesem entlegenen Außenposten zu helfen. Als Ausländern mußte es ihnen ohnedies Schwierigkeiten machen, den Vormarsch der Tassui in seiner ganzen Bedeutung zu erkennen, bis es zu spät wäre. Und dann... warum sollten sie nicht bereit sein, mit dem Oberherrn von Valennen zu verhandeln? Er würde mächtiger sein und mehr zu bieten haben, als die Reste der zertrümmerten Gemeinschaft.

Alles hing davon ab, daß er die Wahrheit gehört und richtig geplant hatte. Wenn nicht, würde er sterben, und die meisten seiner Leute mit ihm. Aber die Zeit des Feuers würde sie ohnehin getötet haben, und auf schlimmere Weise als der Kampf.

Im Flachland war das Vorwärtskommen leichter. Auf Befehl ihres Anführers hielten sich die Krieger vom Handelsweg fern, der dem Flußlauf folgte. Nur zweimal durften sie an geeigneten Stellen ans Wasser, um den Durst zu löschen und ihre Hautpflanzen zu laben. Die meiste Zeit wanderten sie querfeldein, um Begegnungen mit Militärpatrouillen zu vermeiden. Einzelne Legionäre könnten im Schutz der Dunkelheit entkommen und die Garnison warnen.

Die Felder waren frei von Buschwerk, aber es gab viele Dornenhecken. Die Bewohner der Gegend hatten den Feldbau vor zwei- oder dreimal vierundsechzig Jahren von ihren südlichen Nachbarn übernommen. Speerkorn, Brotwurzel und Haustiere gediehen gut. Aber wenn die Zeit des Feuers käme, würden wohlversorgte Bauernhöfe mehr hungrige Plünderer anziehen, als die Legion fernhalten konnte, bis die erbarmungslose Dämonensonne die Pflanzungen und das Vieh aus den milderen Breiten von Beronnen zerstören würde. Wie es schien, hatten einzelne Bauern ihre Höfe bereits aufgegeben. Sie verließen ihre Siedlerstellen, solange eine Möglichkeit bestand, anderswo einen Lebensunterhalt zu verdienen. Bei den wenigen Anwesen, die Arnanaks Truppe passierte, zeigte sich keine lebende Seele. Immerhin war das Weideland noch nicht vollständig ruiniert; während des Marsches stöberten die Krieger nach Eßbarem.

Im Osten kam Helligkeit auf, als sie sich wieder dem Fluß näherten. Vor ihnen ragten die schwarzen Silhouetten der Mauern und Wachtürme von Tarhanna auf, eingerahmt vom Mondschein auf dem Wasser und dem westlichen Sternenhimmel. Die Unterführer ließen auf Arnanaks Geheiß halten und formierten ihre Krieger zum Angriff. Die Luft und der Erdboden waren inzwischen beinahe kühl. Die große Hitze würde noch eine Weile auf sich warten lassen. Obwohl der Eindringling, wenn er der Welt am nächsten käme, größer als die Wahre Sonne am Himmel stehen würde, verbreitete er weniger Helligkeit und Wärme als diese – ungefähr ein Fünftel davon, hatte ein Philosoph einmal zu Arnanak gesagt. Erst wenn der Rote sich wieder entfernte, begann der schlimmste Teil der Zeit des Feuers.

Dennoch würde es um die Wahre Mittagszeit, wenn der Eindringling unterginge, in der ungeschützten Ebene kaum auszuhalten sein. (Dabei war erst Frühling, und die eigentliche Zeit des Feuers stand noch bevor!) Arnanak hoffte bis dahin in der Stadt zu sein. Ob er auch die lästige Rüstung los sein würde, hing von der Garnison ab. Er glaubte, daß die Legionäre sich auf die Zusicherung freien Geleits hin ergeben würden. Zivilisierte Soldaten betrachteten den Tod für eine verlorene Sache als nutzloses Heldentum. Aber ihr Hauptmann mochte sich für den Kampf bis zum Untergang entscheiden, um möglichst vielen Barbaren den Garaus zu machen. Nun, das würde die Niederlage der Legion um so vernichtender machen; und die Sippen von ganz Valennen würden sich, beseelt von Vergeltungsdrang, dem Oberherrn von Ulu anschließen.

Mit der Hilfe seines Standartenträgers legte er Helm und Rüstung an und bewaffnete sich mit Schild und Schwert. Rotviolett zog die schlechte Morgendämmerung herauf. Arnanak reckte das Schwert und gab das Zeichen zum Angriff. »Vorwärts!« brüllte er. »Dem Sieg entgegen!« Er übernahm die Spitze seiner Sturmabteilung und trabte los. Hinter ihm dröhnte die rissige, ausgetrocknete Erde unter den Tritten seiner Krieger.

Als es läutete, stand Juri Dejerine auf und schaltete das Abspielgerät aus. Wäre es etwas Klassisches gewesen – etwa ein Stück von Mozart, oder ein Raga-Konzert –, so hätte er die Musik mit verminderter Lautstärke weiterspielen lassen. Aber die meisten Menschen hegten eine instinktive Abneigung gegen geanische Musik gleich welcher Art, und es kümmerte sie dabei nicht, daß sie eine Kunst verwarfen, die es an Tradition, Alter und Vielfalt leicht mit den Hervorbringungen menschlicher Kultur aufnehmen konnte. Um die Musik zu verstehen, war freilich das Interesse nötig, aus dem erst die Geduld erwächst.

Auf seine Aufforderung hin trat ein junger Mann in nagelneuer Raumwaffenuniform mit blitzblanken Insignien ein. Er bewegte sich steif und grüßte ein wenig unbeholfen. Er war groß und kräftig gebaut, mit einem offenen Jungengesicht unter struppigem Blondhaar. Dejerine fragte sich, ob man ihm wirklich ansehen konnte, daß er jenseits des Sonnensystems geboren und aufgewachsen war. Aber wenn man es wußte, geriet man allzu leicht in Versuchung, aus Äußerlichkeiten wie Haltung, Gang, oder Gesichtsausdruck irgendwelche Hinweise herauszulesen.

»Fähnrich Conway? Stehen Sie bequem. Gut, daß Sie gekommen sind.«

»Herr Hauptmann haben mich rufen lassen.« Conway sprach einen seltsamen Dialekt, der sich von allem unterschied, was Dejerine in Europa gehört hatte. Es war der Dialekt einer isolierten Sprachinsel, und er hatte eine Weichheit und einen singenden Rhythmus angenommen, die... vielleicht einer nichtmenschlichen Sprache eigen waren?

Dejerine nickte kurz und verblüffte den anderen, indem er ihm die Hand hinstreckte. Conway ergriff sie verlegen. »Stehen Sie bequem, Fähnrich«, sagte Dejerine noch einmal und lächelte. »Wie alt sind Sie?«

»Neunzehn... das heißt, einundzwanzig, Herr Hauptmann.«

»Sie rechnen noch in Ischtarjahren, wie? Nun, ich bin letzten Monat dreißig geworden. Erdenjahre. So groß ist der Unterschied also nicht.«

Conway entspannte sich ein wenig. Seine Nervosität begann zu verfliegen, und er wagte den Hauptmann zu mustern. Dejerine war mittelgroß und schlank, mit kleinen Händen und Füßen und geschmeidigen Bewegungen. Die Züge seines feinknochigen Gesichts waren ebenmäßig und angenehm, mit einem sauber gestutzten Schnurrbart, dessen Braun mit dem der Augen und des Haupthaars harmonierte. Alles an ihm war überaus korrekt und zeugte von Ordnungsliebe und Selbstdisziplin. Die einzige kleine Extravaganz, die er sich leistete, war ein winziger goldener Ring im rechten Ohrläppchen.

»Sehen Sie«, fuhr er fort, offenbar bestrebt, Conways Haltung verlegener Ehrerbietung aufzulockern, »ich wurde schon mit sechzehn Kadett und bin im aktiven Dienst geblieben. Sie meldeten sich freiwillig, als der Krieg begann, und haben gerade ihre Ausbildung hinter sich.« Er zuckte die Achseln. »Und wie geht es weiter? Sie werden an die Universität zurückkehren, ihr angefangenes Studium beenden und eines Tages ein geehrter Kunstprofessor werden, vielleicht sogar Dekan einer Akademie, während ich mit fünfundfünfzig auf dem Trockenen sitzen werde – mit halbiertem Sold.« Er öffnete eine Tür des Wandschranks und sagte: »Ich trinke einen Cognac. Und Sie?«

»Das gleiche, Herr Hauptmann«, sagte Conway. »Ich hatte noch keine Gelegenheit, die Wissenschaft vom ..., ah ... vom Trinken zu lernen.«

»Sie haben auf Ischtar keine große Auswahl?«

»Nein, hauptsächlich selbstgebrautes Bier und einheimischen Wein.« Conway kam gegen seinen Willen in Schwung und plapperte weiter: »Aber sie schmecken nicht wie die hiesigen Biere und Weine, und viele, die ihr Leben lang draußen bleiben, trinken nichts Importiertes, weil sie fürchten, das einheimische Zeug könnte ihnen danach nicht mehr schmecken. Wir können uns selbst versorgen, und unsere Landwirtschaft floriert, aber überall sonst haben wir eine völlig verschiedene Ökologie, und das Wetter und die Strahlungsverhältnisse sind auch anders ... Jedenfalls gibt es ein paar Leute, die alkoholische Getränke destillieren, doch gibt ihnen das, was sie erzeugen, keinen Grund zum Prahlen.«

»Sehen Sie, da haben Sie mir schon geholfen«, sagte Dejerine lachend. »Man hat mir geraten, mich vor der Abreise mit Vorräten einzudecken.«

Während er die Cognacs einschenkte, blickte der junge Fähnrich umher. Für die Verhältnisse eines Militärstützpunkts war der Raum groß und gut eingerichtet. Alles noch friedensmäßig, dachte er. In den Kasernen und Durchgangsquartieren des Stützpunkts, die er kennengelernt hatte, sah es schon anders aus. Tausende von Mannschaften wurden durch den Stützpunkt geschleust, wo sie ausgerüstet wurden und auf den Weitertransport ins Kampfgebiet warteten, und man begann den Einrichtungen die Überbeanspruchung anzusehen. Die meisten Schlafsäle waren doppelt belegt, immer wieder gab es Stromausfälle, die sanitären Verhältnisse waren zeitweise erbärmlich, das Kantinenpersonal überlastet. Hier in Dejerines Offizierswohnung herrschte wohltuende Stille. Durch das große, schallisolierte Fenster sah man Transportmaschinen starten und landen. Das Zimmer selbst war so aufgeräumt, daß Rückschlüsse auf den Bewohner kaum möglich waren. Auf dem Tisch lagen ein paar Computerausdrucke, ein Buch über Anubelea und die gesammelten Gedichte von Garcia Lorca. Neben einem der beiden Sessel stand ein Spucknapf.

»Da, nehmen Sie.« Dejerine reichte Conway das Cognacglas. »Zigarre gefällig? Nein? Also klappt es mit dem Tabakanbau auf Ischtar auch nicht? Nun, ich zünde mir eine an, wenn es Ihnen nichts ausmacht. Bitte, Fähnrich, setzen Sie sich.« Er machte es sich gegenüber von Conway im Sessel bequem und hob sein Glas. »Zum Wohl.«

»Ah, zum Wohl, Herr Hauptmann«, stammelte Conway. »Herr Hauptmann haben über mich Erkundigungen eingezogen?«

»Ich habe mir nur Ihre Akte angesehen. Um mir ein zutreffendes Bild von meinem nächsten Einsatzort zu machen, suchte ich jemanden von Ischtar. Ich fragte in der Datenzentrale nach, und Ihr Name erschien. Nach Ihrer Personalakte haben Sie von Geburt an dort gelebt und sind erst seit kurzer Zeit auf der Erde.«

Conway errötete, nippte wieder vom Cognac und sagte: »Herr Hauptmann möchten hören, was ich über Ischtar weiß?«

Dejerine paffte an seiner Zigarre und nickte, ein wenig ungeduldig. »Sie haben Ihre Jugendzeit unter den Ischtariern verbracht. Die Gemeinde, der Sie angehören, existiert dort schon seit hundert Jahren. Sagen Sie mir, warum Sie sich nicht zum Dienst in Ihrer Heimat gemeldet haben.«

Conway zögerte, blickte unbehaglich zur Seite und sagte schließlich mit leiser Stimme: »Nun, ich habe mich zur Raumwaffe gemeldet, und für eine Einheit wie die meinige gibt es dort kaum Einsatzmöglichkeiten. Ischtar liegt abseits vom Kriegsgeschehen. Und außerdem... ich glaube nicht, daß ich ein guter Soldat sein würde, wenn ich auf Ischtar zum Einsatz käme. Persönliche Bindungen, emotionale Konflikte... Meine Familie, die Eltern und die Schwestern, meine alten Freunde, alle sind sie gegen den Krieg. Viele sind verbittert.«

Dejerine betrachtete ihn mit hochgezogenen Brauen. »Und wie stehen Sie dazu?« fragte er.

Conway begegnete dem Blick ohne Ausweichen. Unterstützt vom Cognac, nahm seine Selbstsicherheit zu. »Wie Herr Hauptmann wissen, meldete ich mich freiwillig. Aber ich glaube, daß Recht und Unrecht ziemlich gleichmäßig auf beide Seiten verteilt sind. Andererseits sind Menschen angegriffen worden. Sie sollen sich von Grund und Boden zurückziehen, den sie für sich und ihre Nachkommen urbar gemacht haben. Man sagte uns, wir seien verpflichtet, unseren Leuten beizustehen, und ich sehe das ein: Wenn wir nicht frühzeitig eingreifen, wird es später sehr viel schwieriger sein. Ich erinnere mich an die Zwischenfälle auf Alerion.«

Dejerine lächelte. »Wohl kaum«, versetzte er. »Das war in dem Jahr, als ich geboren wurde. Aber natürlich, wir versuchen aus der Geschichte zu lernen. Aber kommen wir zur Sache, Fähnrich. Sie halten einen feindlichen Vorstoß auf Ischtar für unwahrscheinlich?«

Conway zuckte die Achseln. »Ich glaube es nicht, aber es ist nicht auszuschließen. Es wäre vorstellbar, daß die Naqsaner einen Überraschungsangriff durchführen und Ischtar besetzen. Wenn nicht wegen seiner Bodenschätze, dann wegen seines Wertes als Faustpfand für künftige Friedensverhandlungen.«

Dejerine nickte nachdenklich. »Bei den Stäben scheint man diese Gefahr auch zu sehen«, sagte er. »Ich habe Auftrag, einen Aufklärungsstützpunkt einzurichten, um der Möglichkeit eines feindlichen Vorstoßes in den Raumsektor von Ischtar zu begegnen. Der Naqsaner ist zäh und klug. Ich rechne mit Jahren.«

»Ich – ich hoffe nicht, daß es so lange dauern wird«, sagte Conway.

»Meinen Sie, ich? Keiner wünscht sich einen Krieg. Spaß daran haben nur jene, die selbst nicht den Kopf hinhalten müssen. Übrigens habe ich persönliche Freunde auf der anderen Seite, aus glücklicheren Tagen.« Dejerine schwieg eine Weile, in Nachdenken versunken, ehe er hinzufügte: »Damit wir uns recht verstehen, ich möchte meinen Teil dazu beitragen, daß diese unglückselige Auseinandersetzung so bald wie möglich ein Ende findet. Sie sagten vorhin, daß unsere Siedler auf Ischtar allgemein gegen den Krieg sind. Warum? Hier auf Erden schüren die Medien in geradezu unverantwortlicher Weise eine Kreuzzugsstimmung.«

»Der Grund ist hauptsächlich, daß die Leute wirtschaftliche Nachteile befürchten«, sagte Conway und trank. »Selbst wenn sonst nichts geschieht, wird es wegen des anderweitigen Bedarfs Transportschwierigkeiten geben. Die benötigten Versorgungsgüter werden nicht eintreffen, und wenn der Krieg sich in die Länge zieht, wird ihnen nichts übrig bleiben, als den größten Teil der laufenden Projekte einzustellen. Und das zur ungünstigsten Zeit.«

»Ja.« Dejerine blies einen Rauchring und beobachtete ihn, bis er sich aufgelöst hatte. »Da kommen wir zu einem Punkt, der mich beschäftigt. Ich brauche Informationen und praktischen Rat aus erster Hand. Von der Versorgungslage der Ischtarier und ihren Beziehungen zu unseren Siedlern und Beratern bis hin zu den Problemen unserer kleinen, aber wichtigen wissenschaftlichen Kolonie. Ich bin in einer wenig beneidenswerten Lage, müssen Sie wissen. Vergangene Woche hat man meinen Abreisetermin vorverlegt. Ich hatte jeden Tag vom frühen Morgen bis in die Nacht hinein alle Hände voll zu tun, um die Bereitstellung von Personal, Ausrüstungen und Transportraum zu organisieren. Ich fürchte, daran wird sich bis zu unserer baldigen Abreise nichts ändern. Hinzu kommt, daß von oben ständig dazwischengefunkt wird. Es wäre unpassend, einem Offiziersanwärter gegenüber in die Details zu gehen.«

»Aber – Herr Hauptmann sind weit herumgekommen und wissen sicherlich, was mit Ischtar...«

Dejerine winkte ungeduldig ab. »Ja, ja, natürlich kenne ich die Himmelsmechanik des Systems Anubelea. Ich weiß dies und das über die Einheimischen und ihre einzigartige biologische Situation.« Er holte Atem. »Planeten, wo unsereiner in Hemdsärmeln herumlaufen kann, sind so selten, daß man sie an den Fingern einer Hand abzählen kann. Gleichzeitig aber sind diese Planeten in den meisten Fällen weit entfernt. So haben wir hauptsächlich mit Rassen und Stützpunkten zu tun, die der Heimat näher sind. Und vergessen Sie nie, daß jeder Planet eine ganze Welt ist, zu groß und vielgestaltig, um sie zu verstehen. Guter Gott, Mann, ich lebe seit meiner Geburt auf der Erde und kann weder über die Ökologie ihrer Küstengewässer noch über die Geschichte Chinas etwas sagen, von tausend anderen Gegenständen gar nicht zu reden!«

Er legte die Zigarre in den Aschenbecher, stellte sein Glas daneben und nahm das Buch über Ischtar vom Tisch. »Ich habe zum Beispiel dies gelesen. Die neueste Veröffentlichung, zehn Jahre alt. Hübsch gebündelte Information.« Er schlug das Buch mehr oder weniger willkürlich auf und hielt es Conway unter die Nase. »Sehen Sie selbst.«

Die linke Seite:

ANUBELEA B (Bel)

Typ: G 2, Hauptreihe
Masse: 0,95 Sol
Mittlerer Durchmesser: 1,06 Sol
Mittlere Umdrehungsgeschwindigkeit: 0,91 Sol
Scheinbare Helligkeit: 0,98 Sol
Oberflächentemperatur: 5800° K

PLANETEN
(Erde = 1,0)

	Mittl. Orbital-Radius	Siderisches Jahr	Durchmesser am Äquator	Masse	Gravitation
I (Nabu)	0,29	0,163	0,41	0,061	0,363
II (Adad)	0,54	0,402	0,78	0,45	0,738
III (Ischtar)	1,03	1,072	1,14	1,53	1,18
IV (Schamasch)	2,67	2,735	0,95	0,83	0,928
V (Marduk)	4,40	9,56	5,1	5,1	1,96

Bemerkung: Asteroiden sind wegen des Einflusses der Begleitersterne ungleich verteilt. Näheres über die Umlaufbahnen enthält Anhang D. Genauere Beschreibungen der Planeten I–II und IV–V siehe Kapitel 11.

Die rechte Seite:

ANUBELEA B III (Bel III)
ISCHTAR
Erde (E) = 1,0

Masse: 1,53 E
Durchmesser am Äquator: 1,14 E = 14502 km.
Dichte: 1,03 E = 5,73 H_2O.
Schwere: 1,18 E = 1155 cm/Sek^2.
Siderisches Jahr: 1,072 E = 392 irdische Tage = 510 ischtarische Tage.
Rotationsdauer: 0,775 E = 18 h 36 m 10,3 s

Axialneigung: 1,14 E = 28° 3'2.
Mittlere Strahlungsmenge (nur von Bel): 0,89 Sol/E
Mittlerer Durchmesser von Bel: 1,03 Sol.
Luftdruck auf Meeresspiegelhöhe: 1,12 E = 850 Millibar.
Atmosphärische Zusammensetzung in Volumenprozent:
N_2 76,90; O_2 21,02; H_2O 0,35; Ar 1,01; CO_2 0,03 und verschiedene.
Oberflächenverhältnis Wasser/Land: 1,20 E = 2,94:1.

MONDE

	Mittl. Orbital-radius km	Mittl. Side-rische Periode	Mittl. Durch-messer km	Mittl. Winkel-durch-messer
I (Baelestia)	$2{,}40 \times 10^4$	8,34	188	38'
II (Urania)	$7{,}35 \times 10^4$	44,61	205	13'5

Bemerkung: Da beide Monde von unregelmäßiger Gestalt sind, namentlich I, wurden Durchmesser und Winkeldurchmesser für gleichwertige Sphäroide berechnet. Genauere Beschreibungen siehe Kapitel 3.

»Es steht nichts darin, was ich nicht besser und übersichtlicher im Navigationshandbuch finden könnte«, sagte Dejerine. »Gewiß, dieses Buch bietet auch erläuternde Texte, Bilder, Anekdoten und so weiter. Kein schlechtes Material für einen Touristen, der im voraus etwas über sein Ziel erfahren möchte – wenn jemand es sich leisten könnte, über eine solche Entfernung hinweg Tourist zu spielen. Außerdem habe ich Bildmaterial durchgesehen, Projektionen und Lehrfilme, weiß also, wie ein Ischtarier aussieht...« Während er sprach, hatte er im Buch herumgeblättert und hielt nun bei einer solchen Illustration inne.

Ein männlicher und ein weiblicher Ischtarier waren dargestellt, dazu ein Mensch zum Größenvergleich. Das männliche Exemplar hatte ungefähr die Größe eines kleineren Pferdes. ›Centauroid‹ war eine zutreffende, aber sehr allgemeine Beschreibung der äußeren Erscheinung. Der stämmige, zweiarmige Oberkörper ging glatt in den vierbeinigen Rumpf über, dessen an einen Stier gemahnender Widerrist steil zum Hinterteil abfiel. Im übrigen sah der Körper mit seinem robusten Bau, dem langen Schwanz und den dreizehigen Füßen mit ihren weichen Ballen eher löwenartig als centaurenhaft aus. Die Arme hatten eine gewisse Ähnlichkeit mit denen eines irdischen Gewichthebers, doch hatten die Hände je vier sehr bewegliche Finger, darunter einen Daumen mit zusätzlichem Gelenk. Der Kopf war groß und von rundlicher Form, mit aufstellbaren, zugespitzten Ohren und einer gut entwickelten Kinnpartie von beinahe anthropomorpher Zierlichkeit. Über den kleinen weißen Zähnen öffnete sich das einem kurzen und gebogenen Rüssel ähnliche Riechorgan in einem einzigen geblähten Nasenloch. Ein steifer Katerschnurrbart zierte die Oberlippe, und auch die Augen, in denen kein Weiß zu sehen war, legten den Vergleich mit einer Katze nahe.

Gesicht und Arme waren haarlos, die Hautfarbe bei der abgebildeten, in Beronnen heimischen Rasse hellbraun. Der größte Teil des Körpers war mit einem bräunlichgrünen, moosähnlichen Pelz bedeckt, der um Kopf und Hals bis zum Widerrist zu einer fuchsroten und für den löwenhaften Eindruck verantwortlichen Mähne ausgebildet war. Sah man genauer hin, bestand sie jedoch nicht aus Haar, sondern aus dichtbelaubtem Rankengewächs.

Der Unterschied zwischen den Geschlechtern war beträchtlich. Das weibliche Exemplar war ein gutes Stück kleiner, hatte einen weniger ausgeprägten Widerrist und einen breiteren, tonnenförmigen Rumpf. Die Zitzen des kleinen Euters und die äußeren Genitalien waren rot. Der begleitende Text vermerkte, daß Sprache und Gehör der weiblichen Ischtarier einen weiteren Frequenzbereich umfaßten.

Bis auf Schmuckgegenstände und einen Gürtel, der Messer und Proviantbeutel trug, waren sie unbekleidet. Er trug einen Speer und eine Art Saiteninstrument über die Schultern geschwungen; sie hatte einen Langbogen, einen Köcher und etwas wie eine hölzerne Flöte.

»Ich weiß, daß die Biochemie der unsrigen ähnlich ist. Jeder kann des anderen Nahrung essen, obwohl in beiden Fällen einige lebenswichtige Bestandteile fehlen.« Dejerine klappte das Buch zu und warf es auf sein Bett. »Anheimelnd, nicht? Abgesehen davon, daß unsere Wissenschaftler seit hundert Jahren bemüht sind, das Leben, Fühlen und Denken dieser Wesen zu studieren und zu verstehen. Sie wissen wahrscheinlich besser als ich, wie weit die gelehrten Herren noch von ihrem Ziel entfernt sind.«

»Noch sehr weit«, murmelte Conway.

»Und dann die unsrigen! Natürlich muß man berücksichtigen,

daß mehr als die Hälfte der Bevölkerung von Primavera aus vorübergehenden Bewohnern besteht: Forschern, die bestimmte Projekte ausführen, Technikern mit befristeten Arbeitsverträgen, Archäologen, die Primavera nur als Ausgangspunkt für die Weiterreise nach diesem toten Planeten ansehen... Tammuz heißt er, nicht wahr? Sie alle verbindet ein besonderes Interesse für Ischtar, aber im Ganzen fühlen sie sich nur sich selbst und ihrer Arbeit verpflichtet. Wie aber steht es mit dem Kern der Dauerbewohner, der Siedler, die teilweise schon in der zweiten oder dritten Generation auf Ischtar leben und kaum noch etwas von der Erde in ihren Zellen haben?« Dejerine breitete die Hände aus. »Ich weiß praktisch nichts über Lebensweise und Denkart dieser Menschen. Sehen Sie, wie sehr ich auf Informationen von landeskundigen Leuten wie Sie angewiesen bin? Also kommen Sie aus sich heraus, Fähnrich. Erzählen Sie mir von Ihrem Leben, Ihrer Familie, Ihren Freunden. Als Gegenleistung werde ich ihnen Ihre Grüße überbringen. Und wenn Sie Geschenke haben, auch die. Wichtig ist mir vor allem, die psychologische Situation der Einwohner kennenzulernen. Erst wenn ich davon eine Vorstellung habe, kann ich, der als Vertreter einer ihren Interessen und Hoffnungen zuwiderlaufenden Politik zu ihnen kommt, auf sie eingehen, sie versöhnen und für die Zusammenarbeit gewinnen.«

Conway zog die Stirn in Falten und grübelte eine Weile nach, bevor er vorsichtig sagte: »Ich glaube, es wäre eine gute Idee, wenn Herr Hauptmann damit anfangen würden, ihnen den Dokumentarfilm von Olaya zu zeigen, der kürzlich so großes Aufsehen erregte.«

»Über die Hintergründe des Krieges?« Dejerine blickte ihn verblüfft an. »Aber er hat eine grundsätzlich kritische Tendenz.«

»Das fand ich eigentlich nicht. Er bemühte sich um Objektivität. Gewiß, jeder weiß, daß Olaya diesen imperialistischen Feldzügen, wie er es nennt, ablehnend gegenübersteht, aber er ist ein sehr kluger Journalist und hat große Mühe darauf verwendet, alle Seiten zu Wort kommen zu lassen.«

Dejerine runzelte die Stirn. »Über die Hauptsache, nämlich das Problem der Eleutherier, ist er ganz beiläufig hinweggegangen.«

Conway faßte sich ein Herz und sagte: »Wenn Herr Hauptmann verzeihen wollen, ich bin nicht der Meinung, daß sie das Hauptproblem sind, und ich stehe damit nicht allein. Ich bewundere diese Leute natürlich und sympathisiere auch mit ihnen, aber ich denke doch, daß wir Menschen um unseres Überlebens als Spezies willen die Dinge in der Hand behalten müssen. Olayas Film war aufrichtig. Er kam der Wirklichkeit nahe. Ich fühlte das, und ich bin sicher, daß die Leute auf Ischtar genauso empfinden würden. Zumindest würden sie begreifen, daß wir hier immer noch Meinungsfreiheit haben, daß die Erde kein monolithisches Ungeheuer ist. Das wäre immerhin etwas.«

Dejerine lehnte sich zurück und begann aufmerksam zuzuhören.

3

Einen Tag nachdem er seine Frau auf dem Hof in Yakulen zurückgelassen hatte, kamen Larreka und seine Begleiter auf dem Weg nach Süden in die Nähe von Primavera. Die menschliche Siedlung lag drei Tagesmärsche stromaufwärts von der Stadt Sehala. Ursprünglich hatte man diesen Standort als Sicherheitsmaßnahme für den Fall kriegerischer Verwicklungen gewählt, doch hatte dieser Gesichtspunkt längst jede Bedeutung verloren. Die meisten Bewohner Beronnens und der übrigen Gemeinschaft waren im Laufe der Zeit zu der Einsicht gekommen, daß die Menschen ihre Freunde waren und in einer Weise die Hoffnung auf Rettung der gesamten einheimischen Zivilisation verkörperten. Aber die Fremden brauchten auch Raum zum Anbau von Feldfrüchten und zur Haltung von Tieren, die sie in einer Weise ernährten, wie es das einheimische Regenkorn oder die Brotwurzel und das Fleisch von Els und Owas nicht vermochten. Auch zogen jene, die wie Jill Conway das Studium der Natur betrieben, die urwüchsige Umgebung von Primavera dem Ackerland im Umkreis von Sehala vor. Und jene, die das Volk und seine Lebensgewohnheiten studierten, waren der Meinung, daß ihre ständige Anwesenheit in der Stadt allzu störend wirken würde.

Nicht, daß solche Störungen etwas ausmachten, dachte Larreka, verglichen mit jenen Störungen, die in diese Welt eingebaut waren.

Die Straße, die dem breiten, schimmernden Flußlauf des Jayin folgte, war eine wichtige Fernverbindung und daher mit Ziegeln gepflastert; seine Füße spürten die Hitze der harten, körnigen Oberfläche. Aber das war für einen zähen alten Soldaten noch kein Anlaß, sich durch das Anlegen von Halbstiefeln selbst zu behindern. Schlechte Zeiten standen bevor, obwohl das südliche Beronnen unter der Zeit des Feuers weniger schwer zu leiden hatte... außer indirekt, wenn hungernde Horden aus nördlicheren Breiten in dieses begünstigte Land einfielen. Außerdem war es in der südlichen Hemisphäre Herbst, und ein regnerischer Winter stand bevor, gleichgültig, wie sehr sich der Rote bemühte, alles auszudörren.

Seine trübrote Scheibe, im Untergehen begriffen, hing tief über den nördlichen Hügeln und färbte sie blaßlila. Die Sonne stand hoch und strahlend am Himmel. Doppelte Schatten und ineinander übergehende Tönungen ließen die hügelige Landschaft zu beiden Seiten des Flusses fremdartig erscheinen. Daß das Land diesseits des Flusses von den menschlichen Siedlern Primaveras bebaut wurde, verstärkte den Eindruck. Das Getreide war abgeerntet, und eintönige Stoppelfelder blieben zurück; aber in einer Obstplantage standen lange Reihen von Apfelbäumen mit leuchtenden Früchten, und hinter Zäunen kauten vierbeinige gehörnte Tiere Gras. Wie grün alles war! Am jenseitigen Flußufer war das Land unverändert geblieben: braungelbe Heide mit einzelnen Stauden leuchtendroter Feuerblumen, Baumgruppen mit olivgrünem und ockergelbem Laub, dazwischen Flügelsamenbüsche, deren Kapseln gerade reif waren und in Mengen über den Fluß schwebten, um irgendwo auf dieser Seite niederzusinken. Ob sie hier Wurzeln schlagen konnten, erschien Larreka zweifelhaft; der Boden war bereits zu sehr verändert.

Nach der schwülen Hitze des Morgens war die Brise, die die Flügelsamen herübertrug, angenehm erfrischend. Larreka hörte es in seiner Mähne rascheln. Die fremdartigen Gerüche der Erdengewächse zogen ihm süß in die Nase. In den vergangenen hundert Jahren hatte er manche von ihnen schätzen gelernt, und der Ernst seiner gegenwärtigen Mission hinderte ihn nicht daran, sie zu genießen. Ein Soldat verachtete die kleinen Geschenke des Lebens nicht.

»Wie weit ist es noch, Herr?« fragte einer aus dem Trupp hinter ihm. In diesen dichtbesiedelten, nahrungsreichen Gegenden waren seine sechs Leute eher hinderlich, aber auf der Wanderung durch das nördliche Beronnen und über die Berge waren sie schnell vorangekommen, weil er immer genug Leute gehabt hatte, die zur Jagd und zur Nahrungssuche abgestellt werden konnten, während der Rest weitermarschierte. Jetzt konnte er sie genausogut nach Sehala und seinen Fleischtöpfen mitnehmen. Die armen Teufel würden in ihrer Jugend nicht viel zu lachen haben. Der Fragesteller war von den Inseln im Meer; dort hatte man ihn rekrutiert und direkt nach Valennen geschickt, wo die Zera Victrix in diesen Jahren stationiert war. Der Junge hatte nie zuvor den Mutterkontinent besucht.

»Vielleicht eine Stunde«, antwortete Larreka. »Nur weiter. Ich sagte euch, daß wir dort übernachten werden.«

»Nun, wenigstens wird Skila bald untergegangen sein.«

»Wer? Ach so, ja.« Jede Gegend hatte ihren eigenen Namen für den Roten, und häufig nicht nur einen. Larreka war es gewohnt, ihn den Wanderer zu nennen, denn er gehörte der triadischen Kultgemeinschaft an. Im Kult der Triade nahm der Wanderer eine zentrale Stellung ein, gemeinsam mit der Sonne und jener Dunkelheit, an deren Braue der Aschenstern schwelte. In Haelen, wo er seine Jugend verbracht hatte, war der Wanderer Abbada genannt worden, und man hatte ihn gelehrt, daß es ein verstoßener Gott sei, der alle tausend Jahre zurückkehrte. Später war er skeptisch geworden und betrachtete die heidnischen Opferriten als eine Verschwendung guten Fleisches. Die Barbaren von Valennen lebten in solcher Ehrfurcht vor dem Roten, daß sie nach Möglichkeit vermieden, ihm überhaupt einen Namen zu geben und sich mit den verschiedensten Attributen behalfen, die jedoch nicht zweimal hintereinander gebraucht werden durften, weil sonst die Aufmerksamkeit des Gewaltigen auf den Sprecher gelenkt würde. Und so war es überall verschieden, selbst unter den Menschen. Sie nannten den Roten Anu und leugneten, daß er eine Seele irgendwelcher Art habe; auch der Sonne, die sie Bel nannten, und dem Aschenstern, den sie Ea getauft hatten, sprachen sie eine solche ab.

In vielerlei Hinsicht war ihre Vorstellung die unheimlichste von allen. Larreka hatte allen Mut zusammennehmen müssen, um sich mit ihren Lehren vertraut zu machen. Er konnte noch immer nicht glauben, daß die Triade nichts als Feuer sein sollte. Wie immer es sich verhalten mochte, er würde auch weiterhin die Riten und Gebote seiner Religion beachten. Es war ein guter Glaube für einen Soldaten, verbreitet unter den Legionären, ausgezeichnet für Moral und Disziplin.

Larreka sah nicht wie jemand aus, dem man ein Philosophiestudium zutrauen würde. Er hätte ein alter Unteroffizier und Kriegsveteran sein können: untersetzt und muskulös, weniger anmutig als die meisten, aber unerwartet schnell und gewandt, wenn es nötig wurde. Sein Körper trug die Narben alter Wunden; eine Furche zog sich durch Braue und Stirn, und sein linkes Ohr fehlte. Ein Haelener aus dem südlichen Beronnen, war er eigentlich von blaßbrauner Hautfarbe, aber die Witterung vieler Jahre hatte ihn dunkel gegerbt. Seine Sprache bewahrte Spuren eines derben heimatlichen Dialekts, und niemals trennte er sich von dem schweren Krummsäbel, der in jenen antarktischen Breiten bevorzugt wurde und bei ihm längst zu einer Art Markenzeichen geworden war. Außerdem trug er nur einen Beutel für kleine persönliche Gegenstände und die Reiseausrüstung in einem Bündel auf dem Rücken. Zu dieser Ausrüstung gehörte ein Jagdspeer und ein Beil, das auch als Waffe dienen konnte. Was er hatte, war schmucklos und aus abgenutztem Leder, Holz und Stahl. Sein einziger Wertgegenstand war eine goldene Kette um das dicke linke Handgelenk.

Die Soldaten seines Gefolges waren mehr herausgeputzt und stellten Federn, Perlenarbeiten und klirrende Halsketten zur Schau. Gleichwohl verhielten sie sich ihrem schäbigen Anführer gegenüber sehr respektvoll. Larreka, der Sohn Zabats aus der Sippe Kerazi, war der wahrscheinlich Erfahrenste unter den dreiunddreißig Offizieren der Legion. Nach zwei Jahrhunderten in der Zera Victrix stand er in vorgerücktem Alter – dreihundertneunzig am letzten Geburtstag. Aber er konnte mit weiteren hundert Jahren in Gesundheit und Wohlbefinden rechnen und auf noch mehr hoffen – es sei denn, die Barbaren oder eine der Naturkatastrophen, die der Wanderer für die Welt bereithielt, machten seinem Leben ein vorzeitiges Ende.

Der Rote glitt unter den Horizont. Noch kurze Zeit danach lag sein stumpfroter Widerschein auf den Wolken im Norden, dann schien das gute Licht der Sonne ungestört. Kumuluswolken türmten sich weiß über düsteren graublauen Schatten, die auf einen Sturm hindeuteten.

»Ob es regnen wird, Herr?« fragte der Soldat von den Inseln. »Ich hätte wirklich nichts dagegen.« Obgleich in der Nähe des Äquators gelegen, wurde seine Heimat von kühlen Seewinden erfrischt. Die staubige Hitze des kontinentalen Klimas setzte ihm zu.

»Spare dir deinen Durst für Primavera auf«, riet ihm Larreka. »Das Bier dort ist gut.« Dann blinzelte er abschätzend zu dem Wolkengebirge hinüber. »Nein, ich glaube nicht, daß es Regen geben wird. Vielleicht morgen. Mach dir nichts daraus, mein Sohn. Bald wirst du hierzulande mehr Wasser bekommen, als dir lieb ist; genug, um einen Fisch zu ertränken. Vielleicht wirst du dann Valennen besser zu schätzen wissen.«

»Kann ich mir nicht denken«, meinte ein anderer. »Alle reden davon, daß es in Valennen noch viel trockener wird, als es jetzt schon ist.«

»Das habe ich auch gehört, Saleh«, warf ein Dritter mit krähendem Lachen ein. »Es heißt, die Felle der Frauen werden von der

Hitze so hart und trocken, daß man sich daran ein Loch in den Bauch reiben kann.«

Die Übertreibung hielt sich in Grenzen. Der Feuchtigkeitsverlust trocknete das moosige Geflecht feinen grünlichen oder bräunlichen Pflanzenwuchses aus, das den Körper eines Ischtariers größtenteils bedeckte. »Nun, was das betrifft«, sagte Larreka, »so hört auf die Stimme der Erfahrung.« Und er beschrieb mit derben Worten alternative Techniken.

»Aber ich verstehe noch immer nicht«, beharrte Saleh. »Natürlich steht der böse Stern über Valennen viel höher am Himmel als hier, und darum wird es dort auch viel heißer. Aber warum trocknet das Land so sehr aus? Ich dachte, Hitze läßt Meerwasser rascher verdunsten und als Regen wieder herunterkommen. Ist das nicht die Erklärung dafür, daß die tropischen Inseln größtenteils feucht sind?«

»Das stimmt«, antwortete Larreka. »Das erklärt, warum es in Beronnen die nächsten fünfundsechzig Jahre soviel Regen geben wird, daß wir bis zu den Schwanzwurzeln im Schlamm versinken werden, wenn das Wasser uns nicht einfach ins Meer schwemmt. Dazu kommt dann noch die Schneeschmelze im Hochland, um das Maß vollzumachen. Aber Valennen wird entlang der Westküste von mächtigen Gebirgen gegen die regenbringenden Winde vom Ozean abgeschirmt. Was das Innere an Niederschlägen bekommt, geht hauptsächlich im Osten über der See von Ehur nieder. Aber jetzt Schluß mit dem Palaver und weiter.«

Sie fühlten, daß es sein Ernst war, und gehorchten. Er mußte an eine Bemerkung denken, die Goddard Hanshaw einmal gemacht hatte:

»Ihr Ischtarier scheint eine so starke angeborene Disziplin zu haben, daß ihr keinen Drill braucht. Aber ich frage mich, ob ›Disziplin‹ das richtige Wort ist? Vielleicht ist es mehr eine – nun, eine Empfindsamkeit für Nuancen, eine Fähigkeit, sich aus intelligenter Einsicht in eine Gruppe einzufügen... vielleicht fällt es uns Menschen leichter, abstrakte Ideen zu entwickeln, aber ihr habt einen höheren sozialen Intelligenzquotienten.« Er hatte gelächelt. »Eine Theorie, die auf der Erde nicht gerade populär ist. Bei uns gibt man höchst ungern zu, daß Wesen, die keine Maschinenzivilisation haben und an Tabus und was weiß ich noch glauben, höher entwickelt sein könnten als wir selbst, die wir so ungemein aufgeklärt sind.«

Larreka war von den Menschen seit ihrer Ankunft fasziniert gewesen und hatte alles über sie und von ihnen gelernt, was ihm möglich gewesen war. Dies war um einiges mehr, als er seinen Soldaten und Offizierskameraden gegenüber durchblicken ließ; für sie war er der rauhbeinige, zähe alte Haudegen, und dabei sollte es bleiben. Das Erlernen der Sprache war für einen Landsknecht, der die halbe Welt durchzogen und immer rasch herausgefunden hatte, wie er die Einheimischen nach Wegen, Lebensmitteln, Bier, Unterkunft, Sex und allem anderen fragen mußte, kein Problem gewesen. Obendrein war die Menschensprache, was Stimmumfang und Möglichkeiten der Lautbildung betraf, von erstaunlicher Armut. Um so mehr bewunderte er die Hartnäckigkeit, mit der sie sich trotz dieser naturbedingten Benachteiligung um das Erlernen der Sprache von Sehala bemühten.

Hinzu kam, daß sie so mitleiderregend kurzlebig waren. Eine einzige Periode von vierundsechzig Jahren oder weniger, selten einige Jahre mehr... Unwillkürlich beschleunigte er seinen Schritt. Er wollte sich seiner Freunde erfreuen, solange er sie hatte.

Außerdem hatte er eine dringende Botschaft für sie. Er brachte schlechte Nachricht.

Primavera bestand aus kleinen Wohnhäusern und bescheidenen Werkstätten und Läden, und seine schmalen geteerten Straßen waren überschattet vom roten und gelben Laub mächtiger alter Bäume, die man bei der Rodung des Geländes stehengelassen hatte. Das Erdreich, in dem sie wurzelten, bedurfte besonderer Pflege, um sie inmitten einer importierten Vegetationsinsel mit chemisch und biologisch verändertem Boden am Leben zu erhalten. Die Ortschaft zog sich vom Jayin, wo Boote an hölzernen Stegen dümpelten und Flußschiffe anlegten, den leicht ansteigenden Uferhang hinauf. Die Bewohner stellten verschiedene Dinge für den Eigenbedarf her und betrieben eine genossenschaftlich organisierte Spinnerei und Weberei, deren Überschußproduktion in Beronnen gegen einheimische Waren getauscht wurde. Alle Gebäude waren aus den am Ort vorhandenen Materialien – Holz, Naturstein, Ziegel – erbaut und hatten kleine Fenster, deren Glas gleichfalls aus eigener Erzeugung stammte. Eine Landstraße führte nach Osten über einen Höhenzug zum Landeplatz für Raumschiffe. Einen Kilometer außerhalb der Ortschaft passierte sie den Flugplatz, wo ein paar Maschinen für Langstreckentransporte standen. In Primavera und Umgebung wurde der Verkehr mit Lastwagen, Fahrrädern und zu Fuß abgewickelt.

Ischtarier waren in Primavera ein so häufiger Anblick, daß sie keine besondere Aufmerksamkeit erregten, sofern sie nicht individuell mit den Bewohnern bekannt waren. Larreka hatte Bekannte nur unter den langjährigen Einwohnern, und nicht viele Leute waren um diese Zeit, da die meisten Erwachsenen arbeiteten und die Kinder in der Schule waren, draußen unterwegs. Larreka war bis zu dem kleinen Park östlich vom Ortskern vorgedrungen, wo er sich am Springbrunnen zu erfrischen gedachte, ehe er angerufen wurde.

»Larreka! Der alte Zuckeronkel persönlich! Hallo!« Jill Conway sprang aus dem Sattel, ließ das Fahrrad am Wegrand liegen und rannte in seine Arme. Nach der stürmischen Begrüßung trat sie zurück, legte den Kopf auf die Seite und musterte ihn eingehend. »Du siehst gut aus. Hast Fett abgearbeitet, wie? Aber warum zum Kukkuck hast du mich nicht wissen lassen, daß du kommen würdest? Dann hätte ich einen Kuchen gebacken.«

»Vielleicht war das der Grund«, neckte er sie.

»Nun hör aber auf, ja? Das dumme an einer langen Lebensspanne wie der deinigen ist, daß man kein Zeitgefühl entwickelt. Meine kulinarischen Katastrophen ereigneten sich nicht gestern, sondern vor zwanzig Jahren. Ich bin jetzt eine erwachsene Dame, wie man mir sagt, und du würdest dich wundern, wie gut ich koche. Ich muß zugeben, daß es sehr heroisch von dir war, die Sachen zu essen, die ein kleines Mädchen für seinen Zuckeronkel zubereitete.«

Sie lächelten einander zu, eine Geste, die beiden Arten eigentümlich war. Sie hatten sich gelegentlich Briefe geschrieben und einoder zweimal telefoniert, aber gesehen hatten sie einander in den sieben Jahren, seit die Zera Victrix nach Valennen verlegt worden war, nicht ein einziges Mal. Er war von den sich verschlechternden Klimaverhältnissen und dem damit zusammenhängenden Anwachsen des Banditenunwesens zu beansprucht gewesen, um Urlaub zu nehmen, und sie hatte ihre Ausbildung abgeschlossen und beim örtlichen Forschungsinstitut Arbeit gefunden. Später hatte sie an biologischen Untersuchungen im Iren-Archipel südlich von Beronnen teilgenommen, und sie hatten einander für eine Weile ganz aus den Augen verloren. Wahrscheinlich, dachte er, war es besser so. Wäre sie nach Norden gekommen, um die größeren Geheimnisse Valennens zu untersuchen, hätte er sich Sorgen um sie machen müssen. Dieser Kontinent war nicht mehr sicher, und Jill gehörte zu denen, die er ins Herz geschlossen hatte.

Sie hatte sich verändert. In den hundert Jahren seiner Bekanntschaft mit Menschen hatte er mit mehreren enge Freundschaft geschlossen und gelernt, sie voneinander zu unterscheiden, wie sie selbst es taten. Als er sie zuletzt gesehen hatte, war sie eine schlaksige, spät reifende Jugendliche gewesen, die noch Mühe hatte, den Wildfang ihrer Kindheitsjahre abzustreifen. Heute war sie eine Erwachsene.

Gekleidet in die übliche Hose und Bluse der Stadtbewohner, stand sie groß und langbeinig vor ihm, kaum auf der weiblichen Seite der Magerkeit. Auch ihr Gesicht war lang und schmal, mit gerader Nase und auffallend kobaltblauen Augen unter geraden Brauen. Die Sonne hatte ihre helle Haut gebräunt, und auch die Sommersprossen, an die er sich erinnerte, waren noch da. Das ehemals strohblonde, inzwischen nachgedunkelte Haar fiel ihr auf die Schultern, von einem Band aus Silberfiligran und Leder, das er ihr geschenkt hatte, aus der Stirn gehalten.

»Du bist zur Fortpflanzung bereit, kein Zweifel«, sagte Larreka schließlich. »Wann und mit wem?«

Er hatte nicht erwartet, daß sie erröten und »Noch nicht«, murmeln würde, um gleich darauf ablenkend zu fragen: »Wie geht es der Familie? Ist Meroa mitgekommen?«

»Ich ließ sie auf dem Hof zurück.«

»Aber warum?« fragte sie, zum Gegenangriff übergehend. »Du hast eine viel nettere Frau, als du verdienst.«

»Sag ihr das bloß nicht.« Sein Lächeln verblaßte. »Dies ist kein Urlaub für mich, Jill. Ich muß weiter nach Sehala, zu einer Versammlung, und danach so schnell wie möglich zurück nach Valennen. Und Meroa wird zurückbleiben.«

Jill stand eine kleine Weile ganz still, ehe sie leise fragte: »Ist es dort so schlimm geworden?«

»Schlimmer.«

»Oh.« Wieder gab es eine kurze Pause. »Warum hast du uns nichts gesagt?«

»Der Ärger kam ganz plötzlich, praktisch über Nacht. Zuerst war ich nicht ganz sicher. Schließlich hätte es einfach Pech gewesen sein können. Als ich es besser wußte, beantragte ich die Einberufung einer Versammlung und nahm als Abgesandter der Legion das nächste Schiff.«

»Warum hast du nicht uns angerufen und ein Flugzeug angefordert?«

»Wozu? Ihr könnt nicht alle zur Versammlung bringen. Selbst wenn ihr genug Flugzeuge hättet, was ich bezweifle, würden viele Abgesandte nicht damit fliegen. Also kann eine beschlußfähige Versammlung gar nicht zusammenkommen, ehe ich auf dem Land-

und Seeweg eintreffe.« Larreka stieß einen Seufzer aus. »Meroa und ich hatten sowieso einen Urlaub nötig – im vergangenen Jahr war keine Zeit –, und den hat die Reise uns gegeben.«

Jill nickte. Er hatte keine Veranlassung, ihr die Gründe für seinen Reiseweg zu erläutern. Normalerweise war der Seeweg die schnellste Route, von Port Rua im Süden Valennens nach Liwas an der Mündung des Jayin, und von dort flußaufwärts nach Sehala. Gegenwärtig aber gab es zu viele Äquinoktialstürme, angefacht von der roten Sonne. Neben dem Risiko des Schiffbruchs mußten Seeleute mit der Wahrscheinlichkeit einer durch widrige Winde und Stürme um Wochen verlängerten Reise rechnen. Unter diesen Umständen war es am sichersten, die Überfahrt weiter östlich zu machen, wo das Meer weniger breit und von Inselketten durchzogen war, die bei Stürmen sichere Ankerplätze boten. Auf diesem Wege gelangte man in den nordöstlichen Teil von Beronnen und mußte durch die Küstenebene, die Roten Hügel, das bewaldete Hochland und über das Donnergebirge zum Jayintal wandern. Das meiste davon war Wildnis, und über weite Strecken ging es durch unfruchtbare Ödländer, doch für einen alten Soldaten stellte dies alles kein ernstzunehmendes Hindernis dar.

»Nun, ich bin eine Weile draußen in der Einöde gewesen«, sagte sie. »Wir suchten in den Steinbergen nach Fossilien und kamen erst vorgestern zurück. Es kann sein, daß Goddard Hanshaw oder Ian Sparling Nachrichten haben, von denen ich nichts weiß.«

»Die beiden können nur gehört haben, daß bald eine Versammlung der Sprecher stattfinden wird. Wie hätte ich sie von unterwegs anrufen sollen? Ich habe hier haltgemacht, um eure Anführer zu sprechen und ihre Meinung zu hören, bevor ich nach Sehala gehe.«

»Natürlich. Dumm von mir, das zu vergessen. Man gewöhnt sich so daran, immer mit anderen in Funkverbindung zu stehen, daß man schließlich meint, es müsse überall so sein.«

Sie saß in einem anderen Boot als er, dachte Larreka nachsichtig. Ein gewöhnlicher tragbarer Radiosender konnte eine der Relaisstationen erreichen, die die Menschen in der südlichen Hälfte dieses Kontinents errichtet hatten, und diese gab die Sendung verstärkt weiter. Aber für weite Entfernungen waren große Sender nötig, die sich der auf den Monden installierten Relaisstationen bedienen konnten. Solche starken Sender gab es bisher erst vier – schließlich war Ischtar Endpunkt einer sehr langen und dünnen Nachschublinie von der Erde –, nämlich in Primavera, in Sehala, an der Küste von Haelen und in Port Rua. Es mutete grotesk an, daß er von dort aus, weit entfernt in der nördlichen Hemisphäre, über zehntausend Kilometer Luftlinie mit der Gemeinschaft hatte sprechen können, während sein tragbarer Sender später, als er sich dem Zentrum der Zivilisation näherte, taubstumm geworden war.

Jill nahm ihn am Arm. »Dann erwarten sie dich also nicht?« sagte sie. »Komm, laß mich die Vorbereitungen treffen. Ich möchte zuhören.«

»Von mir aus«, antwortete er. »Aber es wird dir nicht gefallen.«

Eine Stunde verging. Jill fuhr kreuz und quer durch die Ortschaft, um Sparling und Bürgermeister Hanshaw zu verständigen, die beide irgendwo ihren Geschäften nachgingen. Unterdessen führte Larreka seine Soldaten zu Primaveras einzigem Gasthaus. Es hatte seinen Gästen nicht viel mehr als Bier und Wein und ein Lochbillard zu bieten; warme Speisen gab es nur auf Vorbestellung. Aber es hatte Fremdenzimmer für Menschen, die auf der Durchreise waren oder einen Arbeitsplatz angenommen hatten, und für Ischtarier auf Besuch. Larreka sah darauf, daß es seiner Truppe an nichts fehle, und sagte dem Wirt, er solle die Zeche der Stadt in Rechnung stellen, wie es der langjährigen Übereinkunft entsprach. Er brauchte seine Leute nicht zu ermahnen, keine allzu hohe Zeche zu machen; sie waren anständige Burschen, die die Ehre der Legion nicht vergaßen.

Für sich selbst ließ er kein Nachtlager reservieren. Jill hatte vor zwei Jahren geschrieben, daß sie von ihrem Elternhaus in eine gemietete Kate umgezogen sei, die einen ischtarisch eingerichteten Raum habe. Sie stammte aus einer Zeit vor zwei oder drei Generationen, als Gelehrte beider Rassen in dem Bemühen um beiderseitiges Verstehen eng zusammengearbeitet und zusammengelebt hatten. Sie hatte hinzugefügt, daß er sie sehr kränken würde, wenn er bei künftigen Aufenthalten in Primavera nicht bei ihr logierte.

Vom Gasthaus lenkte er seine Schritte zum Bürgermeisteramt. Eine kleine Gemeinde wie Primavera bedurfte kaum der Leitung. Die meisten Pflichten, die Hanshaw hatte, betrafen infolgedessen die Erde: Lieferungen von Ersatzteilen und Versorgungsgütern, Besuche von Wissenschaftlern, Technikern und Bürokraten der Weltföderation.

Das Haus war typisch für die vorherrschende und einem Klima angepaßte Bauweise, das die Menschen ›mediterran‹ nannten. Dicke, mit Pastellfarben getünchte Wände hielten die Räume im Sommer kühl und im Winter warm; rückwärts lag ein auf einer

Seite offener Innenhof mit Blumenbeeten und einem Brunnen. Eine schwere und widerstandsfähige Dachkonstruktion bot einigen Schutz vor Wirbelstürmen, die nach Auskunft der Menschen durch Ischtars Umdrehungsgeschwindigkeit häufiger und verheerender als ihre Pendants auf der Erde waren.

Hanshaws Frau ließ ihn ein, nahm aber nicht an der Besprechung in ihrem Wohnzimmer teil. Außer dem Bürgermeister und Jill war nur Ian Sparling anwesend, wie Larreka mit Erleichterung sah. Es war ganz unglaublich, wieviel Zeit die Menschen in bemühtem Geschwätz vergeuden konnten, wenn mehr als ein paar von ihnen beisammen waren. Sparling war Chefingenieur und für alle technischen Anlagen zuständig, daher ein wichtiger Mann in einer Schlüsselposition. Darüber hinaus war auch er ein guter Freund von Larreka.

»Wie geht's, alter Knabe?« dröhnte Hanshaw. Er hatte sich erschreckend verändert, fand Larreka, war grau und fett geworden. Dennoch schien ihn die alte Lebenskraft noch nicht ganz verlassen zu haben, und als er Larreka mit festem Händedruck willkommen hieß, war er sichtlich bemüht, einen Ansatz seiner alten energischen Lebhaftigkeit zu zeigen. Er deutete auf eine Matratze, die gegenüber von drei halbkreisförmig angeordneten Armstühlen am Boden ausgebreitet war. »Mach es dir bequem. Was möchtest du? Bier, wie ich dich kenne.«

»Bier in der Tat«, erwiderte Larreka. »In vielen großen Krügen.« Er meinte das aus Brotwurzel gewonnene und mit einheimischen Bitterkräutern gewürzte Gebräu; das aus irdischen Zutaten gebraute Zeug hatte für ihn einen abstoßenden Geschmack. Nach einer herzlichen Schulterumarmung mit Sparling zog er eine Pfeife aus dem Beutel und sagte: »Außerdem habe ich seit sieben Jahren keinen Tabak geraucht.«

Der Ingenieur lachte, bot ihm von seinem Vorrat an und stopfte sich anschließend selbst eine Pfeife. Er war sehr groß gewachsen – volle zwei Meter, was ihn auf eine Augenhöhe mit Larreka brachte – Mitte der Vierzig, breitschultrig aber knochig und hager, mit großen, knotigen Händen und Füßen und unbeholfen aussehenden Bewegungen, die gleichwohl alles taten, was er von ihnen wollte. Das Gesicht mit den hohen Backenknochen, der Hakennase und den tiefen Falten um die graugrünen Augen und die dünnen Lippen, mit der wettergegerbten Haut unter dem ungekämmten schwarzen, grau durchschossenen Haarschopf und der seltsam klanglosen Stimme hatte sich seit ihrem letzten Zusammentreffen wenig verändert. Sparling kleidete sich so nachlässig wie Jill, aber es fehlte ihm ihre Anmut.

»Was machen Frau und Kind?« erkundigte sich Larreka.

»Ach, Rhoda ist wie immer«, antwortete er. »Becky studiert auf der Erde – wußtest du das nicht? Tut mir leid. Ich war immer ein schlechter Briefeschreiber. Ja, sie ist seit einem Jahr dort. Macht sich gut, das Mädchen.«

Während sie über familiäre Ereignisse und gemeinsame Erinnerungen plauderten, brachte Olga Hanshaw Getränke und verkündete, daß es in einer Stunde zu essen gebe. »Ich fürchte, es wird nichts Besonderes sein«, entschuldigte sie sich bei Larreka. »Die Stürme dieses Sommers haben der Ernte geschadet, bei uns genauso wie bei euch.«

»Und in deiner Position mußt du ein Beispiel für Sparsamkeit geben, Olga«, sagte Jill zu ihr. »Jeder weiß, daß die Hanshaws keine Knicker sind.«

Nur Sparling lachte. Larreka bemerkte, daß sein Blick immer wieder zu ihr hinüberwanderte.

»Sparen wir uns die Scherze für später auf«, sagte der Bürgermeister. »Vielleicht können wir heute abend eine Partie Poker spielen. Aber nun das Wichtige zuerst. Larreka, du bist nicht hier, um ein paar alte Freunde mit deinem Besuch zu erfreuen. Du hast schlechte Nachrichten mitgebracht, und ich fürchte, wir haben noch schlimmere Nachrichten für dich.«

Larreka tat einen langen Zug aus dem Bierkrug und sagte ruhig: »Dann schieß los.«

»Vor ein paar Tagen meldete Port Rua, daß Tarhanna gefallen ist.«

Larreka war ein alter Krieger, erfahren in den Wechselfällen des Schicksals, und er hatte zuviel von der stoischen Gelassenheit des Haeleners in sich, um zu jammern oder zu fluchen. Er sog bedächtig an der Pfeife, stieß den beißenden Tabakrauch aus und sagte nüchtern: »Einzelheiten?«

»Nicht sehr viele. Wie es scheint, unternahmen die Eingeborenen – die Barbaren, meine ich, nicht die zivilisierten Valenner, die in eurem Gebiet leben – einen Überraschungsangriff, nahmen die Stadt, warfen alle hinaus und sagten dem Legionsoffizier, als sie ihn ziehen ließen, sie wären nicht wegen der Beute gekommen, sondern hätten die Absicht, selbst eine Garnison nach Tarhanna zu legen.«

»Das ist schlecht«, sagte Larreka nach einer Weile. »Sehr, sehr schlecht.«

Jill beugte sich vor, um seine Mähne zu berühren. Ein paar von den darin hausenden flügellosen Insekten, kamen aufgestört zwischen den Blättern hervor, dann verschwanden sie wieder darunter, um sich erneut der Jagd auf Ungeziefer zu widmen. »Das ist ein Schock, wie?« fragte sie mitfühlend.

»Ja.«

»Aber ist es wirklich so schlimm? Soviel ich weiß, ist oder war Tarhanna der wichtigste Vorposten der Gemeinschaft im Inneren von Valennen. Aber welche Bedeutung hatte er, außer für den Handel? Und alle wissen, daß der Handel als erstes aufhört, wenn die große Dürre über das Land kommt.«

»Es war auch ein Militärstützpunkt«, erwiderte Larreka. »Von dort konnten wir das Banditentum im Landesinneren bekämpfen. Jetzt...« Er rauchte eine Weile schweigend, ehe er fortfuhr: »Ich glaube, es trifft mich hauptsächlich als ein Zeichen. Die Legion ist in guter Verfassung. Tarhanna hätte imstande sein sollen, jeden Angriff der Barbaren abzuwehren. Oder zumindest auszuhalten, bis von Port Rua Verstärkungen kämen. Statt dessen wurde die Garnison überrumpelt. Und der Feind glaubt, er könne die Stadt behalten. Daraus ist zu schließen, daß er eine schlagkräftige Truppe aufgestellt hat. Dies war nicht das Werk eines Haufens von Plünderern und Banditen; dieser Angriff wurde von einer organisierten, disziplinierten Truppe ausgeführt. Vielleicht sogar von einer Stammeskoalition.

Das wäre der endgültige Beweis für die Richtigkeit meiner schon länger gehegten Vermutung. Die Banditen und Piraten wurden im Laufe der Zeit zu kühn und zu erfolgreich, um dieselben zu sein, die wir bisher mehr oder weniger routinemäßig in Schach hielten. Es würde auch zu den – allerdings spärlichen – Erkenntnissen passen, die unserem Nachrichtendienst aus dem Hinterland zugeflossen sind.

Jemand hat es endlich geschafft, die Barbaren zu einen. Wahrscheinlich hat er die Vorbereitungen abgeschlossen, eine Armee auf die Beine gestellt und ist bereit, uns Dampf zu machen. Um die Gemeinschaft ganz aus Valennen hinauszuwerfen.

Aber ich fürchte, das wird nur der Anfang sein. In früheren Zeiten trieben die Trockenheit und Hitze, die der Wanderer mit sich brachte, die hungernden und verzweifelten Einwohner der betroffenen Länder nach Süden. Sie fielen in die reichen und zivilisierten Gebiete des Südens ein und bewirkten deren Zusammenbruch. Diesmal sah es so aus, als hätte die Zivilisation eine Überlebenschance. Doch nun hat jemand die Valenner hinter sich vereint. Er kann nur ein langfristiges Ziel haben – in den Süden einzufallen und uns aus den fruchtbaren Ländern zu vertreiben oder zu versklaven.

Das war der eigentliche Anlaß meiner Reise. Ich muß der Versammlung klarmachen, daß wir uns nicht vorübergehend aus Valennen zurückziehen können, sondern daß wir um jeden Preis einen Brückenkopf halten müssen. Ich hoffe, es wird mir gelingen, Verstärkungen zu bekommen, zumindest eine zweite Legion. Zuvor aber möchte ich euch fragen, welche Hilfe ihr leisten könnt. Es mag nicht euer Krieg sein; aber ihr seid hier, um Ischtar zu studieren. Wenn unsere Zivilisation zugrunde geht, werdet ihr hier schwerlich weiterarbeiten können.«

Es war eine der längsten Ansprachen, die er je gehalten hatte. Mit unvermittelter Heftigkeit, hinter der sich Verlegenheit verbarg, machte er sich über Bier und Pfeife her.

Sparlings Stimme riß ihn zurück. »Larreka, es schmerzt mich sehr, das sagen zu müssen, aber ich bin nicht sicher, welche Hilfe wir euch leisten können. Du mußt wissen, daß wir selbst einen Krieg am Hals haben.«

4

Aus dem Weltraum gesehen, sind alle Planeten schön; aber diejenigen, wo Menschen atmen können, sind von einer besonderen, schmerzlichen Schönheit. Als er das Schiff in die Umlaufbahn manövrierte, stiegen Juri Dejerine beim Betrachten Ischtars Tränen in die Augen.

Die Kugel war von strahlendem Blau, gemustert mit weißen Wolkenwirbeln und den dunkleren Tönen der Kontinente. Die Unähnlichkeit mit der Erde verlieh der Welt den geheimnisvollen Zauber einer exotischen Frau. Es gab keine Polkappen, und das strahlende Weiß der Wolken war trotz einer größeren Meeresoberfläche spärlicher. Die Brauntöne der Festländer zeigten keine Einblendungen von Grün, dafür mehr olivgelbe und rötliche Tönungen. Kein großer, narbenbedeckter Mond umkreiste den Planeten in weitem Abstand, nur zwei Zwergmonde auf engen Umlaufbahnen. Einer war in Dejerines Blickfeld; der unregelmäßige, um seine Achse rotierende Körper blinkte vor dem Hintergrund sternerfüllter Schwärze wie ein Leuchtkäfer.

Und das Licht war unheimlich. Der größte Teil kam von Ischtars eigener Sonne Bel, deren Strahlung vom vertrauten Gelblichweiß war. Anu hatte sich dem System jedoch soweit angenähert, daß sein Schein Wolken und Meer rotstichig erscheinen ließ.

Zum Schutz der Augen abgeblendet, zeigte der Bildschirm Wiedergaben beider Sonnen. Sie schienen von gleicher Größe, eine von ihren verschiedenen Entfernungen bewirkte Täuschung. Bel war von einer prachtvollen Korona umgeben, während Anu keine klare Scheibe zeigte. In der Mitte war ein feuriges Rot, wo monströse Flecken waberten; dieses Glutrot wurde nach außen zu matter und dünner, bis es sich schließlich in einem von Flackern durchzuckten glühenden Dunst verlor, aus dem da und dort stumpfrote Flammenzungen leckten, die Dejerine an die Arme eines Kraken gemahnten.

Er wandte den Blick ab und begann nach Schwesterplaneten Ausschau zu halten. Nach einer Weile glaubte er zwei ausgemacht zu haben. Ja, und dieser wirklich brillante, rötlich strahlende Stern mußte Ea sein, sechstausendmal so weit entfernt wie Bel. Ea war keine Erinnerung an die Sterblichkeit, wie Anu; als roter Zwerg hatte Ea noch ein sehr langes, wenn auch ruhiges Leben vor sich.

Der Anblick rief in Dejerine Empfindungen von Einsamkeit und ein Bewußtsein universaler Unausweichlichkeit hervor, der alles unterworfen war. Auch in Ischtars glänzender Schönheit lag schon der Keim eines quälenden Todeskampfes. Seine Gedanken gingen weiter zu Eleanor: Wie schön und zugleich unglücklich war sie gewesen, als sie ihm gesagt hatte, daß sie es nach zwei Jahren nicht länger versuchen könne und die Scheidung wolle. Auch ich habe mich bemüht, sagte er ihr ein weiteres Mal. Wirklich bemüht.

Eine Stimme aus dem Lautsprecher rettete ihn vor der Stille: »Umlaufbahn erreicht, Chef. Alles in Ordnung.«

»Sehr gut«, erwiderte er mechanisch. »Wer nicht zum Wachdienst eingeteilt ist, kann jetzt freinehmen.«

»Soll ich die Bodenstation verständigen?« fragte der Nachrichtenoffizier.

»Noch nicht. In der betreffenden Hemisphäre ist es jetzt Nacht – jedenfalls, soweit es die richtige Sonne betrifft. Wie ich gehört habe, sind die Bewohner an den achtzehneinhalbstündigen Tag angepaßt, und die meisten werden jetzt schlafen, ob Anu am Himmel steht oder nicht. Es wäre unhöflich und überflüssig, sie zu wecken. Warten wir bis sieben Uhr. Damit bleiben uns auch ein paar Stunden Entspannung. Sollten bis dahin irgendwelche Radiobotschaften eingehen, lassen Sie sie in meine Kabine durchstellen. Wenn nicht, rufen Sie um sieben Uhr Primavera.«

»In Ordnung, Chef. Sonst noch was?«

»Nein, danke. Ich werde ausruhen. Das gleiche empfehle ich Ihnen, Heinrichs. Wir haben eine arbeitsreiche Zeit vor uns.«

Heinrichs wünschte ihm eine gute Nacht und schaltete aus. Dejerine wandte sich wieder dem Planeten zu. Die Umlaufbahn hatte das Schiff inzwischen über die zivilisierten Teile des Planeten gebracht. Die gegenüberliegende Hälfte enthielt einen einzigen Kontinent und eine große Zahl von Inseln, über die wenig bekannt war. Wie es hieß, lebten in dem ganzen Gebiet sehr wenige Ischtarier. Den wenigen Menschen bot der Planet auf seiner anderen Seite schon genug Rätsel, die der Lösung harrten.

Anus Licht lag düster und unheilvoll über Teilen der Oberfläche, die dunkel sein sollten. Dejerine konnte die Landmassen erkennen, von denen er gelesen und von Conway gehört hatte.

Das ungefähr australiengroße Haelen überdeckte den Südpol und streckte einen Arm über den antarktischen Polarkreis aus. Von dort führte eine Reihe von Inselketten, sichtbar nur als Veränderungen im Muster der Wolken und Luftströmungen, nordwärts nach Beronnen, das ein wenig wie Indien geformt war und sich vom südlichen Wendekreis bis in die Nähe des Äquators erstreckte. Darauf folgten weitere Inseln, viele davon vulkanisch, wie er wußte, bis der suchende Blick Valennen entdeckte, dessen südlichster Punkt nicht weit nördlich des Äquators lag. Wie ein auf der Spitze stehendes Sibirien reichte dieser Kontinent beinahe bis zum Nordpol. Die Krümmung des Planeten verbarg vor Dejerine die nördlichen drei Viertel dieses unbekannten Territoriums, dessen Leben nicht auf Ischtar entstanden war.

Er hielt Ausschau nach dem Rest seiner Flottille, konnte jedoch keins der anderen Schiffe ausmachen. Das war nicht überraschend; aus Sicherheitsgründen lagen sie mit weiten Abständen in ihren Umlaufbahnen, und außerdem waren sie klein. Ihre Namen waren wie eine Litanei in seinem Kopf: *Sierra Nevada* war der Name des Schiffs, das er befehligte; dann kam ein zweites Aufklärungsschiff, die *Mosén Perez*; darauf das Trägerschiff *Isabella*, das zehn Jagdmaschinen an Bord hatte; und schließlich das Transport- und Arbeitsschiff *Imhotep*, zu dessen Schutz der ganze Konvoi nach Ischtar gekommen war. Sie hatten eine weite und schnelle Reise hinter sich, und daß er nun hier war, fern vom Kampfgeschehen, war tatsächlich eine Ehre und ein Vertrauensbeweis.

Dennoch kam er sich nun, da er keine Pflichten mehr hatte, wie in einer Zelle vor. Er stand auf und verließ die Brücke, um sich in seine Kabine zurückzuziehen. Seine Schritte hallten laut durch das leere Deck. Während der Reise hatte er die Feldgeneratoren auf 1,18 g einstellen lassen, um seine Männer und sich auf die größere Anziehungskraft Ischtars vorzubereiten. Wenn er, wie es jetzt der Fall war, müde wurde, fühlte er die vierzehn Kilo zusätzlichen Gewichts, als ob sie in Blei an ihm hingen.

Nun, nach ein paar Stunden Schlaf würde er wieder frisch und munter sein.

Aber als er die Uniform gegen den Schlafanzug eingetauscht hatte, legte er sich noch nicht nieder. Statt dessen erlaubte er sich einen kleinen Cognac und zündete eine Zigarette an. Für ein paar Minuten kramte er in seinen Schubladen herum und ließ persönliche Dinge durch die Finger gehen.

Das Foto seines Vaters ... Warum hatte er keins von seiner Mutter bei sich? Ihre Ehe war zerbrochen, als er sechs gewesen war, ihr einziges Kind, und sie hatte ihn aufgezogen. Sie hatte es gewissenhaft getan und sich so viel um ihn gekümmert, wie ein zunehmend wichtiger Verwaltungsposten in der Behörde zur Friedensüberwachung es erlaubte. Ihrem gemeinsamen Leben hatte es auch nicht an Abwechslung gemangelt – häufige Umzüge von einer europäischen Stadt zur anderen, Urlaubsreisen in andere Weltgegenden, Empfänge, wo bedeutende Gäste über Angelegenheiten diskutierten, die die Nachrichten beherrschten ... Doch irgendwie, vielleicht, weil sie einander selten sahen, vielleicht, weil er immer guter Dinge war und ein wenig mehr suchte als den bloßen Lebensgenuß, wirkte Pierre Dejerine in einer Weise auf den Sohn, wie Marina Borisowna es nicht vermochte ... wenngleich es sicherlich ihr Erbteil in ihm gewesen war, der ihn vom fleißigen und beharrlichen Schüler zum Absolventen der Militärakademie gemacht hatte ...

Er schüttelte den Kopf mit müdem Lächeln, schloß die Schublade und griff zu dem Buch über Ischtar. Wenn er schon keine Ruhe fand, sollte die Langeweile dieser neuerlichen Wiederholung am besten geeignet sein, ihn schläfrig zu machen.

Er machte es sich im Sessel bequem, nippte an seinem Cognac und begann zu blättern.

... Babylonische Nomenklatur. Andere irdische Methologien waren für nähergelegene Planetensysteme in Anspruch genommen worden. Dabei war das System Anubelea durch Zufall unter den ersten,

die der Mensch besucht hatte, schon bald nachdem Machs Prinzip zum Durchbrechen der Lichtgeschwindigkeitsbarriere geführt hatte. Diego Primaveras Reise war unter den Umständen der damaligen Zeit ein Epos wagemutigen Entdeckerdrangs.

Sein eigentliches Ziel war der Sternhaufen NGC 6656 (M 22) im Sternbild des Schützen gewesen. Bei einer Entfernung von drei Kiloparsek war dieser Kugelhaufen verhältnismäßig nahe, und wegen seines geringen Umfangs und seiner Dichte von besonderem Interesse für die Astrophysik. Unbemannte Raumsonden hatten viel näher ein isoliertes Sternsystem ausgemacht, das auf der direkten Linie zwischen dem Sonnensystem und dem Sternhaufen liegt. Dieser Hintergrund hatte es für die Astronomen auf der Erde unsichtbar gemacht, und Primaveras Schiff hatte Auftrag, dieses System unterwegs aufzusuchen.

Was er dort fand, war vom biologischen und menschlich-psychologischen Standpunkt aus bei weitem erregender und interessanter als sein eigentliches Ziel. Als galaktischer Neuling hatte der Mensch zu jenem Zeitpunkt noch keine Welten angetroffen, die seiner Heimat so ähnlich und gleichzeitig so andersartig waren.

Primavera leitete eine zweite Expedition zur Erforschung dieser Planeten. Sein Bericht wurde als sensationell empfunden. Ein Gelehrter namens Winston Sanders schlug aus verschiedenen Gründen die babylonischen Namen vor, und die Anregung wurde aufgegriffen...

Mittlerweile waren jedoch Forschungsexpeditionen aus anderen Himmelsbereichen zurückgekehrt und hatten eine Flut von Entdeckungsberichten und exotischen Geschichten mitgebracht. Das Studium Anubeleas siechte dahin, bis eine weltumspannende Vereinigung wissenschaftlicher und humanistischer Institutionen gegründet und mit Geldmitteln ausgestattet worden war. Nicht nur die Faszination, die Ischtar und Tammuz ausübten, sprach für die Errichtung eines ständigen Stützpunkts auf dem ersteren Planeten. Auch der Wunsch spielte eine Rolle, den Bewohnern jener Welt durch die nächste einer Reihe von Krisen zu helfen, die ihre ganze Geschichte und Entwicklung geprägt hatten...

Rhetorisches Geschwafel. Dejerine wollte Stumpfsinn, über dem er einschlafen konnte. Er blätterte zu einem Kapitel weiter, das eine dürre Zusammenfassung von Fakten bot.

...Ein Tripelsystem ist keine außergewöhnliche Erscheinung. Begleitersterne haben häufig verschiedene Massen und weichen ent-

wicklungsgeschichtlich voneinander ab. Exzentrische Bahnbewegungen sind mehr die Regel als die Ausnahme.

Die drei Sterne des Systems Anubelea erreichen ungefähr das Alter der Sonne. Der G 2-Stern Bel kann in seiner derzeitigen Erscheinungsform noch weitere vier oder fünf Milliarden Jahre bestehen. Ea, der rote Zwerg, hat eine weitaus längere Lebensdauer. Anu, der größte der drei Sterne, hat folgerichtig einen rascheren Alterungsprozeß durchlaufen.

In einem früheren Stadium der Entwicklung brachte diese Sonne auf wenigstens einem ihrer Planeten Bedingungen hervor, die die Entstehung von Leben begünstigten. Die auf dem Planeten Tammuz (Anu III) gemachten Funde belegen trotz ihrer Spärlichkeit, daß dort vor etwa einer Milliarde Jahren intelligente Wesen lebten, die Schöpfer einer technischen Zivilisation waren.

Inzwischen hatte das Zentralgestirn soviel Wasserstoff verbrannt, daß es von der Hauptreihe abwanderte und zu einem roten Riesen anzuschwellen begann. Gegenwärtig beträgt seine Leuchtkraft das Zweihundertachtzigfache der Sonne und wächst weiter.

Die drei Mitglieder des Tripelsystems bewegen sich um ein gemeinsames Gravitationszentrum, woraus sich für die einzelnen Bahnbewegungen teils elliptische Formen ergeben (siehe Anhang A). Von Ischtar aus gesehen, ist Anu zum Zeitpunkt seiner größten Ferne etwa 224 AE entfernt und erscheint als ein – allerdings sehr heller – Stern. Zur Zeit seiner größten Annäherung kommt er bis auf 39 AE an Ischtar heran. Da Anu einmal in 1041 Erdenjahren seine Bahn durchläuft, kommt es einmal im Jahrtausend zur Annäherung des Riesensterns.

Die Bahnbewegung Eas ist noch exzentrischer. Sie führt diesen Stern zu allen Zeiten in weiter Ferne an Ischtar vorüber, so daß direkte Einwirkungen nur in einer geringen Beeinflussung der Bahnbewegung meßbar sind. Dennoch spielt Ea in der bekannten ischtarischen Mythologie eine bedeutende Rolle. Auch ist dieser Stern durch seinen einzigen Planeten von besonderem Interesse; dieser ist wesentlich größer als Jupiter und kann mit einigem Recht als ein nur wenig kleinerer Begleiter Eas angesehen werden...

Da der Durchgang durch das Periastron nur einen Bruchteil der Zeit eines Bahndurchlaufs beträgt, wird Ischtar nur für die Dauer eines Jahrhunderts vom Durchgang des roten Riesen beeinflußt. Während der Annäherungsphase bleiben die Auswirkungen zunächst gering, da die Erwärmung des ganzen Planeten längere Zeit beansprucht. Stürme, anhaltende Dürre und damit verbundene Ka-

tastrophen stellen sich erst zum Zeitpunkt der größten Annäherung ein. Danach verschlimmert sich die Situation weiter, während Anu bereits zurückweicht – genauso, wie die heißeste Zeit eines gewöhnlichen Jahres in der Regel erst nach der Sommersonnenwende beginnt und in den Herbst hineinreicht…

Das Buch fiel Dejerine in den Schoß. Er wachte nur auf, um ins Bett zu kriechen.

5

Die neue Tassu-Garnison würde einer Belagerung Tarhannas standhalten, bis die Krieger die Blätter aus ihren Mähnen gegessen und sich das Moos von den Rücken geschoren hätten. Und selbst dann würden viele noch versuchen, Streitaxt oder Lanze zu heben, wenn die Legionäre durch unverteidigte Tore in die Stadt eindrängen. In Kenntnis dieser Sachlage marschierte ein Regiment der Zera Victrix mit Belagerungsmaschinen nordwärts.

Larreka hätte das nicht angeordnet, dachte Arnanak mit heimlicher Freude. Er ist zu klug. Aber Larreka war über die See nach Süden gefahren. Wolua, sein Mitkommandant, war weniger geduldig, weniger befähigt, mögliche Gegenzüge vorauszusehen. Arnanak hatte gehofft, daß seine Feinde den Versuch machen würden, die Stadt rasch zurückzuerobern, und er hatte seine Pläne dafür gemacht. Sobald er sich über die Absichten des Gegners Gewißheit verschafft hatte, schwärmten seine Kuriere aus; Trommeln trugen die Botschaft über die Ebene und zu den Bergen; und wo die Späher der Legion sie nicht sehen konnten, stiegen bei Tag Rauchsignale auf, loderten bei Nacht Leuchtfeuer.

Wolua war kein Dummkopf. Aber zwei- oder dreihundert Jahre Militärdienst hatten bewirkt, daß sein Denken sich in ausgefahrenen Gleisen bewegte. Während er sein Regiment auf der Landstraße nach Norden führte, ließ er zu beiden Seiten des Esali weit auseinanderfächernde Spähtrupps operieren. Die Tassui hatten diesem Späherkorps nichts auch nur annähernd Gleichwertiges entgegenzusetzen. Seine Mitglieder waren auf Ausdauer und Schnelligkeit trainiert, konnten Karten lesen und mit dem Kompaß umgehen, waren mit Ferngläsern und tragbaren Spiegeltelegrafen ausgerüstet, und einige ausgewählte Offiziere hatten sogar magische Stimmenwerfer aus der Welt der Menschen. Die Kundschafter und

Spähtrupps beschränkten sich nicht darauf, ihre Hauptstreitmacht vor feindlichen Überraschungen zu warnen; sie spürten feindliche Späher auf und töteten sie, um den Gegner über die eigenen Bewegungen im Unklaren zu lassen.

So war es jedenfalls bisher gewesen. Arnanak hatte eine neue Gegentaktik gefunden.

Klein, unauffällig und schnell, waren seine Dauri nicht leicht zu sehen; und wenn sie gesehen wurden, würde man sie wahrscheinlich für Tiere halten. War ein Legionär, der einen Daur erblickte, zufällig ein wenig in der Überlieferung der Tassui bewandert, so würde er wahrscheinlich denken: Heilige Sonne, diese Geschichten könnten wahr sein! Vielleicht spukt es in den Ödländern wirklich von Gespenstern, die manchmal bis hier herunterkommen... ja, sagt die Legende nicht, daß sie als Vorboten der Zeit des Feuers in den Gegenden des Südens erscheinen?

Arnanak beherrschte ihre pfeifende, trillernde Sprache nur unvollkommen. Aber die Verständigung war ausreichend, und sie sagten ihm, was er wissen mußte. Er kannte die Stärke und Zusammensetzung der Streitmacht von Port Rua, er wußte von Tag zu Tag, wo sie stand, und auf dieser Grundlage konnte er seinen Schlachtplan aufbauen.

Er stand bereit, das Zeichen zum Angriff zu geben. Neben ihm war Kusarat, der Oberherr von Sekrusu. Die Nachricht von der Einnahme Tarhannas hatte diesen mächtigen, doch bis dahin schwankenden Häuptling für Arnanaks Sache gewonnen, und vor zwei Tagen war er an der Spitze von dreihundert bewaffneten Eidgebern in Arnanaks Feldlager eingetroffen. Die Verstärkung war sehr willkommen, nicht nur wegen ihrer Kampfkraft, sondern auch wegen ihrer beispielgebenden Wirkung auf andere, immer noch zögernde Stämme, und Arnanak war gewillt, ihrem Anführer jede Ehre zu erweisen und so zu tun, als ob Kusarat und er gleichrangig wären. Der Oberherr von Ulu wußte, daß es Jahre dauern würde, alle Haushalte so an sich zu binden, daß sie ihn aus freien Stücken als den Herrn von Südvalennen anerkannten.

»Was tatest du dann?« fragte Kusarat.

»Ich führte die Hälfte meiner Krieger von den Hügeln herab, als ob wir verblendet von Kampfeslust oder der Aussicht auf Plünderungsgut blindlings drauflosstürmten«, erzählte Arnanak. »Wie ich erwartet hatte, stießen die Legionäre querfeldein vor, um uns mit ihrer überlegenen Streitmacht zu überraschen und niederzumetzeln. Wir aber warteten schon auf sie und zogen uns in besserer Ordnung zurück, als es für sie den Anschein hatte. So lockten wir sie landeinwärts. Unterdessen hat sich die zweite Hälfte unserer Streitmacht hier versammelt.«

»Wie konnte sie sich vor den Kundschaftern der Verflucht-sei-ihr-Name verbergen? Viele Späher mußten vorausgegangen sein.«

»Richtig. Aber die Dauri ließen unsere Leute wissen, wo die meisten Späher waren und in welche Richtung sie zogen. Daher konnten die Krieger ausweichen, wo es nötig wurde.«

»Dauri...« Kusarat verzog das Gesicht und machte ein abergläubiges Zeichen.

»Vor kurzem erreichte mich die Nachricht«, fuhr Arnanak fort, um ihn aufzumuntern, »daß der Feind seine Belagerungsmaschinen, von einigen wenigen Soldaten bewacht, auf der Landstraße zurückgelassen hat. Er konnte nicht wissen, daß ich die Möglichkeit hatte, die Krieger in Tarhanna durch die Dauri davon zu unterrichten. Unsere Leute machten einen Ausfall und erschlugen die Bewacher. Nun ziehen sie die Maschinen in die Stadt.«

Kusarat vergaß sein Unbehagen. Er schlug mit dem Schwert auf seinen Schild und brüllte vor Vergnügen.

»Leise, mein Freund«, mahnte Arnanak. »In der Zera Victrix braucht man nicht zu wissen, daß wir kein in die Enge getriebener, verzweifelter Pöbelhaufen sind.«

Durch das Gebüsch, das ihnen Deckung bot, spähte er hinab in eine trockene Bachschlucht. Dort stapfte die feindliche Truppe, zweitausend Legionäre stark. Trotz des groben Gerölls und der verstreut liegenden Blöcke bot der Boden der Schlucht ein leichteres Durchkommen als das gestrüppüberwucherte Gelände zu beiden Seiten. Die Valenner, denen die Legionäre nachjagten, hatten selbst diesen Weg genommen. Zur Flankensicherung ließ Wolua Abteilungen die oberen Ränder der Schlucht entlangmarschieren: ein Zeichen für gesunden Menschenverstand. Aber in diesem dichtbewachsenen, unübersichtlichen Gelände waren seine Späher von geringem Wert. Er konnte nicht feststellen, was sich vor ihm und hinter ihm zusammenzog. Indem sie seine Flankensicherungen mit laufenden Scharmützeln in Schach hielten und ihm in der Schlucht hartnäckige Nachhutgefechte lieferten, verhinderten die Tassui jede Aufklärung nach vorn und hielten ihn so beschäftigt, daß er nicht über die Gegend nachdachte, die er bereits hinter sich gebracht hatte.

Ein grausam heißer Wind fegte durch das dürre Gestrüpp, wirbelte Staub auf und raschelte in dem Gesträuch, wo Arnanak stand. Es roch nach ausgedörrtem Gras und versengtem Laub. Das vereinte Licht beider Sonnen warf doppelte Schatten verschiedener Längen und Farben und verfremdete die ganze Landschaft mit ihrem gelblichen und schwärzlichen Buschwerk, der rissigen grauen Erde, der Hügel und den ockerfarbenen Steilhängen und Felsen der Trockenschlucht. Ein aasfressender Ptenoid schwebte weit oben in einem Himmel, der weniger blau als messingfarben schien. Dort oben standen die Wahre und die Dämonensonne; und es war, als ob die erstere vom Zorn der letzteren angesteckt wäre. Mit dem Herannahen des Sommers vereinte sich über Valennen die rote mit der gelblichweißen Glut. Gemeinsam schlugen sie wie mit Hämmern auf das Land.

Arnanak spähte durch das dürre Gezweig. Bald konnte er den Befehl zum Angriff geben und sich an der Spitze seiner Krieger auf den Feind stürzen. Wenn es nur nicht so heiß wäre, dachte er. In einem Ofen ist nicht gut kämpfen.

Nun, in seiner alten Legionärsrüstung war er besser ausgestattet als seine Gefolgsleute. Unter den Tassui gab es keinen Schmied, der so etwas kopieren konnte, obgleich einige unbeholfene Versuche machten. Die meisten Tassui mußten sich mit einem Schild zufriedengeben oder ganz auf Schutz verzichten. Das Beste, was ein wohlhabender Krieger bekommen konnte, war ein Kettenpanzer für den Körper. Aber die benötigte Unterfütterung ließ Mähne und Pelz nicht atmen und verhinderte die Aufnahme von Sonnenlicht. So wurde er bald geschwächt und begann zu keuchen; die Hitze drang in sein Blut ein, und nach einer Weile mußte er sich zurückziehen und ausruhen, wenn er nicht ohnmächtig werden wollte. Darum zogen es viele, die sich eine Rüstung hätten leisten können, statt dessen Brustharnisch und Helm vor. Aber der in Valennen hergestellte Helm war lediglich ein Visier, das an einen konisch zulaufenden Spitzhelm geschweißt war. Festgeschnallt, zerdrückte er Blätter der Mähne.

Arnanaks Helm war ein runder Stahlkäfig, der mit dem Brustharnisch aus Eisen und Leder fest verbunden war. Der Brustharnisch lag nicht überall fest an; nachgiebige Polster hier und dort sorgten dafür, daß sein ganzer Oberkörper die Wucht eines Schlages oder Stoßes auffing. Die Platten, die seinen Rumpf schützten, bedeckten beide Flanken, während sie den Rückenpelz fast ganz frei ließen; die ledernen Haltegurte beeinträchtigten ihn kaum. Eisenbesetzte Handschuhe und stählerne Beinschienen vervollständigten die Rüstung. Alles war weiß gestrichen.

Alles bis auf den ovalen Schild an seinem linken Arm. Seine Stahloberfläche war blank poliert, um den Gegner mit reflektiertem Licht zu blenden. Der Buckel war zum Zustoßen wie ein Schnabel geformt, und die Kanten oben und unten waren scharf geschliffen, um Kinn oder Vorderbein zu spalten. An der rechten Seite hingen griffbereit Säbel, Streitaxt und Dolch.

Für eine Ausrüstung wie diese war mehr nötig, als die Mittel, sie zu kaufen. Man mußte in der Legion dienen und sich in ihrem Gebrauch ausbilden lassen. Arnanak hatte eine Oktade bei den Tamburu-Hopliten gedient und in den seither vergangenen Jahren häufig geübt.

Die Truppe war bis auf einen halben Kilometer herangekommen, und Arnanak kalkulierte, daß der Zeitpunkt richtig sei. Er hob das Horn an die Lippen und ließ das Angriffssignal ertönen. Dann brach er aus der Deckung hervor und stürmte den Steilhang hinunter.

Steine prasselten, hüpften, prallten gegen seine Beinschienen. Die Hitze wogte, das Sonnenlicht blendete, die Legionärsschilde funkelten zu ihm herauf. Warme, vom Geruch der verdorrenden Vegetation gesättigte Luft schlug ihm entgegen und pfiff durch Mähne und Pelz. Zu seiner Linken sprang Kusarat, und hinter diesem rannte ein Standartenträger, dessen grüner Flagge die Krieger von Sekrusu folgten. Zu seiner Rechten stürmte Tornak, einer seiner Söhne, das Wahrzeichen von Ulu hoch in die Luft gereckt – den auf einer Stange befestigten, mächtig gehörnten Schädel eines Azar aus dem nördlichen Beronnen. Hinter ihnen kamen ihre Krieger.

Und überall ringsum sah Arnanak die anderen Trupps, eine Sturmflut von Kriegern, die sich die Hänge hinab auf die Soldaten der Gemeinschaft ergoß. Sie überwältigten Legionärsabteilungen, ohne im Vorwärtsstürmen einzuhalten, hieben sie nieder und brandeten weiter.

Die Legionäre igelten sich ein und bildeten ein waffenstarrendes Karree. Pfeile, Wurfspeere und Steine aus Schleudern flogen. Arnanak sah einen der seinigen von einem Pfeil getroffen straucheln und schreiend den Hang hinabkollern. Sein Blut wurde vom Boden durstig aufgesogen. »Vorwärts, vorwärts!« brüllte Arnanak. »Treibt einen Keil zwischen sie! Heraus mit Schwertern und Äxten! Für euer Leben und eure Haushalte!«

Nach der Schlacht waren alle erschöpft, und die meisten hatten Wunden davongetragen. Viele hätten sich gern niedergelegt und versucht, die Schmerzen zu vergessen, aber es gab noch Arbeit. Die Verletzungen mußten behandelt und verbunden, hoffnungslos verstümmelten Legionären und den Kameraden, die es selbst nicht tun konnten, die Kehlen durchgeschnitten werden, und die Gefangenen waren zu fesseln und für den Marsch in die Sklaverei zusammenzutreiben. Nur wenn die Gemeinschaft ein stattliches Lösegeld für sie bezahlte, würden sie die Freiheit wiedersehen. Und schließlich entschied Arnanak, daß sie an der nächsten Wasserstelle, eine Stunde entfernt, lagern würden, obwohl es auch in der Nähe ein Wasserloch gab.

Auf zornige Zurufe erwiderte er: »Diese Soldaten, die nun erschlagen liegen, kämpften tapfer. Wenn wir bleiben, werden die Aasfresser nicht zu kommen wagen, und die Geister der Erschlagenen werden um so viel länger in ihren Körpern gefangen bleiben. Es steht in unserer Macht, ihnen rasch zur Freiheit zu verhelfen, nicht wahr? Das Glück ist der Lohn für eine ehrenhafte Tat.«

Er drückte dem gefallenen Wolua eigenhändig die Augen zu.

Die Truppe belud sich und ihre Gefangenen mit den Rüstungen, Waffen und Habseligkeiten der gefallenen Legionäre, und mit ihren eigenen Toten. Es war nicht daran gedacht, diese in ihre Heimat zu bringen; die Reise wäre zu lang gewesen. Aber es sollte ihnen nicht allzuviel ausmachen, noch einen oder zwei Tage in der Not und Verwirrung des Fleisches auszuharren, bis es in Tarhanna von ihnen gekocht und gegessen würde. Der letzte Freundschaftsdienst an einem Kriegskameraden war eine ebenso edle Befreiung in die Nachwelt, wie wenn man diesen Schmaus in der eigenen Familie ausrichtete. Natürlich würden ihre Gebeine in die Heimat reisen, um bei der Beschwörung von Traumorakeln mitzuwirken, bevor sie in den Dolmen ihre letzte Ruhestätte fanden.

Arnanak teilte diesen Glauben in Wahrheit nicht. Als Legionär der Gemeinschaft war er in die Mysterien der Triade eingeweiht worden. Sie erschienen ihm einleuchtender als die grobschlächtigen Götter seines Volkes. Aber er behielt das für sich, leitete die Opferzeremonien, wie es sich für einen Oberherrn gehörte, und tat, was nötig war, um seinem Namen Respekt zu verschaffen.

Die Sonne war im Begriff, dem Roten unter den Horizont zu folgen, als sie die gesuchte Quelle erreichten. Sie lag schon eingeschrumpft in einem Ring aus getrocknetem, rissigem Schlamm. Aber olivgraues Buschwerk und rotbelaubte Yanbäume harrten aus, eine armselige Oase. Arnanak bemerkte da und dort blaue Schößlinge, Vorläufer der sich ausbreitenden Lebensformen der Ödländer. Überliefertes Wissen von Vorfahren, die frühere Zeiten des Feuers überlebt hatten, besagte, daß Pflanzen dieser Art besser gediehen als solche der sterblichen Art; sie verbreiteten sich überall und zögen Tiere an, die sich von ihnen nährten, und diese Tiere wiederum lockten Dauri an. Auf diese Weise verfiele das ausgedörrte, verbrannte, sturmgepeitschte Land auch noch dem Spuk.

Später, wenn der Rote wieder gegangen sei, zögen sich auch die blauen Pflanzen und Tiere zurück – bis auf Arten wie der Phönix, die immer im südlichen Valennen lebten; und die Bewohner des Landes könnten wieder mit der Hoffnung Kinder zeugen, daß sie heranwachsen würden.

Arnanak ließ die Gefangenen auf dem besten Weideplatz anbinden, den die Oase bot. Andere Nahrung gab es nicht. Was an getrocknetem Fleisch oder Früchten mitgebracht worden war, hatte längst seinen Weg in die hungrigen Mägen gefunden; und wer hatte die Kraft, auf Jagd zu gehen?

Während sie Blätter und Gras kauten, brach die Nacht herein. Sterne glitzerten, die Geisterbrücke spannte sich über den schwarzen Himmel, und der kleine, knollenförmige Narvu zog hell angestrahlt seine Bahn. Die Felsköpfe des Hügellands erhoben sich bleich aus dem tiefen Schwarz der Täler und Schluchten. Die Luft blieb heiß, aber der Hauch einer kühlenden Brise kam wie die Hand eines Wohltäters. Endlich konnten die Sieger sich ausruhen. Arnanak hörte Seufzer durch die undeutlich gesehene Menge der Krieger gehen, als sie sich zur Nachtruhe niederlegten. Er selbst lagerte neben einem kleinen Feuer. Tornak und drei weitere Söhne lagen bei ihm. Kusarat von Sekrusu fragte, ob er sich zu ihnen gesellen dürfe. »Sofern du nicht schlafen möchtest«, fügte er höflich hinzu.

»Nein, ich ruhe lieber noch ein wenig wachend«, sagte Arnanak.

»So geht es auch mir. Meine Gedanken laufen noch immer durcheinander. Wenn ich gleich einschliefe, könnte ich nicht hoffen, mir einen guten Traum zu machen.«

»So? Bist du ein Meister der Traumkunst? Das wußte ich nicht.«

»Nein, ich kann keine hervorbringen, die Erwähnung verdienten«, antwortete Kusarat. »Aber ich kann sie angenehm machen... oder nützlich.«

Arnanak nickte. »So ist es auch bei mir.«

Tornak lachte. »Heute nacht wünsche ich mir Träume von Bier und Frauen – nicht in Tarhanna, noch in den Hallen meines Vaters, sondern in Port Rua, wenn wir es erobern. Das wäre etwas! Oder sogar Sehala.«

»Sei nicht übereifrig«, warnte ihn Arnanak. »Diese Eroberungen liegen fern in der Zukunft; und es mag sein, daß wir sie nicht mehr erleben.«

»Ein Grund mehr, sie zu träumen«, sagte Tornaks Halbbruder Igini. Ihr Vater bedeutete ihnen, zu schweigen. Sie waren jung, ihre Manieren noch nicht geschliffen. Die zwei anderen waren älter, zuverlässig-nüchterne verheiratete Männer, obwohl auch von ihnen noch keiner das vierundsechzigste Jahr erreicht hatte. Daher dauerte Arnanaks väterliche Gewalt über sie an.

Er wünschte, daß Kusarat jeder Respekt erwiesen würde. Wie es schien, war auch dieser bestrebt, ihm zu Gefallen zu sein, denn er fragte: »Deine Söhne sind kräftige und tapfere Burschen, Arnanak. Ich höre, daß du das Glück hast, Vater sehr vieler Söhne zu sein, und von mehr verschiedenen Frauen, als die meisten von uns zu erobern das Vergnügen haben.«

Arnanak leugnete es nicht. Neben mehreren vorteilhaften Ehen und einer Reihe von Konkubinen hatte er ohne Zweifel eine gute Zahl der Frauen geschwängert, die er auf seinen Reisen ausgeliehen hatte. Die Ehemänner waren erfreut, ihm diese Gastfreundschaft zu erweisen, konnten sie doch hoffen, daß ihnen kräftige Kinder in die Familien geboren würden. Seine Erscheinung war nicht weniger eindrucksvoll als der Ruhm und die Macht, die er gewonnen hatte. Er war groß, seine Bewegungen leichtfüßig und geschmeidig. Lebhafte grüne Augen und weiße Zähne leuchteten aus seinem schwärzlichen Gesicht, und selbst die schlimmsten Wunden, die er in einem stürmischen Leben empfangen hatte, waren alle ohne eine Narbe verheilt.

Er sagte bedächtig: »Ja, einige sind Piraten zur See, andere tragen meine Botschaften durch das Land. Aber die meisten sind daheim und tun ihre Arbeit, wie ich sie geheißen habe. Ich vergesse nie, wie schwer wir unseren Lebensunterhalt erkämpfen müssen, bis wir eine neue Heimat in besseren Ländern gewonnen haben werden. Selbst ein Sieg wie der heutige bedeutet weniger als das Sammeln von Nahrung für die Zeit des Feuers.«

»Du sprichst wie ein Siedler der Gemeinschaft«, murmelte Kusarat.

»Das mag sein. Seit sie sich hier in Valennen niedergelassen haben, habe ich sie beobachtet und auf sie gehört, immer bestrebt, zu lernen. Warum, meinst du, erstreckt sich ihre Macht über die ganze bekannte Welt? Gewiß, sie beherrschen mehr Fertigkeiten als wir, ihr Heimatland ist reicher und bevölkerter als das unsrige, alles das ist wahr. Aber wichtiger ist, glaube ich, daß sie die Gewohnheit haben, vorauszudenken.«

»Möchtest du uns nach ihrem Bild machen?« fragte Kusarat argwöhnisch.

»Soweit wir dabei gewinnen können«, antwortete Arnanak.

Der andere betrachtete ihn eine Weile im Licht der flackernden, schattenwebenden Flammen, ehe er sagte: »Und doch bist du mit den Dauri im Bunde... mit wer weiß welcher Zauberei.«

»Dieser Vorwurf wird mir oft gemacht«, sagte Arnanak. »Die beste Antwort, die ich darauf geben kann, ist die Wahrheit.«

Kusarat stellte die Ohren auf. »Ich höre.«

»Ich begegnete ihnen zuerst vor ungefähr zweihundert Jahren, als ich ein Jüngling war, kaum dem Kindesalter entwachsen, und als die Welt noch nicht vom Fackelträger beunruhigt wurde. Schon damals warf seine Helligkeit bei Nacht Schatten, und wir wußten, daß er auf dem Rückweg zu uns war. Aber die Jungen fürchten nicht ein entferntes Morgen, und die Alten haben keinen Grund dazu. Wir lebten gut in jenen Tagen – erinnerst du dich?

Meine Eltern waren in Evisakuk ansässig, wo Mekusak Oberherr war. Mein Vater war ein Freihalter und hatte keinen Eid gegeben. Ihr Haus lag in den Wäldern am Fangberg, ohne nahe Nachbarn. Meine Eltern dachten jedoch, Mekusak müsse mich gezeugt haben, als er auf der Durchreise einmal Obdach bei ihnen fand, denn ich wurde groß und ungeduldig wie er, und gleich ihm haßte ich es, den Boden zu bearbeiten. Wir hatten einen armseligen Flekken, wo wir einige Kräuter zogen. Mein Vater und wir Jungen waren hauptsächlich Jäger. Wenn ich allein auf die Jagd ging, blieb ich häufig tagelang fort und log danach, ich hätte eine lange Verfolgungsjagd gehabt. Sie glaubten mir nicht, da sie gesehen hatten, was ich konnte, wenn wir zusammen jagten. Die Ferne aber zog mich unwiderstehlich an, und ich wurde von Jahr zu Jahr unruhiger.

Dann, als ich einmal allein auf der westlichen Seite des Berges unterwegs war, hoch genug, daß ich einen Schimmer sehen konnte, wo der Ozean war, fand ich einen Daur. Schon vordem hatte ich gelegentlich Dauri gesehen, aber nur flüchtig und aus der Ferne. In unsere Gegend kamen sie weniger selten als in die meisten Teile des südlichen Valennen. Vielleicht lag es daran, daß bei uns Wildnis war, von Sterblichen nur dünn besiedelt. Vielleicht lag es daran, daß es dort mehr von den Pflanzen gab, die ihnen zur Nahrung dienen. Vielleicht hatten sie dort auch einen Landzauber. Wer weiß? Ich vermag es bis auf den heutigen Tag nicht zu sagen.

Nun, dort stieß ich plötzlich auf das unheimliche kleine Geschöpf. Es lag eingeklemmt unter einem Baum, der in der Nacht zuvor vom Sturm umgeworfen worden war. Es bewegte schwächlich Arme und Beine unter einer Haut, die in der Mittagshitze ihre purpurne Färbung eingebüßt hatte und beinahe weiß war. Die Blütenblätter an dem Zweig, wo ein Kopf hätte wachsen sollen, öffneten und schlossen sich, als ob sie angestrengt atmeten, und die Fühler darunter zuckten und wanden sich. Aus dem Bauch starrten drei Augen, dunkel wie Löcher. Aber das wirkliche Loch war von einem abgebrochenen spitzen Zweig in den Körper des Daur gestoßen worden; dünnes Götterblut sickerte heraus.

Zuerst wollte ich fliehen, dann wollte ich den Daur totschlagen. Ich hielt mich jedoch zurück, und ein Gedanke kam mir in den Sinn: Wir fürchten sie, und manchmal stellen wir ihnen Opfergaben hinaus, weil sie uns unbekannt sind. Nicht, weil sie böse sind; es gibt ein paar Geschichten über ihre Schädlichkeit, die alle falsch sein können, und es gibt andere Geschichten darüber, wie sie gemeinsam mit Sterblichen dieses oder jenes Werk verrichtet haben, und diese Geschichten mögen wahr sein. Wäre es nicht wunderbar, die Freundschaft eines Daur zu gewinnen?

Ich hob den Baum von ihm, was mir nicht allzu schwer fiel. Ich trug ihn zu einer nahen Höhle, behandelte seine Wunde, so gut ich konnte, und machte ihm ein Bett aus Blättern. Danach brachte ich ihm noch tagelang Wasser und Nahrung seiner Art. Ich sage ›er‹, weiß aber nicht, ob ›sie‹ oder ›es‹ nicht richtiger wäre. Auch weiß ich nicht, ob wir Freunde wurden, wie es unter Sterblichen der Fall ist. Wer kann sagen, was ein Daur denkt, tief in seinem Bauch oder in den Blütenblättern oder wo immer seine Seele wohnt, wenn er eine hat? Ich weiß aber, daß wir die Scheu voreinander verloren und einige Worte auszutauschen begannen. Ich konnte sein Getriller und Gequietsche nicht gut nachahmen, doch gelang es mir besser als ihm die Nachahmung meiner Sprache. Immerhin lernten wir die Bedeutung bestimmter Zeichen und Töne.

»Als er geheilt war, gab er mir keinen Schatz und keine magischen Kräfte, wie ich gehofft hatte. Er gab mir nur zu verstehen, daß er es gern sähe, wenn ich zurückkäme, wann immer es mir möglich wäre. Ich ging sehr nachdenklich nach Hause. Natürlich erzählte ich niemandem, was geschehen war.

Ich kehrte oft zu der Stelle zurück. Meistens erwartete mich niemand, aber hin und wieder traf ich eine ganze Gruppe dieser Wesen und ging mit ihnen. Sie gebrauchten kein Metall und gaben mir Werkzeuge aus Stein, nutzlos für meine Größe und Handform, aber fein bearbeitet und vielleicht glückbringend, wenn ich sie bei mir trug. Was mich betraf, ich führte sie herum – schließlich lebten sie nicht dort, sie kamen nur auf kurzen Wanderungen über die Einödhügel, und ich half ihnen beim Fang der kleinen Tiere, die mich nicht ernähren konnten und gab ihnen Knochen meiner größeren Jagdbeute, daß sie Werkzeug daraus machten. Ich glaube, diese größeren Knochen gehörten zu den Dingen, die sie suchten. Wie ich später lernte, sind die Tiere in den Ödländern alle zwergenhaft klein.

Unterdessen begann ich eine Frau zu umwerben. Unbedacht prahlte ich vor ihr über meine Kameradschaft mit den Dauri. Sie war weniger kühn, als ich angenommen hatte, und floh mich in Angst und Schrecken. Bald darauf suchten mich zwei ihrer Brüder auf und beschuldigten mich des Versuchs, sie zu behexen. Ein Wort gab das andere, Zorn drängte zur Tat, bis sie tot hingestreckt lagen. Die Eltern beider Seiten beeilten sich, den Streit beizulegen, bevor eine Sippenfehde ausbrechen konnte. Seitdem habe ich mich oft gefragt, ob das nicht der wirkliche Grund dafür ist, daß Väter und Mütter absolute Gewalt über die Kinder und Enkel ausüben, bis diese das Alter von vierundsechzig erreicht haben: nicht ›Erziehung‹ und nicht ›Rechtlichkeit‹, nicht das Wort Gottes oder was immer wir heute glauben, sondern einfach, daß vor diesem Gesetz zu viele junge Leute erschlagen wurden.

Dennoch sah mein Vater, daß er gut daran tat, mich ziehen zu lassen. Ich ging mit Freuden. Für die nächsten hundert Jahre gab es aufregendere Dinge zu tun, als auf dem Fangberg mit den Dauri zusammenzutreffen. Ich war Jäger und brachte Felle zum Verkauf nach Tarhanna. Als ich hörte, daß die Ausländer für Phönixholz besser bezahlten, wurde ich Holzfäller. Wir flößten unsere Stämme bis Port Rua, und so lernte ich diese Stadt kennen. Was die Soldaten, Seeleute und Händler mir dort über die Länder südlich der See erzählten, befeuerte meine Fantasie und ich ging selbst zur See.

Zuerst wurde ich Seeräuber. Aber das war in jenen Tagen ein armseliges Gewerbe. Wir wagten keine Insel zu überfallen, auf der es einen Legionsposten gab, und solche Posten gab es auf den meisten. Bald verdingte ich mich als Deckarbeiter auf einem Frachter aus Sehala.

Lange durchwanderte ich die Länder der Gemeinschaft, nahm

jede Arbeit an, die ich finden konnte, bis ich mich als Legionär anwerben ließ. Das Soldatenleben gefiel mir, aber als meine Oktade um war, diente ich nicht weiter; denn ich war nachdenklich geworden. Nein, ich zog nach Sehala und lebte von meinen Ersparnissen, während ich Bücher las. Ich hatte bei der Legion lesen gelernt. Es ist keine Zauberkunst, was immer du gehört haben magst. Ich las und ging zu weisen Leuten, um sie anzuhören.

Du wirst verstehen. Mit jedem Jahr wurde der Rote größer und heller.

In Sehala begann man sich Sorgen zu machen. Immer wieder war die Zivilisation in Fluten, Hungersnöten und dem Ansturm wilder Völkerschaften aus den noch stärker verwüsteten Ländern untergegangen. Nichtsdestoweniger gab es Hoffnung. In den letzten zwei Zyklen hatten Legionärsorganisationen Teile der alten Kultur über die Katastrophe hinweggerettet, beim zweiten Mal noch mehr als beim ersten. Ja, mehrere der Legionen sind so alt, darunter auch die Zera Victrix. Sie haben Nationen überlebt und neuen zu Geburt und Wachstum verholfen. Obendrein waren diesmal die Menschen gekommen, jene Fremden, von denen du sicherlich Gerüchte vernommen hast.

Ja, ich habe Menschen getroffen, aber nicht, um ausführlich mit ihnen zu sprechen. Doch darüber ein andermal, Kusarat. Du hast mich nach meinem Verhältnis zu den Dauri gefragt.

Die Aufzeichnungen der Legionen zeigten, daß der Brenner direkt über Valennen stehen würde. In der Vergangenheit, berichteten diese Aufzeichnungen, gingen die meisten Valenner – als ob unsere Vorfahren sich nicht Tassui genannt hätten! – elend zugrunde. Dunkle und lückenhafte Überlieferungen der südlichen Völker geben Kunde davon, daß in noch früheren Zeitaltern, bevor die Legionen gegründet wurden, Völker aus dem Norden über das Meer kamen und die Inseln und Teile von Beronnen überrannten. Ihre Namen sind verlorengegangen; ihre Nachkommen sind Teil der heutigen Zivilisation; aber sie selbst überlebten die Zeit des Feuers. Sie gingen nicht in ihr zugrunde!

Ich dachte: Wenn die Gemeinschaft ihre Macht behält, kann es diesmal eine solche Invasion nicht geben; und die meisten meiner Landsleute werden sterben. Ich fühlte mich noch immer als einer der ihren.

Ich dachte: Also muß die Gemeinschaft geschwächt werden. Wenn Valennen gleichzeitig geeint, gestärkt und klug geführt werden kann... Verstehst du? Und bevor du es sagst, will ich es tun.

Ja, natürlich möchte ich derjenige sein, der den nächsten Zyklus gestaltet. Ich möchte, daß die Menschen zu mir kommen, nicht nach Sehala, und ihr Wissen mir mitteilen und wenn ich tot bin, möchte ich, daß man sich meiner erinnert und meinen Schädel als Orakel in einen Schrein einschließt, bis zur nächsten Zeit des Feuers und darüber hinaus. Das ist nicht mehr als Soldatenlohn für die Rettung eines Volkes.

Darum kam ich zurück.

Der Rest ist dir bekannt: wie ich in Ulu neues Land urbar machte; wie ich durch den Handel mit der Gemeinschaft und die Besetzung von Handelsplätzen, von denen sie sich zurückzog, zu Reichtum und Macht gelangte; wie geringere Familien, die schlechte Zeiten vor sich sahen, zu mir kamen und mir als Gegenleistung für Land und Führerschaft den Eid gaben; wie ich sie lehrte, mit den Köpfen und nicht nur mit den Händen zu kämpfen. Sie sind das Rückgrat meiner Stärke.«

»Aber der Geist darin...«

»Kusarat, ich sage offen, daß ich Nachrichten und Meinungen über dich eingeholt habe, weil du ein Oberherr von Gewicht bist. Daher weiß ich, daß ich zu dir offener sprechen kann, als zu einigen anderen. Du bist kein unwissender Hinterwäldler, der jeden Altweiberklatsch über die Götter hinunterschluckt. Wenn ich sage, daß unsere kurzsichtigen, zerstrittenen Tassui nicht durch Gewalt allein zusammengebracht werden können, nicht einmal, um ihr eigenes Leben zu retten – daß nur eine andere Macht dieses Volk zu einem Barren schmelzen kann, aus dem ich ein Schwert schmieden muß –, dann wirst du verstehen.

Ich suchte wieder meine Dauri auf.

Lang und mühsam war diese Suche. Doch unternehmen sie, seit der Sturmentfacher näherkommt, mehr Wanderungen in die Bereiche der Sterblichen, und in größerer Zahl. Ihre Ödländer trocknen stärker aus als unsere Böden; und wenn die wachsende Hitze unsere Pflanzenwelt abtötet, dringt ihre Pflanzenwelt weiter vor und bietet ihnen Nahrung. So fand ich schließlich einen Daur, wie, ist nicht von Bedeutung. Wir sprachen, so gut wir konnten. Später traf ich mehr Dauri, und wir sprachen wieder.

Ich weiß nicht, ob der, den ich rettete, unter ihnen war, oder ob sie diese Geschichte überhaupt kannten. Ich versuchte es herauszubringen, doch ohne Erfolg. Was ich hatte, war eine geringe Kenntnis ihrer Sprache und ihrer Lebensweise, und so konnte ich ihnen zeigen, daß ich schon früher freundschaftliche Beziehungen zu ihresgleichen gehabt hatte. Ich bemühte mich sehr, diese Freundschaft zu erneuern und zu vertiefen. Und sie zeigten sich zugänglich. In der Zeit des Feuers sind nicht nur Sterbliche darauf aus, an Verbündeten zu gewinnen, was sie kriegen können.

Sie sind auf der Hut vor uns. Und offen gesagt, zuviel Nähe könnte meine Gefolgsleute zu vertrauensselig machen. Ich brauchte ein Siegel, ein Ding, das ich als Zeichen ihrer Gunst tragen konnte, während sie sich nach wie vor von den Tassui fernhielten. Aber ich konnte ihnen das nicht klarmachen. Sie sind so völlig verschieden von uns. Oder, wenn sie mich verstanden, wußten sie vielleicht nicht, was als ein solches Zeichen dienen könnte. Schließlich hatte ich selbst keine feste Vorstellung davon. Ein Gegenstand aus Stein oder Knochen war nutzlos; ich hätte ihn selbst angefertigt haben können.

Das Ergebnis war, daß sie mich in ihr Heimatland mitnahmen.

Du hast gehört, daß ich ging. Du magst gehört haben, daß ich in faltiger Mumienhaut und mit klappernden Knochen zurückkehrte und ein Jahr brauchte, um meine Gesundheit wiederzugewinnen. Aber du hast nicht von der Suche gehört.

Drei Jahre verbrachte ich allein mit den Vorbereitungen. Zuerst nahmen die Dauri Nahrung von mir und legten entlang des Weges Vorratslager für mich an. In den Ödländern verfault Nahrung nicht, noch wird sie von den Tieren dort gefressen. Trotzdem wäre ich fast verhungert. Sie hatten zu wenig bereitgelegt. Die Last, die ein Daur tragen kann, ist klein, und ich hatte nicht vorausgesehen, wie schrecklich dieses Land ist. Noch näher kam ich dem Tod durch Verdursten. Die Gegend dort im Norden ist keine Wüste – oder war keine, bevor der Rote zurückkehrte –, aber sie ist knochentrocken, ihre Lebewesen benötigen weniger Wasser als die unsrigen, und auch dies hatten wir nicht bedacht.

Doch am Ende gelangten wir zu bestimmten Ruinen. Ich wankte und tastete mich halb verrückt zwischen ihnen herum, bis ein Daur mir das Ding zeigte, das voll unbekannter Sterne ist. Ich nahm es an mich und schickte meine Füße zurück über das Land, das sie verbrannte. Irgendwie trugen sie mich bis in die Heimat.

Seitdem sind die Dauri und ich einander nähergekommen. Wir haben Geheimnisse, die ich nicht weitergeben darf. Aber sie meinen es gut mit mir; und ich meine es gut mit dir. Meinen Freunden werden sie helfen, meinen Widersachern werden sie schaden. Mehr brauche ich nicht zu sagen. Ich habe gesprochen, und du wirst verstehen.«

Später, kurz bevor er einschlummerte, dachte Arnanak: Ihm habe ich genug gesagt. Die Menschen würden sicherlich gut dafür bezahlen, mehr zu hören. Was ich ihnen über die Dauri erzählen kann, mag ihnen die Preisgabe der Gemeinschaft wert sein.

6

Anu war vor einigen Stunden untergegangen, und Bel hing tief über dem Horizont. Gelbes Abendlicht fiel schräg durch die Bäume entlang der Straße und sprenkelte die Schatten mit hellen Kringeln. Die abkühlende Luft war still, voll von würzigen Herbstdüften von jenseits des Flusses. Ein paar Kinder spielten auf dem Pflaster Himmel und Hölle. Ihre Rufe drangen dünn und spitz zu Ian Sparling herüber. Ein Radfahrer machte einen Bogen um sie. Sonst war niemand zu sehen. Die Werkstätten und Laboratorien, deren niedrige, von Gärten umgebene Gebäude die Straße säumten, hatten schon Feierabend. Die Leute waren nach Haus gegangen oder hatten sich vor dem Haus des Bürgermeisters eingefunden, um Neuigkeiten zu hören und Klatsch auszutauschen.

Die Besprechung beim Bürgermeister war beendet. Die Hanshaws hatten die Teilnehmer eingeladen, zum Abendessen zu bleiben; ein wenig Geselligkeit mochte geeignet sein, die Spannung zwischen ihnen zu mildern. Aber Sparling hatte sich mit der Begründung entschuldigt, daß seine Frau enttäuscht sein würde, wenn er nicht zu der besonderen Mahlzeit heimkäme, die sie bereitet habe. Er vermutete, daß Hanshaw die Lüge durchschaute, aber das war ihm gleich. Indem er das Haus durch die Hintertür verließ und auf einem schmalen Verbindungsweg und Nebenstraßen nach Hause zurückkehrte, wich er neugierigen Fragen der Leute aus, die auf dem Platz vor dem Bürgermeisteramt herumstanden.

Die ausgegangene Pfeife zwischen den Zähnen, die Fäuste in die Taschen gerammt, trottete er dahin, ohne zu beachten, was um ihn vorging. Erst als jemand ihm den Weg vertrat, merkte er auf und blieb stehen. Es war Jill Conway. Für einen Augenblick schlug sein Puls schneller.

»He«, sagte sie, »wohin so eilig? Und ein Gesicht machst du, als ob der Gerichtsvollzieher hinter dir her wäre.« Ihre Heiterkeit klang ein wenig künstlich, und nach einer Pause fügte sie hinzu: »Schlecht, hm?«

»Ich sollte nicht darüber reden.« Um ein Haar wäre ihm die Pfeife aus dem Mund gefallen. Er steckte sie mit einer heftigen Bewegung in die Tasche und schluckte, ehe er fragte: »Und was machst du hier?«

»Ich habe auf dich gewartet.«

Er starrte sie an. Im Gegenlicht wirkte sie noch schlanker als sonst. Das Licht der Abendsonne schlug Gold aus ihrem Haar. »Auf mich? Aber warum...?« Nein, offensichtlich hatte sie nicht auf ihn gewartet. Nur auf eine Gelegenheit, ihn zu sprechen. Sparling faßte sich. »Woher wußtest du, wann und wo?«

»Ich hatte Olga Hanshaw gebeten, mich anzurufen, sobald die offizielle Besprechung zu Ende wäre. Es war ihr nicht verboten, und sie tut mir gern einen Gefallen. Aber sag es bitte nicht weiter, Ian.«

Das versprach er sofort. Doch dann fiel ihm ein, daß Goddard darauf gedrungen hatte, daß sie den Inhalt der Besprechung vertraulich behandelten, bis sie sich darüber klar wären, wie sie es Primavera und der ganzen Gemeinschaft beibringen sollten. Nun, deswegen brauchte er Jill nicht zu verraten. Es war harmlos. Und außerdem, wenn man jemandem auf diesem Planeten vertrauen konnte, dann ihr. Man hätte sie einladen sollen, an der Besprechung teilzunehmen. Aber das hätte natürlich zu Eifersüchteleien geführt und ihn abgelenkt – oder inspiriert... Laß diesen Unsinn! sagte er sich. Du alter Trottel!

»Und was den Ort angeht, wo ich dich erwartete«, sagte Jill, »weißt du, ich kenne dich. Ich dachte mir, daß du hintenherum gehen würdest.«

Er lächelte hölzern. »Bin ich so transparent?«

»Nein.« Sie betrachtete forschend seine hageren Züge. »Nein, du bist ein sehr introvertierter Mensch. Immerhin, alles sprach dafür, daß du frühzeitig gehen würdest; für höfliche Banalitäten warst du noch nie zu haben. Nun, und da Primavera nicht gerade ein Labyrinth ist, war es wirklich nicht so schwierig.« Sie hakte sich bei ihm ein und zog ihn weiter. Als sie ein kurzes Stück gegangen waren, fragte sie: »Was ist geschehen?«

»Goddard hat uns ersucht, den Inhalt der Besprechung vertraulich zu behandeln.«

»Ja, ja, ich weiß. Aber du hast dich nicht unter Eid zur Verschwiegenheit verpflichtet, nicht? Wenn du willst, gebe ich dir mein Versprechen, nichts weiterzusagen.« Sie blieb eine kleine Weile still, und er sagte auch nichts, lauschte ihren Schritten und spürte ihre Berührung. Sie verlegte sich aufs Bitten. »Ja, Ian, ich weiß, daß ich um ein Privileg bettle. Aber ich habe einen Bruder, der Fähnrich ist, und Larreka ist für mich immer so etwas wie ein zweiter Vater gewesen. An dem Abend, als er bei mir übernachtete ... am schwersten zu ertragen war die Art und Weise, wie er sich bemühte, Scherze zu machen, Anekdoten zu erzählen und mich aufzuheitern. Ich hätte am liebsten geheult. Aber natürlich hätte er gewußt, was das bedeutete, und die Töchter von Soldaten zeigen ihren Kummer nicht.«

»Die Legionärstradition«, sagte er zerstreut. »Es wäre eine Gefahr für die Moral, wenn man ihnen erlaubte, sich gehen zu lassen. Wir sind darin anders.«

»Nicht allzusehr. Und wenn ich wüßte, was ... Je eher ich es weiß, desto früher kann ich anfangen, an etwas Vernünftiges zu denken, und brauche nicht herumzusitzen und mich zu sorgen.«

Er blickte sie von der Seite an, und ihre blauen Augen blickten ruhig zurück. Aber sie lächelte nicht mehr, und die fast waagerecht einfallenden Sonnenstrahlen spiegelten sich in winzigen Funken auf ihren Wimpern.

»Du hast gewonnen«, seufzte er. »Aber die Nachricht wird dich kaum beruhigen.«

»Ich habe nicht erwartet, daß es eine gute Nachricht sein würde. Oh, Ian, das ist wirklich nett von dir!« Sie ließ seinen Arm los und nahm ihn bei der Hand. Er versagte es sich, ihren Druck zu erwidern. Sich anmerken zu lassen, daß sie ihm den Kopf verdreht hatte, konnte nur schaden. Sie bogen in die Uferstraße, die ein kurzes Stück dem Flußlauf folgte. Zu ihrer Rechten stand eine lange Reihe tiefwurzelnder Schwertblattbäume, die als Windschutz gegen die vom Westen her aufziehenden Wirbelstürme dienten. Auf der anderen Seite zog der Fluß breit dahin und spiegelte den flammenden Sonnenuntergang. Die Strömung murmelte um hängengebliebenes Treibholz und riffelte die Oberfläche; von Zeit zu Zeit sprang ein Fisch, blitzte silbern auf und tauchte platschend ein; Insekten schossen hin und her, funkelnd im letzten Licht. Jenseits des Flusses erstreckte sich welliges Land in blauende Fernen – olivbraune Heide mit eingestreuten Büschen und kupferrot und gelb leuchtenden Baumgruppen. Im Mittelgrund graste eine kleine Herde Wildtiere und vervollständigte die Szene zu einer friedlichen Idylle, die Sparling an Gemälde von Constable erinnerte.

Hier war die Luft noch kühler, feucht und von vielen Düften durchwoben. Im Westen glühten wenige Wolken orangefarben über der sinkenden Sonne, doch überall sonst war der Himmel völlig klar. Auf einem Zweig am Wasser saß ein kleiner, grau gefiederter Vogel und sang sein Herbstlied.

»Wir werden bald bei dir zu Hause sein, Ian«, sagte Jill. »Es sei denn, du möchtest es mir dort sagen.«

»Nein, es ist mir lieber, wir bringen es gleich hinter uns«, antwortete er. »Es gibt sowieso nicht viel zu erzählen.«

»Haben die Schiffe Post gebracht?«

»Nein. Jedenfalls wurde nichts davon erwähnt. Hauptmann Dejerine, der Flottillenchef, sagte, er werde in ständiger Funkverbindung mit der Erde bleiben. Vielleicht wird er auch zivile Botschaften annehmen und übermitteln.«

»Wozu sind die Schiffe hier?«

»Um uns vor möglichen Angriffen der Naqsaner zu schützen.«

»Das finde ich lächerlich. Du nicht? Es ist so lächerlich wie der ganze Krieg.«

»Vielleicht nicht.«

»Nun, wenn ihre Anwesenheit die Versorgungsgüter garantieren würde, die wir brauchen – besonders für deine Art von Arbeit –, dann wäre ich wirklich dankbar. Aber nein, wie es heißt, beanspruchen die Kriegsanstrengungen fast den gesamten Frachtraum. Hauptmann Whosie bestätigte es heute noch einmal. Oder hast du etwas anderes gehört, Ian? Ich glaube nicht; du würdest andernfalls nicht so mißmutig dreinschauen.«

Sparling nickte unwillig.

Jill wartete, und als er stumm blieb, sagte sie: »Das ist noch nicht alles. Es gibt noch schlechtere Nachricht. Habe ich recht?«

»Richtig geraten«, sagte er mit dumpfer Stimme. »Sie sollen hier eine Basis errichten, einen Stützpunkt für Aufklärungsoperationen. Das bedeutet Depots, Reparaturwerkstätten und eine lokale Kriegsindustrie, um interstellare Transporte einzusparen. Dejerine hat Befehl, alles zu mobilisieren, was wir haben und was nicht für unser nacktes Überleben benötigt wird. Ab sofort müssen wir Rechenschaft darüber ablegen, was wir produzieren und selbst verbrauchen, statt es der Marine zur Verfügung zu stellen.«

Jill blieb stehen. »O nein!« flüsterte sie. »Das – das ist schrecklich!«

Er stand da und ließ die Schultern hängen.

Sie ergriff seine Hände. »Und deine Anlage zur Zementerzeugung?« fragte sie mitfühlend. »Du kannst keinen Beton mehr für deine Staudämme machen?«

»So ist es. Die Anlage ist beschlagnahmt und darf nur noch für den Stützpunkt produzieren.«

»Konntest du nicht deinen Standpunkt erläutern?«

»Wir versuchten ihm klarzumachen, was für eine Bedeutung unsere verschiedenen Projekte haben. Ich wies darauf hin, daß das von der Schneeschmelze ausgelöste Hochwasser in den Tallandschaften während jedes Periastrons wesentlich zum Untergang der Zivilisation im südlichen Beronnen beigetragen hat. Wenn wir bei diesem Periastron solche Überschwemmungen verhüten könnten, bestünde die Hoffnung – aber warum sage ich dir das? Dejerine fragte, wann mit dem Eintreten der Überschwemmungen zu rechnen sei. Ich nannte ihm unsere Schätzung, und er meinte, daß der Krieg in fünf Jahren beendet sein sollte. Wir könnten dann weitermachen wie bisher.«

»Hat er noch nie von Anlaufzeit gehört? Glaubt er, du könntest im Handumdrehen ein paar Staudämme im Hochland bauen, mit einheimischen Arbeitskräften und nur den nötigsten Maschinen?«

Sparling machte ein resigniertes Gesicht. »Er und seine Leute waren nicht ohne Verständnis. Sie sind keine schlechten Menschen, auch nicht dumm. Sie sagten, es stehe uns frei, zu protestieren und bei den zuständigen Stellen auf der Erde Petitionen einzureichen, und sie würden nicht einmal von vornherein gegen uns argumentieren. Das hänge davon ab, zu welcher Entscheidung sie nach eigener Überprüfung der Lage kämen. Zunächst aber haben sie ihre Befehle.« Er holte Atem. »Goddard fragte sie, wie es mit militärischer Unterstützung der Gemeinschaft wäre? Davon wollte Dejerine nichts wissen. Er hat strikte und spezifische Anweisung, sich aus lokalen Streitigkeiten herauszuhalten. Das schließe uns mit ein, sagte er. Wir dürften nicht den Verlust von Ausrüstungen riskieren, die für die Kriegsanstrengungen wertvoll sein könnten; auch sollen wir alles unterlassen, was seine Streitkräfte von ihrer eigentlichen Aufgabe abhalten oder ablenken könne. Im übrigen sei man höherenorts nicht allzu gut auf uns zu sprechen. Ein Parlamentsausschuß habe festgestellt, daß unsere früheren ›Einmischungen‹ der Überprüfung bedürften, da sie Züge eines bedenklichen ›Kulturimperialismus‹ trügen.«

Jill starrte ihn an. »Das darf doch wohl nicht wahr sein!«

»Ich bin nicht allzu überrascht«, sagte Sparling achselzuckend. »Als ich voriges Jahr auf der Erde war, schien die Tendenz Oberhand zu gewinnen, daß nichtmenschliche intelligente Lebensformen ungestört ihrer natürlichen Entwicklung überlassen sein sollten.«

»Sofern sie keine Naqsaner auf Mundomar sind, versteht sich.«

»So ist es. Zu der Zeit machte ich mir über Ischtar keine Sorgen, weil der Widerstand stark genug schien. Aber jetzt...«

Jill schlug sich mit der Faust auf die Handfläche. »Ian, was können wir tun?«

»Versuchen, einen Widerruf dieser Befehle zu erreichen«, sagte er. »Ich würde sagen, wir sollten damit anfangen, daß wir die Marineleute auf unsere Seite ziehen. Wir müssen sie davon überzeugen, daß die Gemeinschaft von Sehala wichtiger ist als ein unbedeutender Stützpunkt weit abseits vom Kriegsgeschehen. Ihr Wort wird in Ciudad Mexico mehr Gewicht haben als jede Menge leidenschaftlicher Appelle und Bitten von uns. Wie gesagt, Dejerine und seine Leute scheinen vernünftig und umgänglich zu sein. Sie unterstützen den Krieg, doch bedeutet das nicht, daß sie Fanatiker wären.«

»Hast du eine Besichtigungsreise für sie geplant?«

»Noch nicht. Ich muß morgen nach Sehala, um der Versammlung mitzuteilen, daß sie auf die von uns erwartete Hilfe wird warten müssen.« Er verzog das Gesicht. »Eine unangenehme Aufgabe.«

»Ich wünschte, sie bliebe dir erspart, Ian«, sagte Jill besorgt. »Du bist mehr als jeder andere auf ein gutes Verhältnis zu ihnen angewiesen, und sie halten weiß Gott große Stücke auf dich. Man hätte dir die Peinlichkeit ersparen und einen anderen schicken sollen.«

Er blickte sie überrascht an. Bedeutete er ihr so viel?

Nachdenklich fuhr sie fort: »Angenommen, ich würde inzwischen einen Versuch machen, diese Marineleute zu überzeugen? Das heißt, nicht zu überzeugen, das ist über Nacht nicht zu machen, aber ich könnte ihnen unseren Fall vortragen, die Tatsachen darlegen. Meinst du, es würde helfen, wenn ich mich sehr höflich oder sogar herzlich gäbe?«

»Bestimmt!« platzte er heraus. Anscheinend war ihr selbst noch nie der Gedanke gekommen, was eine bezaubernde junge Frau erreichen konnte. Ihre Naivität rührte ihn, zugleich aber mußte er erkennen, daß sie in ihm einen Freund sah, und nicht mehr.

Sie warf den Kopf zurück. »Also gut. Wir sind noch nicht geschlagen. Wenn du in Sehala unseren Freund Larreka siehst, dann grüß ihn von mir und sag ihm, daß wir erst anfangen. Wenn er es von mir hört, wird es ihm Mut machen.«

Er nickte. Sie standen eine Weile schweigend, Hand in Hand.

»Eine zauberhafte Abendstimmung«, sagte sie, über den Fluß hinausblickend. Der Widerschein von Wolken und Wasser übergoß sie mit heißem Gold. »Gibt es auf Erden wirklich noch Gegenden wie diese?«

»Ein paar.« Er war sich hauptsächlich ihrer Hand in der seinen bewußt.

»Deine Heimat?«

»Nein, die ist anders. Wälder, Berge, das Meer, ein feuchtes Klima...«

»Ich weiß, daß du aus British Columbia stammst. Du hattest das Glück, in einer der wenigen Naturenklaven auf der Erde heranzuwachsen. Aber spürtest du das wahre Glück nicht erst, als du hierher kamst? Bist du nicht glücklicher in einer Gegend, wo alles Natur ist und wo wir die Enklave sind? Die Freiheit...« Sie brach plötzlich ab und zeigte mit dem Arm. »Da, sieh nur! Ein Bipen!«

Sparlings Blick folgte ihrem ausgestreckten Arm. Das Tier, das schwerfällig über die Baumreihe flog, war weniger vogelartig als die anderen Ptenoiden. Statt der üblichen vier Beine und zwei Flügel hatte es vier Flügel und zwei Beine, und zahlreiche andere Verschiedenheiten, vom Knochenbau bis zum Gefieder. Er war verwandt mit dem Dipter, der vor der Küste des südlichen Beronnen nach Fischen tauchte. Aber die Mehrzahl der Vierflügler, weniger erfolgreich als die Zweiflügler, war auf Haelen beschränkt. Er hatte noch nie einen Bipen gesehen. Es war ein großes und doch anmutiges Geschöpf, dessen Gefieder im Licht des Sonnenuntergangs violett glänzte.

»Sie ziehen schon nach Norden«, sagte Jill andächtig. Er blickte sie an, sah ihre Augen leuchten und verlor das Interesse an dem Bipen. »Dachte ich's mir doch. Die Zugwege der Tiefdruckgebiete haben sich bereits verlagert... Ian, bin ich schrecklich, weil ich mich für den Einfluß des Durchgangs von Anu auf die Ökologie interessiere?«

Nein, wollte er sagen; du kannst nichts Falsches tun.

So hätte er es nicht ausdrücken können, aber er suchte nach einer inhaltsvolleren Antwort als »Gewiß nicht«. Ihr Ausruf unterbrach ihn. Wieder blickte er in die Richtung, die ihr Finger wies.

Aus den Himmelshöhen, wo er gekreist hatte, war ein großer Raubvogel herabgestoßen, ein Saru. Sparling hörte den Aufprall, der dem Bipen das Genick brach, sah violett schillernde Federn fliegen. Der Saru schleppte die schwere Beute, die er geschlagen hatte, mit angestrengten Flügelschlägen fort.

Jill hatte Tränen in den Augen, bemühte sich aber, ihre Gemütsbewegung zu verleugnen. »Mußte wohl passieren, nehme ich an«, murmelte sie. Sie schluckte. »Entschuldige, Ian. Ich weiß nicht wie, aber es geht mir nahe; nun ist der arme Vogel so weit gekommen, nur um zu sterben... Dank für alles, Ian. Und gute Nacht.« Als sie sich umwandte und rasch fortging, sank Bel unter den Weltenrand.

Sparling blieb stehen, wo er war, stopfte sich die Pfeife und blickte ihr noch nach, als sie schon längst außer Sicht war. Wolken dunkelten in blaugrauer Dämmerung. Die ersten Sterne kamen zum Vorschein, und auch der mildscheinende Marduk zeigte sich. Sparling überlegte, welche unvorstellbaren Stürme Anu in der dichten und hochreichenden Atmosphäre dieses Planeten erzeugen mußte. Aber aus einigen hundert Millionen Kilometern Entfernung war außer Frieden nichts zu sehen. Die Luft kühlte weiter ab, Wasser gluckerte, es roch nach Feuchtigkeit, Vegetation und Rauch.

Dieser Ort war in der Tat von einer heiteren Ruhe, die dem Land seiner Geburt abging. Die westkanadische Küste und die Inlandpassage waren zu keiner Zeit wie das Jayintal; sie waren wolkig, von Brandung umtost, sturmgepeitscht, und an einem sonnigen Tag bot sich dem Blick ernste Majestät.

Jill hatte recht. In den letzten zwanzig Jahren, die er auf Ischtar verbracht hatte, war dies seine Welt geworden, und hier lag seine Pflicht...

Die Dämmerung vertiefte sich zur Nacht, während er den kurzen Weg zur Humboldtstraße hinaufging und sein Gartentor öffnete. Der Lichtschein aus dem Fenster fiel auf welke Rosen und kahle Flecken im Gras. Irdische Pflanzen wurden nicht von einheimischem Unkraut verdrängt, wenn man sie vernachlässigte. Dafür mußten zuvor einige Jahre vergehen, in denen die angesiedelten Regenwürmer und Bodenbakterien abstarben, das ursprüngliche Gleichgewicht von Säure, Stickstoff und Spurenelementen wiederhergestellt wurde und die einheimischen Mikroben den Humus wieder aufbereiten konnten. Ungepflegte Importpflanzen kränkelten, verkümmerten und gingen ein. Er mußte den Garten düngen, nachsäen, was nötig war. Wenn ich die Zeit finde, dachte er. In Primavera, wo es an Arbeitskräften mangelte, konnte man keinen Gärtner bestellen. Bisher hatte Becky die Gartenarbeit getan.

Sei ehrlich, sagte er sich, du hättest die Zeit, wenn du wolltest. Die Wahrheit war, daß er Freude am Garten hatte, aber nicht an der Instandhaltung. Und Rhoda, seine Frau, hatte nicht gerade, was man einen grünen Daumen zu nennen pflegte.

Er ging ins Haus. Als er das Wohnzimmer betrat, legte seine Frau das Buch weg, in dem sie gelesen hatte. Einen Augenblick lang beneidete er sie. Er las gern und beschloß immer wieder, sich ein paar schöne Stunden mit einem Buch zu machen, doch gab es immer zuviel anderes zu tun, oder er war müde und zog es vor, sich zu entspannen und Musik zu hören.

»Hallo«, sagte sie. »Was gibt es?« Sie sprach mit einem weichen, näselnden portugiesischen Akzent. In der ersten Zeit ihrer Ehe hatte er ein wenig Portugiesisch gelernt, um es daheim mit ihr zu sprechen; aber aus dem Vorsatz war nie etwas Rechtes geworden, und mit den Jahren hatte er sein Vokabular wieder vergessen.

»Ich fürchte, ich kann es dir einstweilen nicht sagen«, sagte er. Sein Schuldbewußtsein erinnerte ihn daran, daß sie kein Plappermaul war, und Olga Hanshaw hatte mithören dürfen. Er fügte erklärend hinzu, daß er zu erschöpft und erledigt sei, um dieses elende Geschäft noch weiter zu diskutieren, um so mehr, als Rhoda, isoliert in ihrem Posten als Lageristin in der Lebensmittelverteilungsstelle, ausführlicher Erklärungen bedurfte, um die Zusammenhänge zu verstehen.

»Ich sehe dir an, daß nichts Gutes dabei herausgekommen ist.«

Er seufzte. »Nein, nichts Gutes.« Er ließ sich in einen Sessel fallen und sah sie um Verständnis bittend an. »Ich muß morgen nach Sehala. Der Versammlung Bericht erstatten, solange sie noch tagt. Wahrscheinlich werde ich ein paar Tage ausbleiben.«

Sie legte das Buch weg und stand auf. »Ich verstehe. Möchtest du vor dem Abendessen was trinken?«

»Ja, gute Idee. Rum und Zitronensaft. Ungefähr zwei Finger breit.« Er hielt zwei Finger in die Höhe.

Als sie lächelte, kam wieder ein Zug in ihr Gesicht, der ihn an das schüchterne, fleißige Mädchen erinnerte, das er bei der Arbeit kennengelernt und von dem er sich angezogen gefühlt hatte. Sie war nie eine auffallende Schönheit gewesen. Aber er hatte im Umgang mit Frauen immer Hemmungen gehabt; und als er gemerkt hatte, daß er Rhoda Vargas haben konnte, wenn er wollte, und daß sie eine gute Partnerin sein würde, hatte er sich systematisch in sie verliebt.

Obgleich jünger als er, zeigte ihr Haar mehr Grau als das seine. Das stupsnasige Antlitz war fleischig geworden, ebenso wie der untersetzte Körper. Doch als sie auf dem Weg zur Küche an ihm vorbeiging, strich sie ihm übers Haar, und er fühlte sich an ihre ersten gemeinsamen Jahre erinnert.

Er paffte seine Pfeife und überlegte, ob Beckys schwierige Geburt die langsame Veränderung bewirkt haben mochte. Der Arzt hatte gesagt, ein zweites Kind werde danach nicht mehr in Frage kommen. Hatte das Bewußtsein des Verlusts seelische Folgen gehabt, die zu subtil waren, als daß ein Arzt sie sehen konnte? Sie blieb freundlich, in der ganzen Gemeinde beliebt, eine ausgezeichnete Köchin und so weiter, aber während die Jahre vergingen, fanden er und Rhoda sich immer seltener, im Geist wie im Fleische.

Oder, dachte er, nicht zum ersten und auch nicht zum hundertsten Mal, war die Veränderung hauptsächlich in ihm selbst? Denn seine Arbeit hatte ihn um die halbe Welt geführt, während sie und das Kind in Primavera geblieben waren. Er bekam die Geschäftsreisen zur Erde genehmigt, während sie, die ihre Verwandten mehr vermißte als er die seinen, obgleich sie sich nie beklagte, vier Jahre und länger auf einen Heimaturlaub warten mußte. Auf der anderen Seite hatte sie in Primavera ihren Bekanntenkreis und kam im Umgang mit Menschen auf ihre Rechnung, während sein Beruf es mit sich brachte, daß er überwiegend mit Ischtariern zu tun hatte.

Welches auch immer der Grund sein mochte, in dieser Zeit der Lebensmitte empfand er über Mitleid und eine gewisse kameradschaftliche Zuneigung hinaus wenig für sie: Eine Wahrheit, die er nur sich selbst eingestehen mochte. Wenn seine Arbeit verlangte, daß er den größten Teil seiner Zeit hier in Primavera verbrachte, um zu planen und zu leiten, statt an Ort und Stelle nach dem Rechten zu sehen, schickte er sich mit der resignierten Einsicht in das Unvermeidliche darein.

Bis jetzt. Bis er sich in einer höchst beunruhigenden und unkontrollierbaren Art und Weise Jill Conways bewußt geworden war.

Er drückte die Glut im Pfeifenkopf mit dem Daumen fest und genoß beinahe die leichte Verbrennung.

Rhoda brachte zu trinken. »Ich bin froh, daß du so frühzeitig dort weggekommen bist, Lieber«, sagte sie. »Du hast dich zu sehr angestrengt. Vorhin dachte ich mir, daß ich etwas Besonderes zum Abendessen machen würde, wenn du nicht zu spät kämst.«

7

Dejerine nahm mit Freuden die Einladung zu einem Tagesausflug mit einer Person an, die ihm erklären konnte, was er sah. Neben einer Gelegenheit, in einer Gemeinde, deren Mitarbeit er brauchte und die seinen Zielen bislang ablehnend oder zumindest reserviert gegenüberstand, menschliche Kontakte anzuknüpfen, begrüßte er die Abwechslung nach einer ermüdenden Raumfahrt. Als sich herausstellte, daß Jill Conway die von Bürgermeister Hanshaw erwähnte Person war, wurde seine Freude zum Vergnügen.

Sie holte ihn vor Sonnenaufgang ab, im unheimlich roten Licht Anus, der tief am Nordhimmel stand. Dejerine und ein paar Begleiter waren vorübergehend im Gasthof untergekommen; die meisten Besatzungsmitglieder mußten in der Umlaufbahn ausharren, bis provisorische Unterkünfte errichtet werden konnten. Hanshaw hatte ihm mit der knurrigen Bemerkung, daß er es lieber freiwillig tue, bevor Dejerine einen Requisitionsbescheid vorlege, ein Geländefahrzeug zur Verfügung gestellt. Sie überquerten den Fluß mit einer kleinen Kabelfähre und holperten auf einer oft kaum erkennbaren Fahrspur in die unberührte Landschaft hinein.

Die Sonne stieg am Himmel empor, verdoppelte die Schatten und verdrängte allmählich den düsteren, rötlichen Schein mit ihrem strahlenden Licht. Jill hielt in der Nähe einer Baumgruppe, wo ein Quell entsprang. »Wie wäre es mit einem Frühstück?« schlug sie vor. »Danach können wir ein Stück zu Fuß gehen, und wenn Sie wollen, erzähle ich Ihnen etwas über das Land und seine Pflanzen- und Tierwelt.«

»Großartig.« Dejerine nahm die mitgebrachte Proviantschachtel. »Ich bedauere, daß es mir nicht möglich ist, einen größeren Beitrag zu leisten, aber hier ist eine echte italienische Salami, wenn Sie sie annehmen wollen...«

»Und ob ich will!« Sie klatschte vor Freude in die Hände. »Ich habe erst einmal im Leben eine gegessen. Glauben Sie mir, eine erste Liebe ist nichts, verglichen mit einer ersten italienischen Trokkensalami.«

Dejerine half ihr ein Tuch ausbreiten und die mitgebrachten Lebensmittel auszupacken. Sie war von seinen Manieren und seinem Auftreten angetan. Auch sein Aussehen gefiel ihr. Als sie die Thermosflasche öffnete, um Kaffee einzuschenken, erschreckte er sie mit der Bemerkung: »Ich hatte noch keine Gelegenheit, es Ihnen zu sagen, Miß Conway, aber ich habe Ihren Bruder Donald kennengelernt. Er bat mich, Ihnen seine Grüße auszurichten.«

»Was?« Sie richtete sich mit einem Ruck auf und verschüttete etwas vom Kaffee. »Wirklich? Wie geht es ihm? Wo ist er? Warum hat er nicht geschrieben?«

»Als ich ihn sah, schien er wohlauf und munter«, antwortete Dejerine. »Ich hatte Gelegenheit, mich ein paar Stunden mit ihm zu unterhalten. Als ich hierher abkommandiert wurde, suchte ich jemanden von Ischtar, um mich aus erster Hand über die Verhältnisse zu unterrichten. Der Betreffende war zufällig ein junger Fähnrich, Ihr Bruder.« Er hatte ein rasches, gewinnendes Lächeln, welches das ganze Gesicht erwärmte. »Übrigens erzählte er mir von Ihnen. Wo er zur Zeit stationiert ist, kann ich nicht sagen. Ich weiß nur, daß seine Truppe zur Front verlegt wurde. Bitte sorgen Sie sich nicht allzusehr um ihn. Wir sind dem Gegner in jeder Hinsicht weit überlegen, sowohl in der Ausrüstung als auch in der Ausbildung und Organisation. Und was die letzte Frage betrifft, so gab es in den letzten Wochen vor der Verschiffung wenig Freizeit. Übrigens vertraute er mir an, daß er ungern Briefe schreibe, und darum bat er mich, diese Nachricht zu überbringen.«

Jill seufzte. »Herzlichen Dank. Das sieht Donald ähnlich.« Sie wandte die Aufmerksamkeit wieder dem Kaffee zu. »Sparen wir uns die Einzelheiten für später auf. Wenn es Ihnen nichts ausmacht, können wir heute abend bei meinen Eltern hereinschauen. Sicherlich möchten sie auch gern hören, was Sie über Ihre Begegnung mit meinem Bruder berichten können.«

»Wie Sie wünschen«, sagte er mit einer leichten Verbeugung. Er war so vernünftig, nicht helfen zu wollen, wo er ihr doch nur im Wege gewesen wäre. Statt dessen bewunderte er die Umgebung.

Ringsum breitete sich sanft gewelltes Hügelland aus. Im Schatten der hohen, rot- und gelbbelaubten Bäume, unter denen sie saßen, gedieh ein niedriges, zähes Gras, Dromia genannt, dessen graugrüne Farbe sich deutlich vom Olivbraun der umliegenden Heide abhob. Der Quell entsprang zwischen Felsblöcken, die mit orangefarbenen Flechten überzogen waren, und speiste ein Rinnsal, das bald wieder in der Erde versickerte. Dennoch nährte er im weiten Umkreis eine eigene Vegetation feuchtigkeitsliebender Gräser, Büsche und Stauden. Weiter draußen bedeckten Trockengräser mit hohen, gelb gefiederten Rispen die Hänge. Vom Inland her wehte ein warmer, trockener Wind.

»Kennen Sie die Namen all dieser Pflanzen?« fragte Dejerine.

»Nur von den häufigsten Arten«, antwortete sie. »Ich bin keine Botanikerin. Die niedrigen Büsche dort sind Bitterherz; die Ischtarier verwenden die Blätter als Gewürz, aber sie sollen auch als Heilmittel wirksam sein.

Aber hüten Sie sich vor den Blättern und Beerenfrüchten dieser bräunlichen Dornsträucher. Sie sind sehr giftig.«

»Ich las, daß die Molekühle, die den Prozeß der Photosynthese steuern, auf dieser Welt nicht mit Chlorophyll identisch sind, wenn ihre Funktion auch ähnlich ist. Aber warum sind rot und gelb und ihre Zwischentöne so häufig?«

»Nach der Theorie ist die gelbe Farbe der Grundton, während sich das Rot in Haelen als ein Mittel zur Energieabsorption entwikkelte. Der Stamm erwies sich als vielseitig und widerstandsfähig genug, um sich über den ganzen Globus auszubreiten und verschiedene Differenzierungen zu bilden. Aber wie gesagt, das ist nur eine Theorie. Stellen Sie sich vor, eine ganze Welt! In einem Jahrhundert haben wir nur die gröbsten Umrisse sichtbar machen können... Aber wollen Sie nicht zugreifen?«

Während sie aßen, zog ein großer Schwarm von Zugvögeln über sie hin und erfüllte die Luft mit Rufen und rauschendem Flügelschlag. Mehrere Azare brachen aufgescheucht aus einer Senke, wo sie gegrast hatten, und querten mit langen Sätzen einen Hang. Ihre sechs Beine arbeiteten anmutig und harmonisch zusammen. Durch das Fernglas sah Dejerine Einzelheiten, die Jill ihm erläuterte.

»Die ischtarischen Theroide haben keine echten Gehörne. Diese knotenartigen Verdickungen, die Sie sehen, sind dem Horn des Rhinozeros ähnlich. Es sind Hautbildungen. Sehen Sie die Form der Vorderbeine? Ihre Hufen sind scharfe Waffen. Es scheint eine allgemeine Tendenz auf Ischtar zu sein, daß das vordere Gliederpaar nicht oder nicht nur zur Fortbewegung dient. Den Extremfall stellen natürlich die Sophonten und ihre Verwandten dar: die Vorderbeine werden zu Armen, die Vorderfüße zu Händen.«

Als es wieder still geworden und nur das leise Rascheln des Windes in den Gräsern zu hören war, sagte Dejerine nachdenklich: »Ich beginne zu ahnen, wie all jene, die hier geboren sind, diesen Planeten lieben müssen.«

»Es ist unsere Heimat«, antwortete sie. »Wenn auch in einer besonderen Art und Weise. Wir Menschen werden sie nie besitzen, werden niemals mehr als eine verschwindende Minderheit sein. Die Welt gehört den Ischtariern.«

Er senkte den Blick auf den Becher in seiner Hand. »Verstehen Sie bitte, daß ich sehr wohl erkenne, wie bestürzt und bekümmert Sie über die angeordnete Zurückstellung Ihrer nützlichen und wohltätigen Pläne sein müssen. Der Krieg bringt immer die Unterbrechung oder Zerstörung vieler Hoffnungen mit sich. Ich hoffe auf ein frühzeitiges Ende der Kämpfe. Und in der Zwischenzeit können wir vielleicht eine Lösung für Sie finden.«

Vielleicht, dachte Jill. Sie lächelte und legte die Hand leicht auf seinen Arm. »Danke, Hauptmann. Wir werden noch darüber sprechen. Aber heute sollen Sie etwas von dieser Welt und ihren Bewohnern sehen, und ich soll Ihre Fremdenführerin sein, keine Nörglerin.«

»Aber ich bitte Sie«, sagte er. »Nun... Sie erwähnten Verwandte der Eingeborenen. Meine Quellen erwähnen Lebewesen, die etwa unseren Affen entsprechen.«

»Ja, solche gibt es. Einen nennen wir Tartar, aber der nächste Verwandte ist ein kleiner Bursche, den wir Kobold getauft haben.«

»Die halbintelligente Art? Ja, darüber wollte ich Sie auch fragen. Was wissen Sie von ihnen?«

»Sehr wenig. Sie sind in Beronnen selten und äußerst scheu. Nach Luftbeobachtungen vermuten wir, daß die Art in der anderen Hemisphäre relativ zahlreich vorkommt, aber zivilisierte Ischtarier sind noch nicht bis dorthin vorgedrungen. Ich kann Ihnen nicht mehr sagen, als daß diese Kobolde primitive Werkzeuge machen und sich mit einer Art Sprache zu verständigen scheinen. Als ob der Australopithecus auf Erden überlebt hätte.«

»Hm.« Dejerine strich sich den Schnurrbart. »Wie seltsam, daß ihre entwickelteren Vettern sie am Leben gelassen haben.«

»Nein, das kann man so nicht sagen. Vergessen Sie nicht, daß ein gewaltiger Ozean, der obendrein stürmischer ist, als jeder, den wir auf Erden kennen, dazwischen liegt.«

»Ich meinte, daß die höher entwickelte Art die zurückgebliebene nicht einmal dort ausgerottet hat, wo die Lebensbereiche sich überschneiden.«

»Das würden Ischtarier niemals tun. Selbst jene kriegerischen Stämme, die wir überheblich Barbaren nennen, kennen die beinahe gedankenlose Mordlust und den primitiven Zerstörungsdrang nicht, die uns Menschen eigen sind. Zum Beispiel hat niemand hier jemals Gefangene gefoltert oder massakriert, wenn sie lästig waren. Wahrscheinlich stellen Sie sich die Gemeinschaft von Sehala als eine Art Reich oder Staatenbund vor. Das ist nicht der Fall. Die Zivilisation hat sich entwickelt, ohne daß irgendein Bedürfnis nach übergeordneten Institutionen entstand. Schließlich sind die Ischtarier eine entwickeltere Lebensform als wir.«

Seine Miene spiegelte Überraschung und instinktive Ablehnung. Sie war bestürzt, bis ihr einfiel, daß eine Vorstellung, mit der sie immer gelebt hatte, ihm neu sein mußte. Nach kurzem Zögern sagte er: »In meinem Buch stand etwas von einer über das Säugetierstadium hinausgehenden Evolution. Allerdings wurde nicht ganz klar, was damit gemeint war. Ich nahm an – Sie wollen doch nicht sagen, sie wären intelligenter als wir? Davon stand nichts in meinen Büchern.« Er holte tief Luft. »Gewiß, in manchen Dingen scheinen sie besser als wir, in anderen dagegen weniger. Das ist unter verschiedenen intelligenten Spezies normal. Insgesamt scheint sich immer ein Ausgleich zu ergeben. Ich denke, die Erklärung ist vernünftig, daß es jenseits eines bestimmten Punktes keinen Selektionsdruck mehr gibt, der die Gehirnentwicklung vorantreibt.«

Sie betrachtete ihn mit wachsendem Respekt. Daß er sich als Berufssoldat mit solchen Überlegungen beschäftigte, sprach für ihn.

»Macht es Ihnen etwas aus, sich einen Vortrag anzuhören?« fragte sie.

Er lächelte, lehnte sich gegen einen Stamm und bot ihr eine Zigarette aus einem silbernen Etui. Nachdem sie abgelehnt hatte, nahm er sich selbst eine. »Wenn eine so reizende Dozentin ihn hält?« murmelte er. »Wer könnte da nein sagen?«

Jill lächelte. »Ahem. Fangen wir also an. – Sie wissen, daß das Leben hier dem der Erde recht ähnlich ist, da es unter vergleichbaren Umweltbedingungen entstand und sich entwickelte. Wir können die einheimische Nahrung essen, und die Ischtarier können unsere Nahrung essen, wenn wir uns allerdings darauf beschränkten, würde jede der beiden Arten Mangelkrankheiten bekommen. Außerdem sind verschiedene Dinge, die von der einen Art gern genommen werden, für die andere giftig. Der Umstand der Sechsbeinigkeit gegenüber der Vierbeinigkeit unserer Entwicklung scheint demgegenüber ziemlich unbedeutend, ein biologischer Zufall. Ischtar hat seine Äquivalente für unsere Fische, Reptilien, Vögel, Säugetiere und so weiter. Die Unterschiede sind jedoch bedeutend genug, daß wir die Namenendung -oid gebrauchen. Im allgemeinen sind die Variationen ungemein vielfältig.

Vielleicht würden sie mehr wie unseresgleichen sein, wäre Anu nicht vor ungefähr einer Milliarde von Jahren aus der Hauptreihe abgewandert und zu einem roten Riesen geworden. Seitdem ist er ständig größer und heißer geworden und die Auswirkungen seines Vorüberganges werden für Ischtar mit jedem Mal gefährlicher. Die Folge war, daß manche Gattungen sich nicht entwickeln konnten oder nur in Kümmerformen existierten. Unter den Fossilien, die wir bisher entdeckten – und die natürlich alles andere darstellen, als einen repräsentativen Querschnitt –, gab es keine Spur von etwas den Dinosauriern Vergleichbarem. Die Warmblütler erlangten frühzeitig eine dominierende Stellung und behielten sie.

Auf dieser Basis, mit der Sie zweifellos schon vertraut sind, kamen wir zu der Auffassung, daß die Warmblütler dieser Welt mehr Zeit zu ihrer Entwicklung hatten, als die Säugetiere der Erde. Ich weiß, auch diese sind sehr alt, aber ihre eigentliche Entfaltung begann erst im Oligozän. Was sie hier bis zu einem hohen Grade der Vollkommenheit entwickelt haben, ist die Symbiose verschiedener Lebensformen. Der durchschnittliche ischtarische Warmblütler ist einem ganzen Zoo und botanischen Garten voneinander ergänzenden Arten vergleichbar.

Sehen wir uns einmal einen Sophonten an, einen unserer ischtarischen Freunde. Sein Pelz ist eine moosähnliche Pflanze, die oberflächlich in der Haut verwurzelt, aber mit dem Blutkreislauf verbunden ist. Seine Kopf- und Nackenmähne erinnert an Efeu. Die Zweige geben einen federnden, zähen Panzer für den ziemlich dünnen Schädel, den Hals und die Schulterpartie ab. Die Pflanzen entnehmen dem Kreislauf ihres Wirtes Kohlendioxyd, Wasser und andere Nebenprodukte. Dafür geben sie auf direktem Wege Sauerstoff und eine ganze Menge vitaminähnlicher Stoffe zurück, die wir noch nicht einmal ansatzweise identifizieren konnten. Natürlich stellen die Pflanzen kein vollständiges System bereit, das für den Wirt die Atmung besorgt, sondern sie ergänzen die vorhandenen Organe. So entwickeln sie eine zusätzliche Lunge und ein zweites Herz für ihren jeweiligen Wirt, dazu noch andere Organe, und das Ergebnis ist ein Individuum, das besser funktioniert, als wir es tun. Es kann von einer weit größeren Vielfalt an Nahrungsmitteln leben. Es hat einen geringeren Wasserbedarf, weil es nicht schwitzt und die eingenommene Flüssigkeitsmenge so gut wie restlos nutzt. Auf Ischtar sind weite Festlandsgebiete wasserarm und schließlich trägt unser Eingeborener einen Notvorrat an Lebensmitteln mit sich herum, nämlich dieselben Pflanzen. Er kann sie essen und trotzdem überleben, obwohl der Verlust ihn auf die Dauer behindert. Bald wachsen die Pflanzen aus ihren Wurzeln oder aus Sporen in der Luft wieder nach, wie es bei den Neugeborenen geschieht.«

Jill hielt inne, um nach Luft zu schnappen.

»Die Vorteile sind einleuchtend«, sagte Dejerine nachdenklich. »Wußten Sie es schon?«

»Ich habe darüber gelesen, ja. Aber ich bin froh, es in einem größeren Zusammenhang wiederholt zu hören.«

»Nun, das ist noch nicht alles«, fuhr Jill fort, mitgerissen von einer Begeisterung, die niemals verging. »Diese Vorteile gehen über das auf den ersten Blick Offensichtliche hinaus. Symbiose wie diese ist nicht nur eine direkte Lebenshilfe und Erleichterung. Sie setzt Gene frei.«

Sie blickte ihn erwartungsvoll an, bemerkte sein Unverständnis und sagte: »Ja, denken Sie einmal nach. Gene, die auch hier die Entwicklung des Lebens bestimmen, speichern Erbinformationen. Ihre Speicherkapazität ist enorm, aber nicht unendlich. Stellen Sie sich eine Anzahl von Genen vor, die irgendwelche Stoffwechselfunktionen steuern. Nun wird diese Funktion von einem Symbionten übernommen. Die betreffenden Gene werden für diesen Zweck nicht mehr benötigt und können für die Speicherung anderer Erbinformationen verwendet werden. Mutationen und Selektion sorgen dafür, daß das geschieht. Die Mutationsrate dürfte unter den ischtarischen Warmblütlern ohnehin höher liegen als bei den irdischen Säugetieren, weil die Körpertemperatur höher ist. Auf Ischtar geht es meistens nicht darum, wie man sich bei niedriger Außentemperatur warmhält, sondern meistens umgekehrt, wie man bei hohen Außentemperaturen Überhitzung vermeidet. Die Sophonten lösen dieses Problem teils durch ihre Pflanzen und teils dadurch, daß sie selbst eine hohe Körpertemperatur haben. Kurzum, die Ischtarier haben uns gegenüber verschiedene Vorteile, wozu auch eine längere Entwicklungsgeschichte gehört. Sie mögen ihren gegenwärtigen Intelligenzgrad nicht so frühzeitig wie die Menschen erreicht haben – obwohl wir selbst nicht wissen, wann das war –, aber sie bauten ihn im Laufe viel längerer Zeitspannen allmählich auf. Dies begünstigte eine harmonische Gesamtentwicklung, auch und gerade im Verhältnis zwischen Intellekt und Instinkt. Das ist ein wesentlicher Grund dafür, daß es diese Kobolde immer noch gibt und die Geschichte zeigt es. An ihr wird es vielleicht am deutlichsten sichtbar.«

Dejerine runzelte die Stirn. »Sie meinen, es handele sich um eine entwicklungsgeschichtlich höhere Stufe der Gehirnorganisation?« fragte er.

Sie nickte. »Des Nervensystems als Ganzes«, sagte sie. »Der Mensch ist ziemlich hastig zusammengebaut, wissen Sie. Man könnte sogar sagen, er sei schludrig zusammengepfuscht. Man kann es so ausdrücken, daß wir drei Gehirne haben, eins über das andere gestülpt. Zuerst das Stammhirn, das Reptiliengehirn; dann das Kleinhirn oder Zerebellum des Säugetiers; schließlich die überentwickelte Großhirnrinde. Diese drei arbeiten nicht allzu harmonisch zusammen – daher Aggressionsverhalten, Mord und Totschlag, Ausbeutung des Mitmenschen, Hackordnungen in

Gesellschaft und Familie, und was dergleichen mehr ist. Der Ischtarier hat mehr Einigkeit in seinem Kopf. Geisteskrankheiten, deren Ursprung bei uns allzu oft im gesellschaftlichen Bereich liegen, sind praktisch unbekannt. Auch die allgemeine Krankheitsanfälligkeit der Ischtarier ist viel geringer, wozu die vielen spezialisierten Symbionten gewiß ihren Teil beitragen. Am deutlichsten ist der Unterschied wahrscheinlich auf dem Gebiet der Neurosen, wobei die Frage, was eine Neurose ist und was nicht, verschiedene Interpretationen zuläßt. Ich will nur soviel sagen, daß ich niemals einen Ischtarier kennengelernt habe, den ich einen Neurotiker hätte nennen können. Ich könnte auch noch darauf hinweisen, daß wir Menschen, so fremdartig und mächtig wir den Bewohnern dieser Welt erscheinen mögen, niemals so etwas wie einen Kulturschock erzeugt oder gar einen kulturellen Nachahmungstrieb erweckt haben. Sie respektieren uns, sie übernehmen einzelne Ideen und Dinge, die sie nützlich finden, lassen sich jedoch keinen Augenblick dazu verleiten, mit ihren traditionellen Lebenserfahrungen, Techniken und Existenzformen zu brechen.«

Vom Sprechen heiser geworden, lehnte sie sich zurück, trank kalt gewordenen Kaffee aus ihrem Becher und biß vom Marmeladenbrot. Ihr Begleiter war sehr nachdenklich geworden.

»Sehr interessant«, meinte er sinnend. »Wahrscheinlich erklärt die allgemeine physiologische Überlegenheit auch die lange Lebensspanne der Ischtarier. Stimmt es, daß sie bis zu fünfhundert Jahre alt werden?«

Jill nickte. »Ich glaube aber, daß dabei noch ein anderer Faktor eine Rolle spielt«, sagte sie. »Auf der Erde bringt eine relativ kurze Generationenfolge einen raschen Umschlag des genetischen Potentials, also beschleunigte Evolution mit sich. Das sollte für die betreffende Spezies vorteilhaft sein. Ich neige zu der Theorie, daß wir aus genau diesem Grund programmiert sind, mit etwa vierzig Jahren ernstlich zu altern. Aber Ischtar erleidet alle tausend Jahre die Annäherung Anus. Die Auswirkungen bleiben ungefähr hundert Jahre in mehr oder minder bedrohlicher Form bestehen. Die Langlebigkeit der Bewohner hilft wahrscheinlich die Anpassungsfähigkeit an den Zyklus zu erhalten und sichert damit das Überleben der Art.«

Er warf ihr einen forschenden Blick zu. »Was für eine düstere Betrachtungsweise.«

»Finden Sie? Mich stört es nicht. Natürlich ist nicht zu leugnen, daß jeder gern bei guter Gesundheit ein hohes Alter erreichen möchte«, sagte sie. »Aber uns ist dies nun einmal nicht beschieden, und so hat es keinen Sinn, sich darüber zu grämen. Die Ischtarier haben auch ihren Kummer. Alle zwei oder drei Generationen erleben sie einen Weltuntergang. Und sie hadern nicht mit dem Schicksal.«

Er saß eine Weile schweigend, den Blick in die besonnte Landschaft gerichtet, ehe er sagte: »Für Sie in Primavera muß dieser Unterschied seltsame Auswirkungen haben. Derselbe unveränderte Zentaur, der mit Ihrem Großvater befreundet war, ist auch Ihr Freund und wird der Freund Ihrer Urenkel sein. Und als Sie heranwuchsen, war er in vielerlei Hinsicht Ihr Lehrer, Ihr Beschützer und möglicherweise Ihr Idol, nicht wahr? Ich möchte nicht neugierig sein, aber es würde mich interessieren, ob meine Vermutung zutrifft, daß einzelne Eingeborene für einige unter den lebenslangen Bewohnern dieser Siedlung Vaterfiguren sind.«

Sein Scharfsinn überraschte sie. »Ja, kann sein«, gab sie zögernd zu. »Vielleicht bin ich sogar ein Beispiel. Larreka, einer der Kommandanten der Zera Victrix, war immer ein guter Freund von mir. Ich kann sagen, daß ich viele Einstellungen und Ansichten von ihm übernommen habe.« Impulsiv fügte sie hinzu: »Er half mir in einer Weise durch eine schlimme Erfahrung, wie es kein anderer im Universum hätte tun können.«

»Oh.« Dejerine zögerte. »Möchten Sie darüber sprechen?«

Jill schüttelte den Kopf. Warum sollte sie ihm so rasch so viel anvertrauen? Schließlich war er der Feind. »Nein, lieber nicht; jedenfalls nicht jetzt.«

»Selbstverständlich«, sagte er freundlich.

Sie hörte es kaum. Plötzlich war die Erinnerung zurückgeflutet und erfüllte ihr Bewußtsein...

Große Landtiere sind selten auf Ischtar. Alle tausend Jahre wird die Nahrung in den meisten Gebieten zu knapp. Die mittleren und südlichen Teile Beronnens können einige wenige ernähren, wie etwa den Baumlöwen und die elefantenähnlichen Valwas. Aber weiter nördlich erstrecken sich Trockensavannen über den Kontinent, die als der Dalag bekannt sind. Dort wimmelt es zwischen den Anu-Durchgängen von kleineren, pflanzenfressenden Wildtieren: So gibt es zum Beispiel wenigstens fünfzig Untergattungen der Azare. Die von ihnen lebenden Fleischfresser haben die Größe kleinerer bis mittlerer Hunde, sind jedoch mit unverhältnismäßig großen und starken Kiefern und Gebissen ausgestattet, die ein rasches Verschlingen der Beute ermöglichen. Sie jagen in Rudeln und leisten so gründliche Arbeit, daß für größere Aasfresser nichts übrig bleibt; die einzigen Vertreter dieser Art sind kleine, sehr flinke wirbellose Tiere. Die Sophontenbevölkerung ist dünn und besteht hauptsächlich aus Hirten, die nicht viel auf die Jagd gehen. Aber da und dort erheben sich zyklopische Ruinen aus der gelbbraunen Eintönigkeit der Steppe; und man glaubt, daß die hiesige Kultur in diesem Land ihren Anfang nahm.

Das Ding, das diese Paradoxa miteinander verknüpft, ist der Sarkophag.

Zu ihrem elften Geburtstag, der auf der Erde ein paar Monate vor ihrem zwölften gewesen wäre, durfte Jill sich Larreka und einer Gruppe anschließen, die eine Reise in den Dalag unternahm. Auch eine erwachsene Frau ging mit, Ellen Evaldsen, Jills vielgeliebte junge Tante, eine Geologin, die Gesteinsformationen studieren wollte.

Sie wanderten fröhlich über Land. Oft ritt das Mädchen auf Larreka oder einem seiner Freunde. Ellen meinte, sie verwöhnten Jill zu sehr, ließ sie jedoch gewähren. Und an den abendlichen Lagerfeuern gab die Frau zum Ausgleich für die Erzählungen der Eingeborenen Geschichten von der Erde zum Besten, bis Jill nicht mehr wußte, welche spannender und wunderbarer waren. Dann erreichten sie den Dalag, und er war großartiger, als alles, was Worte ausdrücken konnten.

Wispernde, von den Wellen des Windes durchlaufene goldene Weiten, unterbrochen nur von dunkleren Sträuchern und vereinzelten flammengleichen Bäumen; geheimnisvolle schattige Kühle eines Wasserlochs unter einem von Mineralen bunt gestreiften Felsen; gnadenlose Hitze unter einem blaßblauen, lichterfüllten Himmel, bevor die Nacht Kühle und den Diamantenschwarm der Sterne brachte; Begegnungen mit Hirten, ein paar Worte und ein Becher Kräutertee unter einem Filzdach, der edle Anblick eines Wo, der geschickt die Weidetiere seines Herrn zusammentrieb; riesige Herden wilder Weidetiere, deren Hufschläge aus dem Boden der Welt heraufzudröhnen schienen... Ja, auch grausame Bilder, nicht so sehr, wenn ihre Kameraden mit Bogen oder Speer ein Tier zur Strecke brachten, um so schrecklicher aber, als im Rudel jagende Tartare einen Azar in einen Dornbusch trieben und ihm dann das Fleisch und die Gedärme in Fetzen herausrissen, während er hiflos in den Dornen hing und schrie...

»Aber sie müssen es tun«, erklärte ihr Larreka. »Wir können

Fleisch haltbar machen, indem wir es sofort nach dem Schlachten in Eingeweidesaft von Raubtieren einweichen. Sie können das nicht. Raubtiere, die selbst Eingeweidesäfte erzeugen, können das Fleisch getöteter Beutetiere verwerten, indem sie es rasch hinunterschlingen. Tartare sind dazu nicht imstande. Wenn sie ihre Beutetiere nicht bei lebendigem Leibe fressen könnten, müßten sie achtmal so viel Beute machen, um zu einer Mahlzeit zu kommen. Und wenn es keine Raubtiere gäbe, würden die Azare das Land kahlfressen und verhungern.«

»Aber warum muß es gerade hier so furchtbar sein?« widersprach sie. »Anderswo verdirbt das Fleisch ja auch nicht so schnell, oder?«

Larreka wandte sich an Ellen, die mit anderen Worten wiederholte, was man Jill schon vor Beginn der Reise warnend erklärt hatte. Der von den Menschen Sarkophag genannte, in Form von mikroskopischen Sporen durch die Luft verbreitete Schimmelpilz ist für lebendes Gewebe unschädlich. Aber er läßt sich sofort auf totem Fleisch nieder, vermehrt sich explosiv und reduziert selbst das größte Tier innerhalb von zwei bis drei Stunden auf das bloße Skelett. Der Pilz scheint zu seiner Verbreitung bestimmte Klimabedingungen zu benötigen, denn er existiert nur im Dalag und auf einigen vorgelagerten Inseln. Oder ist es das Klima, welches seine Ausbreitung begrenzt? Und welche seltsamen Anpassungen daran hat die Evolution zuwege gebracht? »Es ist nichts Schreckliches, Jill, es ist ein Geheimnis, das wir enträtseln können.«

»Ich habe gehört, daß dieser Pilz die Entstehung der frühesten Kulturen verursacht haben soll«, fügte Larreka hinzu.

Jill blickte ihn verständnislos an.

»Nun, es ist mehr eine Geschichte«, sagte Larreka. »Ich traue mir kein Urteil darüber zu. Wie auch immer, einige unserer Philosophen und auch eure Wissenschaftler glauben, es hätte ungefähr so gewesen sein können. Als die ersten unserer Vorväter in diesen Gegenden zu leben versuchten, mußten sie Vegetarier sein; es war nicht möglich, nennenswerte Mengen Fleisch aufzubewahren. Aber dann brachten sie heraus, daß bestimmte Raubtiere in ihren Eingeweiden Säfte erzeugen, die den Schimmelpilz abtöten. Natürlich wußten die Leute damals nur, daß der Saft das Fleisch haltbar macht. Sie brauchten Geräte, wie große Kessel, um die tierischen Eingeweide zu kochen, und Schüsseln, um das Fleisch geschlachteter Tiere darin einzuweichen. Das mußten Herdentiere sein, weil das Einweichen sofort nach dem Schlachten geschehen mußte. Für Jäger ist diese Methode nicht sehr praktisch. Wenn du uns genau zugesehen hast, wird es dir aufgefallen sein. Da die Schüsseln aus Stein oder Keramik gemacht sind, wiegen sie schwer, und unsere Vorfahren konnten nicht überall mit ihnen herumziehen. Also wurden sie in Erdhütten seßhaft, hielten Herden und begannen Tiere zu züchten... Später breitete sich diese Lebensweise weiter südwärts aus, wo die Bedingungen günstiger sind, und Südberonnen ist seitdem das Kernland der Zivilisation geblieben. Aber hier fing vielleicht alles einmal an.«

»Einschließlich einer großen Zahl von Mythen, Religionen und Riten, die heute von Valennen bis Haelen verbreitet sind«, fügte Ellen Evaldsen hinzu, »die Vergänglichkeit des Fleisches mag auf Ischtar eine ebenso tief verwurzelte Grundvorstellung sein, wie es diejenige des sterbenden Gottes auf der Erde ist.«

»Wie bitte?« murmelte Larreka. »Nun, wenn Sie es sagen, junge Frau...«

Und so waren auch in Jill Verwunderung und Neugierde geweckt worden. Sie hatte bereits gewußt, daß die Zeit des Feuers in regelmäßigen Abständen die Welt heimsuchte. So weit sie zurückdenken konnte, hatte Larreka sich und die seinen ohne alles Aufhebens für das nächste Mal vorbereitet, und die Menschen versuchten Mittel und Wege zu finden, um die katastrophalen Auswirkungen erträglicher zu gestalten. Bald hatte auch sie gelernt, den Dalag für das zu nehmen, was er war.

Bis zu dem Tag, als Ellen starb.

Es geschah unglaublich schnell. Die Frau hatte einen hohen schwarzen Felsen erstiegen, der sich aus der Savanne erhob und, wie sie lachend meinte, dort nichts zu suchen habe. Als Geologin mußte sie ihn genauer untersuchen, und er schien fest und leicht ersteigbar zu sein. Aber er hatte eine auf den ersten Blick unsichtbare Schwäche: Die Witterungseinflüsse vieler Millionen Jahre hatten den Fels brüchig und morsch werden lassen. Im Lager zu Füßen des Felsens sahen sie eine Leiste unter ihr ausbrechen, sie abstürzen.

Der Sturz hatte ihr beide Beine und das Genick gebrochen. Als Larreka und die anderen die Stelle erreichten, wo sie lag, hatte die Auflösung bereits begonnen. Das Fleisch zersetzte sich vor ihren Augen, quoll stinkend auf, schillerte bläulichgrün, zerfiel in schleimige Flüssigkeit und schwand schließlich ganz dahin. Die Ischtarier konnten ohne geeignetes Werkzeug nicht schnell genug ein Grab ausschaufeln. Was sie schließlich begruben, waren weiße Gebeine und das unverändert gebliebene kastanienbraune Haar.

Larreka suchte Jill. Er nahm ihren zusammengekrümmten Körper in die Arme, hob sie auf und trug sie aus der Sichtweite des Lagers. Bel ging in einem Flammenmeer unter, die Sterne erblühten, Ea leuchtete wie eine Kerze. Er ließ sich in das süß duftende Steppengras nieder, hielt sie in den Armen und streichelte sie lange.

»Es tut mir leid, Kind«, sagte er. »Ich dachte nicht nach. Wir hätten dich nicht zusehen lassen sollen.«

Jill weinte.

»Aber du gehörst doch zur Legion«, sagte er. »Nicht wahr, Soldat?« Er faßte ihr unters Kinn und hob ihr Gesicht zu seinem und den Sternen.

Sie nickte heftig, denn sprechen konnte sie nicht.

»Dann hör zu«, sagte Larreka so leise, daß er kaum zu hören war. »Du wirst gehört haben, daß der Verlust einer Person, die wir lieben, uns Vierbeiner härter trifft, als euch Menschen. Wenn du jemanden ein paar hundert Jahre gekannt hast... Nun, wir mußten eben lernen, damit fertig zu werden. Laß dir sagen, was wir Legionäre tun.«

Und er erzählte ihr von Bannern, die von Jahrhundert zu Jahrhundert neu gewoben wurden und die Namen der Gefallenen trugen, und von vielem anderen; und als der Morgen kam, tanzte sie mit ihnen den Abschiedstanz am Grab, so gut sie konnte: der erste Schritt fort vom Kummer.

Jill erhob sich. »Kommen Sie«, sagte sie. »Packen wir zusammen. Ich möchte Ihnen einen typischen Bauernhof zeigen, aber wenn wir uns zu lange aufhalten, wird das Vieh draußen auf der Weide sein, wo wir es nicht leicht finden werden.«

»Ich höre und gehorche«, erwiderte Dejerine. Während sie zusammenräumten und verstauten, sagte er in sachlichem Ton: »Miß Conway, es ist nett von Ihnen, mich so herumzufahren. Ich bin Ihnen dankbar dafür. Aber hoffen Sie nicht in erster Linie, mich für die Sache der Eingeborenen einzunehmen?«

»Gewiß. Was sonst?«

»Nun, werden Sie meiner Seite ähnliche Aufmerksamkeit widmen? Ich weiß, daß Sie uns als destruktive Eindringlinge sehen. Werden Sie glauben, daß wir außerhalb unserer Befehle Gründe haben könnten, hier zu sein?«

Sie ließ ihn einen Moment warten, ehe sie mit einiger Reserve sagte: »Ich werde Sie anhören, ja.«

Er lächelte. »Gut. Wie die Dinge liegen, würde ich gern einen Informationsabend veranstalten, an dem nach Möglichkeit alle Einwohner von Primavera teilnehmen sollten. Bei der Gelegenheit würde ich eine Fernsehaufzeichnung vorführen, die ich mitgebracht habe. Es ist keine offizielle Propaganda. Die Tendenz ist sogar ziemlich kritisch, aber auch das ist wichtig.« Er hielt inne. »Sehen Sie, mir liegt daran, daß Sie mich nicht für einen Fanatiker halten.«

Jill lachte kurz und hart auf. »Und ich muß mir Ihre Schau ansehen, um zu beweisen, daß ich keine Fanatikerin bin?« Er blickte verletzt, und sofort bedauerte sie ihre Bemerkung. »Es war nicht böse gemeint«, sagte sie einlenkend. »Wir werden uns die Aufzeichnung gern ansehen.«

8

Auszüge aus einem Fernsehfilm über Vorgeschichte und Hintergründe des gegenwärtigen Krieges.

OLAYA

Guten Abend. Hier spricht Luis Enrique Olaya Gonzales. Ich begrüße Sie zu unserer heutigen Informationssendung. Wir haben für diesen Abend ein besonderes Programm vorbereitet, sowohl was die Länge als auch die Bedeutung betrifft.

Vor genau sechs Monaten billigte das Parlament der Weltföderation die Beauftragung der Friedenskontrollbehörde mit ›geeigneten Gegenmaßnahmen‹ gegen ›Einrichtungen, Stützpunkte und Personal‹ der Naqsanischen Liga, um die ›Notstandssituation zu beenden und eine gerechte Regelung strittiger Fragen herbeizuführen‹. Mit anderen Worten, die Erde erklärte Naqsa den Krieg. Offizielle Stellen vermeiden sorgfältig den Gebrauch des Wortes und haben dafür auch bessere Gründe als Heuchelei; manche Worte bringen unwiderrufliche Festlegungen mit unvorhersehbaren Folgen mit sich. Nichtsdestoweniger verwandelte dieser Parlamentsbeschluß eine Serie von mehr oder weniger zufälligen Zusammenstößen in systematische militärische Operationen. Die Mächte beschränken sich nicht länger auf Proteste, Propaganda, politischen und ökonomischen Druck und zunehmend verzweifelte Diplomatie; die Entscheidung wird jetzt durch militärische Gewalt herbeigeführt. Es ist ein Krieg. Der Mann auf der Straße nennt es so, und wir wollen heute abend genauso verfahren.

Wir werden diesen Krieg, seine Hintergründe, seine Vorgeschichte, seine Gegenwart und seinen wahrscheinlichen künftigen Verlauf untersuchen. Wir werden um Objektivität bemüht sein...

(Ansicht eines Planeten im Weltraum, erdähnlich, aber stark mit Wolken verhangen.)

OLAYA

Ungefähr einhundertfünfzig Lichtjahre von uns entfernt umkreist ein Planet, wo Menschen ohne technische Hilfsmittel leben können, in nicht weitem Abstand seine Sonne. Sehr gut kann oder könnte man dort nicht leben. Für Menschen ist das Klima heiß und feucht, heftige Stürme sind eine alltägliche Erscheinung, und weite Teile der Festländer sind ungeheure Wildnisse aus Regenwäldern, Sümpfen und abgetragenen Gebirgen. Das einheimische Leben kann einen Menschen bestenfalls für kurze Zeit ernähren. Nach längerer Zeit kommt es zu schweren Mangelkrankheiten, und vieles ist giftig...

Es ist ein Planet, der für Naqsaner besser geeignet ist. Schon frühzeitig gründeten sie einige Siedlungen, die im weiteren Verlauf aufblühten und ihrerseits neue Siedlungen gründeten. Sie nennen die Welt Tschejaka. Nachdem die Menschen die Welt entdeckt hatten und sich für sie zu interessieren begannen, verliehen sie ihr den Namen Mundomar.

Denn auch sie konnten hier überleben, wenn sie bereit waren, herkulische Anstrengungen auf sich zu nehmen. Weniger heiß und feucht als andere Gebiete, war der arktische Bereich nicht völlig ungeeignet. Die wasserliebenden Naqsaner hatten jene Gegenden gemieden. Sie sahen keinen Grund, Kolonisten von der Erde abzuweisen, und verkauften ihnen Siedlungsland zu ansehnlichen Preisen.

(Die Kamera durchdringt die Wolkendecke, gleitet über Dschungel, sumpfige Küstenebenen und schwimmende, üppig grüne Pflanzeninseln im Meer hinweg. Sie fährt nahe an einen bestimmten Punkt heran, der sich als eine der bescheidenen naqsanischen Niederlassungen erweist. Dort platschen und wälzen sich große, seehundähnliche Körper in der ihnen gemäßen Art herum, die von vielen Menschen als ekelhaft empfunden wird. Die Kamera schwenkt weiter nordwärts, bis eine mit Gesträuch bedeckte Ebene ins Bild kommt. Ein irdisches Raumschiff landet, ein seit sechzig Jahren veraltetes Modell: denn dies ist ein Abschnitt aus dem Archiv, das stolze Festhalten eines historischen Augenblicks.)

Wer würde kommen? Gewiß, die Erde ist übervölkert, und Planeten, wo Menschen leben können, sind selten, und die meisten von ihnen haben selbst intelligente Rassen hervorgebracht. Die von niemandem sonst beanspruchten Welten, die der Mensch gefunden und besiedelt hatte, waren schon damals sehr zurückhaltend und wählerisch, wenn es um die Aufnahme weiterer Einwanderer ging. Aber wer würde so verzweifelt sein, nach Mundomar zu gehen... oder so hoffnungsvoll?

Jene, die keine andere Wahl außer Verzweiflung und endlosem Elend hatten.

Ein Menschenalter ist vergangen, seit ein Charles Barton seine prophetische Stimme erhob...

(Eine Folge von Ansichten und Filmausschnitten. Der Kommentator erscheint nicht im Bild.)

Überfüllt, verwahrlost und häßlich – das sind die Wohlfahrtsghettos unserer Großstadtregionen, wo die stetig wachsende Zahl jener haust, für die die technologische Zivilisation keinen Bedarf hat. Müßiggang, Langeweile, Frustration; das Gefühl persönlicher Wertlosigkeit; Drogen in Flaschen, Tabletten, Spritzen, Sprühdosen; Fernsehen als Lebensersatz, Freudenhäuser und Gehirnstimulatoren für diejenigen, die das Geld zusammenkratzen können; Bandenkämpfe unter den Jugendlichen, Berufskriminalität unter den Erwachsenen. Die Bürger rufen nach der Polizei, nach Ruhe und Ordnung, aber die Wurzel des Übels beseitigen wollen sie nicht. Sie verweisen auf Beihilfen, Sozialarbeiter, auf Fortbildungs- und Umschulungsmöglichkeiten. Was aber nützt es dem, der die Antwort schon vorher weiß? Tut mir leid, sie sind nicht qualifiziert; tut mir leid, sie sind qualifiziert, aber wir haben keine Stelle frei. Die Bewohner der Dritten Welt können sich mit Mühe und Not am Leben erhalten, wenn sie Hilfe von außen bekommen, doch auf mehr können sie nicht hoffen. Technologie ist nicht Zauberei; sie kann nicht von Ressourcen existieren, die sie selbst längst verschleudert hat. Bauern in einem afrikanischen Trockengebiet suchen Schutz unter einem nutzlos gewordenen Aquädukt, nachdem ihr Vieh durch Überweiden auch noch das an Vegetation zerstört hat, was nach wahllosem Abholzen und Raubbau übriggeblieben war. Die vordringende Wüste begräbt ihre Höfe unter Sand und rotem Staub. Bei Nacht sind die Straßen indischer Städte mit Schlafenden gepflastert, die keine Bleibe haben. Auf Schiffen lebende pelagische Nomadengemeinschaften an den Küsten der Kontinente ernähren sich, indem alle Mitglieder vom zwölften Lebensjahr an mit Booten hinausfahren, um nahezu erschöpfte Fanggründe abzufischen.

Alle vermeintlichen Universalmittel haben versagt. Ausbildung? Man kann eine Person von normaler Intelligenz nicht für spezielle Fähigkeiten ausbilden, mit denen sie nicht geboren wurde; und die Nachfrage nach Schablonenmenschen ist gering und sinkt weiter. Geburtenkontrolle? Man kann nicht ganze Völker auffordern, sich selbst zum vermeintlichen Aussterben zu verurteilen. Rückkehr zu einem einfachen und natürlichen Leben? Ja. Aber eine Vorbedingung dafür wäre der Tod von neunzig Prozent der Menschheit.

(Archivmaterial über die Pioniere auf Mundomar. Mühsal, Schmerzen, Kummer, aber immer diese Hoffnung, die nicht aufgeben will, diese Vision, die aus mißmutigen Wohlfahrtsempfängern und ausgebeuteten Lasttieren Männer und Frauen macht. Ihre heranwachsenden Kinder fürchten nichts auf der Welt.

Ihre Kinder und Kindeskinder. Und mit dem Wachstum der Kolonie entstehen Ableger im gesamten Norden des Planeten. Materieller Reichtum keimt. Auf der Erde spricht sich herum, daß dieser verrückte Traum Früchte trägt; und Einwanderer ergießen sich aus den Himmeln.

Auf dem gezähmten Land erheben sich lärmende Städte. Die Natur wird bezwungen und verwandelt.)

OLAYA

Reibungen mit den Naqsanern begannen, als menschlicher Unternehmungsgeist Grenzen überschritt, die nirgendwo klar abgesteckt waren. Meinungsverschiedenheiten wurden im allgemeinen durch Verhandlungen beigelegt. Aber die soziale Struktur der naqsanischen Gemeinschaften gestattet es gekränkten oder betrogenen Individuen, sich mit Freunden zusammenzutun und privat Genugtuung zu verschaffen. Das ist in dieser Kultur völlig legal und ehrenhaft, ein Bürgerrecht. Die Menschen haben jedoch andere, damit nicht zu vereinbarende Institutionen – oder darf ich sagen, Instinkte? Sie schlugen gegen das zurück, was ihnen als Banditentum erschien.

Die Spannungen verschärften sich, Zwischenfälle wurden häufiger. Der Generalgouverneur bat die Friedenskontrollbehörde um Hilfe. Die naqsanische Liga machte deutlich, daß sie ihre Mitglieder auf Tschejaka nicht im Stich lassen würde...

Unterdessen beeinträchtigten und schädigten industrielle und landschaftsverändernde Projekte in den von Menschen besiedelten Gebieten zunehmend die Umwelt weiter südlich. Die nichtmenschlichen Bewohner des Planeten gelangten nach und nach zu der Überzeugung, daß gemeinsames Handeln vonnöten sei...

Der Nichtangriffspakt zwischen beiden Mutterplaneten stellte auf der Kolonialwelt niemanden zufrieden. Beide Gruppen fühlten sich bedroht und in ihrer Entfaltung behindert. Beide genossen in der Heimat die breite Unterstützung der Öffentlichkeit.

Es kam zum offenen Ausbruch von Kämpfen, die sich bald über weite Teile Mundomars ausbreiteten. Die Menschen zeigten unerwartete Stärke. Zahlenmäßig waren sie ihrem Gegner unterlegen, in der Ausrüstung gleich; aber ihre Führung, ihre Disziplin und ihr Kampfgeist waren unvergleichlich besser.

(Bilder vom Kriegsgeschehen. Es ist auf den Planeten begrenzt, aber es werden chemische Kampfmittel und taktische Atomwaffen eingesetzt. Auf dem Regierungspalast in Barton wird eine neue Flagge gehißt, und von einem Balkon des Gebäudes verliest ein Mann im Kampfanzug ein Dokument, immer wieder unterbrochen vom Beifallsgebrüll einer Menschenmenge.)

INTERIMISTISCHER PRÄSIDENT SIGURDSSON

...Diese Ereignisse haben uns mit tragischer Klarheit vor Augen geführt, daß wir uns in den Fragen unserer Rechte, unserer Sicherheit und unseres Überlebens auf niemanden als auf uns selbst verlassen können...

Darum gründen und proklamieren wir heute feierlich die unabhängige Republik Eleutheria...

OLAYA

Unmittelbar nach dem Waffenstillstand anerkannte die Erde den neuen Staat, lud ihn jedoch nicht ein, sich der Föderation anzuschließen. Das mochte geschehen sein, weil man eine Brüskierung durch die Kolonisten fürchtete, die sich in der Stunde ihrer Not im Stich gelassen fühlten. Möglicherweise war es das Ergebnis geheimer Verhandlungen mit Naqsa. Die Diplomaten der Liga mochten sich auf den Standpunkt gestellt haben, daß ein *fait accompli* hingenommen, wenn nicht gar legal sanktioniert werden könne. Schließlich hatte Naqsa niemals ganz Mundomar für sich beansprucht: Eine folgenschwere Unterlassung, wie sich jetzt herausstellte. Während die Naqsaner sich im ganzen kompromißbereit zeigten, konnten sie die direkte Anwesenheit irdischer Autorität in Gebieten, die sie als gestohlen betrachteten, nicht dulden.

Wir wissen nicht, ob, zwischen wem und was während dieser Phase verhandelt wurde. Auskünfte wurden uns ebenso verweigert wie Unterlagen gleich welcher Art. Wir wissen nur, daß das nördliche Viertel von Mundomar nun die unabhängige Republik Eleutheria war, die eifrig um weitere Einwanderer und Investitionen von der Erde warb; daß die Erde sie als einen unabhängigen Staat anerkannte, während Naqsa dies ablehnte; und daß die Naqsaner in den tropischen Breiten des Planeten verbitterter denn je waren, da ihre Bedrohung noch zugenommen hatte.

Bald darauf wurde die Aufmerksamkeit der Föderation von einer neuen Krise anderswo abgelenkt. Die Gesellschaft von Alerion besetzte die Kolonialwelt Neu-Europa. Dies schien ein bei weitem entschlossener und gefährlicherer Gegner als Naqsa zu sein. Starke Kräfte in der Föderation setzten sich für einen Kompromiß oder sogar eine kaum verhüllte Kapitulation ein, woraus Konflikte mit den Befürwortern von Festigkeit entstanden. Wie wir alle wissen, obsiegte schließlich die Widerstandspartei. Ein kurzer, mit Erbitterung geführter Krieg zwang Alerion zum Nachgeben.

Seither hat sich das Klima auf der Erde verändert. Der Umstand, daß Neu-Europa noch während des Krieges dem Beispiel Eleutherias folgte und seine Unabhängigkeit erklärte, scheint die Zuversicht in das Menschheitsschicksal, die die meisten Leute heutzutage zur Schau stellen, kaum beeinflußt zu haben. Wir verwerfen den Imperialismus, wir geben seine Unsinnigkeit in einem interstellaren Maßstab zu – aber bei jeder Umfrage in den letzten dreißig Jahren fand sich eine klare Mehrheit für die Aussage, daß unsere Art sich niemals wieder von einer fremden Art beherrschen lassen dürfe.

Unsere Art? Oder unsere Föderation? Hier liegt ein Unterschied.

(Bilddokumente vom kräftigen Wachstum der Bevölkerung, der Industrie und des Territoriums von Eleutheria; von den nachteiligen Auswirkungen auf die naqsanischen Gemeinden und ihr Hinterland; und schließlich von der nächsten Konfrontation, die zum zweiten unerklärten Krieg führte, als die Menschen den Kontinent

Gyaru überrannten, die fremden Bewohner vertrieben und ihn befestigten.)

PRÄSIDENT GUPTA

...Unsere Kinder sollen nicht in Angst leben. Ich habe die Besetzung von Sigurdssonia angeordnet, weil diese Landmasse von lebenswichtiger Bedeutung für unsere Sicherheit ist. Die Besetzung dieser Gebiete dient daher der Erhaltung des Friedens. Wir werden sie mit unseren Bürgern besiedeln. Und niemand wird uns daran hindern...

OLAYA

...An dieser Stelle möchte ich das Interview einblenden, das ich vergangenes Jahr mit Admiral Alessandro Vitelli führte, dem Stabschef der Friedenskontrollbehörde...

VITELLI

...ist nicht zu zweifeln. Hinter diesen letzten Entwicklungen steht die Naqsanische Liga. Damit meine ich nicht nur, daß sie ihren Landsleuten auf Tschejaka Waffen liefert und Ausbildungszentren einrichtet. Das ist kein Geheimnis; jeder weiß, daß wir Eleutheria offen unterstützen. Nein, ich meine damit, daß die Liga hinter den Kulissen Revanchismus schürt. Nur so sind die Töne zu erklären, die uns neuerdings zu Ohren gekommen sind. Naqsaner halten nichts von leichtfertiger Demagogie, für die viele Menschen anfällig sind. Sie neigen dazu, Ruhe zu bewahren, bis sie bereit sind, Tatsachen festzustellen und zu handeln. Verstecken wir uns nicht hinter Wunschdenken. Die Naqsaner von Tschejaka – und darüber hinaus alle Naqsaner – wollen mehr als die Wiedergewinnung von Sigurdssonia. Sie wollen die Menschen vollständig von diesem Planeten vertreiben.

OLAYA

Sind Sie der Meinung, die Föderation sollte dies geschehen lassen, Admiral?

VITELLI

Sie wissen, daß die Friedenskontrollbehörde keine politischen Entscheidungen fällt oder befürwortet; sie hat lediglich den Willen des Parlaments auszuführen... Meine persönliche Meinung dazu ist, daß ich eine menschliche Präsenz in diesem Teil des Weltraums als unabdingbar für die Erhaltung des Kräftegleichgewichts erachte...

OLAYA

...Ansprache Seiner Exzellenz Tolloq-a-Ektrusch, des Bevollmächtigten Botschafters der Liga von Naqsa bei der Weltföderation, gehalten kurz vor seiner Abberufung.

(Eine schwammig aussehende Masse, grünlich und gelb gefleckt und in ihrer Nacktheit naß glänzend, füllt den Bildschirm. Die zu Flossen umgebildeten Beine sind kurz, die Arme sind mit dem Körper durch Schwimmhäute verwachsen, die bis zu den Ellbogen reichen. Der Kopf mit den kugelig vorquellenden Augen und dem borstigen Schnurrbart gemahnt an ein Walroß. Das Fernsehbild kann den Geruch nicht übertragen, aber die Tonspur bringt die undeutlich nuschelnde Stimme, der menschliche Ohren nur mit Mühe zu folgen vermögen, in Millionen Wohnungen.)

TOLLOQ

...historische Wreundschawt zwischen unseren zwei Wölkern. Es ist war, wir waren owt Handelsriwalen, aber ist das nicht gesund, nicht anregend? Jeder wrowitiert durch Handel: und was noch wichtiger ist, durch den Austausch won Ideen, Künsten, Wilosowhien, Gedanken und Träumen. Ich möchte Sie, meine menschlichen Zuhörer, gern wissen lassen, wie sehr wir won Naqsa Sie wewundern, wie dankwar wir wür alles sind, was wir won ihnen gelernt hawen, awer auch wür die wielen Gelegenheiten, die ihr Unternehmungsgeist wür jede intelligente Rasse geschawwen hawen. Unser Wolk wünscht won Herzen eine Wrüderschawt des Geistes. Ist es denn nicht so, daß Sie auch won uns gelernt hawen? Hawen wir Ihnen nicht etwas dawür gegewen? Was können unsere Wölker wom Krieg gewinnen, und was können sie nicht alles werlieren?

Ja, wir unterstützen unsere Artgenossen auw Tschejaka gegen nackte Aggression. Ich kann nicht glauben, daß die Erde die wir liewen, tatsächlich die Enteignung und Wertreiwung won uns harmlosen Wesen aus unseren Wohnungen willigen oder gar unterstützen wird...

Die Erde hat eine Werwlichtung gegenüber jenen, die sie hat werarmen lassen? Die Erde ist moralisch werwlichtet, dawür zu sorgen, daß sie ein menschenwürdiges Lewen wühren und eigenes Land erhalten, wo sie nach Weliewen wachsen können? Zweiwellos. Zweiwellos. Man hat ihnen alles das lange genug worenthalten. Awer warum auw unsere Kosten? Wir waren es nicht, die sie in Armut wrachten...!

OLAYA

Der dritte Ausbruch von kriegerischen Auseinandersetzungen auf Mundomar bewirkte eine Krise, die nicht lösbar schien. Nach ihren Anfangserfolgen kamen die Eleutherier nicht weiter voran, und ihre Gegner zeigten keine Neigung, sich abermals mit einer Niederlage abzufinden. Friedensvermittlungen von außen wurden von beiden Parteien nicht sehr höflich abgelehnt. Die Befürchtung wuchs, daß der eine oder der andere Massenvernichtungsmittel erwerben oder vielleicht schon in Bereitschaft halten mochte, um sie als entscheidende Waffe in einem ins Stocken geratenen Krieg einzusetzen, der beide Seiten auszubluten drohte...

(Ausschnitte aus Wochenschauen: Paraden, Demonstrationen, aufgeregte Menschenmengen und Sprechchöre überall auf der Erde. Die Forderung nach militärischer Unterstützung für Eleutheria wird zur patriotischen Pflicht. Gegenstimmen können sich kaum noch ungestraft erheben.

Die Föderation und die Naqsanische Liga verlegen Einheiten in den umstrittenen Sektor. Es kommt zu ersten Zusammenstößen. Aufnahmen von zerschossenen Schiffen, toten Besatzungen, überlebenden Schwerverwundeten. Viele Gefangene werden gezeigt, auch unter ihnen Verwundete, die so gut wie möglich versorgt werden, während sie auf den Austausch warten.

Tabellarische Übersicht der gescheiterten diplomatischen Bemühungen.

Ausschnitte der Parlamentssitzung, bei der das aktive Eingreifen der Föderation zugunsten Eleutherias beschlossen wird.

Weitere Zwischenfälle. Der Botschafter der Liga übergibt sein Ultimatum.)

VORSITZENDER AL GHAZI

Selbstverständlich denken wir nicht daran, Naqsa selbst anzugreifen, es sei denn, die Erde würde angegriffen, was ich kaum erwarte. Dies wäre freilich eine offene Kriegshandlung. Schlimmer noch, sie wäre moralisch verwerflich und – das möchte ich hinzufügen – militärisch unsinnig, zieht man die planetarische Verteidigungsfähigkeit in Betracht. Nein, vorausgesetzt, daß wir auch weiterhin den

Gang der Entwicklung bestimmen, wird dies eine Operation auf Mundomar und im umgebenden Weltraum sein, die einzig und allein den Zweck verfolgt, unsere Gegner zu bewegen, einem gerechten Frieden zuzustimmen...

OLAYA

Trotz massiver Stimmungsmache für den Krieg war das Abstimmungsergebnis keineswegs überwältigend. Sprecher mehrerer Nationen wandten sich gegen unser militärisches Eingreifen und befürworteten die Einstellung aller Unterstützungsleistungen für Eleutheria. Eine Minderheit von Organisationen, Vereinen und Einzelpersonen erhob die gleichen Forderungen.

(Regen in einer fast leeren Straße. Wenige trübselige Gestalten, die vor dem Gebäude der Admiralität Plakate in die Höhe halten. Die Aufschriften lauten: WIR FORDERN BRÜDERSCHAFT und SIND NAQSANER RECHTLOS?)

OLAYA

...einen besonderen Gast, nämlich Gunnar Heim, den früheren Minister für Raumfahrt von Neu-Europa. Die meisten meiner Zuhörer werden sich erinnern, daß Gunnar Heim vor dreißig Jahren als erster zum Widerstand gegen die Übergriffe Alerions aufrief und so eine Bewegung einleitete, die schließlich die gesamte Föderation erfaßte. Später gehörte er zu jenen, die den Status von Neu-Europa als unabhängige Nation befürworteten und verteidigten. Lange Jahre gehörte Gunnar Heim der Regierung des neuen Staatswesens an, bis er sich aus Altersgründen von der aktiven Politik zurückzog. Dennoch ist er niemals in Vergessenheit geraten. Anläßlich eines Besuchs auf der Erde, hat Gunnar Heim sich freundlicherweise bereit erklärt, zu einem Gespräch in unser Studio zu kommen...

(Der Mann, weißhaarig, aber noch immer aufrecht und massig, räkelt sich in einem Sessel gegenüber vom Moderator und pafft gemächlich seine Pfeife.)

OLAYA

Sie sind nicht der Meinung, daß die gegenwärtige Situation derjenigen ähnelt, der Sie damals begegnen mußten?

HEIM

Absolut nicht. Alerion wollte die Menschheit – und die Naqsaner, was das angeht, jede andere raumfahrende Rasse, unter denen wir nur die wichtigste und daher die erste auf der Liste waren – Alerion wollte uns aus dem Weltraum vertreiben. Ich glaube sogar, daß Alerion uns vernichten wollte.

OLAYA

Warum? Welche Gründe hätten sie dafür gehabt?

HEIM

Nennen Sie es Ideologie. Wir scheinen nicht die einzige Spezies zu sein, die mit diesem Fluch beladen ist. Der entscheidende Punkt ist, daß Alerions Ziele unbegrenzt waren; darum war Alerion eine tödliche Bedrohung. Wir mußten Gewalt anwenden, um seine Herrscher zur Besinnung zu bringen.

OLAYA

Und Sie glauben nicht, daß dies alles auch für Naqsa gilt?

HEIM

Ich weiß, daß es nicht so ist. Wann haben diese Wesen jemals in irgendeiner Weise die Erde bedroht? Die Antwort lautet: zu keiner Zeit. Es sei denn, sie zählen ökonomischen Wettbewerb dazu, den bestimmte Interessengruppen hier gern ausgeschaltet sähen.

OLAYA

Nun, übergehen wir die Raumgefechte, die vielleicht der allgemeinen Spannung zugeschrieben werden könnten. Da gab es vor zwei Jahren diesen Bombenanschlag gegen das Missionsgebäude der Föderation im naqsanischen Teil von Mundomar. Sie werden sich erinnern, daß dieser Anschlag viel böses Blut machte. Diese politischen Fanatiker...

HEIM

Nein, nein, das ist barer Unsinn. Unter Naqsanern gibt es keine politischen Fanatiker. Dazu sind sie überhaupt nicht fähig.

OLAYA

Dann war es eine getarnte militärische Aktion, wie damals von einigen Kommentatoren vermutet wurde.

HEIM

Sr. Olaya, dieser Bombenanschlag wurde von eleutherischen Agenten ausgeführt, um auf der Erde Zorn und Rachegefühle zu provozieren. Was damit auch erreicht wurde. Das unmittelbare Ergebnis war, daß die Föderation Verhandlungen mit der Liga abbrach, die eine gemeinsame Expedition zum galaktischen Zentrum zum Gegenstand hatten; aber die Auswirkungen auf die nächsten Wahlen hier auf der Erde waren ohne Zweifel noch bedeutsamer.

OLAYA

Entschuldigen Sie, aber können Sie diese Erklärung beweisen?

HEIM

Ich weiß es von Freunden im Geheimdienst Neu-Europas. Ihre Regierung wird Ihnen das natürlich nicht sagen.

OLAYA

Kehren wir zum Hauptgegenstand unseres Gesprächs zurück. Sind Sie der Meinung, daß wir die Eleutherier ihrem Schicksal überlassen sollten?

HEIM

Ich bin überrascht, eine solche Fangfrage von Ihnen zu hören.

OLAYA

Sie ist eigentlich nicht von mir. Ich wiederholte nur, was in unzähligen Reden und Leitartikeln gefragt wurde.

HEIM (lächelt)

Nun, bitte vergegenwärtigen Sie sich, daß ich als Privatmann und Bürger eines fremden Staates spreche. Glücklicherweise war meine Regierung so vernünftig, strikte Neutralität zu wahren. Davon abgesehen, hat Neu-Europa beiden Seiten seine guten Dienste angeboten...

OLAYA

Das verstehe ich sehr gut. Ich fragte mich nur, von welcher Art Ihre persönliche Meinung sei. In Anbetracht der Analogien zwischen dem, was Sie taten, und was Eleutheria tut.

HEIM

Ich sehe keine Analogien. Wie ich bereits erwähnte, bedrohte Alerion unsere Existenz. Davon aber kann bei Naqsa im Falle Eleutherias nicht die Rede sein. Neu-Europa hat seine Unabhängigkeit erklärt, aber niemals durch einen Aggressionskrieg fremden Besitz an sich gebracht.

OLAYA

Gleichwohl...

HEIM

Ich sehe, Sie lassen nicht locker. Dann hören Sie also, wie ich darüber denke. Aber lassen Sie mich nochmals betonen, daß ich als Privatperson spreche. Erstens, ja ich bewundere die Eleutherier sehr. Was sie geleistet haben, ist unglaublich. Es ist mehr als die Kultivierung von Land, es ist die Kultivierung ihrer eigenen Seelen.

Aber zweitens, die Naqsaner von Tschejaka – Mundomar – haben auch ihre heroische Zeit gehabt, nur machten sie nicht so viel davon her. Und auch sie sind denkende, intelligente Wesen. Und sie waren zuerst dort, wie immer man das bewerten mag.

Ich glaube nicht, daß sie die Eleutherier von dem Planeten vertreiben können. Ich glaube auch nicht, daß die Liga tatsächlich dieses Ziel verfolgt. Die ursprüngliche Idee war vernünftig. Diese Welt hat genug verschiedene Klimabereiche. Zwei intelligente Lebensformen können durchaus verschiedene Teile davon besiedeln und in Frieden miteinander leben. Ihr friedliches Zusammenleben könnte für alle Beteiligten fruchtbringend werden.

Das Problem ist, daß die Eleutherier sich damit nicht zufriedengeben wollen. Ihre typisch menschliche Unersättlichkeit, diese Unzufriedenheit mit dem Erreichten, läßt ihnen keine Ruhe und macht sie zur Quelle neuen Unfriedens. Inzwischen haben sie und verschiedene kapitalkräftige Gruppen von der Erde, die sie unterstützen, soviel in Gyaru – oder Sigurdssonia, wenn Ihnen das lieber ist – investiert, daß es ihnen höchst unangenehm wäre, alles wieder ausspucken zu müssen. Also sagen sie, es sei lebenswichtig für ihre nationale Sicherheit. Barer Unsinn. Und obwohl die meisten von ihnen aufrichtig davon überzeugt sind, bleibt es barer Unsinn. Die einzige Sicherheit zwischen Völkern ist ein gemeinsames Interesse.

OLAYA

Dann machen Sie Eleutheria für den Konflikt verantwortlich?

HEIM

Mein Gott, nein. Naqsaner sind in ihrer Art ebenso unvernünftig wie Menschen. Aber in erster Linie geht es hier um einen Streit, der durchaus beigelegt werden könnte, nur haben sich die beiden Großmächte hineinziehen lassen, und wie es dann weitergeht, kann sich jeder an den Fingern abzählen.

Sagen Sie mir, Sr. Olaya, warum zum Teufel unterstützt die Friedenskontrollbehörde mit Billigung und auf Anweisung des Parlaments der Weltföderation den Imperialismus der Eleutherier? Welchen möglichen Vorteil kann der gewöhnliche Erdenbewohner davon erwarten? Wenn die Eleutherier glauben, sie müßten mehr Territorium erobern, dann lassen Sie sie das auf eigenes Risiko tun.

(Die Schlußszene zeigt ein Bataillon Marineinfanterie, das mit voller Ausrüstung an Bord eines Transportschiffs geht. Fahnen wehen und eine Militärkapelle spielt.)

9

Sparling fuhr mit einem Geländewagen nach Sehala. Ein Flugzeug wäre zu schnell gewesen – er wollte allein sein und Zeit zum Nachdenken haben –, und ein Pferd war nutzlos auf einer Welt, wo nur auf wenigen Quadratkilometern Pflanzen gediehen, die es richtig ernähren konnten. Es gab einheimische Tiere, die gelegentlich als Lasttiere dienten, wenn auch nicht sehr befriedigend, und die größeren und stärkeren Sophonten reagierten explosiv, wenn sie geritten wurden; überdies fehlte es ihnen an Ausdauer.

Im allgemeinen trugen die Ischtarier selbst, was sie zu befördern hatten. Auf der dem Flußlauf folgenden Landstraße herrschte reger Verkehr von muskulösen Trägern, leichtfüßigen Kurieren, Bauern, die sich selbst vor ihre Wagen gespannt hatten, und von unbeladenen Reisenden. Diese waren nicht allesamt Einheimische aus Südberonnen, sondern gehörten verschiedenen Rassen und Nationen an, von ernsten, düster blickenden Haelenern bis zu staunenden Halbwilden von den Ehur-Inseln bei Valennen. Die meisten gingen unbekleidet, aber die Vielfalt von Federn, Schmuck, Decken, Umhängen, Gebrauchsgegenständen und Zierat war verwirrend. Boote, Barken und Galeeren befuhren den Fluß. Die Gemeinschaft war in Schwierigkeiten geraten, die äußeren Provinzen konnten kaum noch gehalten werden oder waren bereits verlorengegangen, aber ihr Kernland war noch immer ein Magnet für den Handel.

Immerhin begegnete Sparling mehreren Patrouillen der Legion. Es war seit jeher bekannt, daß die in Sehala stationierte Legion – gegenwärtig waren es die Tamburu-Hopliten – nicht viel zu tun hatte. Ihre Funktionen waren immer die von Polizei und Feuerwehr gewesen, und auch in den anderen öffentlichen Diensten half sie aus. So war sie für die Instandhaltung der Leuchttürme entlang der Küste zuständig. In einer Kultur, die von einer wenig gewalttätigen Spezies hervorgebracht und getragen wurde, hatte die Ordnungsmacht nicht viele Aufgaben. Es gab nur eine kriminelle Handlung, die häufiger vorkam: Unwilligkeit, ein ergangenes Gerichtsurteil anzuerkennen. Auch in ihrer Funktion als Feuerwehrmänner wurden die Legionäre nicht häufig gebraucht, da die meisten Bauwerke aus Stein oder Lehmziegeln gemauert waren.

Nun aber schien die Legion so geschäftig wie in Zeiten, als sie in unruhigeren Gegenden stationiert gewesen war und sich mit Banditen hatte herumschlagen müssen. Sparling wußte, warum. Mehr und mehr Ischtarier wanderten aus nördlichen Landesteilen zu und hofften eine Existenz zu finden, bevor der Klimawechsel ihre Heimat in trockene Halbwüste verwandelte. Ohne eine wirkliche Regierung fehlte es Beronnen an Mitteln, sie zurückzuhalten. Da es gleichzeitig selbst die Dürre und die Stürme zu fühlen begann, konnte es die zuströmenden Massen auch nicht ernähren. Einige wenige mochten feste Arbeitsplätze finden, sogar neue Handwerksbetriebe oder Handelsunternehmen gründen oder in landbesitzende Familien einheiraten. Doch alle anderen...

Diese Reisenden waren nicht die heiteren, tatkräftigen Leute, die Sparling von früher kannte. Viele von ihnen, besonders die Ausländer, sahen ungepflegt, hungrig, sogar verzweifelt aus.

Dabei lag das Land noch friedlich und fruchtbar unter blauem Himmel und hochgetürmten Wolken. Er sah große Herden und verstreute Gehöfte. Alles deutete auf eine blühende Landwirtschaft hin, und tatsächlich war sie die Grundlage von Wirtschaft und Gesellschaft. Weiter südlich, in der Gegend um Sehala, wurde die Ernte bereits eingebracht. Die Obstgärten, Stoppelfelder und hochbeladenen Erntewagen ließen den Unkundigen nicht erkennen, wie kärglich diese Ernte gewesen war.

Er hielt bei einem Gasthaus in den Außenbezirken, wo es Unterbringungsmöglichkeiten für Menschen gab. »Wenn es dir nichts ausmacht, Gastfreund, würde ich Münzen deinem Papier vorziehen«, sagte ihm der Wirt. »In letzter Zeit sind so viele geschickte Fälschungen im Umlauf, daß ich Schwierigkeiten haben könnte, mit einem Schein etwas zu kaufen. Sieh nur, hier ist ein Muster.«

Sparling erschien die Nachahmung irdischen Geldes primitiv und leicht kenntlich. Aber die echten Scheine waren außerhalb von Primavera nie allgemeines Zahlungsmittel gewesen. Überdies entgingen einem Ischtarier häufig Nuancen des Drucks und der Farbgebung, die einem Menschen sofort auffielen; und auf anderen Gebieten verhielt es sich oft umgekehrt.

»All dieses fremdländische Gesindel«, grollte der Wirt. »Sie betrügen, stehlen und rauben; und was nützt es, wenn man sie fängt? Es ist Zeitverschwendung, sie vor Gericht zu bringen. Sie besitzen nichts, womit sie Entschädigung leisten könnten. Ihre Arbeit würde wertlos sein. Verbannung würde ihnen nicht weh tun, weil sowieso keine anständige Person ihre Gesellschaft wünscht. Schläge werden ihnen keine Lehre sein, und eine Verurteilung zu Zwangsarbeit wäre ihnen nur recht, weil sie dadurch zu Nahrung und Unterkunft kämen.«

Damit hatte er die möglichen Sanktionen aufgezählt. Haftstrafen erschienen diesem Volk als sinnloser Racheakt, und Sparling dachte, daß die Ischtarier vielleicht recht hatten.

Er suchte in der Tasche und brachte einheimische Münzen zum Vorschein, Gold, Silber und Bronze, reichlich für einen kurzen Aufenthalt. Der Wirt machte sich nicht die Mühe, diese zu untersuchen. Er sah mit einem Blick, daß sie echt waren.

»Ich werde in die Stadt gehen und mich ein wenig umsehen«, sagte Sparling. »Es ist lange her, seit ich zuletzt hier war.« Daß er überhaupt schon einmal in Sehala gewesen war, lag daran, daß seine Arbeit des öfteren Besprechungen mit einheimischen Anführern erforderlich machte. Selbst von den Eingeborenen hielten sich nur wenige ständig in Sehala auf. Dieses war keine Hauptstadt im herkömmlichen Sinne; nach menschlichen Maßstäben war es überhaupt keine Stadt. Es war lediglich die größte und blühendste unter den Provinzen Beronnens, wo Handel und Gewerbe konzentriert waren und zur Ansiedlung der meisten überregionalen Institutionen geführt hatten. Aus diesem Grund war Sehala für alle ein bequemer Treffpunkt. Sparling behauptete, daß die einheimische Bezeichnung für dieses Kerngebiet der Zivilisation falsch übersetzt sei und eigentlich ›die Gemeinschaft in Sehala‹ lauten müsse.

Beide Sonnen standen noch am Himmel, aber eine dünne Bewölkung war aufgezogen, und vom Fluß her blies ein kühler Wind und brachte den Geruch von Regen. Es machte Sparling nichts aus, daß er durch das Fehlen von Straßen gezwungen war, vom Gasthaus ein paar Kilometer zu Fuß zu gehen. Er begrüßte sogar die Gelegenheit, aus der Nähe zu sehen, wie die Lebensumstände und Verhältnisse in dieser Krisenzeit waren. Menschen, die häufiger hierher kamen, waren gewöhnlich blind für vieles, was nicht ihre besonderen Anliegen betraf. Das war verständlich. Die Anliegen forderten die ganze Aufmerksamkeit: zum Beispiel die Arbeit mit Gelehrten, um eine alte Chronik zu entziffern, oder Gespräche mit Schiffern, um in Erfahrung zu bringen, was sie über ferne Länder zu sagen wußten.

Das Gasthaus stand in der Nähe des Hafens. Es war ein eckiger Bau mit einem breiten, behäbigen Satteldach, der vielen Gästen Obdach bot und einen Innenhof mit Garten und einem Teich besaß. Das Untergeschoß war aus Bruchsteinmauerwerk, die zwei oberen aus behauenen Holzbalken. Die Fenster waren klein, und die Obergeschosse besaßen umlaufende Holzbalkons mit kunstvoll geschnitzten Pfosten zur Stützung des überhängenden Daches. Zu dem Gebäude gehörten ein Kochhaus und ein Lagerschuppen.

Gute Architektur, dachte Sparling. Die dicken Mauern des Untergeschosses verliehen dem Haus massive Stabilität und gute Isolation. Das mächtige, überhängende Dach spendete Schatten, hielt die Wände trocken und sorgte für ein Gefühl behaglicher Geborgenheit. Im Innenhof war es immer angenehm kühl, und das gleiche ließ sich von den Gästezimmern sagen. Sparling hatte gehört, daß die Erdgeschoßmauern älter als tausend Jahre sein sollten; sie hatten die letzte Katastrophenzeit überstanden und sahen aus, als würden sie auch diese überdauern.

Vom Vordereingang aus hatte man freien Blick über den Uferhang und den breiten braunen Fluß, der hier von Lagerhäusern, Schiffswerften und Hafenkais gesäumt war. Dort lagen mehrere Schiffe, die ihre Ladungen nicht in Liwas am Delta gelöscht hatten, sondern flußauf gefahren waren. Viele kleinere Wasserfahrzeuge der Binnenschiffahrt belebten Hafen und Strom. Der Lärm von Rufen, Stößen, knarrenden Rädern, rollenden Fässern und quietschenden Ladebäumen wehte zu Sparling herauf. Verglichen mit Häfen auf der Erde, die er kannte, bot dieser einen geradezu idyllischen Anblick, bei allem Leben frei von hektischer Betriebsamkeit. Als Sparling das Bild betrachtete, schien es ihm schwer vorstellbar, daß dies der Mittelpunkt einer Zivilisation sein sollte, die wahrscheinlich mehr und größere Werte in die Galaxis einzubringen hatte, als seine eigene.

Er machte sich auf den Weg. Zuerst folgte er einem Pfad zwischen Feldern. Die Städte und Siedlungen Beronnens ernährten sich direkt aus ihrem landwirtschaftlichen Hinterland, tauschten ihre Handwerkserzeugnisse gegen Fleisch und andere Lebensmittel von den Bauern. Die letzteren nahmen eine wirtschaftliche und gesellschaftliche Sonderstellung ein. Die kleinen städtischen Siedlungen, aus denen Sehala bestand, befanden sich größtenteils in bäuerlichem Besitz.

Sparling mußte an eine Theorie denken, die er einmal von Goddard Hanshaw gehört hatte. In seinen jüngeren Jahren war der Bürgermeister Soziologe gewesen und hatte die gesellschaftlichen Strukturen der Ischtarier untersucht. »Ich glaube, es gibt zwei wichtige Gründe, warum dem landwirtschaftlichen Sektor ein soviel größeres Gewicht zukommt, als dem städtisch-gewerblichen. Das hat nichts mit dem Umstand zu tun, daß die meisten Häuptlinge, die der Versammlung der Gemeinschaft angehören, aus ländlichen Regionen kommen, wo es überhaupt keine Städte gibt. Die Gemeinschaft ist eine historisch neue Erscheinung. Um unsere Frage zu beantworten, müssen wir uns die Entwicklung der Kultur selbst ansehen.

Klima und natürliche Umweltbedingungen begünstigen auf Ischtar besonders die Weidewirtschaft, während der Ackerbau, bedingt durch die Trockenheit der meisten Gebiete, geringere Erträge bringt. Obgleich auch sie schwere Verluste erleiden, können Herdenbesitzer einen Anu-Durchgang besser überstehen, als die meisten Bauern. Vermutlich haben die im tausendjährigen Zyklus wiederkehrenden und jahrzehntelang andauernden Dürreperioden, Überschwemmungen und Stürme durch Zerstörung der fruchtbaren Humusdecke weite Gebiete für den Feldbau unbrauchbar gemacht. Wahrscheinlich entspricht die Weidewirtschaft auch besser dem ischtarischen Temperament.

Ein zweiter wichtiger Faktor ist der Zeitaufwand, der benötigt wird, um zum Arbeitsplatz und zurück zu gelangen. Er hat erst die Entwicklung einer relativ hohen Kultur in einem Land ermöglicht, dessen Bewohner in ihrer Mehrzahl weit verstreut in Einzelgehöften leben.

Sieh mal, während der gesamten Menschheitsgeschichte wurde der Bereich der täglichen Aktivität von der Entfernung zwischen

Wohnung und Arbeitsplatz bestimmt. Die Grenze war zu allen Zeiten die gleiche: ungefähr eine Stunde Wegzeit. Das gilt sowohl für den babylonischen Bauern, der zu seinem entferntesten Feld hinausging, wie auch für den modernen Bürokraten in Ciudad Mexico, der hundertfünfzig Kilometer außerhalb der Hauptstadt wohnt und mit dem Schnellverkehrszug zur Arbeit im Verwaltungszentrum fährt. Natürlich findet man Ausnahmen, aber im großen und ganzen lohnt es sich nicht, mehr als ungefähr ein Zwölftel einer Erdumdrehung unterwegs von und zur Arbeit zu verbringen. Wann immer das zum Regelfall wird, bemühen wir uns bald entweder um eine näher am Arbeitsplatz gelegene Wohnung, oder um einen schneller erreichbaren Arbeitsplatz. Schon die steinzeitlichen Jäger und Sammler errichteten ihre Dauerlager in der Nähe der Jagdgebiete. An diesem Prinzip hat sich bis heute nichts geändert, nicht einmal die elektronische Kommunikation konnte es außer Kraft setzen; sie veränderte lediglich seine Anwendung auf bestimmte Klassen der Gesellschaft.

Auf Ischtar liegen die Verhältnisse anders. Der Ischtarier kommt zu Fuß schneller voran als ein menschlicher Fußgänger oder Reiter, und er kann ohne zu ermüden weitere Strecken zurücklegen. Er kann bei Nacht gut sehen, daher wirkt sich der kürzere Tag nicht hinderlich aus. Dank dem warmen Klima ist er nicht auf ein Dach über dem Kopf angewiesen, und im Notfall kann er unbegrenzte Zeit von den Gräsern und Kräutern leben, die an seinem Weg wachsen. Für ihn ist es nicht besonders lästig, am Arbeitsplatz zu kampieren. Kurzum, er ist ein besserer Wanderer und Nomade, als wir es sind, schneller und ausdauernder.

Daher konnten die Viehzüchter in weiten Gebieten verschiedene Tätigkeiten ausüben. Als sie den Punkt erreichten, wo ihnen die Einführung regelmäßiger Markttage an Orten zweckmäßig erschien, die ihnen für den Viehauftrieb günstig erschienen, da gingen sie einfach hin und gründeten solche Märkte. Die Händler und Handwerker, die als seßhafte Bewohner der Marktflecken erwünscht waren, stellten sich von selbst ein. Keine Stadt ist so groß, daß sie sich nicht aus ihrem unmittelbaren Umland ernähren könnte; meistens erzeugen die Bauern dort sogar Überschüsse. Aber der größere Bevölkerungsteil lebt von Viehzucht und Weidewirtschaft, denn für die meisten Familien stellen die über das Land verstreuten Gehöfte eine bessere und eine interessantere Umgebung dar.

Es ist ein Fehler, von einer ›Zivilisation‹ auf diesem Planeten zu sprechen. Es wäre besser, wir gewöhnten uns an, von einer zu hoher Reife entwickelten Bauern- und Hirtenkultur zu sprechen.«

Sparling ging weiter. Nicht lange, und er sah sich zwischen Gebäuden. Es gab keine Stadtmauern wie jene, die Port Rua und das verlorengegangene Tarhanna im Grenzgebiet von Valennen schützten und militärische Stützpunkte beherbergten. Dieses Land hatte seit sehr langer Zeit keinen Krieg mehr gesehen. Noch heute hielt man es nicht für erforderlich, über die Stationierung der Legion hinaus etwas für die Verteidigung zu tun. Sollte die Legion besiegt werden, so taten die Bewohner Sehalas besser daran, ins Landesinnere zu fliehen, als sich vom Feind einschließen und aushungern zu lassen.

Der Anlage der Stadt lag kein Plan zugrunde. Die Erbauer von Häusern wählten ihre Plätze nach eigenem Gutdünken. Regelmäßig benutzte Pfade zwischen den Häusern wurden allmählich zu festgetrampelten, von Wagenspuren zerschnittenen Feldwegen, außer an solchen Stellen, wo man es als zweckmäßig erachtet hatte, einzelne Abschnitte zu pflastern. Die meisten Gebäude standen in gehörigem Abstand voneinander, umgeben von Büschen und Bäumen. Es gab keine bestimmten Straßen oder Stadtviertel für verschiedene Gewerbe oder Einwohner unterschiedlicher Herkunft. Manche Quartiere bestanden aus einfachen Hütten oder Zelten, errichtet von Besuchern und Flüchtlingen aus dem Norden, die keine Miete zahlen konnten oder wollten. Die festen Gebäude waren für menschliche Verhältnisse groß, denn sie hatten eine größere Spezies zu beherbergen, und während die meisten in Bauweise und Stil mehr oder weniger dem Gasthaus ähnelten, zeigten manche eine künstlerische Ausgestaltung von überraschender Vielfalt und Qualität.

Trotz des offensichtlichen Fehlens jeder Planung gab es nirgendwo Gestank, Schmutz und Unrat. Sanitäre Einrichtungen waren ein geringes Problem für Ischtarier, deren wassersparendes Stoffwechselsystem keinen Urin und vergleichsweise geringe Mengen trockener Fäkalien abgaben. Diese wurden meist mit anderen Abfällen als Heizmaterial verwendet, während man Speiseabfälle an die überall gehaltenen Tiere verfütterte.

Einwohner, die Sparling sahen, grüßten ihn höflich, ob sie ihn kannten oder nicht, blieben aber nicht stehen, um ein Gespräch anzufangen. Eine Person, die es eilig haben mochte, mit müßigem Geschwätz aufzuhalten, galt als ein Zeichen schlechter Manieren. Er gewann den Eindruck, daß wenige Passanten unterwegs waren.

Den Grund erfuhr er, als er am Turm der Bücher vorüberging. »Ian!« rief eine Stimme. Er blieb stehen und wandte sich um und sah Larreka auf sich zukommen. Sie umfaßten einander die Schultern, und jeder las Beunruhigung im Gesicht des anderen.

»Was ist passiert?« fragte Sparling.

Larrekas Schwanz peitschte seine Knöchel. »Mehr als dir lieb ist«, grollte er. »Sowohl hier wie auch in Valennen, und ich weiß nicht, was schlimmer ist. Gestern abend kam Nachricht von Port Rua. Ein Regiment, das ausgesandt worden war, um Tarhanna zurückzuerobern, geriet in einen Hinterhalt und wurde aufgerieben. Wolua, der Regimentskommandeur, ein guter Freund und Kamerad von mir, wurde erschlagen. Die Barbaren verlangen als Lösegeld für ihre Gefangenen kein Gold, sondern Waffen; und wer immer die Liste angefertigt hat, weiß genau, was er braucht, um uns den größten Schaden zuzufügen.«

Sparling pfiff leise durch die Zähne.

»Also berief Owazi heute früh abermals die Versammlung ein«, fuhr Larreka fort. »Bald konnte ich die Reden nicht mehr mit anhören und ging hinaus.«

Sparling begann zu verstehen, wo die Stadtbewohner waren, die er auf den Straßen vermißt hatte. In normalen Zeiten traten Versammlungen in Abständen von einigen Jahren zusammen; und dann war es nicht üblich, daß die Teilnehmer sofort zusammenkamen. Nach traditionellem Brauch versuchte man zu einer Übereinstimmung zu gelangen, bevor man formell zur Abstimmung schritt. Dies ließ sich am besten durch private Begegnungen zwischen den Teilnehmern erreichen, die dann in Muße die anstehenden Probleme erörterten. Wenn die Versammlung aber zusammengetreten war und bereits Reden gehalten wurden, blieb Sparling nichts übrig als hineinzugehen und die anderen ohne Vorbereitung mit der schlechten Nachricht zu konfrontieren. Und er hatte darauf gebaut, daß ihm ein, zwei Tage bleiben würden, um den Boden zu bereiten, es ihnen schonend beizubringen...

Er hörte sich sagen: »Sicherlich hast du ihnen gesagt, daß diese Entwicklung deine Bitte um Entsendung von Verstärkungen nach Valennen unterstreicht. Wahrscheinlich sind viele dagegen, wie?«

»Richtig«, antwortete Larreka. »Viele sind für die Evakuierung. Sie wollen Valennen ganz aufgeben, einfach so. Nun, Ian, welches sind deine schlechten Nachrichten?«

Sparling sagte es ihm. Larreka verharrte eine Weile in Stillschweigen, während der Wind in seiner Mähne raschelte. Schließlich faßte er einen Entschluß: »Das schlagen wir denen dort drinnen um die Ohren. Sofort. Vielleicht bringt der Schock sie zur Vernunft.«

»Oder um die Vernunft«, murmelte Sparling. Aber er sah keinen anderen Weg, und so schloß er sich seinem Kameraden an.

Die Versammlung tagte in einem Auditorium, dessen marmorne Säulenkolonnaden ihn immer an den Parthenon erinnerten, obwohl es ungezählte Unterschiede gab. Kleine ovale Fenster über den mit Neugierigen gefüllten Zuschauergalerien ließen Tageslicht auf einen farbenprächtigen Mosaikboden fallen, wo die Mitglieder standen. In der Mitte war eine kleine Plattform für den Rechtsprecher und den jeweiligen Redner.

Die bunte Mischung der Versammelten glich jener, die er auf der Landstraße gesehen hatte. Jede in der Gemeinschaft verbliebene Volksgruppe war durch ihre Vertreter repräsentiert; und da die Ischtarier in ihren sozialen Institutionen einfallsreicher und weniger dogmatisch als die Menschen waren, fanden sich in dieser Säulenhalle Abgesandte von Stämmen, Sippen, Aristokratien, Theokratien, Republiken, Genossenschaften, kommunistischen und anarchistischen Gemeinschaften zusammen. Aber was sollte man von einem Volk halten, welches das Wahlrecht jedes Jahr abwechselnd den Männern und den Frauen zubilligte, oder das die Bevölkerungszahl einer Oase konstant hielt, indem es in periodischen Abständen tödliche Zweikämpfe zwischen Heranwachsenden beider Geschlechter veranstaltete, oder Ehepartner nach einem festen Plan austauschte, der das Ziel hatte, alle möglichen Paare zusammenzubringen? Seit ihrem letzten Zusammentreffen vor einer Dekade war die Teilnehmerzahl der Versammlung stark zusammengeschmolzen. Schon damals hatte sich die Diskussion an der Frage entzündet, welchen territorialen Besitzstand die Gemeinschaft durch die Zeit des Feuers würde retten können. In der Zwischenzeit waren die Legionen von mehreren wichtigen Inseln abgezogen worden. Zunehmende Sturmgefahr, wirtschaftlicher Niedergang, Druck von nachdrängenden Barbaren hatten sie dazu gezwungen und zwangen sie zu weiteren Preisgaben. Doch die völlige Aufgabe Valennens zu diesem Zeitpunkt würde in die Folge der Rückzugsbewegungen eine neue Größenordnung einführen.

Als er mit Larreka die Säulenhalle betrat, sah Sparling, daß der Sprecher Jerassa war. Er kannte ihn gut. Der Magistrat von Sehala hatte ihn zum Sprecher gewählt, weil er intelligent, beredsam und in seiner Art gebildet war. Er hatte längere Zeit in Primavera verbracht, viele menschliche Freunde gewonnen und vieles von ihnen gelernt. Im täglichen Leben war er einer der Gelehrten und Chronisten im Turm der Bücher, die von der Legion der Unbezwingbaren Afella zur eigenen Ehre subventioniert wurden. Aber es war nichts von aktenstaubbehafteter Gelehrsamkeit an ihm; im Gegenteil, er war eher ein Geck. Neben den flügellosen Selek-Insekten, die als Teil der Symbiose in seiner Mähne lebten, kultivierte er Orekas mit regenbogenfarbenen Flügeln, die seinen Kopf in flatternde Farbenpracht hüllten, während er sprach.

»... Ich stimme zu, daß wir in früheren Zyklen gut beraten gewesen wären, einen Stützpunkt in Valennen zu behalten oder unsere Truppen dort vielleicht sogar zu verstärken, wenn damals in den Ländern des Nordens ein Führer aufgestanden wäre, um die wilden Völker zu Eroberungszügen zu vereinen.

Aber wir leben in einer gesegneten Zeit. Mächtige Verbündete sind zu unserer Hilfe gekommen. Früher hofften wir, daß unsere Kultur dank den Legionen und Vorkehrungen – wie gut bewachten Nahrungsmittelvorräten und befestigten Brunnen – überleben und wenigstens in einigen Ländern ihre Kontinuität wahren würde. Doch dann trafen die Menschen ein. Wir können jetzt hoffen, ja, erwarten, daß die Gemeinschaft in ganz Beronnen ohne größeren Schaden die Zeit des Feuers überleben wird.

Zugegeben, was die Menschen für uns tun können, hält sich in Grenzen. Sie haben erklärt, daß sie keine große Unterstützung von ihrer Heimatwelt bekommen können. Außerdem sind sie wenige; und nur sie können bestimmte Vorrichtungen bedienen oder ihren Gebrauch planen. Trotzdem ist ein einziges ihrer bewaffneten Flugzeuge mächtiger als eine Legion, geschweige denn eine Barbarenhorde.

Darum bin ich der Meinung, daß es sich nicht lohnt, Valennen unter großen Opfern durch die Zeit des Feuers zu verteidigen. Wir können später jederzeit dorthin zurückkehren. Wir können ohne die Dinge auskommen, die wir von dort beziehen. Übrigens werden die Valenner, nachdem sie ihre Kräfte an der Verteidigungslinie verausgabt haben werden, die wir mit menschlicher Hilfe halten können, sehr eifrig bemüht sein, mit uns Handel zu treiben.

Ich bin der Meinung, daß wir für unsere Leute näher der Heimat besseres zu tun haben. Die Rolle der Legionen wird in dieser jüngsten chaotischen Zeit wahrscheinlich mehr ziviler und polizeilicher als militärischer Natur sein; es wird mehr technische als militärische Aufgaben geben. Laßt uns nicht nur keine zweite Legion nach

Port Rua entsenden, sondern laßt uns die Zera Victrix von dort zurückrufen. Wir werden sie hier benötigen, nicht dort.«

Jerassa hatte Sparling und Larreka bemerkt, die in der Nähe des Eingangs stehengeblieben waren. Nun beendete er seine Rede mit den Worten: »Ihr habt genug von mir gehört. Hier ist ein Sprecher für die Menschen. Ist es euer Wille, daß er als nächster zu Wort kommen soll?«

Zustimmendes Gemurmel ging durch die Reihen der Versammelten. Während Jerassa das Podium verließ, sagte Owazi, der Rechtsprecher: »Willkommen, Ian Sparling. Ist es dein Wunsch, zu uns zu sprechen?«

Im Gegenteil, dachte Sparling. Aber es ließ sich nicht ändern. Er bejahte, kam in die Mitte der Halle und bestieg das Podium.

Owazi und er umfaßten einander bei den Schultern. Owazis fühlten sich beängstigend zerbrechlich an. Selbst für einen Ischtarier steinalt, mußte er unter den Unheilsnachrichten der letzten Jahre doppelt rasch gealtert sein. Das bedeutete, daß er nicht mehr lange zu leben hatte und es wußte. Denn wie wenn eine hypothetische Gottheit sie für die Plage mit Anu entschädigen wollte, blieben den Ischtariern der langsame Verfall, der die Hälfte der Lebenszeit eines Menschen ausmachen kann, und die letzten Schrecken der Senilität erspart. Owazi betrachtete ihn mit klaren Augen in einem abgemagerten, aber runzellosem Gesicht. Sein Fell war von einem hellen Bräunlichgrün, die Mähne rot, mit goldgelbem Schimmer, nicht anders als bei einem Jungen.

»Weißt du, was hier vorgegangen ist?« fragte er.

»Nur ein wenig«, sagte Sparling; dann, um Zeit zu gewinnen: »Das beste wäre, du sagtest es mir.«

Owazi schilderte mit knappen Worten die Ereignisse seit dem Zusammentritt der Versammlung. Dies war ein Teil seiner Pflicht als Rechtsprecher. Obgleich die ursprüngliche Funktion des Rechtsprechers – die Kenntnis aller Gesetze in der Gemeinschaft – mit der Ausbreitung der Fähigkeit des Lesens und Schreibens an Bedeutung verloren hatte, blieben ein ausgezeichnetes Gedächtnis und die Gabe, das Gesamtbild im Auge zu behalten, wichtige Eigenschaften für denjenigen, der den Vorsitz über diese Versammlungen führte. Owazi hatte es dreihundert Jahre lang getan, und noch hatte niemand seine Ablösung durch einen jüngeren vorgeschlagen.

Während Sparling zuhörte, versuchte er sich zurechtzulegen, was er sagen wollte. Sein Problem war weniger, wie er eine harte

Wahrheit in verbindliche Worte kleiden sollte; es kam darauf an, seine Zuhörer zu Entscheidungen und Aktionen zu ermuntern, die künftigen Erfordernissen Rechnung trugen. Aber was für Entscheidungen, was für Aktionen sollten es sein? Er wußte es selbst nicht recht. Hatten diese Delegierten überhaupt gemeinsame Interessen? Für die Mitglieder bedeutete der lose Zusammenschluß der Gemeinschaft oft etwas sehr Verschiedenes, von Außenseitern gar nicht zu reden. Ihre Sprachen hatten Namen dafür, deren Bedeutung nicht ohne weiteres übersetzbar war. Für manche bedeutete die Gemeinschaft eine Art Polizei; anderen war sie Träger und Erhalter aller wichtigen Kulturgüter; wieder andere legten ihr eine mystische Bedeutung bei; und für die Bewohner entfernter Randprovinzen war es eine ausländische Kultur, nicht unbedingt überlegen, deren Oberhoheit man sich aus Gründen des eigenen Vorteils oder zumindest der Klugheit beugte.

Für die Valenner – weit über ihren Kontinent verstreut, anarchisch, rückständig – war die Gemeinschaft eine fremde, nicht selten bedrohliche Macht, die Händler ins Land schickte und diese von Soldaten bewachen ließ, die auf Angriffe mit Strafexpeditionen antwortete, deren Ziele niemand voraussagen konnte, und die mit ihren Garnisonen und Kriegsschiffen die gute alte Sitte des Beutemachens verhindern wollte... und die, solange sie ihre Stärke behielt, niemals erlauben würde, daß die Valenner sich eine neue Heimat suchten, in Breiten, die nicht vom Grausamen Stern verheert wurden.

Owazi beendete seine Übersicht. Die allgemeine Stimmung schien Jerassas Vorschlag zu favorisieren. Natürlich konnte niemand die Zera Victrix zur Heimkehr zwingen, und vielleicht würden jene, die in Valennen viel zu verlieren hatten, die Legion im Fall ihres Verbleibens unterstützen. Jedenfalls verfügte sie über ein unabhängiges Einkommen aus Diensten, die ihr Personal an vielen verschiedenen Orten leistete. Aber die Mehrheit der Versammlung fühlte Beronnen bedroht und war für die Rückholung der Legionen in die Kernländer der Gemeinschaft. Manches sprach dafür, daß Larrekas Offizierskameraden lieber dies tun als sich ihm in einer verlorenen Sache anschließen würden; war es demnach nicht am besten, wenn Larreka seinen Standpunkt überprüfte? Das war, wie Owazi sagte, die vorherrschende Meinung. Eine Minderheit hatte darauf hingewiesen, daß die Art der von den Menschen geleisteten militärischen Hilfe nicht bekannt sei und geklärt werden müsse, bevor man weiter diskutiere. Und sie forderten den von Primavera entsandten Sprecher, wenn er ein solcher war, zu einer Stellungnahme auf.

Sparling wünschte, er wäre auf einer Bühne, sicher verschanzt hinter einem Rednerpult, und nicht von diesen Augen und Augen und Augen umringt. Wie es die Tradition verlangte, wandte er sich dem Rechtsprecher zu, holte tief Atem und sagte zu dem alten Gesicht:

»Ich glaube, die meisten der hier Anwesenden werden verstehen, wie bekümmert wir über die Nachricht sind, die ich zu überbringen habe. Vor kurzem wurde uns mitgeteilt, daß uns wahrscheinlich auf Jahre hinaus die Hände gebunden sein werden. Daher werden wir kaum in der Lage sein, euch in irgendeiner Weise zu helfen.

Ich weiß nicht, wann die Arbeit an den Staudämmen fortgesetzt werden kann, noch weiß Jane Fadavi, wann sie Silberjodid für die Regenerzeugung bekommen kann. Es besteht keine Aussicht, daß in der nächsten Zukunft vorgefertigte Notunterkünfte für Flüchtlinge geschickt werden, noch können für die Evakuierung von Katastrophengebieten Flugzeuge bereitgestellt werden. Wir können nicht mit irgendeiner Unterstützung rechnen, auch nicht mit Waffenlieferungen.

Wir können bestenfalls kleinere Arbeiten übernehmen, in Einzelfällen mit Rat und Hilfe bereitstehen und versuchen, Primavera in Gang zu halten. Eins kann ich mit Bestimmtheit sagen: Wir werden euch nicht im Stich lassen. Für Hunderte von uns ist dies auch unsere Heimat, und ihr seid unsere Leute.

Ihr werdet den Grund erraten haben. Ihr wißt, daß unter den Sternen Krieg ausgebrochen ist, zwischen unserer Welt Erde und einer anderen. Bisher kam es nur vereinzelt zu Kampfhandlungen; beide Seiten waren damit beschäftigt, ihre Streitkräfte zu mobilisieren. Nun aber wird es Ernst. Transportraum und Ressourcen, mit denen wir fest gerechnet hatten, werden für die Kriegführung benötigt.

Aber ich habe eine noch schlimmere Nachricht. Zu den Kriegsanstrengungen gehört auch die Errichtung eines Stützpunkts auf dieser Welt. Seid unbesorgt. Ischtar ist vom Kampfgebiet weit entfernt. Der Stützpunkt ist nicht notwendig. Wir von Primavera sind bemüht, die Oberherren der Erde davon zu überzeugen, daß er nicht notwendig ist.«

Sollte er ihnen sagen, daß der ganze Krieg nicht notwendig war? Nein, nicht an dieser Stelle. Die Bitterkeit der Menschen würde ihnen ohnedies nicht lange verborgen bleiben.

»Wenn uns das gelingt, werden wir wenigstens über unsere eigene Erzeugung verfügen können. Zum Beispiel können die Staudämme dann rechtzeitig fertiggestellt werden. Aber sofern der Krieg nicht bald ein Ende nimmt, besteht in absehbarer Zeit keine Hoffnung auf Lieferungen von der Erde. Auch müssen wir mit der Möglichkeit rechnen, daß es uns nicht gelingen wird, die Errichtung dieses Stützpunkts zu verhindern. Wir werden aller Wahrscheinlichkeit nach nicht in der Lage sein, euch im Kampf zu helfen. Zwar werden wir unsere persönlichen Waffen und Fahrzeuge sicherlich behalten dürfen und ihr könnt diejenigen behalten, die ihr bereits besitzt. Aber ein paar Handfeuerwaffen, Fahrzeuge und unbewaffnete Flugzeuge werden die Barbaren nicht aufhalten.

Ich weiß nicht, was geschehen wird. Möglicherweise wird dies alles bald enden, und wir können weitermachen, wie wir gehofft hatten. Aber ich denke, wir sollten uns auf das Schlimmste gefaßt machen.«

Sparling schwieg. Lausige Rhetorik für ein menschliches Publikum, dachte er. Was werden die Ischtarier dazu sagen? Sie sehen nicht gerade hingerissen aus.

Nach endlosen Sekunden einer schrecklichen Stille nahm Owazi das Wort. »Wir müssen vieles neu überdenken. Diese Versammlung wird länger als erwartet tagen, um mit unseren menschlichen Freunden Mittel und Wege zu erörtern.« Zu Sparling gewandt, sagte er: »Da Larreka dich begleitet hat, würde ich gern deine Ansicht über das Ausharren unserer Legion in Valennen hören.«

Sparling, von der unerwarteten Frage überrumpelt, stammelte: »Ich... das kann ich wirklich nicht sagen. Ich bin kein Soldat und kann mir kein Urteil erlauben...«

»Der Rechtsprecher hat guten Rat gegeben. Es ist wichtiger denn je, mit Vorsicht und Sorgfalt zu einer Entscheidung zu gelangen. Aber scheint es nicht so, Kollegen, daß diese Nachrichten die Gründe zur Zurückholung unserer Streitkräfte nach Beronnen noch gewichtiger erscheinen lassen?«

Die Vertreter der äußeren Provinzen protestierten. Sie wollten nicht, daß die Legionen sich aus ihren Ländern zurückzögen. Doch nur wenige wandten sich gegen das Prinzip, daß die Gemeinschaft sich für die Dauer der Notzeit aus weniger wichtigen Außengebieten zurückziehen und insbesondere alle Territorien nördlich des Äquators räumen sollte.

Owazi beendete das gedämpfte Stimmengewirr, indem er Larreka zum Podium winkte. Der Kommandant wartete geduldig, bis er die ungeteilte Aufmerksamkeit der Versammlungsmitglieder hatte, bevor er mit erhobener Stimme begann:

»Ich versuchte es vorhin schon zu erklären, und ihr versteht noch immer nicht. Es geht nicht um den Schutz kommerzieller Interessen; es geht um die Abwehr eines Eroberers. Ich weiß das aus Berichten der militärischen Aufklärung, und die jüngsten Ereignisse in Valennen bestätigen es.

Wenn wir keine menschliche Waffenhilfe bekommen können, werden wir nicht nur gut daran tun, in Valennen auszuharren, sondern wir werden dazu gezwungen sein. Andernfalls kann der Gegner zuschlagen, wo es ihm gefällt. Er kann zur Eroberung einer Insel mehr Kräfte aufbieten, als wir zu ihrer Verteidigung entbehren können, weil wir unsere Kräfte verteilen müssen. Und wenn eine Garnison aufgerieben ist, kann er sich die nächste vornehmen. Zwei oder drei von uns gewonnene Gefechte werden langfristig nichts bedeuten, wenn er einen ganzen Kontinent hinter sich hat, wohin er sich zurückziehen kann, während uns die Truppen fehlen, ihn dort zu empfangen. Bald werden wir die Seeherrschaft verlieren. Und bald darauf wird er Nordberonnen heimsuchen, während seine Schiffe nach Westen und Osten segeln, den Handel lahmlegen, Verbündete gewinnen und Kämpfer anwerben werden. Danach wird es uns vielleicht gelingen, ihn von dieser Hälfte des Kontinents fernzuhalten, aber dazu werden wir alle Kräfte aufbieten müssen, die uns dann noch übriggeblieben sind. So oder so, es wäre das Ende der Gemeinschaft. Das Leben, wie wir es nennen, mag weitergehen, aber nur in Südberonnen. Und nur für Südberonnen. Könnt ihr nicht sehen, daß die Gemeinschaft das Beste ist, was wir haben? Daß wir sie für die nach uns Kommenden erhalten müssen?

Ja, ihr könnt für eine Weile Sicherheit erkaufen, wenn ihr Valennen räumt. Mein Urteil als Soldat ist, daß es besser wäre, einige von euren Heimatländern zu räumen und die freiwerdenden Streitkräfte mir zu schicken, damit ich in Valennen reinen Tisch machen kann. Aber entscheidet, wie ihr wollt. Die Zera bleibt.«

10

Jill Conway zupfte die Saiten ihrer Gitarre und summte leise dazu. Die weichen, vollen Töne erfüllten die Nacht und weckten Empfindungen und Sehnsüchte, bevor die leichte Brise sie aufnahm und davontrug, hinaus zu den Sternen.

Jills Blick folgte ihnen. Sie und Juri Dejerine saßen vor ihrer Hütte im Freien und genossen die Abendkühle vom Fluß. Die Einwohner Primaveras brauchten keine Straßenbeleuchtung, und eine hohe Hecke trennte das Grundstück vom Nachbarhaus, dessen helle Fenster nur undeutlich durch das Laub schimmerten. Die kleine Lampe auf dem Tisch, wo der Cognac stand, den Dejerine zum Abschluß ihres Abendessens mitgebracht hatte, war die einzige künstliche Lichtquelle in der Nähe. Über den schattigen, süßduftenden Laubmassen der Bäume standen die Sterne in funkelnden Myriaden zu beiden Seiten der Milchstraße. Ihr mattes Licht lag fahl auf dem Garten, glänzte matt auf den Tautropfen im Gras. Jill hörte auf zu spielen und legte die Gitarre aus der Hand.

Dejerine klatschte höflich in die Hände und nickte ihr anerkennend zu. »Das war wunderschön! Was für ein Lied ist das?«

»Ein schottisches Lied, glaube ich.« Jill lehnte sich zurück, ein Bein bequem über das andere geschlagen, und hob ihr Glas. Der Alkohol begann ihr in den Kopf zu steigen, und sie ermahnte sich zur Vorsicht.

»Komisch, daß Sie so weit kommen mußten, um ein Lied aus der Heimat zu hören. Aber vielleicht ist es dort längst vergessen. Wir bewahren viele archaische Gewohnheiten und Bräuche.«

Dejerine schüttelte den Kopf. »Nein, das glaube ich nicht ganz«, sagte er. »Sie beendeten die Melodie mit einer ganz eigentümlichen Coda. Sie paßte so gut dazu, doch habe ich irgendwie das Gefühl, daß sie nicht menschlichen Ursprungs war. Kann das sein?«

»Ja und nein«, sagte sie lächelnd. »Ich verbrachte voriges Jahr einige Monate mit Feldarbeiten im Donnergebirge. Die Einheimischen verständigen sich dort über weite Entfernungen hinweg durch Pfiffe und haben daraus eine eigene Musik entwickelt. Ich eignete mir davon an, was ich konnte, und viel war es nicht. Die Ischtarier können besser als wir Töne erzeugen und hören. Ihre Musik wie ihr Tanz sind für unsere Begriffe außerordentlich verfeinert, und für vieles, was damit ausgedrückt wird, fehlt uns einfach das Gehör.«

»Nun, ich finde bemerkenswert, was Sie können.«

»Danke für das Kompliment, aber ich weiß es besser«, erwiderte sie. »Es macht mir Spaß, aber Sie sollten mich ein schwieriges Stück spielen hören.« Sie verzog das Gesicht. »Einfach furchtbar.«

Sie lachten beide. Dann trat Stille ein. Sie hörten einen Nachtvogel singen.

»Welch ein schöner Abend«, murmelte sie. »Genießen Sie ihn.

Wir werden in unserem Leben nicht mehr allzu viele davon bekommen.«

»Schön in jeder Weise«, sagte er, »aber hauptsächlich durch Sie.«

Sie warf ihm einen raschen, wachsamen Blick zu, aber er blieb, wo er war, und als er weitersprach, war seine Stimme ernst.

»Ich bin Ihnen für die Einladung wirklich dankbar. Sie haben sich sehr um mich bemüht. Ich weiß das doppelt zu schätzen, denn es ist schwierig, hier Fuß zu fassen. Fast alle Leute begegnen uns frostig, wenn nicht gar mit offener Feindseligkeit.«

»Das scheint mir ungerecht zu sein. Sie tragen die gleiche Uniform wie mein Bruder. Sie haben diesen Krieg nicht angezettelt und tun Ihre Pflicht so rücksichtsvoll und human wie möglich.«

»Sie wissen, daß ich den Krieg unterstütze, Miß Conway. Nicht aus Eroberungsdrang oder Ruhmsucht, sondern als das geringere von zwei Übeln. Wenn wir heute das Gleichgewicht der Kräfte erhalten, brauchen wir nicht in zehn oder zwanzig Jahren in einem weit größeren Maßstab zu kämpfen.«

»Das sagten Sie schon. Wissen Sie – ich finde Sie sympathisch, aber Sie sind zu klug, um nicht zu erkennen, daß ich auch versuche, Sie zu beeinflussen und Ihre Hilfe für Ischtar zu gewinnen. Sie sprechen von Opfern für das größere Wohl des Ganzen. Nun, welchen Wert haben Millionen denkender Lebewesen? Eine ganze Gruppe von Gesellschaften, Kunstformen und Philosophien? Überlegen Sie, was wir von einer Rasse, die uns in der Evolution wahrscheinlich voraus ist, alles lernen und uns zu eigen machen könnten!«

Seine Hand ballte sich auf der Armlehne des Korbsessels zur Faust. »Ich habe Verständnis für den Umstand, daß Sie Freunde hier haben, die unter der Beeinträchtigung ihrer Programme leiden werden«, sagte er. »Miß Conway, entschuldigen Sie mich, aber ich bitte Sie, sich die Frage vorzulegen: Wieviel wissenschaftliche Erkenntnis und Fortschritt ist das Leben Ihres Bruders wert?«

»Darum geht es nicht!« fuhr sie auf. »Ihr elender Stützpunkt...«

»Der Stützpunkt ist ein Detail, von großer Bedeutung hier, aber nichtsdestoweniger ein Detail. Würde die Entscheidung zu seiner Errichtung aufgehoben, so würden Sie imstande sein, verschiedene Pläne auszuführen. Dennoch würde der Krieg Frachtraum und Materialien beanspruchen, die Sie für die meisten Ihrer Projekte benötigen. Würde sie um der Sache von Menschen willen beanspruchen, die genauso leiden können wie Ischtarier.«

»Nun, ich weiß nicht.« Sie starrte an ihm vorbei in die Dunkelheit. »Sind wir verpflichtet, die Eleutherier zu unterstützen? Würden wir dieses ›Gleichgewicht der Kräfte‹ brauchen, das nach Ihren Worten unser eigentlicher Grund und unsere Rechtfertigung ist, wenn wir den Landraub der Eleutherier zuvor nicht unterstützt und dann als rechtmäßig anerkannt hätten?« Sie schüttelte den Kopf. »Ich weiß wirklich nicht. Ich weiß nur, daß wir hier aus rein eigennützigen, praktischen Überlegungen heraus die Chance eines Wissens wegwerfen, das für uns eines Tages so wichtig werden könnte wie... nun, wie vielleicht die Molekularbiologie.«

Aus den Augenwinkeln sah sie, wie er die Stirn runzelte; aber sie bemerkte, daß er über diese offene Aussprache ebenso erleichtert war wie sie. »Hmm, ich bin nicht sicher«, meinte er. »Ich will Ihnen glauben, daß die Ischtarier auf gesellschaftlichem Gebiet Einzigartiges erreicht haben. Aber von welcher Relevanz können ihre Erfahrungen jemals für uns sein?«

»Das kann sich erst zeigen, wenn wir versucht haben, sie nutzbar zu machen. Aber ich spreche von gewöhnlicher Biologie. Wie, glauben Sie, war das Leben auf einer Welt, wo die Leute an Krebs erkrankten? Oder an den anderen schrecklichen Krankheiten, die wir überwanden, nachdem wir die chemischen Stoffwechselvorgänge in unseren Zellen verstanden? Seither haben wir angefangen, Kenntnisse über außerirdisches Leben zu sammeln... Ich wette, daß diese neuen Erkenntnisse auch auf dem Gebiet der irdischen Biologie eine wissenschaftliche Revolution bewirken werden. Und hier auf Ischtar haben wir eins der lehrreichsten und interessantesten Studienobjekte; eins, das vielleicht im ganzen Universum nicht seinesgleichen hat.«

»Ihre Forschungsarbeit braucht durch den Krieg keine Beeinträchtigung zu erfahren, Miß Conway.«

»Meine ist wahrscheinlich auch nicht so wichtig – Naturgeschichte, und obendrein in den Teilen des Planeten, die der Erde am ähnlichsten sind. Nein, ich meine das T-Leben. Und um das T-Leben zu studieren, müssen wir in großem Umfang und jederzeit sicheren Zugang nach Valennen haben. Gegenwärtig ist die Gemeinschaft in Gefahr, Valennen zu verlieren. Mein Ehrenonkel Larreka hat dort ein Legionskommando; er ist eigens hierher gekommen, um Hilfe zu erbitten, damit er dort oben einen Brückenkopf halten kann...« Sie richtete ihren Blick voll auf ihn. »Wie finden Sie das, Hauptmann Dejerine? Eine mögliche Umorientierung all unserer Vorstellungen über die Wirkungsweise des Lebens, mögliche Unsterblichkeit für den Menschen – und alles in den Händen eines alten Legionsveteranen!«

»Ich fürchte, ich kann Ihnen nicht ganz folgen«, sagte er stirnrunzelnd. »Was meinen Sie mit T-Leben?«

»Ach so, ja.« Sie nahm einen kleinen Schluck Cognac, stellte das Glas zurück und sagte: »Das ist eine Abkürzung für ›von Tammuz stammendes Leben‹. Im Gegensatz zu dem, was wir ›Orthoischtarisch‹ nennen, das hier entstandene Leben. Sie wissen, daß Anu einen Planeten besitzt, der erdähnlich war oder ist und auf dem sich vor ungefähr einer Milliarde Jahren eine intelligente Lebensform entwickelt hatte. Als ihre Sonne anzuschwellen begann, versuchte diese Lebensform – nach unserer Theorie – eine Kolonie auf Ischtar zu gründen.«

Dejerine hob die Brauen. »Ich weiß jetzt, was Sie meinen. Aber meine Quellen behandeln diesen Punkt, als sei er eine unumstößliche Tatsache.«

Sie zuckte die Achseln. »Das ist alles Theorie. Welche physikalischen Beweise kann es nach einer Milliarde Jahren schon geben? Sie müssen einmal lesen, was die Archäologen auf Tammuz getan haben, um Licht in das Dunkel zu bringen. Es ist ungemein faszinierend, wenn auch manchmal abschreckend. Nach den bisherigen Erkenntnissen gibt es gute Gründe für die Annahme, daß die Bewohner von Tammuz ein interplanetarisches Transportmittel entwickelten und Ischtar zu kolonisieren versuchten. Nicht alle, denn das wäre wahrscheinlich unmöglich gewesen, und niemand weiß, welche heroischen Anstrengungen zum Überleben die Heimatwelt sah, während ihre Sonne sie langsam zu Tode röstete. Vielleicht kann man annehmen, daß sie einige wenige zu retten hofften, die der Art einen Neubeginn ermöglichen würden.«

»Lassen Sie mich sehen, ob ich die Fakten richtig behalten habe«, sagte Dejerine. »Da Ischtar bereits eine unverträgliche Biochemie entwickelt hatte, sterilisierten die Einwanderer eine große Insel und säten ihre Art von Leben aus. Diese Aufgabe erwies sich als unlösbar, oder vielleicht war der Überlebensspielraum zu gering. Jedenfalls starben die Kolonisten aus, und mit ihnen die Pflanzen und Tiere, die sie eingeführt hatten. Mikroskopische Formen kamen jedoch durch, entwickelten eine bescheidene Ökologie und brachten mit der Zeit neue vielzellige Arten hervor. Ist das richtig?«

»Im Sinne der beliebtesten Theorie, ja«, antwortete Jill. »Sie hatte großen Einfluß auf unsere Vorstellungen hier auf Ischtar... Trotzdem sage ich, daß es nur eine Theorie ist. Vielleicht wurden sporenartige Lebenskeime von Tammuz durch Meteoriten hierhergetragen. Vielleicht hinterließ eine Forschungsexpedition organisches Material, das überlebte. Eine tammuzische Wanze wäre für die einheimische Mikrofauna schließlich nicht eßbar. Oder vielleicht gibt es sie noch immer, irgendwo dort draußen, eine Milliarde Jahre vor uns.« Sie hob das Gesicht zu den Sternen, die in ihrer eisigen Stille geheimnisvoll funkelten, und flüsterte: »Verstehen Sie jetzt? Selbst die Archäologen kramen nicht notwendigerweise nur zwischen versteinerten Knochen.«

Seine Stimme verriet, daß er einen Anflug der gleichen fröstelnden Ehrfurcht verspürte. »Eine große Idee. Zu groß für uns.«

»Viele Theorien, ja«, sagte sie nachdenklich. »Die Daten, mit denen man sie zu untermauern sucht, sind weniger zahlreich. Erstens, auf diesem Planeten Ischtar mit seiner sonst ziemlich erdähnlichen Biochemie kommt T-Leben vor. Auch dieses ist aus den gleichen Grundbausteinen zusammengesetzt, aber zu fremdartig, um sich hier entwickelt zu haben. Die Spiralen der Aminosäuremoleküle sind rechtsdrehend, während sie bei uns und den Ortho-Ischtariern linksdrehend angeordnet sind, um nur einen Unterschied herauszugreifen. Es muß noch viele geben, von denen wir nichts wissen.

Zweitens, der Planet Tammuz ist tot, aber fossile Spuren beweisen, daß er einmal T-Leben trug.

Drittens, auf Ischtar ist das T-Leben auf Valennen beschränkt. Genauer gesagt, auf die nördlichen drei Viertel. Es dringt von dort in den restlichen Teil des Kontinents und die nahegelegenen Inseln vor, kann sich aber dort nicht durchsetzen und muß mit ökologischen Nischen vorlieb nehmen, die ihm das dominierende Ortho-Leben läßt. Dies deutet darauf hin, daß das nördliche Valennen der ursprüngliche Schauplatz war, eine große Insel, die später mit anderen kollidierte und die heutige Landmasse bildete. Vorher war sie isoliert und gab dem T-Leben einen Freiraum zur Entwicklung. Daher die Vorstellung, daß Kolonisten von Tammuz vor langer Zeit diese Insel sterilisierten und mit Leben von ihrer Art besiedelten. Aber wir haben keine Beweise dafür. Das nördliche Valennen ist unbekanntes Land.«

»Unbekannt, nachdem es seit hundert Jahren Menschen auf Ischtar gibt?« fragte er. Dann, ehe sie es ihm erklären konnte, nickte er. »Ich verstehe. Wahllose Überflüge, gelegentliche Landungen zur Entnahme von Proben und so weiter. Aber nicht mehr. Sie hatten zuviel anderes zu tun.«

Jill nickte. »Richtig. Wir arbeiten alle an Projekten in den Ortho-Gebieten. Daran wird sich auch in den nächsten Dekaden noch nichts ändern.

Aber wir haben in der Zwischenzone von Südvalennen einige Kenntnisse gesammelt und angefangen, etwas über das T-Leben zu lernen. Und wenn die Gemeinschaft gerettet werden kann, haben wir die Ausgangsbasis für umfassende Untersuchungen der nördlichen Gegenden.«

Mit ungewollter Eindringlichkeit fuhr sie fort: »Sehen Sie nicht, daß dies alles von großem Wert für die Erde ist? Gewiß, es gibt andere Planeten, die verwandte Formen von T-Leben tragen. Aber sie haben sonst nichts! Nichts, was wir essen könnten; keine Möglichkeit zur Einführung irdischer Landwirtschaft, selbst wenn die umgebende Ökologie nicht allzu verschieden zu sein scheint; keine entwickelte Kultur hochintelligenter und hilfsbereiter Lebewesen. Wer auf diesen Welten unser biochemisches Spiegelbild in Aktion studieren will, muß es am Ende einer langen, dünnen und kostspieligen Versorgungskette tun. Hier braucht man sich nur ein paar Stunden ins Flugzeug zu setzen.

Und dann gibt es diese absolut einzigartige Zwischenzone.«

»Zwischenzone«, sagte Dejerine. »Ich nehme an, Sie meinen damit den Bereich, wo Ortho- und T-Leben nebeneinander vorkommen?«

»Was sonst?« antwortete Jill. »In gewisser Weise schließt die Zwischenzone den ganzen Planeten mit ein. Viele Wirbeltiere zählen einige Arten von T-Mikroben zu ihren Symbionten und dieser Umstand allein rechtfertigt ein ganzes Forschungsprogramm. Aber nur in Südvalennen kommt es zu Wechselwirkungen zwischen der einheimischen Fauna und Flora und fremden Metazoen oder höheren Pflanzen oder Absonderlichkeiten, deren eigentliche Natur uns noch Rätsel aufgibt.«

Dejerine zwinkerte, dann lachte er. »Sie haben gewonnen.«

Sie lächelte zurück. »Zwei verschiedene ökologische Systeme, von denen keines imstande ist, sich das andere einzugliedern oder nutzbar zu machen. Jedenfalls nicht, bis die Ortho-Sophonten auftraten. Der Phönixbaum wird darum so hochgeschätzt, weil er mehr als Hartholz ist. Einmal aus der Zwischenzone transportiert, kann dieses Holz nicht verfaulen und vermodern, da die Ortho-Bakterien es nicht angreifen. Es hat Versuche gegeben, solche Bäume in unseren Breiten aufzuziehen, aber ohne Erfolg. Dies ist nur einer, aber es gibt viele Gründe, daß die Gemeinschaft in Valennen präsent sein muß.«

»Gibt es keinerlei Ergänzung oder Zusammenwirken zwischen den Autochthonen und den T-Lebensformen?«

»Wir wissen sehr wenig darüber, aber es scheint, daß die Wechselwirkungen sehr begrenzt sind. Pflanzen verdrängen rivalisierende Pflanzen, indem sie ihnen Boden und Sonnenlicht streitig machen, und schränken so den Lebensraum von Tieren ein. Möglicherweise wirken einheimische Bodenpflanzen wie die Lia genannten heideähnlichen Gewächse als eine Art Barriere gegen die weitere Ausbreitung des T-Lebens. Was die Tiere betrifft, so scheinen beide Gruppen einander in Ruhe zu lassen, weil sie weder als Nahrung noch als Nahrungskonkurrenten auftreten können. Wenn es zwischen beiden Wechselbeziehungen gibt, dann im Sinne eines Zusammenwirkens – obwohl wir sehr wenig wissen.« Sie wischte sich eine Haarsträhne aus dem Gesicht. »Man muß es sich so vorstellen, wie das Zusammenwirken zwischen Eichelhäher und den Rehen und Wildschweinen des Waldes. Obwohl sie nichts mit ihm verbindet, hören sie auf das rauhe Gekrächz, mit dem der Eichelhäher auf Eindringlinge reagiert, und sind gewarnt.«

Jill trank ihren Cognac aus. Dejerine beeilte sich, das Glas wieder aufzufüllen. »Nach diesem Vortrag«, sagte sie, »sollte ich mir lieber ein Bier holen... Aber nein, nach diesem köstlichen Zeug wäre das eine Schande. Also schenken Sie ruhig ein, danke.«

»Sie verstehen es gut, Ihre Schilderungen mit Leben zu erfüllen«, sagte er. »Es ist ein Vergnügen, Ihnen zuzuhören.«

»Nun, jetzt sind Sie an der Reihe. Erzählen Sie von Orten, wo Sie gewesen sind.«

»Wenn Sie mir danach noch etwas auf der Gitarre vorspielen.«

»Vielleicht finden wir Lieder, die wir beide kennen. Aber nun erzählen Sie.«

Ohne auf die Aufforderung einzugehen, fragte er: »Warum haben Sie nie die Erde besucht?«

»Ach... ich weiß nicht. Ich glaube, es würde mich traurig stimmen. Soviel natürliche Schönheit verwüstet, unter Beton und Asphalt begraben. Ich weiß, es sind noch ein paar Schaustücke wie der Grand Canyon übrig, aber so etwas hat Ischtar auch. Der Hauptgrund ist wohl, daß alles von Menschen verändert und verbaut worden ist. Außerdem gibt es in unserer Datenbank Tausende von Bildern, Filmaufzeichnungen und was nicht alles.«

»Die beste Wiedergabe kann das Original nicht ersetzen, Miß Conway. Die Gesamtheit – sagen wir, der Kathedrale von Chartres – mit ihrem Raumeindruck, den aufeinander zugeordneten Elementen der Architektur und ihrer künstlerischen Ausschmückung... das alles ist nur sehr unvollkommen reproduzierbar. Die Betrachtung selbst der vollkommensten Wiedergabe kann nicht die Stimmung erzeugen, die entsteht, wenn Sie über dieselben ausgetretenen Sandsteinschwellen und Bodenplatten gehen, die seit Jahrhunderten von ungezählten Pilgern betreten wurden... Übrigens kann man sich auf der Erde auch amüsieren, wissen Sie. Eine lebhafte Person wie Sie...«

Im Haus ertönte ein Klingelsignal. Jill stand auf. »Telefon«, sagte sie. »Entschuldigen Sie mich.« Wer konnte zu dieser Stunde anrufen? Vielleicht einer von Dejerines Leuten, in einer dienstlichen Angelegenheit?

Sie schaltete das Licht ein und blinzelte geblendet in die gemütliche, etwas schäbige Unordnung ihres Zimmers. An den Wänden hingen einheimische Werkzeuge und Waffen zwischen Landschaften und Porträts, die sie mit Kamera oder Pinsel selbst angefertigt hatte. Auf dem Tisch, auf Stühlen und Regalen lagen Computerausdrucke aufgestapelt, sowohl auf dünnem Kopierpapier zur Wiederverwertung als auch auf dauerhaftem, festem Papier, dessen Erwerb sie mit teurem Geld bezahlt hatte.

Das Telefon läutete wieder. Sie seufzte unwillig, setzte sich davor und schaltete das Gerät mit einem Knopfdruck ein.

Sparlings Kopf erschien auf der flimmernden kleinen Mattscheibe. Er sah hager aus, die Furchen schienen tiefer als sonst in sein langes Gesicht eingegraben, und die Augen brannten blaugrün aus ihren Höhlen. Das mit Grau durchschossene Haar war ungekämmt und wirr, und er schien sich zwei oder drei Tage nicht rasiert zu haben.

Jills Herzschlag stockte und begann zu hämmern. »Hallo«, sagte sie mechanisch. »Du siehst ziemlich zerknittert aus. Was ist los?«

»Ich dachte, du solltest es wissen«, sagte er mit heiserer Stimme. »Schließlich stehst du Larreka näher als die meisten.«

Sie griff haltesuchend nach der Tischkante und klammerte sich daran.

»Es fehlt ihm nichts, du kannst unbesorgt sein«, sagte er schnell. »Aber... also, ich rufe von Sehala. Acht Tage lang haben wir verhandelt, überredet und gebettelt. Nichts zu machen. Die Versammlung hat beschlossen, Valennen aufzugeben. Wir konnten sie nicht davon überzeugen, daß die Gefahr nicht gebannt ist, wenn wir den Barbaren das Küstenland überlassen.« Er zögerte. »Was das angeht, so mußte auch ich mich auf seine Aussage verlassen. Ich kenne die Verhältnisse dort nicht aus eigener Erfahrung. Außerdem erklärte der Kommandant der Tamburu-Legion, daß die Gemeinschaft den Verlust verschmerzen und hier in Beronnen überleben könne. Dann schloß sich ihm auch noch der Chef der Kalain-Legion an. Schickte eigens einen Kurier nach Sehala, um zu melden, daß seine Streitkräfte Nordberonnen behaupten könnten, wenn er Truppenverstärkungen bekäme, die jetzt in weniger wichtigen Gegenden eingesetzt seien. Larreka glaubt nicht, daß irgendeine andere Legion bereit sein wird, seiner Zera Victrix beizustehen. Die Lage von Valennen sieht zu sehr nach einer verlorenen Sache aus.«

Jill fuhr zornig auf. »Diese Schwachköpfe! Konnten sie sich nicht selbst vergewissern?«

»Das ist nicht so einfach, schon gar nicht, wenn sie zu Hause alle Hände voll zu tun haben. Ich kann versuchen, mit ein paar wichtigen Leuten zu reden, um die Erlaubnis zu erwirken, daß wir hinüberfliegen und die Lage erkunden dürfen. Vorausgesetzt, wir können eine Maschine bekommen.« Sparlings Miene drückte Zweifel aus. »Du wirst fragen, warum ich dich anrufe. Nun, Larreka nimmt diese Entscheidung ziemlich schwer. Du könntest ihn ermutigen, trösten, was immer du für das Beste hältst. Du bedeutest ihm sehr viel.«

Tränen brannten ihr in den Augen. Sie mußte schlucken, ehe sie fragen konnte: »Was hat er vor?«

»Er will zurück nach Valennen. Ist bereits abgereist. Aber du könntest ihn auf seinem Hof in Yakulen noch erreichen. Er will dort Station machen, um sich zu verabschieden und für die Reise auszurüsten.«

»Ich – ich könnte ihn fliegen.«

»Wenn unser lieber Militärbefehlshaber bereit ist, eine Maschine freizugeben. Frag ihn. Es wäre sicherlich eine Hilfe. Larreka muß nicht nur so bald wie möglich in Port Rua sein – er sagt, sein neuer Mitkommandeur sei übervorsichtig –, sondern er muß sich vor allem um die Standfestigkeit seiner Truppen kümmern.«

Jill nickte. Eine Legion wählte ihre zwei Kommandeure mit der Stimmenmehrheit ihrer Offiziere und konnte sie auf die gleiche Weise absetzen. »Ist es wirklich notwendig, Ian?« fragte sie dann. »Muß er wirklich dort aushalten? Wird er nicht seine Leute und sich selbst für nichts opfern?«

»Er sagt, das sei das Risiko, welches er eingehen müsse. Sollte es zum Schlimmsten kommen, werde er Transportraum zur Evakuierung von Überlebenden bereitstellen. Aber er hofft mehr zu erreichen, als die Barbaren zu belästigen. Er möchte sie in Kämpfe verwickeln, die über ihre wirkliche Stärke und ihre wahren Absichten Aufschluß geben werden, ehe es zu spät ist; auf diesem Wege wird er – so meint er – seine Verstärkungen bewilligt bekommen. Für mich hört sich das hoffnungslos an, aber ...« Sparling seufzte. »Du weißt jedenfalls Bescheid, und ich werde jetzt Goddard verständigen.«

»Du hast mich zuerst angerufen?« platzte sie heraus. »Danke, Ian, danke!«

Er lächelte das schiefe Lächeln, das ihr immer an ihm gefallen hatte. »Du hattest es verdient«, sagte er. »Ich habe hier noch ein paar Kleinigkeiten zu erledigen, und werde in zwei oder drei Tagen wieder zu Hause sein. Laß dich mal wieder bei uns blicken. Einstweilen alles Gute, Jill.« Er schwieg einen Augenblick, als wolle er noch etwas sagen, aber dann ließ er es bei einem »Gute Nacht« bewenden. Die kleine Mattscheibe erlosch.

Sie kauerte noch eine Weile bewegungslos vor dem Telefon. Lieber, unbeholfener Ian. Ob er ahnte, wie sehr sie ihn bewunderte, der den Kampf gegen den roten Riesen aufgenommen hatte, ohne viele Worte darüber zu verlieren? Wie lieb sie ihn gewonnen hatte, seine Geduld und Anständigkeit, seine angenehme Gesellschaft... Manchmal überlegte sie, wie es hätte sein können, wenn sie zwanzig Jahre früher geboren wäre.

Sie fuhr sich mit dem Handrücken über die Augen und stand auf. Das durch die Türöffnung strömende Licht lag mit fahlem, ungewissem Schein auf den Korbsesseln und dem kleinen Tisch. Als Jill zu ihm trat, erhob sich Dejerine mit besorgter Miene. »Schlechte Nachrichten, Miß Conway?«

Sie nickte. Er sah ihre geballten Fäuste, die unschlüssige, sorgenvolle Miene und kam zu ihr. »Kann ich in irgendeiner Weise helfen?«

In ihren Augen leuchtete Hoffnung auf. »Oh, und ob Sie helfen können!« Mit hastig sprudelnden Worten erklärte sie ihm die Lage.

Das aufmerksame, mitfühlende Gesicht vor ihr verhärtete sich. Er trat einen Schritt zurück und starrte an ihr vorbei. »Miß Conway«, sagte er tonlos. »Ich bedaure Ihren Kummer, aber ich bin nicht qualifiziert, über die Weisheit der militärischen Entscheidung zu urteilen. Sie müssen aber begreifen, daß meine Befehle unmißverständlich sind. Jede Einmischung in die Angelegenheiten der Einheimischen ist uns untersagt. Davon ausgenommen sind lediglich Maßnahmen zur Abwehr eines gegen uns gerichteten bewaffneten Angriffs.«

»Sie können sich an Ihre vorgesetzten Stellen wenden. Erklären, daß...«

Er hatte sie bisher nie unterbrochen. »Das wäre nutzlos. Daher wäre es eine Pflichtverletzung, wenn ich die Zeit meiner Vorgesetzten vergeuden würde.«

»Nun... gut. Darüber können wir später sprechen. Jetzt geht es darum, daß Larreka eine schnelle Transportmöglichkeit braucht. Wie ich höre, haben Sie unsere Flugzeuge beschlagnahmt.«

»Ja«, sagte er mit einem Anflug von Trotz. »Ich weiß, Sie haben nur wenige. Aber auch wir konnten nur eine kleine Zahl mitbringen. Um die Bodeninstallationen des Stützpunkts in kurzer Zeit fertigzustellen, brauchen wir jede verfügbare Maschine, die etwas Fracht befördern kann.«

»Sie könnten mir aber eine für ein paar Tage leihen, nicht wahr?« forschte sie, während es ihr bereits die Kehle zuschnürte. »Die Arbeiten haben noch nicht begonnen.«

»Ich fürchtete, daß Sie mit dieser Bitte kommen würden.« Er schüttelte den Kopf. »Nein. Glauben Sie mir, ich wünschte, ich könnte Ihnen helfen. Aber abgesehen von allem anderen, müßte ich die Erlaubnis schon wegen des Sturmrisikos verweigern; welche Stärke erreichen die Äquinoktialstürme während eines Periastrons? Niemand war das letztemal hier, um die meteorologischen Verhältnisse zu untersuchen. Wir stützen uns auf Schätzungen. Das Risiko ist unberechenbar.«

Jill stampfte mit dem Fuß auf. »Verdammt nochmal, ich brauche keinen Schutz vor mir selbst!« Sie holte Atem, setzte von neuem an und kam zur Besinnung. »Entschuldigen Sie. Wenn Sie darauf bestehen, kann jemand anders die Maschine fliegen.«

Er blickte ihr in die Augen, und die Spur eines Lächelns umspielte seine Lippen. »Ich kann niemandem die Erlaubnis geben«, sagte er freundlich. »Die Maschine würde für einen Zweck aufs Spiel gesetzt, der durch unseren militärischen Auftrag nicht gerechtfertigt wäre. Es wäre eine – wenn auch unbedeutende – Intervention, die uns ausdrücklich untersagt worden ist. Wo sollte ich die Grenzlinie gegen weitere Forderungen ziehen, wenn ich einen solchen Präzedenzfall zuließe? Nein, es gibt keine Möglichkeit, dies mit meinem Auftrag zu vereinbaren und vor meinen Vorgesetzten zu rechtfertigen.«

Zorn und Kummer brachen ungehemmt aus ihr hervor. »Sie

fürchten also einen Tadel!« schrie Jill. »Einen Vermerk in der Personalakte! Einen Aufschub der nächsten Beförderung! Gehen Sie!«

»Aber bitte... Ich... Ich wollte nicht...«

»Verschwinden Sie! Oder muß ich Sie hinauswerfen – wie, wie dies hier?« Sie ergriff die Cognacflasche und schleuderte sie zur Gartenpforte. Das Glas blieb ganz, aber der Inhalt rann wie aus einer Wunde heraus.

Seine Nasenflügel blähten sich, der Mund bildete eine dünne, blasse Linie. Er verbeugte sich knapp. »Ich bedanke mich für Ihre Gastfreundschaft, Miß Conway. Guten Abend.«

Er ging zum Garten hinaus und verlor sich in der Dunkelheit unter den Bäumen.

War ich dumm? fragte sie sich. Hätte ich es geschickter anfangen sollen? Aber ich konnte es nicht! Was hätte ich machen sollen? Dieser widerliche Kadavergehorsam. Wie sie den Kerl haßte. Sie ließ sich in einen der Sessel fallen und weinte vor Zorn und Erbitterung.

11

Als Larreka und seine Begleiter sich dem Gehöft näherten, zog von Westen her ein Sturm auf. Wind seufzte kalt durch die Hitze, die zuvor brütend über dem Land gelegen hatte, und sonnengedörrte Heide und Gräser raschelten und neigten sich in gelbbraunen, wandernden Wellen unter den Böen. Weitab zur Rechten brachten ein Hirte und sein Wo eine kleine Herde Owas von der Weide herein; sie schienen verloren in der Einförmigkeit der Steppenlandschaft. Da und dort fuchtelten vereinzelte Bäume mit rostbraunen Ästen den dahinjagenden schmutzfarbenen Wolken zu. Ein Vogelschwarm trieb wie steuerlos durch den windgefegten Luftraum zwischen Land und niedrigziehenden Wolken. Die dünnen Schreie verwehten im Dröhnen des aufkommenden Sturms. Wo messingfarbene oder kupferne Lichtspeere die Wolkendecke durchstießen, veränderten sie das Aussehen der Welt. Westwärts stand eine violettschwarze Wand, in der es wetterleuchtete. Das näherrückende dumpfe Dröhnen des Donners kam fast ohne Unterbrechung.

Der Mann von den Foss-Inseln sagte: »Wenn ich zu Haus wäre und dieses Wetter aufziehen sähe, würde ich mein Boot hoch auf das Ufer ziehen und festmachen.« Der weiter auffrischende Wind riß ihm die Worte von den Lippen; Larreka konnte sie kaum hören.

»Na ja, ein Wirbelsturm ist es nicht, aber ich weiß ein Dach über dem Kopf zu schätzen, wenn es losgeht«, pflichtete Larreka ihm bei. »Vorwärts!« Und er zwang seine müden Beine zu einem schnellen Trab.

Die vertraute Häusergruppe lag dunkel und wie schutzsuchend zusammengedrängt im Norden. Er sah, daß die Segel der Windmühle gerefft waren und die Windfahne vom Mast eingeholt wurde, dessen gehörntes Schutzzeichen aus Bronze wild im Wind schwankte.

Die ersten Regentropfen fegten beinahe waagerecht daher, als er den Hof erreichte. Die langen, niedrigen Gebäude aus Stein und Holz, deren Spitzdächer mit farbigen Mustern glasierter Ziegel geschmückt waren, bildeten ein Rechteck um den gepflasterten Hof und beherbergten Scheunen, Ställe, Speicher, Werkstatt, Bäckerei, Wäscherei, Wohnungen und sogar eine kleine Brauerei; der wichtigste Eigenbedarf der Bewohner wurde selbst erzeugt, und was eine zivilisierte Gemeinschaft darüber hinaus benötigte, konnte durch den Handel mit anderen Höfen und den Städten beschafft werden. Das Gesinde eilte geschäftig hierhin und dorthin, schloß Türen und Läden, und brachte Geräte und Tiere unter die schützenden Dächer. Bevor sie das Tor zum Geräteschuppen schlossen, erspähte Larreka ein kleines Flugzeug, das darin untergestellt war. Wir haben einen menschlichen Besucher, dachte er. Ich frage mich, wer es sein mag.

Hagel färbte die Regenböen weiß, tanzte über die Steinplatten und rasselte auf den Dächern. Er beschirmte die Augen mit einem Arm und stapfte zum Eingang des Wohnhauses.

Es erhob sich ausladend gegenüber vom Hoftor, ein rechtwinklig der rückwärtigen Front entragender, vielfenstriger Bau mit umlaufenden Balkonen, geschnitzten Wasserspeiern und mosaikgeschmückten Wänden.

Jemand mußte sie von drinnen beobachtet haben, denn Larreka und seine Leute hatten kaum den Eingang unter den schützenden Vorbauten der Balkons erreicht, als die mit Kupferblech beschlagene Tür weit geöffnet wurde. Dahinter warteten mehrere Diener, die ihnen das Gepäck abnahmen und sie mit Handtüchern trockenrieben. Larreka ließ die Klinge aus Haelen umgeschnallt. Sie war eine Art Wahrzeichen; alle Soldaten der Legion wußten, daß Einohr damit schlief.

An der Spitze seiner sechs Legionäre ging er durch die Eingangshalle in den großen Wohnraum. Dieser nahm zwei Geschosse ein und hatte die Abmessungen eines Saales. Der mit Ziegeln gepflasterte Boden war ziemlich willkürlich mit Teppichen und Tierfellen bedeckt, die Wände mit Hölzern verschiedener Tönungen und Maserungen getäfelt. Wandleuchter verbreiteten Helligkeit, und in der großen traditionellen Feuerstelle, über der früher gekocht worden war, züngelten und prasselten Flammen. Zwischen den Fenstern hingen Bilder, Trophäen, die Schilde und Waffen von Vorfahren. Von den hohen Deckenbalken blickten düster drohend die Gehörne, Fittiche und Dämonenmasken von Feldzeichen, die an frühere Kriegsabenteuer des Hausherrn gemahnten. Der Raum war hauptsächlich Bodenfläche. Ein langer Tisch, verstreut liegende Matratzen und ein paar Stühle für gelegentliche menschliche Besucher stellten die ganze Möblierung dar. Die warme Luft roch nach dem Rauch des Dungfeuers und Körpern. Die Fenster an beiden Längsseiten waren gegen den Sturm mit Läden verschlossen und ließen das Toben der Elemente nur gedämpft hereindringen.

Ungefähr sechzehn Personen waren anwesend. Sie unterhielten sich, lasen, gaben sich dem Müßiggang hin oder beschäftigten sich mit kleineren Arbeiten. Seine Frau kam ihnen entgegen.

Merua war eine große und kräftige Person und erreichte so die Größe ihres kleingeratenen Ehepartners. Sie hatte die charakteristischen Züge des in diesem Gebiet ansässigen Yakulen-Stammes: große graue Augen, eine kurze, stark gebogene Rüsselnase und ein spitzes Kinn. Das Alter zeigte sich in der trockenen und gedunkelten Beschaffenheit der Haut, den mageren Flanken und Keulen, die einst hinreichend gerundet gewesen waren, um einem Mann den Kopf zu verdrehen. Ihre Umarmung war nicht die würdevolle Begrüßungsgeste ihrer Verwandten, es war die kräftige, herzhafte Umarmung einer Soldatenfrau.

Über zweieinhalb Jahrhunderte hinweg erreichte ihn noch ein Nachbeben jenes ehrfürchtigen Glücksgefühls, das ihn durchflutet hatte, als sie endlich bereit gewesen war, ihn zu heiraten. Zwei frühere Anträge von ihm hatte sie abgelehnt, und er wagte zu jenem Zeitpunkt schon nicht mehr zu hoffen, daß sie mehr an ihm fand, als die Geschichten aus anderen Weltteilen, die er zu erzählen wußte.

Wie sich zeigte, war ihr Ja nur das Gold vor dem Sonnenaufgang. Er hatte geschworen: »Ich, ich bin kein Glücksjäger, das darfst du mir glauben. Ich könnte beinahe wünschen, daß du arm wärst.«

Sie hatte sich an ihn geschmiegt, und ihre schönen Augen waren noch größer geworden. »Wie meinst du das? Ich bin nicht reich.«

»Deine Familie hat einen der größten Höfe in der Gegend ...« Sie lachte. »Du Dummer, du hast vergessen, daß du nicht zu Hause in Haelen bist. Bei uns ist ein Hof nicht etwas, was einem einzigen Haushalt gehört. Er gehört der ganzen Sippe und die Mitglieder arbeiten zusammen.«

»Ach ja ... Ich hatte es vergessen. Du machst mich alles außer dir vergessen. Nun, du weißt, daß meine Dienstzeit in der Legion noch drei Jahre dauert, und nächstes Jahr sollen wir nach Übersee verlegt werden. Ich werde jedenfalls zurückkommen, und beim Donnerer ...« – er hatte den triadischen Glauben noch nicht angenommen, obwohl er die Götter seiner Kindheit mehr aus Gewohnheit denn aus Überzeugung anrief – »ich werde uns ein Vermögen erwerben!«

Sie entzog sich ihm. »Was für ein Unsinn ist das? Denkst du, ich möchte dich hier festgenagelt wissen? Nein, du wirst bei der Legion bleiben, und ich werde dich begleiten.«

Das war, als die Sonne über den Weltenrand sprang.

Heute begrüßte sie ihn mit der gewohnten kameradschaftlichen Herzlichkeit und fügte hinzu: »Ich glaube, mein Alter, diesmal werde ich dich eine Weile länger dabehalten, als du dachtest.«

»Was?« Aber sie konnte es nicht mehr erklären, denn die anderen kamen und begrüßten ihn. Bald darauf lag er neben Merua bequem auf einer Matratze hingestreckt, die Pfeife in der Hand und einen Krug heißen, gewürzten Obstmost in Griffweite. Ein paar ältere Mitglieder der Familie lagen in der Nähe, während die übrigen Anwesenden sich um seine Begleiter versammelt hatten, die von Sehala weniger deprimierende Geschichten zu erzählen wußten als jene, die Larreka zu bieten hatte. Er hatte seine Frau über die Funksprechverbindung auf dem laufenden gehalten, und sie hatte die Nachrichten weitergegeben. Sie hatten es bereits unter sich geregelt, daß sie zurückbleiben würde, wenn er nach Valennen zurückkehrte. Es würde nicht das erstemal sein, daß sie darauf verzichtete, ihn zu begleiten. Früher waren die Gründe dafür besondere Gefahren, Mangel an Transportraum oder ein Kleinkind gewesen. Diesmal aber hatten andere Überlegungen im Vordergrund gestanden. »Die Kinder sind groß«, hatte sie anfangs protestiert. »Und sollten die Barbaren dich erschlagen, dann sollen sie wissen, daß sie auch mit mir gekämpft haben.«

»Ich kann nicht an zwei Orten zugleich sein«, hatte er geantwortet. »Auch in Südberonnen stehen schlimme Zeiten bevor, und niemand von den anderen auf dem Hof hat die militärischen Kenntnisse, die du dir angeeignet hast. Für die Sippe und die Zukunft des Hofes überhaupt ist es notwendig, die Verteidigung gegen Marodeure und Plünderer zu organisieren. Du bist dienstverpflichtet, Soldat.«

Nachdem die obligatorischen Begrüßungsformeln gewechselt waren und man auf das beiderseitige Wohl getrunken hatte, fragte er: »Wer ist unser menschlicher Gast?«

»Jill Conway«, sagte Merua. »Sie wurde unruhig und ging mit Rafik hinaus. Wahrscheinlich werden sie bald kommen.«

Larreka grunzte. Kein Grund zur Sorge, sagte er sich. Sein jüngster Sohn sollte in der Lage sein, einen Sturm wie den auszuhalten, der draußen heulte und trommelte. Aber Jill...

Nun, sie starben, die armen allmächtigen Sternfahrer; sie waren empfindliche und kurzlebige Geschöpfe. Wenn man Freundschaft mit ihnen schloß, dann mußte es die Freundschaft mit einer Familie sein, nicht mit einer einzelnen Person. So war es zwischen ihm und den Conways gewesen. Freilich war sein Verhältnis zu Jill immer ein besonderes Verhältnis gewesen, vielleicht, weil er schon mit ihr gespielt hatte, als sie noch nicht sprechen und gehen konnte.

Merua schmunzelte und tätschelte ihm die Hand. »Hör auf, dich zu sorgen«, sagte sie. »Sie ist eine Erwachsene und weiß, was sie bei solchem Wetter zu tun hat. Übrigens liegt es an ihr, daß du ein paar Tage bleiben wirst, und nicht bloß über Nacht.«

Larreka sog an der Pfeife und wartete.

»Sie hörte von dem Abstimmungsergebnis gegen dich und rief hier an, weil du Sehala schon verlassen hattest«, sagte seine Frau. »Sie war sehr aufgeregt und wollte helfen. Es scheint, daß der neue Chef von Primavera, oder was immer er ist, nicht erlauben will, daß sie dich nach Norden fliegt. Du mußt mir ein andermal erklären, warum sie auf eine solche einfältige Kreatur hören, die keine Ahnung von den Verhältnissen hier hat. Jedenfalls hatte ich eine Idee. Du kennst diesen Trockenproviant, den die Menschen mitnehmen, wenn sie in die Wildnis ziehen. Ich fragte, ob sie so etwas nicht auch für dich machen könnte. Das heißt, aus Fleisch. Du kannst unterwegs Pflanzen essen, aber du brauchst Fleisch, um während des langen Marsches bei Kräften zu bleiben. Wenn du, statt auf die Jagd zu gehen, Pulver in einer Schüssel mit Wasser verrührst... verstehst du?«

»Und ob ich verstehe!« Er schlug sie so fest aufs Hinterteil, daß es einen Moment das Krachen des Donners draußen übertönte. »Warum habe ich nicht daran gedacht?«

»Du hattest in letzter Zeit an vieles zu denken«, sagte sie. »Jedenfalls lieh Jill sich den Apparat aus und brachte ihn hierher. Sie sagt, es werde zwei oder drei Tage dauern, um einen reichlichen Vorrat herzustellen. Wenn du unterwegs nicht zu jagen brauchst, wirst du mehr Zeit einsparen, als du mit diesen drei Tagen verlierst.«

Und ich werde dich ein paar Tage lang im Haus haben, sagte ihr Blick.

Ein Mensch konnte nicht verstehen, was es bedeutete, wenn jemand fort war, der im Laufe von zweihundert oder dreihundert Jahren als Lebensgefährte zu einem Teil des eigenen Selbst geworden war.

Nun, sie war eine Soldatenfrau; und er war Ehemann einer Soldatin.

(Ganz so einfach war es nicht. Die Legionen unternahmen alles in ihrer Macht Stehende, um Kummer und Trennungsschmerz zu vermeiden. Enge Blutsverwandte wurden nicht in ein und dieselbe Einheit aufgenommen. Man achtete sogar darauf, daß die Regimenter und Kompanien eine möglichst große rassische und völkische Vielfalt widerspiegelten, eine Praxis, die Bürgermeister Hanshaw als nachteilig und für seine Leute undenkbar kritisiert hatte. Man erschwerte Eheschließungen und ermutigte das Personal zu Promiskuität. Alle acht Jahre wurden die Garnisonen gewechselt, und zwei aufeinanderfolgende Garnisonsorte waren stets weit voneinander entfernt. Trotz alledem mußte es besondere Rituale, Sitten, Andenken und Hilfen geben, um einen Legionär für die Truppe funktionsfähig zu erhalten, wenn er seinen langjährigen Schwertbruder im Kampf verloren hatte... Larreka schob den flüchtigen Gedanken beiseite. Er und Merua hatten die Triade und ihre Arbeit; der Überlebende würde es durchstehen.)

»Den Rest lasse ich besser Jill selbst erzählen«, fügte Merua hinzu. Ihr Blick ging in die Runde. »Das ist kein Zeichen von Mißtrauen. Dieser neue Chef von Primavera kann euch nicht vorwerfen, etwas vor ihm zu verbergen, was ihr nicht wißt; und es kann gut sein, daß wir seinen guten Willen noch bitter nötig haben werden.«

Die anderen gaben ihre Zustimmung zu erkennen.

»Worüber wir offen diskutieren können«, sagte Merua zu ihrem Ehepartner, »das sind Rafiks Pläne. Er will sich zur Yissek-Legion melden, weil du meintest, die Inselgruppe, wo die Yissek stationiert ist, werde bald angegriffen.« Trocken fügte sie hinzu: »Ein weiterer Grund wird sein, daß er von balsamischen tropischen Paradiesen und willfährigen dunklen Mädchen gehört hat.«

»Nein«, antwortete Larreka. »Nicht, wenn ich es ihm ausreden kann. Sieht er denn nicht, daß er der Gemeinschaft den besten Dienst erweist, wenn er hierbleibt? Wenn wir Valennen halten können, werden ein paar Überfälle auf die Inseln unwichtig sein. Wenn wir Valennen nicht halten können, dann haben wir auch die Inseln verloren, und als nächstes wird Beronnen an der Reihe sein.«

»Ja, rede du mit ihm. Aber denke daran, daß er die Vorstellung, seine Mutter zum militärischen Vorgesetzten zu haben, wahrscheinlich sehr abschreckend finden wird.«

»Diese Inseln würde er noch abschreckender finden. Der Wanderer hat sie schon jetzt zum Gegenteil des Paradieses gemacht. Die Yissek-Legion hat häufiger unter Wirbelstürmen, Springfluten und Hungersnöten zu leiden, als unter Angriffen von Barbaren. Und die dunkelhäutigen Schönen sind zu sehr mit ihrem eigenen Überleben beschäftigt, um noch besonders willfährig zu sein.«

»Das versuchte ich ihm zu sagen, aber es fachte nur seinen Idealismus an. Er will dahin, wo es brennt, wo Soldaten gebraucht werden, ungeachtet des Risikos!«

»Dann werde ich ihm sagen, daß die Legion besser ohne einen Soldaten daran ist, der freiwillig das Risiko sucht... Sprich von einem Rammsporn, und er schlägt deinem Boot die Spanten ein.«

Der Lärm in der Eingangshalle war ungemein erleichternd. Getrampel, Hin und Her von Dienern, Rafiks tiefes junges Dröhnen und Jills helle, klare Stimme. Er hörte sie sagen: »... wollten Schutz suchen, aber bei diesen Blitzen überall um uns war es unter keinem Baum sicher. Also nahm er mich auf den Rücken und galoppierte, was er konnte...«

Sein Sohn wankte herein, durchnäßt, obwohl die Diener ihn abgerieben hatten, grüßte in die Runde und warf sich auf eine Matratze. Der Junge mußte wirklich wie der Teufel gerannt sein. Nun, Merua hatte ihn an Bord eines Schiffs zur Welt gebracht, das in den Zähnen eines Oststurms durch eine von Riffen starrende Meerenge gesegelt war, und etwas davon war dem Jungen geblieben. Ich bin stolz auf dich, dachte er bei sich, auf dich und alle anderen. Ich bin kein Yakulen – nur durch Heirat – und ich sehe meine Familie nicht als Großsippe, die sich in Besitz und Land teilt. Ich bin ein alter Haelener, für den Frau und Kinder der Kern seiner Welt sind.

Jill folgte. Sie hatte die durchnäßten Kleider abgelegt und hielt nur ein Handtuch, mit dem sie sich abgetrocknet hatte. Ihr Haar war so naß wie Rafiks Laub, und der Schein des Feuers blitzte in den Wassertropfen, die an ihren Strähnen herabrannen. Da Rafik sie getragen hatte, war sie nicht erschöpft, kam auf Larreka zugeeilt und umarmte ihn. »Hallo, Zuckeronkel!« Als er sie kommen sah, dachte er, wie seltsam lieblich sie doch ist. Vor Jahren einmal, als sie Schwimmen gewesen waren, hatte sie ihn danach gefragt. »Sag mal ehrlich, wie furchtbar komme ich dir vor? Natürlich, du magst mich, aber wie erscheine ich dir? Ein auf zwei Beinen dahertappender Torso ohne Schwanz und ohne Pflanzen, kahl bis hin zum Kopf...«

»Und wie komme ich dir vor?« hatte er erwidert.

»Du bist schön. So wie eine Katze schön ist.«

»Na gut, du erinnerst mich an einen fliegenden Saru, oder an einen Schwertblattbaum im Sturm, oder was immer. Nun sei still und pack das Essen aus.«

Als sie so auf ihn zugelaufen kam, dachte er einen Augenblick lang, wie es wohl wäre, ihr menschlicher Liebhaber zu sein. In diese komischen, halbweißen Augen zu blicken, Schnabel an Schnabel zu reiben und dicke rosa Lippen zu schmecken, mit den Fingern über die weiche, kahle Haut zu fahren... Ob Menschen sich jemals solche Fragen über Ischtarier stellten? Wahrscheinlich nicht; Menschen hatten viele sexuelle Tabus.

Larreka rief nach mehr Most. Er wußte, daß Jill ihn gern trank. »Ich habe dir ein Kilo Tabak mitgebracht«, sagte sie.

»Du brachtest mehr als das, hörte ich«, antwortete er. »Eine Maschine zur Herstellung von getrocknetem Fleischextrakt... Das ist wirklich großartig von dir.«

Sie wurde ernst. »Du weißt von der Beschlagnahme unserer Transportmittel, nicht wahr? Statt mit dem Kopf gegen die Wand zu rennen, verhielt ich mich ruhig und sammelte Feuerwaffen und Munition. Du sagtest selbst, daß ihr in Valennen wenig davon habt. Ich konnte es nicht offen machen, sonst hätte dieser Dejerine Wind davon bekommen. Aber ich kaufte, erbettelte, lieh und stahl ungefähr zwanzig Gewehre und Pistolen zusammen, dazu ein paar tausend Schuß Munition.«

»Ich weiß nicht, Jill, wie ich dir dafür danken soll, aber du hättest es nicht...«

»Es war das wenigste, was ich für dich tun konnte, Onkel. Die Frage ist jetzt, wie es weitergehen soll. Als erstes wirst du Träger zusammenstellen müssen, solange du hier bist, um das Zeug zur Nordküste zu schaffen.«

»Könntest du es nicht mit der kleinen Maschine über das Meer nach Port Rua fliegen?«

»Leider nicht. Einmal wäre es zu auffällig. Dejerine würde Wind davon bekommen. Nach dem Kriegsrecht könnte er mich bestrafen und alles beschlagnahmen. Außerdem würde die Reichweite der Maschine nicht genügen. Bei günstigem Wetter käme sie vielleicht nach Valennen hinüber, müßte sie aber gegen einen einzigen Sturm anfliegen, wäre es das Ende. Wenn ich statt dessen hinausgehe, um für unser laufendes Projekt Feldarbeit zu tun, und wenn die Waffen während der nächsten Wochen vermißt werden... Verstehst du?

Und da ist noch etwas. Ein paar tausend Schuß Munition sind nicht allzu viel. Du weißt, daß im Gefecht über neunzig Prozent danebengehen, gleichgültig, wie gut die Schützen sind. Und du hast vielleicht zehn gute Schützen in der Legion, wie? Du wirst einen Instrukteur brauchen, der bei minimalem Munitionsaufwand weitere Schützen ausbilden kann. Außerdem würde es hilfreich sein, wenn dieser Instrukteur im Ernstfall mit in der Schützenlinie stünde.«

Er verstand, bevor sie geendet hatte. »Soll das heißen, daß du mit mir kommen willst?« rief er aus.

Sie nickte ernst. »Genau das meine ich, Onkel.«

12

Dejerine hatte es überraschend schwierig gefunden, ein Gelände für den geplanten Stützpunkt zu erwerben. Er wollte einen Ort, der nicht allzu weit von Primavera entfernt war, und entdeckte zweihundert Kilometer weiter östlich ein Gebiet, das seine Fachleute für geeignet erklärten. Es war in jeder anderen Hinsicht nutzloses Land, steinig und staubig, wenn Regen es nicht in Schlamm verwandelte, kahl bis auf vereinzelte lederige Sträucher, von den Eingeborenen verlassen. Zweifellos waren wiederholte Periastren für den Zustand des Landes verantwortlich: Dürreperioden, die alle Vegetation vernichteten, gefolgt von immer neuen Wolkenbrüchen, die den ungeschützten Humus fortspülten. Auf dem Planeten gab es viele solcher Regionen. Doch gab es in einiger Tiefe ausreichende Mengen Grundwasser, der Untergrund war fest, und die umliegenden Hügel lieferten Gestein, das zur Gewinnung von Baumaterial gebrochen werden konnte.

Er nahm an, daß die Sippe der Tayessa, zu deren Besitz diese Wüste gehörte, das Gelände mit Freuden verkaufen würde. Natürlich würde sie versuchen, den Preis in die Höhe zu treiben, aber er hatte hinreichend Gold dabei, dazu die Genehmigung, Pesos abzuheben, falls Zahlung in Föderationswährung verlangt würde. Um so überraschter war er, als die Besitzer ablehnten.

Auf der Basis der xenologischen Kenntnisse, die er sich angeeignet hatte, erwiderte er dem Beauftragten der Sippe: »Ich bin mir bewußt, daß das Land keinen individuellen Eigentümer hat, sondern daß die Sippe der Tayessa es gemeinschaftlich ihr eigen nennt. Mir ist klar, daß ihr die Rechte zukünftiger Generationen in Erwägung ziehen müßt. Dennoch kommt es sicherlich hin und wieder zu Besitzwechseln, aus diesem oder jenem Grund. Habt ihr das Recht, den Ungeborenen zu verweigern, was mein Gold kaufen kann?«

»Was kann es kaufen?« antwortete der Beauftragte durch den Dolmetscher, den Hanshaw zur Verfügung gestellt hatte. »Die Rote Sonne ist hier. Wer kann Gold essen, oder Zuflucht darin finden?«

»Ich kann auch im Geld meines Volkes bezahlen.«

»Wie können wir das ausgeben, wenn von der Erde keine Sendungen kommen?«

Schließlich handelte er einen Vertrag aus, der die Marine verpflichtete, innerhalb einer bestimmten Zeitspanne bestimmte Waren zu liefern. Seine Vorgesetzten würden ihn dafür verdammen; aber bei den Ischtariern wären, wie Hanshaw ihm versicherte, kaum günstigere Bedingungen herauszuholen. Es bestanden die alternativen Möglichkeiten, den Stützpunkt entweder auf der anderen Seite des Planeten zu errichten, wo nur Kobolde lebten, und den Auftrag dadurch auf unvorhersehbare Weise zu komplizieren, oder ein geeignetes Gelände militärisch zu besetzen und notfalls mit Gewalt zu halten. Aber das wäre allen Beteuerungen zum Trotz nackter Imperialismus. In seinem Bericht, der mit dem nächsten Kurierschiff abgehen sollte, deutete er taktvoll aber unmißverständlich an, daß er sein Kommando niederlegen würde, wenn die Marine sich nicht gewillt zeigte, den Vertrag anzuerkennen.

Unmittelbar nach Übernahme des Geländes ließ er seine Schiffe landen und ein provisorisches Lager errichten. Dann verständigte er Primavera und erbat einen Besuch von Ian Sparling. Der Ingenieur war mit den örtlichen Verhältnissen seit langem vertraut und sollte um gute Ratschläge nicht verlegen sein – wenn es gelänge, ihn zu gewinnen.

Sparling kam am folgenden Tag mit einer kleinen Maschine.

Einander immer näher, brannten beide Sonnen aus atemlosem Himmel. Über den rissigen graugelben und roten Boden flimmerte die Luft; die Hügel ringsum waren grau und unwirklich. Abseits drängten sich Unterkünfte aus vorgefertigten Teilen, häßliche Halbzylinder, während der Rest des fünfzig Quadratkilometer großen Stützpunktgeländes kreuz und quer von scheinbar planlos umherholpernden Maschinen durchfahren wurde, die wie Dinosaurier zwischen schwitzenden Männern lärmten. Dejerine, der gerade von einer Inspektionsfahrt zurückkehrte, führte ihn in ein kleines und kahles, aber klimatisiertes Büro.

»Kaffee oder Tee?« fragte er, als er sich hinter den Schreibtisch setzte. »Und möchten Sie eine Zigarre?«

»Nichts, danke.« Sparlings Stimme klang frostig. Er ließ seine hagere Gestalt auf einen Stuhl niedersinken, zog Pfeife und Tabaksbeutel hervor und begann sich damit zu beschäftigen. »Ich habe nicht vor, lange zu bleiben.«

»Ich hoffte, Sie würden sich ein wenig Zeit nehmen.«

»Warum sollte ich?«

»Ich erwähnte ein Beraterhonorar. Und da Ihre übrigen Projekte einstweilen ausgesetzt wurden, haben Sie sonst nichts zu tun, oder?« Dejerine betrachtete aufmerksam das schmale Gesicht mit der Hakennase. »Ich habe nicht vor, Phrasen über Patriotismus und dergleichen zu dreschen. Seien wir offen, Sie stehen meiner Mission ablehnend gegenüber. Aber je eher ich sie beende, desto früher kann ich das beschlagnahmte Gerät und Material zurückgeben. Wäre das nicht Grund genug für ihre Mitarbeit?« Er hielt inne. »Außerdem – bitte mißverstehen Sie mich nicht, dies ist weder eine Drohung noch ein Bestechungsversuch – würde ich es begrüßen, wenn Sie wieder regelmäßige Versorgungslieferungen von der Erde bekämen. Meine Empfehlungen werden mehr Gewicht haben, wenn es mir hier gelingt, in kurzer Zeit gute Arbeit zu leisten.«

Nachdem Sparling ihn eine Weile schweigend gemustert und an seiner Pfeife gepafft hatte, sagte er: »In Ordnung. Ich denke, Sie sind ein ehrlicher Mann. Für unsere verdorbenen menschlichen Begriffe.«

Dejerine zündete sich eine Zigarre an. Dieses rasche Auftauen war eine Ermutigung, und dies vielleicht um so mehr, als der Ingenieur ein guter Freund von Jill war. Dejerine beschloß die Gelegenheit zu nutzen, um ein wenig mehr über diese Leute zu erfahren. »Darf ich Ihnen eine persönliche Frage stellen?« fragte er.

Sparling lächelte säuerlich. »Nur zu. Aber ich kann nicht versprechen, ob ich sie beantworten werde.«

»Warum haben Sie und die anderen langjährigen Siedler einen solchen Minderwertigkeitskomplex gegenüber den Ischtariern?«

Sparling schien verdutzt. »Was? Wer sagt, daß wir einen Minderwertigkeitskomplex haben?«

»Vielleicht habe ich mich schlecht ausgedrückt«, sagte Dejerine. »Aber ich habe wiederholt gehört, in wie vielerlei Hinsicht sie uns körperlich und geistig überlegen seien. Und doch kämpfen auch sie Kriege untereinander, nicht wahr?«

»Nicht jeder Krieg ist so sinnlos wie der Ihre«, erwiderte Sparling gereizt. Er schien sekundenlang mit sich zu ringen, dann sagte er: »Nein, entschuldigen Sie. Ich hätte diese Bemerkung nicht machen sollen, gleichgültig, wie zutreffend sie sein mag. Krieg kann auch ein Überlebensmechanismus sein, wenn man ihn als eine Verhaltensweise sehen will. Nach meinen Informationen und meiner Überzeugung bekämpfen Ischtarier einander nur dann, wenn die eine oder die andere Gruppe ihr Überleben bedroht sieht.« Er machte wieder eine Pause. »Nein, das ist nicht ganz richtig. Auch Stolz oder Rache können Motive sein, besonders bei den Jüngeren. Aber dann sind es immer individuelle Motive, kein Ischtarier hat jemals versucht, einem anderen eine Nationalität oder eine Ideologie aufzuzwingen. Das Töten eines anderen wird unter allen Umständen eine bedauerliche letzte Notwendigkeit sein.«

»Trotzdem, sie haben Ideologien, nicht wahr? Ebenso wie sie verschiedene Religionen haben.«

»Ja, aber sie sind darin nicht fanatisch.« Das Sprechen schien Sparling zugänglicher zu machen. »Ich kann mir nicht denken, daß irgendein Ischtarier jemals von inbrünstiger Religiosität erfüllt sein könnte. Dieser Planet hat mit Sicherheit niemals einen Glauben gesehen, der die Bekehrung Andersgläubiger als eine Hauptaufgabe ansah.«

»Auch nicht die... die triadische Religion, oder wie man sie nennt?« Dejerine riskierte ein Lächeln. »Ich habe manches gelesen, wie Sie sehen. Wie gewinnt diese Glaubensgemeinschaft Konvertiten?«

»Indem sie vielen Leuten vernünftiger erscheint als die heidnischen Naturreligionen. Übrigens ist es nicht einfach, in diese Religionsgemeinschaft hineinzukommen. Zuvor muß man eine Menge lernen, und dann gibt es Prüfungen, und schließlich eine Opfergabe, die aufzubringen nicht allen leicht fällt. Aber wenn ich religiöse Neigungen hätte, würde ich daran denken, mich diesem Kult anzuschließen.«

»Was? Das kann nicht Ihr Ernst sein. Eine Personifizierung der drei Sonnen...«

»Das ist ein Symbol. Sie können annehmen, es seien buchstäblich Götter, aber Sie müssen nicht; wenn Sie es vorziehen, können Sie die Persönlichkeiten allegorisch verstehen, als Zeichen der Realität.« Sparling blickte sinnend in den Rauch, der aus seiner Pfeife stieg. »Und die Mythologie enthält viel Wahres über das Leben, verbunden mit Poesie und Ritual, um mitzuhelfen, daß man es tiefer empfindet. Bel, die lebensspendende Sonne, die auch schrecklich sein kann; Ea, der Aschenstern, ein Diadem auf der Stirn der Dunkelheit, die Winter und Tod bedeutet – aber die Welt braucht auch sie; Anu, der Wanderer, der sowohl Chaos wie Erneuerung bringt. Ja, das kommt mir um einiges vernünftiger vor, als ein christlicher Gott, der zugleich eine und drei Personen ist, der barmherzig genannt wird und es gleichwohl uns überläßt, mit Schöpfungen wie Krebs fertig zu werden.«

Dejerine, der sich für einen Christen hielt, sagte nicht mehr als: »Hat es auch unter Menschen Konversionen gegeben?«

»Nein«, antwortete Sparling. »Es wird mit Sicherheit auch keine geben. Da wir nicht richtig träumen können, würde uns die Bedeutung zur Hälfte entgehen. Wir würden wie Katholiken sein, die niemals an einer Messe teilnehmen oder die Kommunion empfangen können. Nein, noch schlimmer: wie Katholiken, die ihr Gebetbuch nicht lesen können.«

»Träume?« Dejerine runzelte die Stirn. »Wie die von Pilzen und Drogen inspirierten Träume von Schamanen und Medizinmännern?«

»Keineswegs. Sie wissen es nicht? Nun, für uns ist es eine so subtile und schwierige Idee, daß sie wahrscheinlich deshalb nicht in die üblichen populärwissenschaftlichen Bücher über diesen Planeten Eingang gefunden hat. Ischtarier schlafen wie wir, und anscheinend aus dem gleichen Grund: das Gehirn braucht Regenerationszeit, um das aufgenommene Datenmaterial zu verarbeiten. Aber das ischtarische Gehirn bewahrt im Schlaf mehr Bewußtsein als das unsrige. Bis zu einem gewissen Grad kann der Ischtarier daher sein Träumen lenken.«

»Diese Erfahrung habe ich selbst gemacht, wenn ich im Halbschlaf liege.«

»Ja, den meisten Menschen geht es so. Bei uns ist dieses Phänomen jedoch rudimentär ausgebildet und ungewöhnlich, während es für den Ischtarier normal ist. Er kann wählen, worüber er träumen will. Es wird zu einem wesentlichen Teil seines Gefühlslebens – vielleicht ein Grund dafür, daß Ischtarier niemals süchtig werden, obwohl sie einige Drogen kennen und auch verwenden. Natürlich haben einige mehr Talent dafür als andere. Es gibt tatsächlich berufsmäßige Träumer. Sie gebrauchen diese Mischung von Bewußtsein und Zufälligkeit, um wunderbare Visionen zu erleben, und haben eine besondere Kunst daraus gemacht, wie sie die geschauten Bilder und die erlebten Wahrnehmungen nachher an ein Publikum weitergeben. Worte, Töne, Gebärden, Mienen, Musikbegleitung, Tanz – alle Ausdrucksmöglichkeiten gehen da hinein.« Sparling seufzte. »Wir werden daran nie teilnehmen können, Sie und ich. Und weil ich die Triade nicht träumen kann, kann sie mir niemals mehr als eine mythologisch-philosophische Konstruktion bedeuten.«

Dejerine rauchte nachdenklich. »Ich verstehe, wie die Ischtarier einen so starken Eindruck auf uns Menschen machen konnten. Aber ich denke darum nicht, daß sie uns notwendig überlegen sein müßten, außer in einigen wenigen Bereichen.«

»Das tue ich auch nicht«, antwortete Sparling. »Zum Beispiel scheinen sie weniger Gefühl als wir für dreidimensionale Geometrie zu haben. Vielleicht liegt es daran, daß sie keine Vorfahren hatten, die auf Bäumen lebten? Die Vorstellung, ein Flugzeug zu besteigen und zu fliegen, erfüllt viele von ihnen mit Entsetzen, obwohl sie wissen, daß unsere Maschinen relativ sicher sind. Und so weiter. Nein, Sie irren sich, wenn Sie uns einen Minderwertigkeitskomplex unterstellen. Wir betrachten sie nur als unsere Freunde, von denen wir eine Menge lernen können, wenn die Politiker der Erde uns in Ruhe lassen.«

»Können Sie sich vorstellen, daß auch ich ein freundschaftliches Verhältnis zu Nichtmenschen gehabt habe?« fragte Dejerine.

Sparling nickte. »Warum nicht?«

»Nun«, sagte Dejerine lächelnd, »Miß Conway scheint mir das nicht zuzutrauen. Ich fürchte, sie zürnt mir, weil ich ihrem einheimischen Häuptling nicht helfen konnte. Sie gab mir keine Gelegenheit, ihr zu erklären, wie sehr ich es bedauerte.«

Sparling zuckte die Achseln. »Ich nehme an, Sie meinen Larreka. Soviel ich weiß, ist Miß Conway mit ihm nach Norden gezogen. Sie müssen schon seit Tagen unterwegs sein.«

»Wie? Aber – aber das ist Wahnsinn!«

»Wie wollen Sie das Mädchen daran hindern? Glauben Sie mir, mir ist bei der Sache auch nicht wohl, aber wenn sie beschließt, in Valennen Untersuchungen durchzuführen, solange der Kontinent uns noch offensteht, und wenn ihr Institutionsdirektor nichts dagegen hat, dann hat keiner von uns das Recht, ihr die Reise zu verbieten. Übrigens befürchtete sie offenbar, daß man versuchen würde, sie zurückzuhalten, denn sie unterrichtete ihre Eltern und mich von ihrem Entschluß durch einen Boten, der die Nachricht erst überbringen durfte, als sie schon ein gutes Stück unterwegs war. Ich flog die Route ab, konnte sie aber nicht entdecken. Erwartete es auch nicht, denn eine so kleine Gruppe verliert sich in dem weitläufigen, wilden Land. Ich versuchte sie über Funk zu erreichen, aber natürlich hatten sie ihre Geräte ausgeschaltet, als sie den Bereich der gewöhnlichen Relaisfunkstationen verlassen hatten.«

Dejerine blickte stirnrunzelnd vor sich hin und schüttelte den Kopf. »Warum in aller Welt sollte sie so etwas Verrücktes tun? Um des Abenteuers willen?«

»Weil sie Jill ist und helfen will. Ja, vermutlich ist es das, was Sie ›Intervention‹ nennen würden. Aber sie nennt es Forschung, und es wird nicht leicht sein, ihr etwas anderes nachzuweisen. Sie wird über Radio Nachricht geben, wenn sie Port Rua erreicht, und wenn Sie mich fragen, ich halte es nicht für ausgeschlossen, daß ich bis dahin auch ein Forschungsprojekt dort oben finden werde. Nein, seien Sie still! Haben Sie nicht schon genug Schaden angerichtet?«

13

Und lang, lang mögen Mädchen warten,
Auf des Geliebten Wiederkehr,
Mit den zierlichen Kämmen im Haar,
Denn sie sehen ihn nimmermehr.

Oh, vierzig Meilen vor Aberdour,
Und fünfzig Faden tief,
Dort liegt der gute Sir Patrick Spence,
Mit denen, die er rief.

Nachdem sie die alte Ballade beendet hatte, variierte Jill die Melodie auf der Gitarre und pfiff dazu, wie sie sich den Wind vorstellte, der über die kalte graue See fegte.

Larrekas kleiner Trupp lagerte an den Nordhängen der Roten Hügel. Vor ihnen erstreckte sich der Dalag, das wellige, von tiefen Erosionsschluchten durchzogene Steppenland. In diesen offenen Landstrichen, die während der meisten Zeit des Tages unter der

Glut zweier Sonnen flimmerte, würden sie hauptsächlich bei Nacht wandern. Aber hier waren sie in dichtem Mischwald, dessen Schatten sie bei Tag schützte, ihnen bei Nacht aber jede Sicht nahm. Darum rasteten sie.

Ein kleines Lagerfeuer, über dem sie ihre Mahlzeit bereitet und Kräutertee gekocht hatten, tauchte die Gesichter und Mähnen ihrer Gefährten in rötlich flackernden Schein. Weiter draußen, wo die Schatten der Nacht gegen die schwache Helligkeit andrängten, blinkten die frisch geschliffenen Speerspitzen der Wächter. War auch sonst nichts zu erwarten, so mochte das spärlicher gewordene Wild einen Baumlöwen doch hinreichend hungrig gemacht haben, um Sophonten anzugreifen. Näher beim Feuer lagen die Traglasten mit Proviant und Material, und dort hatten die Ischtarier auch ein provisorisches Zelt für sie errichtet, falls unerwartet ein Sturm aufziehen sollte. Sie erwartete keinen, denn die Luft war ruhig. Der Wald umstand die kleine Lichtung in unbewegtem Schwarz, hoch oben glühten Sterne, und die Luft lag warm und voll schwerer Düfte über dem von Insektengezirp belebten Gras. Wenn es nicht abkühlte, wollte sie draußen auf ihrem Schlafsack schlafen. Trotzdem konnte niemand mit Gewißheit sagen, wie das Wetter in zwei Stunden aussehen würde.

Wie es ihre Gewohnheit war, hatte sie den Zuhörern vor dem Anstimmen der Ballade ihren Inhalt erklärt. Nun, als die letzte Note verklungen war, lagen Legionäre und Träger in sinnendem Schweigen, bis endlich einer fragte: »Was machten die Frauen?«

»Die menschlichen Frauen in dem Lied? Sie trauerten.«

»Ja, aber wie?«

»Ach so. Ich verstehe. Wenn jemand stirbt, den sie lieben, schluchzen und weinen die meisten Menschen zuerst, das heißt, sie vergießen Wasser aus den Augen. Danach führen sie ihr Leben weiter, so gut sie können.«

»Wer hilft ihnen durch?«

»Wir – wir haben keine Einrichtungen wie ihr, um die Hinterbliebenen zu trösten. Gebete und religiöse Zeremonien sind alles, und nicht jeder macht davon Gebrauch. Das Bedürfnis ist geringer.« Nach kurzer Überlegung fügte sie hinzu: »Ich glaube nicht, daß dies so ist, weil wir einander weniger wertschätzten, als ihr es tut. Wie sollte man das messen?« Sie stellte sich einen Dolorimeter vor, kalibriert nach der internationalen Seelenschmerz-Skala, deren Kummereinheit ein Zeitmaß war. Die Vorstellung vermochte ihren Ernst nicht zu unterminieren. »Außerdem glaubten die Leute, als dieses Lied geschrieben wurde, daß sie einander in einem späteren Leben wiedersehen würden.«

»Wie die Barbaren von Valennen«, bemerkte ein Legionär. »Ich glaube, das ist es, was ihnen die Kraft zum Weitermachen gibt. Sonst haben sie nicht viel, außer, daß sie ihre Toten fressen, wenn sie können.«

Larreka setzte sich auf die Keulen und überragte Jill, die mit dem Rücken gegen einen lederborkigen Baumstamm gelehnt saß. »Verachte sie deswegen nicht, Junge«, sagte er. »Den eigenen Körper zu geben, ist der letzte Dienst, den jemand in einem hungrigen Land seinen Freunden erweisen kann; und sie denken, daß das Verzehren der Verstorbenen ein Dienst an ihm sei, weil es die Seele eher befreie, als es bei natürlicher Verwesung der Fall sein würde. Es gibt viele verschiedene religiöse Vorstellungen, und wer sind wir, daß wir sagen könnten, irgendein System – einschließlich dessen, was die Menschen sich ausgedacht haben – sei besser als die übrigen?«

»Ja, ich habe selbst verschiedene Praktiken gesehen und von vielen anderen gehört«, erwiderte der Soldat. »Die meisten haben einen vernünftigen Sinn. Aber andere kann man schwerlich ernstnehmen. Im Hinterland von Iren quälen sich die Hinterbliebenen selbst, wenn ein Angehöriger gestorben ist. Ich habe eine alte Frau gesehen, die ihre Hand in kochendes Wasser steckte.«

»Auch unter den Menschen gab es Stämme, in denen bei Todesfällen Selbstverstümmelung aus Trauer üblich war«, berichtete Jill. »Vielleicht weniger extrem, denn unsere Körper können sich nicht so rasch und so vollständig regenerieren, wie die eurigen. Körperlicher Schmerz überdeckt seelischen Schmerz. Nicht, daß ich selbst es versuchen möchte.«

Larreka brachte Pfeife und Tabaksbeutel zum Vorschein und begann mit bedächtigen Bewegungen den Pfeifenkopf zu stopfen. »Richtig ist, was für den einzelnen wirkt«, sagte er, »und nicht zwei Personen sind gleich. Eine gute Sache an der Gemeinschaft – vielleicht die beste – ist, daß man Gelegenheit erhält, sich umzusehen und herauszufinden, welche Lebensweise einem am besten paßt. Oder man kann Schüler um sich scharen und eine neue Lebensweise beginnen. Nehmt mich, zum Beispiel. Hätte es nicht die Gemeinschaft gegeben, so wäre ich vielleicht ein Bandit geworden, oder ich hätte bestenfalls eine eintönige und ziemlich armselige Existenz gefunden. Statt dessen ... nun, das Leben hat mich gerecht behandelt, da und dort ein wenig zurechtgestutzt, aber nicht mehr als bei alledem, was ich dabei gewonnen habe, angemessen war. Wollt ihr hören, wie ich zu meiner Lebensweise kam?« fragte er mit einem Blick in die Runde. »Ich bin heute abend in einer rückwärts gewandten Stimmung, und die Ereignisse liegen zu weit zurück, um noch persönlich zu sein.«

Sie murmelten ihre Zustimmung.

Das Feuer knackte und knisterte leise; Funken stoben auf. Ein Träger legte dürres Holz nach, und die Flammen leckten höher, rot und gelb, und färbten den gerade aufsteigenden Rauch. Draußen in der Dunkelheit ertönte der dumpfe Ruf eines Waldtieres.

»Ihr wißt, daß ich ein gebürtiger Haelener bin«, begann Larreka, bedächtig an der Pfeife ziehend. »Verbrachte meine ersten fünfzig, sechzig Jahre dort. Das Lied, das Jill uns vorgesungen hat, brachte mich auf diese Erinnerungen, denn Haelen ist ähnlich dem, was sie mir über dieses Schottland auf Erden erzählt hat, nur noch mehr in der Art, denke ich, denn es ist ein Polarland durch und durch. Selbst im Sommer, wenn die Wahre Sonne über dem größten Teil des Landes niemals untergeht, selbst dann ist es wolkig, neblig, regnerisch und stürmisch. Moore und kahle Berge, eine gefährliche graue See, die an steinige Küsten schlägt... nun, ihr habt gehört. Kein Wunder, daß Haelener als Geizhälse bekannt sind und daß viele von ihnen Soldaten oder Seeleute werden oder andere Berufe suchen, die sie außer Landes führen.

Aber ich, ich hatte diese Ruhelosigkeit nicht in mir. Der Stamm der Kerazi, dem ich angehöre, gilt als wohlhabend. Ihr wißt, daß die Haelener in Stämmen organisiert sind. Der meine besitzt gute Fischgründe und weite Inlandgebiete, wo wir unser Vieh weiden und auf die Jagd gehen. Meiner Familie ging es besonders gut, denn meinem Vater gehörte der Kutter, den er befehligte, und er hatte Anteile an drei weiteren. Wir lebten in einem geräumigen Steinhaus an der Küste, in einer Bucht, wo die Strömungen Treibholz anschwemmten. So brauchten wir keine Kohle zu kaufen und konnten unsere Fänge für andere Dinge vertauschen. Ja, es war ein recht gutes Leben.

Haelener heiraten jung, sobald sie zur Reife gelangt sind, gewöhnlich noch vor dem dreißigsten Jahr. Sie müssen das, denn in diesem rauhen Land ist die Kindersterblichkeit hoch, und sie brauchen alle fortpflanzungsfähigen Jahre, die die Natur ihnen gegeben hat. Außerdem ist jeder bestrebt, neue Bande zu schaffen, weil der Brauch verlangt, in einen anderen Stamm zu heiraten. Das wird der Grund für das Gesetz sein, daß nur ein Ehepartner zur Zeit erlaubt ist und Seitensprünge bestraft werden. Meistens verabreden die Eltern die Eheschließungen, doch nicht ohne die Jungen zu fragen: Wenn euer Leben von eurem Partner abhängt, dann tut ihr gut daran, einen zu haben, der euch mag.«

Larreka rauchte eine Weile schweigend. Als er fortfuhr, blickte er über sie hinweg in den nächtlichen Wald. »Saren und ich waren glücklich. Wir hätten unsere Familien bitten können, uns ein Haus in der Nähe meines Elternhauses zu bauen, und ich hätte weiter für meinen Vater arbeiten können. Aber wir wollten Unabhängigkeit. So bot uns der Stamm Pachtland an der Nordwindbucht an, einer düsteren und öden Gegend, aber mit Möglichkeiten. Ihr müßt wissen, daß die Küstenfischerei dort nicht übel war; und Stürme trieben häufig große Meerestiere in die Bucht, deren Fleischmengen reichlich Lohn für die Mühe und das Risiko der Jagd waren. Obendrein hatte man in den Hügeln des Hinterlands eine Zinnmine gefunden. Das Erz wurde über Land abtransportiert, aber ich dachte mir, daß sie mit der Zeit soviel fördern würden, daß der Transport auf dem Wasser günstiger wäre. Und alle Schiffe, die in diese Bucht einliefen, würden einen Lotsen brauchen, der die Gewässer kannte. So kam es auch, und wir eröffneten dazu noch ein kleines Wirtshaus. Sarens Küche war bei den Seeleuten sehr beliebt, und ich war ein populärer Schankwirt, das darf ich wohl sagen. Wir hatten inzwischen vier Kinder, die am Leben geblieben waren, und es waren gute, gesunde Kinder.

Ich hatte keinen Grund, den Göttern das Opfer zu verweigern. In vielen Gesprächen mit Ausländern der verschiedensten Gegenden wußte ich, daß unsere Götter nicht die Welt beherrschten. Ich hatte sogar meine Zweifel, ob sie mehr als Sagengestalten waren. Wie auch immer, wir hatten weniger gelitten als die meisten anderen Leute, und es war nicht mehr als recht und billig. Außerdem ist Respektabilität eine nützliche Sache. Warum also nicht die Opferriten vollziehen?

Aber es blieb beim Vorsatz. Als Familienvater, Fischer, Lotse und Schankwirt hatte ich von früh bis spät zu tun, und so wurde der Plan immer wieder hinausgeschoben. Bis wir schließlich, nach dreiundzwanzig Jahren Ehe, nach Daystead fuhren...«

Larreka schwieg und paffte an der Pfeife. Jill strich ihm über den Rücken. Er warf ihr ein Lächeln zu... aus Dankbarkeit?

»Daystead war unser Versammlungsort«, erzählte Larreka weiter. »Vielleicht wißt ihr nichts davon. Nun, denkt nach. Der größte Teil von Haelen bekommt im Winter keine Sonne. Die Hautpflanzen würden sterben, wenn sie so lange in Dunkelheit blieben. Ein paar Halbinseln reichen weit genug über den Polarkreis hinaus, daß sie auch im Winter ein wenig Sonnenlicht erhalten. In der dunklen Jahreszeit drängt sich dort alles zusammen. Es ist ein uralter Brauch, von Sitte und Gesetz geregelt. Die Stämme haben dort feste Häuser, die schon während des Sommers instandgesetzt werden, man schafft Nahrungsvorräte für den Winter heran – kurzum, es wird alles Notwendige getan und sogar vorgesorgt, daß die Leute einander nicht zu hassen beginnen, wenn sie längere Zeit so zusammengepfercht leben.

Wir, das heißt meine Familie, gehörten nach Daystead. Wir waren immer mit dem Boot hingefahren, weil eine Gebirgskette dazwischen liegt, die durch ihre Höhe und ihr tückisches Wetter schon vielen Wanderern zum Verhängnis geworden ist. In jenem Jahr war das schlechte Wetter auf See. Das Boot verlor den Mast, schlug voll und wurde in die Brandung getrieben. Nur ich erreichte lebend das Ufer. Ich hatte die Mähne meiner Tochter im Griff behalten, aber die Pflanzen rissen los ... Genug davon. Über den Resten, die an das Land getrieben wurden, errichtete ich einen Grabhügel aus geschichteten Steinen und schleppte mich weiter nach Daystead, hauptsächlich, um unsere Verwandten zu verständigen.«

Er blieb eine Weile still, und die Flammen sanken wieder in sich zusammen, die Dunkelheit kroch näher, und langsam schob sich beinahe schüchtern das silberne Horn Uranias über die Baumwipfel, neben der Erinnerung an das winterliche Haelen das einzige, was in dieser Nacht Kühlung verhieß.

»Ich habe dies erzählt«, sagte er endlich, »nicht, um euer Mitleid zu heischen, sondern um euch die Situation darzulegen. Noch etwas müßt ihr wissen. Ihr wißt, daß verschiedene Länder verschiedene Bräuche haben, mit denen sie einem Trauernden über den Verlust hinweghelfen. In Haelen bieten die Familienmitglieder den Betroffenen bei Tag und Nacht Gesellschaft und Unterhaltung, bis die Wunde geheilt scheint. Immer ist jemand bei dem Trauernden, bereit, ihm oder ihr zur Hand zu gehen oder zu sprechen oder was immer zu tun ist. Gewöhnlich sind es mehrere Personen, die sich des oder der Trauernden in dieser Weise annehmen. Für die meisten ist es gut so. Wenigstens ist es besser, als allein vor sich hin zu brüten, und das in einem Land, das kahl, rauh und oft schrecklich leer ist. Außerdem ist es in Haelen der Brauch, dem Nachbarn uneingeschränkt zu helfen, weil man nie weiß, wann man ihn brauchen könnte. Raffgier und Geiz läßt man nur Fremde und Außenseiter fühlen. Ja, die Leute meinten es gut mit mir.

Doch in den vergangenen drei Oktaden hatte mein Haushalt abseits gelegen. Wir hatten Besucher, aber das waren Jäger, Bergleute, Seeleute, Fischer, Händler – Freunde, aber keine Vertrauten, keine Angehörigen, wenn ihr versteht, was ich sagen will. Ich hatte mich daran gewöhnt, allein mit mir, meiner Frau und unseren Kindern zu sein. Wir haßten das Gedränge in Daystead und blieben unter uns, so weit das möglich war, ohne andere zu kränken. Hier wurde mir nun plötzlich keine Zurückgezogenheit erlaubt. Und – nun, Jill wird es verstehen. Mein Schmerz war sehr groß, aber es bestand kein Grund, mich zu behandeln, als ob ich eine Familie verloren hätte, die für zwei- oder dreimal vierundsechzig Jahre die meine gewesen wäre. Sie taten es, weil es der Brauch war. Mag auch sein, daß es ihnen etwas zu tun gab, was sie während der langen Dunkelheiten zwischen den wenigen Stunden des Tageslichts ausfüllte.

Und sie erwarteten von mir, daß ich die Götter ehren sollte! ›Nach dem, was die Götter mir angetan haben?‹ antwortete ich. Das erschreckte meine Sippe mehr als alles andere, denn der Tiefwinter ist eine Zeit, wo jeder in Haelen das Gefühl hat, von der Gnade der Götter zu leben. Ich aber forderte sie heraus.

Unnötig, viel mehr darüber zu sagen. Ihr könnt euch denken, wie die Schwierigkeiten und der Ärger immer mehr zunahmen, hauptsächlich durch meine Schuld.

Am Ende ging ich fort«, sagte Larreka mit einem schmerzlichen Lächeln. »Zu der Zeit war die Sonne weit genug zurückgekehrt, daß ich wieder auf meinem Land leben konnte, obwohl es ein kümmerliches Leben war. Ich suchte die Strände nach Muscheln und Seegras ab und erlegte mit Steinen kleine Tiere in den Bergen. Doch war meine unfriedliche, eigenbrötlerische Art in einer Weise ein Glück für mich. Bald nach meinem Weggang wurde Daystead von einem späten Schneesturm schwer getroffen. Mehrere Leute kamen zu Tode, und die übrigen litten große Not, als der Brennstoff zur Neige ging.

Nun, die meisten Haelener sind nicht so unwissend und abergläubisch, wie man sie gern hinstellt. Die meisten glaubten nicht, daß mein Aufbegehren gegen die Götter und unser Brauchtum dieses Unglück verschuldet habe. Aber einige glaubten es. Ich werfe ihnen nicht vor, daß sie in den alten Aberglauben zurückfielen. Ihr könnt nicht wissen, was diese Jahreszeit in der Seele bewirkt, die Kälte und Dunkelheit, ja, und die Polarlichter, die Tote Feuer genannt werden... Was die Mehrheit der Stammesmitglieder betraf, nun, ich war nicht gerade beliebt bei ihnen. Ich hatte ihnen das Überwintern schwer gemacht.

Daher konnte ich nicht damit rechnen, daß man mir eine neue Frau anbieten würde. Und ein Junggeselle kann in Haelen nicht hoffen, mehr als ein schlechtbezahlter Mietling zu sein. Es sei denn, er wird zum Räuber, was ich in meiner Bitterkeit tatsächlich erwog.

Doch da gab es noch die Gemeinschaft. Im Frühling kamen wieder die Handelsschiffe, um die Felle, Mineralien, Salzfische und anderen Erzeugnisse unseres Landes zu holen. Inzwischen war ich in einer jämmerlichen Verfassung, doch gelang es mir mit viel Beredsamkeit, als Matrose auf einem Handelssegler anzuheuern.

Für die nächsten achtundvierzig Jahre durchzog ich die halbe Welt. Ich hatte mir niemals vorgestellt, wie groß und schön sie ist. Später trat ich in die Zera Victrix ein, und einige Zeit darauf fand ich die Frau, die ich noch habe. Alles, was ich bin und habe, verdanke ich der Gemeinschaft.

Leute, dies ist beileibe nicht alles, was es mit der Zivilisation auf sich hat, aber es ist ein wichtiger Teil davon. Nehmt euch Zeit und denkt darüber nach, wie euer Leben ohne die Gemeinschaft ausgesehen hätte. Fragt euch, ob ihr euren Kindern nicht eine gleiche Chance schuldig seid.«

Larreka ließ die Vorderbeine einknicken und legte sich nieder. Die Gruppe verstand, daß er nicht mehr zu sprechen wünschte, und begab sich gleichfalls zur Ruhe. Jill erhob sich neben ihm auf die Knie und legte ihm den Arm um den Nacken. Die Mähne war kratzig und raschelte. Sie fühlte seine Wärme, hartgummiartige Muskeln unter dem moosähnlichen Fell. Der Geruch von Tabakrauch und eiserner Männlichkeit stieg ihr scharf in die Nase.

»Onkel, das hast du mir nie erzählt«, sagte sie halblaut.

»Ich war nie dazu gekommen«, brummte er. »Aber laß uns jetzt schlafen. Bald wird Anu aufgehen, verdammt soll er sein, mit seinem geschwollenen Bauch. Und wir haben schwieriges Gelände zu durchqueren. Ein erfahrener Soldat läßt sich nie eine Gelegenheit entgehen, die Beine von sich zu strecken.«

»Jawohl, Chef. Gute Nacht.« Sie berührte seine lederige Wange mit den Lippen. Die steifen Schnurrbarthaare kitzelten sie.

Als sie sich auf dem Schlafsack ausstreckte, den Arm über die Augen gelegt, fragte sie sich vor dem Einschlafen, was für einen Traum er wählen würde. Und was für ein Traum sie erwarten mochte.

14

Je näher die Zeit des Mittsommers rückte, desto mehr rückte die Wahre Sonne dem Roten auf den Pelz. Dieser wuchs unterdessen unaufhaltsam. Wenn er der Welt am nächsten käme, sagten alte Überlieferungen, würde er deutlich größer als sein Rivale am Himmel stehen. Die Hitze dörrte Valennen aus, aber das Meer wurde von Stürmen gepeitscht.

Während der vergangenen Oktade hatten die Oberherren verschiedener Gegenden Flotten gebaut, um Inseln heimzusuchen, von denen die Legionen sich zurückgezogen hatten. Auch der Handelsverkehr zwischen diesen Inseln und der Gemeinschaft bot lohnende Beute. Arnanak war mit dem Aufbau und der Festigung seiner Macht auf dem Festland zu beschäftigt gewesen, um selbst Piratenzüge zu unternehmen. Dennoch vernachlässigte er keineswegs die Möglichkeiten, die die Piraterie bot. Was er an Arbeitskräften erübrigen konnte, ließ er der Schiffswerft von Ulu zukommen. Einige der neuerbauten Schiffe lieh er an Piratenkapitäne aus, die den Auftrag bekamen, die östliche Küste und den Ehur-Archipel unsicher zu machen. Sie zogen die Aufmerksamkeit und die Kräfte des Gegners in jene Richtung, während er die vorerst letzte Phase seines Feldzugs vorbereitete. Einige Schiffe hatte er bis jetzt in Reserve gehalten – und eben jetzt schien die Zeit reif, um den Ring zu schließen.

Denn die Zera Victrix saß nur noch in Port Rua. Ihre gelegentlichen Ausfälle galten schon lange nicht mehr der Wiedergewinnung jener Landstriche, die zu beherrschen die Gemeinschaft sich vor einem Jahr eingebildet hatte. Geeint hinter Arnanak, schlugen die Krieger von Valennen jeden dieser Ausfälle zurück oder ließen den Gegner ins Leere stoßen.

Auf lange Sicht war er mit diesem Zustand nicht zufrieden. Solange die Gemeinschaft hier einen von der See her versorgten Stützpunkt unterhielt, drohte seinen geplanten Vorstößen nach Süden die Gefahr eines Flankenangriffs. Es war an der Zeit, dieser Gefahr ein Ende zu machen. Obwohl Kundschafter und Spione nirgendwo in der Gemeinschaft Bewegungen festgestellt hatten, die auf eine Entsendung von Verstärkungen hindeuteten, konnte sich dies bald ändern. Bevor es dazu käme, wollte er Port Rua durch eine Seeblokkade von allen rückwärtigen Verbindungen abschneiden... und nicht ein einziger Legionär sollte aus der Falle entkommen, um später weiterzukämpfen.

So war er selbst mit einer Flottille in See gestochen, um die Möglichkeiten und Erfordernisse der Blockade von Port Rua zu untersuchen. Sie segelten zuerst zu einer der Küste vorgelagerten Insel, überwältigten ein schwaches Militärkontingent, plünderten Häuser und Warenlager landfremder Bewohner aus den Provinzen der Gemeinschaft und rissen alle Steingebäude nieder, die von Agenten der Gemeinschaft errichtet worden waren, um einem möglichen Ausbau zu Festungen vorzubeugen. Ehe er weitersegelte, versprach Arnanak den stammesverwandten Insulanern die Aufnahme in ein freies und geeintes Valennen, sobald der Sieg errungen wäre; einstweilen mußte er sie sich selbst überlassen.

Auf der Weiterfahrt nach Nordwesten zerstreute ein Wirbelsturm seine Schiffe. Er glaubte nicht, daß eins verlorengegangen sein könnte. Die Besatzungen waren größtenteils erfahrene Seeleute und mit Stürmen vertraut. Aber es hatte zur Folge, daß er nur über zwei Segler verfügte, als das Schiff aus Beronnen in Sicht kam.

»Segel voraus!«

Als Arnanak den Ruf vom Ausguck hörte, schwang er sich aufs Dach der Achterdeckhütte. Die See ging hoch, graugrün und schaumgesprenkelt, blauschwarz in den Wellentälern. Der Wind riß die Gischt von den Wellenkämmen und fegte sie übers Deck. Über den Mastspitzen rasten tiefhängende Wolkenbänke grau dahin, da und dort von Doppelbalken aus Sonnenlicht durchstoßen, die blitzend und funkelnd im Meer zerspellten. Der feuchte, frische Wind pfiff schrill in den Wanten. Die See rauschte und zischte, das Deck stampfte und rollte unter seinen Füßen.

Er machte das fremde Fahrzeug aus, einen entfernten schmutzigweißen Fleck. Dahinter bohrte sich der Gipfel des Vulkans auf der schwarzen Insel in die niedrige Wolkendecke. Arnanak stellte das Teleskop ein, das er einst von einem Händler gekauft hatte. Die Umrisse des Schiffs wurden deutlich. Es war kein schlanker, niedriggebauter Valenner, sondern ein hochbordiger Zweimaster mit Rahtakelung, wie sie von Beronnen aus das Meer befuhren.

»Ein Transporter der Gemeinschaft für Port Rua«, entschied er und reichte das Teleskop Usayuk, dem Maat. »Allem Anschein nach ohne Eskorte. Geh auf Annäherungskurs und laß dem *Verschlinger* signalisieren, daß er folgen soll.«

»Ich würde sagen, der da drüben ist ein Legionär, kein Kauffahrer«, erwiderte Usayuk vorsichtig. »Gut möglich, daß er Wachen an Bord hat, und fertig gespannte Ballistas.«

»Ein Grund mehr, daß wir ihn uns genauer ansehen. Fürchte nichts. Er ist schwerfällig. Wir können ihn leicht ausmanövrieren.«

Usayuk straffte seine Haltung. »Ich habe nie gesagt, daß ich mich fürchte.«

Arnanak lächelte. »Ich auch nicht. Laß mich statt dessen gestehen, daß ich über die Bedeutung dieses Schiffs und seiner Reise ein wenig Unbehagen verspüre.«

Mochte es ein Zeichen dafür sein, daß die Gemeinschaft doch noch beschlossen hatte, an ihrem Stützpunkt auf Valennen festzuhalten? Aber nein. Was nützte ihm dann eine einzige Schiffsladung? Andererseits mochte es ein Geleitzug sein, der vom Sturm auseinandergerissen worden war, ebenso wie Arnanaks eigene Flottille. Auch war nicht auszuschließen, daß dieses Schiff etwas beförderte, was die Menschen der Legion gegeben hatten, um damit zu kämpfen...

Arnanak schob den Gedanken beiseite. Es war nutzlos, sich zu sorgen, um so mehr, als er nicht mit Sicherheit wußte, von welcher Art die Absichten und die Macht der Fremden waren. Nun, da die Würfel gefallen waren, galt es dem Schicksal zu vertrauen und kühn vorwärtszuschreiten. Die Drei würden sein Geschick austanzen: In den mächtigen Rhythmen der Sonne und des Aschensterns, und in dem Chaos, das der Wanderer brachte, aus dem der freie Wille eine Chance gewinnen mochte, um einen neuen Kreislauf von Schicksalen zu beginnen.

Kommandos und antwortende Rufe hallten über das Deck des *Springers*. Er hatte gegen den Wind gekreuzt, doch nun mußte er vor den Wind drehen, um den Ausländer abzufangen. Die Spiere des Großmasts schwang in einer Wolke von Segeltuch herum. Das Schiff drehte schwerfällig in den Wind, wurde von einem Wellenberg in die Höhe getragen, sackte ins nächste Tal und nahm eine Hecksee über, bevor es Fahrt aufnehmen konnte. Arnanak überlegte, ob er das Toppsegel setzen lassen sollte, schloß sich aber dem Urteil des Maats an, daß Klüver und Besansegel mit dem Großsegel ausgestellt werden sollten. An Bord des *Verschlingers* verfuhr man genauso. Beide Schiffe nahmen rasch Fahrt auf und jagten wie Sturmvögel über die gischtende See.

Die Besatzungen machten sich für den Kampf bereit. Die Matrosen befestigten Haken an den Knöcheln, mit deren Hilfe sie in die Wanten klettern konnten. Einige kletterten mit Pfeilen und Bogen in den Ausguck, andere postierten sich im Unterdeck bei den Rudern. Der Rest der Mannschaft setzte vor dem Großmast aus vorbereiteten Bohlen und Brettern Plattform und Enterbrücke zusammen. Mehrere Krieger nahmen dort ihre Posten ein, während andere darunter warteten. Arnanak war unter den ersteren. Bis auf den Helm und einen leichten ledernen Brustharnisch hatte er auf seine Rüstung verzichtet – sie würde ihn ertränken, falls er über Bord gehen sollte – und trug nur Schild, Speer und Säbel.

Die Plattform ragte in Höhe der Reling ein wenig über die Bordwand hinaus. Er stand an ihrem Rand, die Füße gegen die heftigen Bewegungen des Schiffs gespreizt. Fliegende Gischt hatte ihn durchnäßt, und der Wind raschelte in den Blättern seiner Mähne. Es roch nach Salz und Wildnis. Sein Sohn Igini kam und fragte: »Darf ich die Führung übernehmen, wenn wir entern?«

»Nein, das ist meine Sache«, entgegnete Arnanak. »Du kannst gleich hinter mir kommen.« Wieder ging ihm der alte Gedanke durch den Kopf, wie einfältig es doch sei, daß ein Führer immer an der Spitze kämpfen müsse. Gleichwohl mochte er es nicht mehr erleben, daß seine Tassui ein nüchtern denkendes, zivilisiertes Volk werden würden. »Wie dem auch sei, wenn der Feind stark ist, wird sich das Risiko des Angriffs kaum lohnen, denn unsere Laderäume sind schon mit Beute vollgestopft.«

»Was? Willst du sie entwischen lassen, daß sie gegen unsere Brüder auf dem Land kämpfen können?«

»Sagen wir lieber, sie werden in den Käfig gehen, den wir bauen. Ehrlich gesagt, ich hätte dieses Schiff unbehelligt gelassen, aber ein Blick über die Decks sollte einen Hinweis darauf geben, ob Sehala entschlossen ist, Port Rua zu halten.« Wieder hob er das Teleskop.

Auf dem südländischen Schiff bereitete man sich auf den Kampf vor. Er sah nur wenige Legionäre unter den Seeleuten. Möglicherweise waren mehr von ihnen unter Deck, bereit, dem enternden Gegner eine böse Überraschung zu bereiten, doch er zweifelte daran; sie konnten diese Begegnung nicht im voraus erwartet haben. Eher war es ein Transporter, der verschiedene Waren und vielleicht ein paar Personen in besonderer Mission beförderte.

Sollte er also angreifen? Der Gegner würde sich ohne Zweifel nach Kräften zur Wehr setzen. Zwei glückliche Treffer von diesen Ballistas konnten sein Schiff in ein hilflos treibendes Wrack verwandeln. Auch könnte er selbst den Tod finden, und die von ihm geschmiedete Allianz würde seinen Tod nicht lange überleben... Nun, diese Gefahr lief er, wann immer er seine Truppen in den Kampf führte. Und im Falle des Sieges mochte er einen Schatz gewinnen oder Neuigkeiten erfahren, die sich als überaus wertvoll für seine weiteren Pläne erwiesen...

Was war das für eine Gestalt, die da aus dem Achterdeckhaus kam? Zwei Beine, kein Hinterkörper, eingehüllt in Stoffe, mit langen, gelbbraunen Strähnen, die unter einem Stirnband im Wind flatterten...

»Wir kämpfen!« brüllte Arnanak.

Während die Mannschaft sich auf ihre Plätze begab, beugte er sich über den Plattformrand und sagte zu Usayuk: »Höre, sie haben einen Menschen bei sich. Wer weiß, was er uns sagen kann, wenn wir ihn fangen, welches Lösegeld oder welcher Handel sich uns erschließen mag? Bring uns längsseits und mach die Enterhaken fest. Ich werde den Angriff führen. Aber wir wollen nur diesen Menschen. Sobald wir mit ihm zurückkommen, läßt du ablegen. Gib dem *Verschlinger* Zeichen, daß er den Beronner von Steuerbord entern soll, wie wir es von Backbord tun.«

»Ein Mensch?« Der Maat zeigte Unbehagen. Wie die meisten Tassui, kannte er die Fremden nur durch Gerüchte, die er über sie gehört hatte; und diese Gerüchte flüsterten von Zauberei.

»Er könnte einen Schrecken gegen uns schleudern«, gab Arnanak zu. »Aber was willst du, wir können nicht mehr als erschlagen werden, oder? Und bedenke, freiwillig wird die Gemeinschaft uns niemals die Gelegenheit geben, eines dieser Geschöpfe kennenzulernen.« Er hob den Kopf und fügte entschlossen hinzu: »Außerdem bin ich mit den Dauri im Bunde.«

Usayuk und die anderen, die es hörten, machten Zeichen gegen das Unglück. Dennoch fühlten sie sich ermutigt. Denn obgleich niemand mit Gewißheit sagen konnte, über welche Kräfte die Dauri verfügten, so lebten sie doch viel näher als die Menschen.

Der Fackelträger warf ein Licht aus den trüben Wolken voraus auf das Schiff der Beronner, als ob er es in Brand setzen wollte.

Arnanaks Schiffe, viel schneller als der schwerfällige Frachtensegler, holten rasch auf. Schon schwirrten die ersten Pfeile von den Großmasten auf die Decks. Das Steingeschoß einer Ballista versank einen Speerwurf vom *Springer* entfernt mit einer Fontäne im Meer. Arnanak sah den Menschen und einen Helfer umhereilen und Metallrohre mit Kolben austeilen, die denen einer Armbrust glichen. Legionäre und Seeleute zielten ungeübt. Einer seiner Bogenschützen fiel aus den Wanten und schlug schwer aufs Deck, wo sich eine Blutlache um ihn bildete. Aber wie unterschied sich dies vom Tod durch einen Pfeil? Und für Furcht war keine Zeit mehr.

Schiffsrümpfe schrammten aneinander. An den Enden von Seilen geschleuderte scharfgeschliffene Enterhaken bissen sich fest.

Die schnittigeren und wendigeren Schiffe der Nordländer hatten um eine Armlänge weniger Freibord als die hochbordigen Kauffahrer des Südens. Dies allein hatte in der Glanzzeit der Gemeinschaft viele potentielle Seeräuber abgeschreckt. Aber seither hatte Arnanak seine Enterplattformen entwickelt und ihren Nachbau gefördert.

Diejenige, auf der er stand, überragte das Schanzdeck seines Gegners. An der Spitze der nachdrängenden Krieger sprang er hinab auf das Deck des Transporters. Sein Säbel klang hell und schlug Funken aus feindlichem Eisen.

Beronner stellten sich ihm entgegen. Er hieb um sich, schlug eine herabsausende Klinge zur Seite, fing einen Axtschlag mit dem Schild auf, hackte und stieß in Fleisch und Knochen. Wenige Schreie wurden laut. Das Handgemenge wogte still und erbittert. Heiser und keuchend ging der Atem der Kämpfer. Mehr und mehr Tassui enterten das Schiff und kämpften das Mitteldeck frei.

Über Köpfen und Helmen sah Arnanak den Menschen. Er stand neben einem Legionär auf der Back und hielt die Waffe eines Zauberers in den Händen. Aber das Gewühl des Nahkampfes machte Feuerwaffen so gut wie nutzlos, da jeder Schuß einen Freund treffen konnte. Arnanak begriff das sehr gut. Er heulte den Kriegsschrei von Ulu und durchbrach den Abwehrring der Legionäre und Seeleute.

Mit ihm kamen seine Krieger. Die Beronner gerieten in Verwirrung; sie hatten nicht mit einem Durchbruch an einer Stelle gerechnet; das war nicht die Arbeitsweise von Piraten, die ein Schiff zu kapern versuchten. Arnanaks Truppe hieb eine breite Bresche in die Mauer der Verteidiger und stürmte gegen die Back vor.

Igini überholte seinen Vater und sprang als erster den Gangbord hinauf. Der Mensch hob die Waffe. Es folgte ein schreckliches Krachen, und Iginis Kopf zerplatzte. Er stürzte von der Back und blieb als blutende, formlose Masse auf den Decksplanken liegen. Arnanak schleuderte seine Axt. Er hätte den Menschen damit töten können, wollte ihn aber nur kampfunfähig machen. Die breite Oberkante von Stiel und Klinge traf den Menschen in die Mitte. Er stieß einen spitzen Schrei aus, ließ die Waffe fallen und fiel zu Boden. Einen Augenblick später war Arnanak zur Stelle, packte das fremde Wesen und riß es hoch. Es war erstaunlich leicht. Der Legionär war ein hervorragender Säbelfechter und er wehrte sich nach Kräften, aber die Übermacht der nachdrängenden Krieger trieb ihn zurück zum Bug.

Die Südländer hatten sich gefaßt und gingen gegen den kleinen Trupp vor, der die Back gestürmt hatte. Arnanaks Krieger hielten den Gangbord ohne große Mühe, während er den gefangenen Menschen zur Backbordreling trug. Das seltsame Wesen verfügte offensichtlich weder über eigene Zauberkräfte, noch waren die Kräfte seines Körpers der Erwähnung wert. Unter Arnanaks linken Arm geklemmt, quietschte und zappelte es schwächlich. Arnanak winkte mit der Rechten Usayuk zu. Der Maat ließ die Enterhaken lösen und während die Krieger das mit Toten und Verwundeten übersäte Deck des Transporters räumten, schob sich der *Springer* an der Bordwand des Handelsseglers vorwärts, bis sein Vordeck unter Arnanak war. Er sprang hinüber. Usayuks Ruderer hielten das Schiff an Ort und Stelle, während der Rest der Piraten folgte.

Ihre Zahl hatte sich verringert. Zwar waren die eigenen Verluste gering, doch unter den Verwundeten und Toten, die Arnanak hatte zurücklassen müssen, lag Igini, der jung und fröhlich gewesen war. Arnanak versuchte sich mit dem Gedanken zu trösten, daß sein Sohn für ein hohes Ziel gefallen war – die Gefangennahme eines Menschen.

»Abdrehen!« brüllte Usayuk. »Ruder nach Backbord!«

Hinter dem Heck des Transporters kam der *Verschlinger* in Sicht. Sein Angriff auf der Steuerbordseite des Handelsseglers hatte zu einem guten Teil zum Gelingen von Arnanaks Plan beigetragen. Er ließ die Segel setzen. Die Beronner schienen sich noch nicht von der Überraschung erholt zu haben, die der plötzliche Abzug der Piraten unter ihnen bewirkt hatte; das große Schiff trieb steuerlos, mit flatternden Segeln.

Der Mensch erhob sich schwankend auf die Füße und schrie Unverständliches. Kurz darauf erschien der Legionär, der ihn vergeblich verteidigt hatte, an der Reling. Er hielt eine Truhe, die er eilig aus einer Kabine heraufgeholt haben mußte. Schon lag ein breiter Streifen schäumender See zwischen beiden Schiffen, aber der Legionär wirbelte die kleine Truhe an einem Seil einige Male im Kreis herum und ließ sie dann fliegen. Sein Wurf war eine gute Leistung. Die Truhe krachte gegen das Deckhaus.

»Über Bord damit!« rief Usayuk; denn es mochte eine tödliche Gefahr für das Schiff sein.

Der Mensch konnte den Befehl nicht verstanden haben, sah jedoch, wie die Seeleute hinzusprangen, den Befehl auszuführen.

»Nein!« wimmerte er in der Sprache von Sehala. »Sonst muß ich sterben!«

»Wartet!« rief Arnanak. »Wir werden die Truhe behalten.« Und zu dem Menschen gewandt, fügte er auf Sehalisch hinzu: »Ich will dich lebendig, wenigstens für eine Weile.« Seine Miene und sein Ton, unter dem Eindruck von Iginis Tod noch hart und drohend, machten dem Gefangenen klar, daß er nichts Gutes zu erwarten hatte.

15

Fähnrich Donald Conway wurde mit einer großen Gruppe Raumwaffenangehöriger nach Mundomar eingeschifft. Der Truppentransporter war alt und überfüllt. Alles ging der Reihe nach, wie die Nummern aufgerufen wurden. Wenn er im Bett lag, in dem vor ihm ein anderer geschlafen hatte, inmitten eines Labyrinths von dreistöckigen metallenen Bettstellen, und seine Waffenbrüder schnarchen hörte und ihre Fürze roch, dann paßte das irgendwie nicht gut zu den Parolen vom Kreuzzug zur Rettung tapferer Pioniere, die von monströsen, fremdartigen Unholden bedroht wurden, und von der Sicherung der Menschheitszukunft zwischen den Sternen. Nicht, daß er naiv gewesen wäre; aber er hatte sich in Gedanken mit dem alten Onkel Larreka verglichen und als eine Art Legionär betrachtet. War er statt dessen eine Einheit in einer Verbundschaltung?

Monotonie wurde zur Spannung, als der Konvoi sich seinem Ziel näherte. Im interplanetarischen Raum würde er mit Sicherheit von den Naqsanern entdeckt, deren Flotte gleichfalls nicht untätig war. Entschloß sie sich zu einem Angriff...

Aus Spannung wurde Schrecken. Die Naqsaner griffen an. Und die Raumwaffenmänner konnten nichts tun, als zusammengedrängt in sogenannten ›Sicherheitszellen‹ zu kauern. Wenn das Schiff einen Volltreffer bekam, würden sie es wahrscheinlich gar nicht mehr merken. Nach dem Geruch und der feuchtkalten Klebrigkeit der Kleider an seiner Haut zu urteilen, schwitzte Conway eine Menge Angst aus.

Nach vielen Stunden, die hauptsächlich mit Manövern und Berechnungen hingebracht wurden, entschied der Feind anscheinend, daß der Preis zu hoch sei, und zog sich zurück. Erst nach der Landung erfuhr Conway, daß es tatsächlich zu einem kurzen Gefecht gekommen war, in dessen Verlauf auch der Konvoi Verluste erlitten hatte. Zu diesen gehörte ein Transporter, in dessen Nähe ein Geschoß detoniert war und die Hälfte der Außenverkleidung weggerissen hatte. Die Mannschaft hatte in Raumanzügen gesteckt und das übrige Militärpersonal war in Sicherheitszellen untergebracht gewesen, aber einige Anzüge wurden zerstört, und alle an Bord erlitten mehr oder weniger schwere Gesundheitsschäden durch den Explosionsdruck, die Hitze und die harte Strahlung.

Conways Transporter übernahm einen Teil der Verwundeten, die in den Betten des Luftwaffenpersonals untergebracht und von diesem außerhalb der ärztlichen Versorgung gepflegt wurden. So lernte Don Conway Männer mit pulverisierten Knochen kennen, mit weggekochten Gesichtern und geschmolzenen Augäpfeln, Menschen, bei denen sich Haut, Haare und Fleisch ablösten, die den Verstand verloren hatten, sich erbrachen, an ständigem Durchfall litten. Er hatte in seinem kurzen Leben tote Tiere und einmal in Primavera einen aufgebahrten alten Mann gesehen, aber das war ein friedliches Bild gewesen. Nun erst verstand er, warum Jill noch ein Jahr nach Tante Ellens Tod im Dalag Alpträume gehabt hatte.

Tante Ellen war jedoch das Opfer eines sinnlosen Unfalls gewesen. Diese Männer aber waren gestorben, lagen im Sterben oder überlebten als Krüppel – für eine große Sache. Nicht wahr?

Zuerst war seine Einheit in der Nähe von Barton stationiert, der Hauptstadt Eleutherias und der größten menschlichen Ansiedlung auf Mundomar. In den Kampfgebieten des Planeten herrschte relative Ruhe. Die Front hatte sich stabilisiert, was von Conway als Stillstand empfunden wurde. Trotzdem kam es zu Land, zu Wasser und in der Luft immer wieder zu vereinzelten Gefechten und Zusammenstößen. »Warte noch eine Weile«, tröstete ihn Eino Salminen. »Die Flaute ist hauptsächlich auf Nachschubschwierigkeiten bei uns und den anderen zurückzuführen. Aber beide Seiten schaffen jetzt eine Menge Material heran. Der Tanz wird bald losgehen.«

»Warum können wir keine Blockade errichten?« sagte Conway unzufrieden.

»Dann würden sie das gleiche gegen uns versuchen. Wir würden einen Atomkrieg in Satellitenhöhen riskieren, vielleicht sogar in der Atmosphäre. So was ist schon im freien Weltraum schlimm genug. Im Nahbereich würde es wahrscheinlich den Planeten ruinieren, um den wir kämpfen sollen. Noch schlimmer, es könnte daraus ein Vernichtungskrieg zwischen den Mutterwelten entstehen.«

Conway konnte diese Weisheit verstehen, wenn sie seinem hitzigen Tatendrang auch zuwiderlief. Weder Eleutherier noch Naqsaner beschossen die Städte des jeweiligen Gegners mit Raketen. Die Naqsaner hatten zu ihrem Bestreben, Sigurdssonia/Tschejaka wieder in Besitz zu nehmen, mehrere befestigte Siedlungen zurückerobert; aber er hatte gelernt, (insgeheim) über die Greuelgeschichten zu spotten, die daraufhin verbreitet wurden. Ging man den Berichten auf den Grund, so waren die erwiesenen Greuel zufällige Begleiterscheinungen des Kampfes – Frauen und Kinder, die zwischen den Fronten ins Feuer gerieten et cetera –, und die naqsanischen Militärbefehlshaber behandelten gefangene Eleutherier ebenso human (!), wie es im umgekehrten Fall die Regel war. Vielleicht noch besser, aber die Zensur machte es unmöglich, die Wahrheit darüber zu erfahren.

Er war froh, aus dem stinkenden Transporter heraus zu sein und frei umhergehen zu können. Es war jedoch schwierig, etwas mit der vielen Freizeit anzufangen. Barton besaß ein paar Nachtklubs, Kinos, Spielhallen und dergleichen. Wenn man von der Erde kam, empfand man sie als stumpfsinnig, provinziell, überfüllt und sündhaft teuer. Es war einfacher und bequemer, im Luftwaffenstützpunkt zu bleiben und sich vor den Fernseher zu setzen. Ein paar philanthropische Organisationen bemühten sich, gesellschaftliche Kontakte zwischen den Bürgern und ihren neuen Verbündeten herzustellen, indem sie Tanzvergnügen und Einladungen in Privathäuser organisierten. Was dabei herauskam, verursachte Conway Unbehagen. Es waren gute Leute, kein Zweifel; ihr Mut und ihre Hingabe waren geradezu vorbildlich; aber waren sie auf der anderen Seite nicht ziemlich starrsinnig und engstirnig?

Ein Mädchen fragte ihn beim Tanzen: »Warum sind nicht mehr von euch gekommen?«

Ein anderes Mädchen lehnte seinen Vorschlag, abends gemeinsam auszugehen, mit den Worten ab: »Ich arbeite in der Kriegsproduktion, weißt du. Nein, du brauchst mich nicht zu bemitleiden. Es ist genau das, was ich tun will – *dienen.* Für dich ist es natürlich etwas anderes. Ihr habt immer in Wohlstand und Sicherheit gelebt.«

Bei einer Einladung brachte sein Gastgeber einen Toast aus und sagte nicht ohne Stolz und einer Spur von Bitterkeit und Vorwurf: »Ja, ich habe bereits einen meiner Jungen verloren. Zwei weitere stehen an der Front. Die Erde liefert Waffen, wir liefern das Blut.« Als Conway unvorsichtigerweise bemerkte, daß dies ja doch wohl genauso für die hiesigen Naqsa und die Leute von Tschejaka gelte, reagierte er mit Entrüstung.

In der Umgebung gab es wenigbefahrene Landstraßen und Wege, wo man wandern oder spazierengehen konnte. Aber Conway fand es reizlos. Gleichgültig, wie gründlich die Gegend mit irdischer Fauna und Flora besiedelt worden war, sie blieb eben, heiß und feucht unter einem fast immer grauen, bedeckten Himmel. Zwischen den disziplinierten Baumreihen, geometrisch abgesteckten Waldstücken und Feldern, so grün sie waren, vermißte er Ischtars Wildheit, die roten und goldbraunen Töne; er vermißte den Anblick von Sonnen, Monden, Sternen. Natürlich waren die Eleutherier emotional, wenn es um ihre Heimat ging. Aber mußte *er* es auch sein?

Seine Truppe kam an die Front. Die Kampfhandlungen nahmen wieder zu.

Doch ›die Front‹ war ein ziemlich irreführender Begriff. Die Tschejaker hielten Teile des südlichen Sigurdssonia. Gelegentlich zogen sie sich vor einem eleutherischen Angriff zurück – was auch umgekehrt geschah –, sei es im Anschluß an ein Gefecht oder als Teil eines größeren strategischen Unternehmens. Die Menschen hatten einzelne Inseln und Stützpunkte an der Westküste des Kontinents Hat'hara besetzt. Außer in diesen Gebieten wurde zur See und im Luftraum dazwischen gekämpft.

Conways Geschwader bekam schon auf dem ersten Patrouillenflug Feindberührung. Als über Funk die Durchsage kam, daß die Radaraufklärung entgegenkommende Feindmaschinen ausgemacht habe, da hatte er das verrückte Gefühl, daß es nicht wahr sein könne, daß er dies alles nur träume; niemand könne ihn, den so viele Leute liebten, töten wollen. Unterdessen taten seine Hände und sein Verstand, was vom Piloten einer Kampfmaschine verlangt wurde. Und auch das war seltsam, ein Passagier im eigenen Körper zu sein. Dann waren die Tschejaker da, und der Luftkampf begann. Und er vergaß seine Angst.

Er bemerkte sogar, daß er Spaß daran hatte, als ob es eine Pokerpartie wäre, bei der um höhere Einsätze gespielt wurde, als er sich leisten konnte...

...und in der er plötzlich eine vierte Königin zog. Die Feindmaschinen waren übel aussehende, verlängerte Tropfen, schwärzlich vor einem bleiernen Himmel und dem Quecksilber der See. Aber sie waren nicht besser als seine Maschine, und ihre Piloten schienen eine noch hastigere Ausbildung als jene hinter sich zu haben, auf die er zurückblicken konnte. Einer stürzte sich auf ihn. Er drückte die Maschine seitlich weg, bevor die Harke der Leuchtspurmunition ihn erreichte, zog eine enge Schleife und bekam den Gegner ins Visier; dann brauchte er nur noch auf den Feuerknopf zu drücken. Die Automatik besorgte den Rest, Feuerwerk und eine lange, rauchende Spirale hinab in den Bach. Die Beschleunigungsmanöver machten ihn schwindlig, wie betrunken. Er sang und jubelte vor Freude, bis der nächste Gegner auftauchte, worauf er schlagartig wieder nüchtern wurde.

Er konnte nicht beschwören, daß ihm ein zweiter Abschuß gelang. Er wußte, daß sein Geschwader einen leichten Sieg errungen hatte, und kehrte begeistert zu dem ansonsten schrecklich heißen und deprimierend häßlichen Dschungelstützpunkt zurück. Bei geringen eigenen Verlusten hatten sie die feindliche Staffel praktisch ausgelöscht.

Unter geringen eigenen Verlusten... Das Schlimme war, daß zu diesen Eino Salminen gehörte, der Conways bester Freund beim Militär gewesen war und erst kurz vor der Abreise von zu Hause geheiratet hatte. Zweimal versuchte Conway einen Brief nach Finnland zu schreiben. Er schrieb ihn nie zu Ende. Jedesmal begann er sich zu fragen, ob der Pilot, der in seinem Feuerhagel verbrannt war, auch verheiratet gewesen sein mochte. Nicht, daß ich mir wie ein Mörder oder was vorkäme, sagte er sich. Im Krieg heißt es, er oder ich. Ich mache mir nur Gedanken über ihn...

Regen dröhnte auf das Barackendach. Das nicht klimatisierte Innere war ein Dampfbad, voll von den Gerüchen des Sumpfes. Die Männer vor dem Fernseher waren in Unterhosen. Niemand wagte, ganz nackt zu gehen, vermutete Conway – jedenfalls hätte er selbst befürchtet, die anderen könnten meinen, er wolle damit seine Bereitschaft demonstrieren –, oder war das nur eine fixe Idee, die sich bei ihm eingefressen hatte? Eine Umgebung, die sowohl frauenlos als auch fremdartig und unheimlich war, mußte sich auf die Geistesverfassung auswirken. Wie auch immer, sein bloßer Hintern würde sowieso den direkten Kontakt mit dem Stuhl nicht schätzen.

Der Sender Barton strahlte das eben eingetroffene Nachrichtenband aus. Es befaßte sich hauptsächlich mit den Feiern zum Weihnachtsfest und den Chanukkah-Festlichkeiten auf Erden. Die letzteren fielen dieses Jahr besonders prächtig aus, weil die Bewegung für Universale Liebe so große Beliebtheit gewonnen hatte. Aber es gab auch Geschichten über die Entdeckung eines vollständigen Neandertalerskeletts in Nordafrika, über Limas neues Fusionskraftwerk, über einen Scheidungsskandal in der Familie des früheren Präsidenten und neuen Königs der Philippinen, über Straßenschlachten in New York und einen Modeschöpfer aus Bangkok, der dreieckige Umhänge entworfen hatte... Gegen Ende der Nachrichtensendung wurde bekanntgegeben, daß es im Sektor Vega zu einem Gefecht zwischen irdischen und naqsanischen Raumstreitkräften gekommen sei. Von den Kriegsschauplätzen auf Mundomar lägen keine Meldungen über größere Kampfhandlungen vor...

Major Samuel McDowell, der eleutherische Verbindungsoffizier, schnaubte verdrießlich. »Haben Sie das Datum auf diesem Nachrichtenband gesehen?« fragte er die anderen. »Das war zufällig der Tag, an dem mein Schwager gefallen ist.«

»Was?« sagte jemand. »Zu dumm. Tut mir leid.«

»Er war nicht der einzige«, fuhr McDowell fort. »Der Feind kam aus dem Dschungel und schoß das ganze Dorf zusammen, in dem seine Einheit lag. Dabei kriegten auch viele Zivilisten ihr Fett. Dreckiges Verbrecherpack.«

Conway konnte nicht umhin, zu murmeln: »Sie nennen Ihre Leute in Hat'hara Guerillas.«

McDowell warf ihm einen scharfen Blick zu. »Wo sind Ihre Sympathien, Fähnrich?«

Conway fühlte es heiß in sich aufsteigen, fühlte Wangen und Ohren rot werden. »Ich bin Pilot einer Kampfmaschine«, entgegnete er hitzig. Ich schulde einem ranghöheren Offizier eines fremden Landes keine Unterwürfigkeit, sagte er sich. Er war nahe daran, hinzuzufügen, daß es auf Erden ein Sprichwort gebe, nach dem man einem geschenkten Gaul nicht ins Maul schaue, zügelte sich jedoch. Wenn McDowell sich bei Hauptmann Jakubowski beschwerte, würde Fähnrich Conway wahrscheinlich zu Kreuze kriechen müssen. Außerdem hatte der arme Teufel seinen Schwager verloren, was immer der ihm bedeutet haben mochte, und sah den Krieg als eine Frage des nationalen Überlebens. »Nichts für ungut, Sir.«

McDowell schien damit zufrieden. »Ich bin kein Fanatiker, wissen Sie«, sagte er. »Und wenn diese Grunzer vernünftige Lebewesen wären... Aber für die Erde ist das, was hier vor sich geht, eine Nebensache. Oder noch weniger. Sieht man dort nicht, daß wir bluten?«

In einer raschen und taktisch brillanten Serie von Operationen fegten die Raumstreitkräfte den Himmel leer. Die Tschejaker waren ihnen nicht gewachsen.

Danach hätte es ein leichtes sein sollen, Nachschublinien zu unterbrechen und abgeschnittene Streitkräfte des Gegners aus der Luft zu vernichten. Don Conway schickte persönlich ein Schiff auf den Meeresgrund und versenkte wahrscheinlich einen U-Boot-Frachter. Aber beim nächsten Einsatz wurde seine Maschine von einer Luftabwehrrakete getroffen, was den Raumwaffeneinheiten in letzter Zeit unerwartet oft widerfuhr. Er rettete sich mit dem Schleudersitz und trieb mit Schwimmweste und Notfunkgerät in der See, bis man ihn herausfischte.

Dies trug ihm eine Woche Sonderurlaub in Barton ein. Ein höflicher Herr von der Erde rief ihn in seinem Hotelzimmer an, ersuchte um ein Gespräch und lud ihn zu einer Art von Abendessen ein, wie er es auf Mundomar nicht für möglich gehalten hätte. Nach zahlreichen Höflichkeiten kam der Herr zur Sache.

»Ich höre, Sie waren an der Küste von Schka. Es ist verteufelt schwierig, brauchbare Informationen über dieses Gebiet zu erhalten. Die eleutherischen Behörden geben kein Material heraus, und... Nun, Fähnrich, Sie sind kein Eleutherier, Sie sind ein... hmm... Sie stehen unter der Jurisdiktion der Weltföderation. Denken Sie sich das als Ihre Nationalität, als die große Gemeinschaft, der Ihre Loyalität gehört. Und wichtige Leute in der Föderation würden sehr gerne erfahren, ob ihre Vermutungen über die Ölvorkommen in Schka zutreffen.«

»Öl?« Conway war verblüfft.

»Ja. Erdöl. Sie wissen wahrscheinlich, daß es das auf der Erde auch einmal gab. Erdöl ist ein äußerst wertvoller Grundstoff für Synthesen in der organischen Chemie. Man kann daraus die verschiedensten Kunststoffe, aber auch Medikamente und dergleichen herstellen. Wir verwenden andere organische Grundstoffe, zum größten Teil aus Wiederaufbereitungsanlagen für organisches Material, aber das sind komplizierte und teure Verfahren, deren Ergebnisse zudem nicht immer befriedigen. Es wäre tatsächlich viel billiger, das gute Erdöl hier aus dem Boden zu pumpen und mit Spezialschiffen nach Haus zu transportieren. Die Frage ist nur, werden die ölreichen Gebiete in freundlichen Händen sein, wenn der Friede kommt und der Planet verteilt wird, oder in den Händen undankbarer Bundesgenossen, die den Preis hochtreiben? Oder gar in den Händen oder Flossen von diesen Grunzern? Wenn wir uns unauffällig Gewißheit verschaffen könnten, in welchen Gebieten die lohnendsten Vorkommen liegen, dann könnten wir unsere militärischen Operationen und politischen Ziele besser ins Auge fassen.

Ich nehme nicht an, daß Sie vollständige Informationen haben; aber jedes kleine Stückchen hilft uns. Hilft der Föderation.«

Conway hätte beinahe gesagt, daß er keine Informationen besitze, und daß er, hätte er welche, noch immer keinen Grund sehen würde, zu den Profiten von Fördergesellschaften oder zum größeren Ruhm von Politikern und Regierungsmitgliedern beizutragen. Aber er hielt rechtzeitig den Mund und sprach, wie es ihm ein rasch entworfener Plan eingab. So ließ er sich für Andeutungen, die allein das Werk seiner Fantasie waren, mit Getränken und schließlich mit einem reizenden Mädchen belohnen, das ihm eine höchst angenehme Nacht verschaffte. Dem Herrn von der Erde konnte es nicht allzuviel ausmachen, schließlich konnte er seine Ausgaben als Spesen deklarieren. Conways Urlaub aber war bald um, und er kehrte ins Kampfgebiet zurück.

Eine Zeitlang bestanden die Einsätze aus Flügen über der Wildnis. Er entlaubte und verbrannte die Gegenden, die er entlauben und verbrennen sollte, und bekam nicht mehr als Gewehrfeuer zur Antwort. Das Dumme war, es nahm kein Ende.

»Sie geben nicht auf, diese schleimigen Bastarde«, sagte ein Hauptmann der motorisierten Infanterie. Conway war mit einem ausgebrannten Generator bei einem vorgeschobenen Posten der Eleutherier notgelandet. Es war ein gerade erst zurückerobertes Dorf, Ruinen im Regen, voll von faulig-süßen Gerüchen. Die Menschen machten sich selten die Mühe, Naqsaner zu begraben. Der Hauptmann spuckte auf eine der halbverwesten Leichen. »Die Grunzer können besser aus dem Land leben als wir. Und ihre Mutterwelt versorgt sie ausreichend mit Kriegsmaterial...«

Sein Blick ging zu einem Zaun, in dem eine Anzahl Gefangener zusammengetrieben worden waren. Sie wurden nicht mißhandelt; aber niemand hier verstand eine ihrer Sprachen, und Ärzte, die ihre Krankheiten und Leiden kannten, gab es nur wenige. Die großen Seehundgestalten trösteten und pflegten einander, so gut sie konnten. »Bald werden wir noch mehr von der Sorte einsammeln«, meinte der Hauptmann. »Ein großer Schlag ist in Vorbereitung. Wenn es losgeht, werden Sie auch zu tun kriegen, Fähnrich.«

Conway flog hoch über den Wolken, ein gutes Stück in der Stratosphäre. Unter ihm leuchtete Weiße, um ihn her waren tiefes Blau und seine Kameraden, über ihm die Sonne und einige der hellsten Sterne. Aber vor allem sah er Ischtar.

Und fühlte es, hörte es, roch es, schmeckte es. Wie unendlich groß war sein Vater gewesen, als er ein kleiner Junge war, und wie schön seine Mutter. Und Jill und Alice waren lästige Plagen gewesen, auf die er mit Freuden verzichtet hätte. Als Larreka dahergekommen war, hatte er sich vor Eifersucht verzehrt, weil der Legionär Jill bevorzugte; aber er hatte mit Papa Bootsfahrten auf dem Jayin unternommen, war sogar über Nacht mit ihm ausgeblieben, nur Papa und er, und sie waren an einem ungeheuren nebligen Morgen aufgewacht... Er erinnerte sich an Wälder und Seen, an seine frühe Entdeckung der alten Kunst der Erde, an einen dreifachen Sonnenaufgang, geschaut von den Höhen des Donnergebirges...

Die Durchsage des Staffelkapitäns riß ihn aus seinen Erinnerungen. Was? Waren noch Grunzer übrig?

Ihre Geschwindigkeit war furchterregend. Sie waren nicht von der Art, mit der sie bisher zusammengetroffen waren. Schmale Delta-Tragflächen mit einem Rademblem, dessen Wiedererkennen ihn wie ein Faustschlag traf. Es war das Kennzeichen Naqsas. Die Liga selbst hatte eingegriffen. Die Piloten da drüben waren keine schlecht ausgebildeten Kolonisten, die man hastig in unvertraute Maschinen gestopft hatte. Naqsa war dem Beispiel der Erde gefolgt und hatte reguläre Streitkräfte der Raumwaffe entsandt.

»Haltet eure Skalps fest, Jungs«, sagte Conways Staffelkapitän; und der Kampf begann.

Es regnete, als er das Bewußtsein wiedererlangte. Dichter Dschungel umdrängte das Wrack seiner Maschine. Er konnte sich nicht erinnern, daß er getroffen worden oder notgelandet war.

Das schlimmste waren die Schmerzen. Alles war voll Blut. Sein linkes Bein war eine breiige rote Masse, aus der Knochensplitter ragten. Er dachte vage, daß er auch Rippenbrüche haben müsse, weil jeder leichte Atemzug schmerzte. Die Welt war von einem verschwommenen Kratzer durchzogen, der, wie er entdeckte, in seinem rechten Auge war.

Er fummelte am Radio. Nichts regte sich. Das Dach der Pilotenkanzel war aufgeplatzt. Regen hämmerte auf ihn herab. Wo war die Tasche für Erste Hilfe? Wo war sie, zum Teufel?

Er fand sie schließlich und versuchte eine schmerzstillende, selbstauslösende Spritze herauszuholen, um die Schmerzen soweit zu dämpfen, daß er denken könnte. Seine zittrigen Finger konnten das Ding nicht halten. Bald gab er es auf, denn es schmerzte zu sehr, sich in den Gurten vorwärtszubeugen und nach dem Zeug zu greifen. Später begann sich ein warmes und taubes Gefühl in ihm auszubreiten. Der Sprung in der Schöpfung verblaßte, gemeinsam mit allem anderen. Geh fort, Tod, dachte er irgendwo von ferne. Du bist hier nicht willkommen.

Warum nicht? fragte die freundliche Dunkelheit.

Weil ich... weil ich noch so viel zu tun habe.

In Ordnung. Ich werde warten, bis du fertig bist.

IM KAMPF GEFALLEN:

Staffelkapitän Jan Barneveldt, Fähnrich Donald Conway, Fähnrich James Kamekona...

WIR TRAUERN UM:

Keh'thiw-a-Suy von Dzuak, Whiccor der Kühne, Nowa Racharis Sohn...

16

Theoretisch hätte Dejerine seine gesamte Kommunikation mit Primavera von der Baustelle aus unterhalten können. In der Praxis brauchte er genauso wie jeder von seinen Männern Erholung und Abwechslung von diesem öden, heißen Wüstenort. Überdies kann eine elektronisch erzeugte Wiedergabe die lebendige Anwesenheit eines anderen nicht ersetzen. Es ist viel einfacher, der ersteren gegenüber kalt und unpersönlich zu bleiben. Daher flog er oft in die Siedlung, wenn es etwas zu besprechen gab, aber auch zur Entspannung. Diejenigen Einwohner, die seine Mission am entschiedensten abgelehnt hatten, waren mit der Zeit zu der Einsicht gelangt, daß er nicht der Urheber der Politik war, die er zu vertreten hatte, und daß auch er es mit Ischtar gut meinte und möglicherweise überredet werden konnte, bei der Regierung auf eine Änderung der Politik zu drängen.

Nach einigen Stunden, die er mit der Erörterung technischer Probleme in Sparlings Büro verbracht hatte, nahm der Ingenieur die Pfeife aus dem Mund und sagte: »Ich mache Ihnen einen Vorschlag. Anyef, der beste Traumkünstler der Gegend, gibt heute abend eine Vorstellung im Park. Kommen Sie zum Abendessen zu mir, und dann sehen wir uns die Schau gemeinsam an?«

»Das ist sehr freundlich von Ihnen«, sagte Dejerine überrascht.

»Ach, es hat sich gezeigt, daß Sie kein schlechter Kerl sind. Und offen gesagt, je mehr Sie von der einheimischen Kultur kennenlernen, desto eher werden Sie geneigt sein, sich für ihre Rettung einzusetzen.«

»Ich habe mir Bild- und Tonbandaufnahmen aus Ihrem Archiv überspielen lassen. Es ist nicht einfach.«

»Ich weiß. Es ist nicht bloß fremdartig. Musik, Tanz und Drama sind subtiler und komplizierter als alles, was wir Menschen jemals geschaffen haben; das ist jedenfalls meine persönliche Meinung. Aber während Anyef die letzten Erfahrungen und Bedeutungen der Traumkunst übermittelt, kann ich Ihnen Erklärungen dazu geben.«

»Wird das nicht die Zuschauer stören?«

»Ich habe einen Mikrosender, den ich mit einer Hand an den Mund halten kann, und Ihnen werde ich einen zweiten geben, den Sie sich ans Ohr halten können. Mein Gemurmel wird niemanden belästigen; der Wind in den Bäumen wird viel lauter sein. Übrigens glaube ich, daß dies der Grund dafür ist, warum Anyef diesen Traum heute abend darstellt; der Wind dient dabei irgendwie als Teil der Sprache.« Auf Sparlings Schreibtisch läutete das Telefon. »Entschuldigen Sie mich.« Er schaltete ein.

Goddard Hanshaws derbe Züge erschienen auf der Mattscheibe. Er blickte ungewöhnlich ernst. »Schlechte Nachricht, Ian«, sagte er. »Ich dachte, du als ihr besonderer Freund solltest gleich davon erfahren.«

Der Pfeifenstiel brach zwischen Sparlings Kiefern. Er fing den Pfeifenkopf mechanisch auf und legte ihn mit übertriebener Behutsamkeit in einen Aschenbecher aus schimmerndem Perlmutt.

»Larreka rief über Radio von Port Rua. Jill Conway ist von den Barbaren gefangengenommen worden.«

Dejerine sprang auf. »Qu'est-ce que vous dites?« rief er.

Sparling winkte ab. »Weißt du Einzelheiten?«

»Sie liehen ein Schiff von der Kalain-Legion an der Küste des Dalag, aber der Kommandeur weigerte sich, ihnen als Bedeckung mehr als ein Dutzend Soldaten mitzugeben; er behauptete, er brauche jeden Mann, um die Sicherheit Nordberonnens zu garantieren«, erzählte Hanshaw. »Vielleicht hat er recht. Jedenfalls wurde das Schiff auf offener See, aber schon in der Nähe von Valennen von zwei schnellen Piratenschiffen angegriffen. Sie enterten, wurden aber entweder zurückgeschlagen oder zogen sich freiwillig zurück, nachdem sie Jill gefangen genommen hatten. Aufgrund der Aussage eines verwundet an Bord zurückgebliebenen Piraten glaubt Larreka, daß die Entführung möglicherweise das einzige Ziel der

Piraten war, nachdem ihr Anführer gesehen hatte, daß ein Mensch an Bord war. Das gibt uns Hoffnung. Wenn sie Jill als Geisel oder als Faustpfand für Verhandlungen wollen, werden sie ihr nichts antun, jedenfalls nicht absichtlich. Die Schiffe waren zu schnell, als daß eine Verfolgung sinnvoll gewesen wäre, und unter der Besatzung und unter den Legionären hatte es Tote und Verwundete gegeben, so daß Larreka sich für die Weiterreise entschied. Der Überfall geschah vor drei Tagen. Larreka ist eben in Port Rua eingetroffen und sofort zur Sendestation gegangen.«

»Selbst wenn sie ihr nichts antun«, murmelte Sparling, »die unvermischte ischtarische Nahrung wird sie bald umbringen...«

»Larreka ist ein schlauer alter Teufel. Als er sie in den Händen der Piraten sah, holte er ihren Kasten mit Zusatznahrung aus der Kabine und schleuderte ihn auf das Piratenschiff hinüber.«

Sparling schloß einen Moment lang die Augen. »Gott sei Dank. Ich reise so bald wie möglich ab. Sieh zu, daß ich einen guten Geländewagen haben kann, ja? Aber zuerst werde ich sehen, ob ich noch etwas arrangieren kann. Soll ich zurückrufen?«

»Ja, tue das. Ich muß ihre Familie verständigen.« Hanshaws Gesicht verschwand.

Sparling wandte sich zu Dejerine um. Das gebräunte Gesicht des Offiziers war ein Stück Leder geworden, in dem die Augäpfel wie weiß umrandete Zielscheiben standen.

»Sie haben gehört«, sagte Sparling. »Eine üble Geschichte.«

Dejerine nickte mit zusammengepreßten Lippen. »Was haben Sie vor?«

»Keine Bange, nichts Überstürztes. Ich werde versuchen, durch Verhandlungen ihre Freilassung zu erreichen. Aber wenn sie sich nicht bald mit uns in Verbindung setzen, oder wenn sie unmögliche Bedingungen stellen, dann werden wir ihnen zeigen, daß sie verdammt gut daran tun, sie unverletzt zurückzubringen!«

»Sie wollen den Entführern drohen?« fragte Dejerine zweifelnd.

»Was sonst? Gewalt ist eine Sprache, die sie verstehen. Wenn wir anfangen, ihre Schiffe zu versenken und ihre Hütten zu zerstören, jede bewaffnete Bande zusammenschießen, auf die wir stoßen, dann werden sie die Botschaft verstehen.«

Dejerine betrachtete ihn mit hochgezogenen Brauen. Tieffliegerangriffe, meinen Sie? Und ich soll die Maschinen und Piloten dafür bereitstellen?«

»Sie verfügen darüber. Wir nicht. Wir haben nicht ein einziges militärisches Kampfmittel. Dachten nie, daß wir etwas von der Art brauchen würden.« Sparlings Stimme hob sich in trotzigem Zorn. »Bisher haben Sie diese Kriegsflugzeuge nicht gebraucht, die Sie mitgebracht haben. Das hat sich jetzt geändert. Nun haben Sie Gelegenheit, Ihre Anwesenheit auf Ischtar zu rechtfertigen!«

Dejerine schüttelte bedächtig den Kopf. »Das wäre eine Mißachtung ausdrücklicher Befehle«, erwiderte er. »Außer im Falle eines direkten Angriffs auf uns dürfen wir weder Mannschaften noch Material gegen Einheimische einsetzen. Politik hat nicht nur idealistische Gründe. Wenn wir uns in örtliche Schwierigkeiten hineinziehen ließen...«

Sparling umklammerte die Armlehnen seines Stuhls, als wollte er im nächsten Augenblick aufspringen und sich auf sein Gegenüber stürzen. Aber er sprach langsam, mit erzwungener Ruhe, beglückwünschte sich zu seiner Selbstbeherrschung. »Meinen Sie nicht, daß Sie Ihre Mission schlimmer kompromittieren werden, indem Sie einen vollständigen Boykott Ihrer Arbeit und Ihres gesamten Personals provozieren? Denn das wird geschehen, wenn Sie das Mädchen im Stich lassen, müssen Sie wissen. Ich werde persönlich dafür sorgen.«

Dejerine stand auf. »Wenn ich meinen Befehlen zuwiderhandelte, würde ich von diesem Posten entfernt«, entgegnete er kühl. »Mein Nachfolger würde wahrscheinlich sehr viel weniger verständnisvoll sein, und das angesichts der Schwierigkeiten, die Sie der Raumwaffe bereiteten, mit Recht. Ich kann weitermachen, wenn Sie uns boykottieren, aber dann wird es notwendig sein, von meiner militärrechtlichen Befugnis zu Konfiskationen und Verhaftungen Gebrauch zu machen und wegen der Verweigerung gesetzlich vorgeschriebener Unterstützung Strafen zu verhängen. Ich werde Sie jetzt verlassen, Sir. Nehmen Sie bitte zur Kenntnis, daß ich niemandem befohlen habe, von privaten Hilfeleistungen für Miß Conway abzusehen und... es wäre klug von Ihnen, mich über den Stand der Ereignisse informiert zu halten.« Er machte eine knappe Verbeugung. »Guten Tag, Sir.«

Sparling starrte noch eine volle Minute lang die Tür an, nachdem sie hinter Dejerine ins Schloß gefallen war. Natürlich hat er recht, dachte er verbissen. Er räumte seinen Schreibtisch auf, schaltete das Licht aus und ging, um für die Reise zu packen.

Als er ins Freie trat, fegte ihm heißer Wind Staub und Sand ins Gesicht. Die Bäume rauschten und schwenkten die Äste in wilder Erregung. Wo Anu stehen mußte, rasten schmutziggelbe, rotgeränderte Wolkenbänke über den von Bels grellem Licht beherrschten blassen Himmel. Die Luft war erfüllt mit Staub und dürren Blättern. Wenige Leute waren unterwegs. Er bemerkte nicht, ob sie ihn grüßten oder nicht. Während er ging, arbeitete er an verschiedenen Plänen zugleich, einem für jede mögliche Entwicklung, die er sich vorstellen konnte.

Ausgenommen Jills Tod. Wenn ihr Lachen für immer im Wind verweht sein sollte, dann würde ihm nichts mehr sehr wichtig sein.

Seine Frau war im Wohnzimmer. Da die meisten auswärtigen Unternehmungen eingestellt worden waren, gab es auch im Versorgungslager weniger Arbeit. »Hallo«, sagte sie. »Was bringt dich so früh nach Haus?« Er wandte ihr das Gesicht zu, und die freudige Überraschung verlor sich aus ihren Zügen. »Etwas ist passiert!« flüsterte sie.

Er nickte. Zögernd kamen die Worte.

»Gott im Himmel, nein.« Rhoda schloß einen Moment die Augen, schien sich aufzuraffen und kam zu ihm. »Was wirst du tun?«

»Hinfahren.«

»Allein?«

»Es wird mir nichts anderes übrigbleiben, da die Raumwaffe sich für den Schutz einfacher Bürger nicht zuständig fühlt. Sollte es zu einem Kampf kommen, sind Larrekas Legionäre uns Zivilisten vorzuziehen. Oder, falls wir doch menschliche Hilfe benötigen, kann sie mit etwas Glück in einigen Stunden zur Stelle sein, selbst wenn wir nur noch die kleinen Passagiermaschinen benützen dürfen.«

»Mußt du selbst dorthin? Und sofort?«

»Wir tun gut daran, wenigstens einen der unsrigen an Ort und Stelle zu haben.« Nicht länger fähig, ihrem Blick standzuhalten, betrachtete er das Bild von Becky an der Wand. »Ich bin hier müßig; die Raumwaffe bekommt keine Ratschläge mehr von mir. Ich kenne Ischtar und die Ischtarier so gut wie jeder andere. Du weißt, daß ich außerdem ein ziemlich guter Sanitäter bin, falls sie – sie... Na ja, sie wird jedenfalls eine harte Zeit hinter sich haben.«

Rhodas Blick ruhte unverwandt auf ihm. »Den Hauptgrund hast du vergessen«, sagte sie leise. »Du liebst sie.«

»Was – *ich*?« rief er schockiert aus. »Wieso, das... das ist lächerlich! Wir sind befreundet, gewiß, aber...«

Sie schüttelte den Kopf und lächelte ein wenig, aber die Tränen konnte sie nicht ganz unterdrücken. »Ich kenne dich, Ian. Mir machst du nichts vor. Ich wußte es von Anfang an und weiß auch, daß sie von deinen Gefühlen kaum etwas ahnt... Du bist immer gut zu mir gewesen, Ian. Wenn du also dorthin gehen mußt, sollte ich sagen, geh mit meinem Segen. Bring sie gesund zurück.«

Er umarmte und drückte sie an sich, murmelte: »Du irrst dich. Ich kann mir wirklich nicht vorstellen, wie du auf eine solche Idee kommen konntest«, denn das schien die einzige mögliche Reaktion zu sein.

»Nun, vielleicht habe ich mich geirrt«, log sie an seiner Brust. »Wir werden nicht mehr davon reden. Ich werde dir deine Sachen zurechtlegen.«

»Ich glaube, das hat noch ein bißchen Zeit«, murmelte er unbehaglich. »Mir ist gerade was eingefallen. Vielleicht wird es mich noch zwei oder drei Tage hier festhalten.«

17

Port Rua bestand aus den Kasernen und Nebengebäuden der Legion, Werkstätten, Läden, Lagerhäusern, Gastwirtschaften und den bescheidenen Häusern der ständigen Bewohner. Alles lag eng zusammengedrängt an schmalen Straßen und Gassen, um innerhalb der hohen, mit Türmen bewehrten Palisadenwälle Platz zu finden. Außerhalb davon war eine armselige Vorstadt aus Hütten, Zelten und den Verkaufsständen fliegender Händler entstanden. Weiter landeinwärts lagen die verstreuten Siedlungen und Bauernhöfe, die wesentlich zur Ernährung der Stadt beigetragen hatten. Jetzt standen sie verlassen zwischen staubigen, ausgedörrten Feldern. Die Tassui hatten mehrere von ihnen geplündert. Hin und wieder machten Legionärsabteilungen Ausfälle nach Norden und Westen, doch geschah dies mehr zur Jagd und um Nahrung zu sammeln, als um die Belagerer zu bekämpfen.

Von dem Vorgebirge aus, wo er an der Spitze eines Trupps wartete, konnte Arnanak die Stadt kaum ausmachen. Deutlicher sichtbar waren die langen Windungen des Esali durch sein braun verbranntes Tal und das Mündungsdelta, wo er sich in die Rua-Bucht ergoß. Weit im Osten glänzte der große Meerbusen, der schließlich in die See von Ehur überleitete. Sein Teleskop entdeckte Fischerboote, die von Port Rua ausgelaufen waren – weit wagten sie sich nicht hinaus, denn vor der Bucht kreuzten die Schiffe der Valenner –, und die Masten der im Hafen vertäuten Schiffe, Nachschublinie und Fluchtgelegenheit für die Zera Victrix.

Der Himmel über den zwei Sternen schien weißglühend. Obgleich kein Lufthauch sich regte und die Trockenheit Pelze und Mähnen knistern machte, schien die Luft zu sieden. Arnanak und seine vierundsechzig Krieger trugen nur ihre Schilde und Waffen, deren Metallteile sie nicht berührten, und doch fühlten sie sich von der Hitze verzehrt. Wie mußte es erst für die vierundsechzig Legionäre aus dem kalten Haelen und dem milden Beronnen sein, die in voller Rüstung den Hang heraufkamen?

Trotzdem trotteten sie, als wollten sie sich nichts anmerken lassen. Ihre Standarte klatschte in der stillen Luft träge gegen die Stange. Sie hatten sich sogar in Schlachtordnung formiert. Arnanak sah Schwerbewaffnete mit ihren Waffenträgern, Bogenschützen, Leichtbewaffnete und Katapultschützen. Er zählte die Reihen durch. Es waren genau vierundsechzig Legionäre. Dazu kam ein kommandierender Offizier, damit die vereinbarte Zahl von fünfundsechzig nicht überschritten wurde. Wie Arnanaks Zählung ergab, war die Zahl tatsächlich nicht eingehalten worden. Doch Arnanak war bereit, ein Auge zuzudrücken, denn der zusätzliche Teilnehmer war ein Mensch!

In Weiß gekleidet, den Kopf gleichfalls gegen die Hitze bedeckt, bewegte er sich geheimnisvoll dahin. Ein Murmeln und Knurren ging durch die Reihen der Tassui. »Bleibt ruhig«, sagte Arnanak zu ihnen. »Dies ist etwas, worauf ich gehofft hatte. Denkt daran, diese Geschöpfe sind schwach und sterblich. Halte ich nicht eins von ihnen gefangen?«

Der Neuankömmling war merklich größer und breiter als Jill Conway, ohne Zweifel ein männliches Exemplar. Arnanak fragte sich, ob unter jenen fließenden Gewändern ein Todeswerkzeug verborgen sein mochte, um seine ganze Truppe mit einem Schlag auszulöschen. Er glaubte nicht daran. Wie sollte der Mann dann erfahren, wo die Frau gefangengehalten wurde? Nein, er mußte erst unlängst mit einem fliegenden Boot eingetroffen sein. Viel früher hatte der Legionskommandeur ein paar gefangene Tassui mit der Botschaft freigelassen, daß er verhandeln wolle und zu diesem Zweck einen Waffenstillstand vorschlage. Arnanak war am gleichen Tag, als er diese Nachricht erhalten hatte, von Ulu aufgebrochen und hatte einen Kurier vorausgeschickt, um den Ort und die Bedingungen des Zusammentreffens bekanntzugeben. Arnanak selbst war mit seinen Kriegern erst vor wenigen Stunden hier auf der Höhe des Vorgebirges eingetroffen und hatte kaum Zeit gehabt, an einer nahen Wasserstelle das Lager aufzuschlagen. So konnte er bisher nicht von dem Neuankömmling gehört haben.

Die Legionäre machten in zwei Speerwürfen Entfernung halt. Der Bannerträger senkte zum Zeichen der Friedfertigkeit dreimal die Standarte. Arnanak stieß seinerseits den Säbel in den Erdboden. Er und der Legionsoffizier gingen aufeinander zu.

Zu seiner Überraschung sah er, daß der andere kein geringerer war als Larreka. Jedermann kannte das alte Einohr. Arnanak hatte ihn vor dem Krieg bei Besuchen in Port Rua einige Male gesehen. Also war er aus Beronnen zurückgekehrt und riskierte auf Treu und Glauben sein Leben. Aber warum nicht? dachte Arnanak. Auch ich bin hier, und ich mag eher die Stärke meines Volkes verkörpern, als er die des seinigen.

»Sei gegrüßt, Mächtiger«, sagte Larreka in der Landessprache. Auf die üblichen Glückwünsche verzichtete er.

Arnanak revanchierte sich mit einem sehalischen Gruß: »Ehre und Glück mögen mit dir sein, Kommandant, und Kameradschaft zwischen uns.«

Larreka trat näher und bot ihm die Linke. Arnanak ergriff sie, und sie tauschten die Begrüßungsgesten der Anhänger des triadischen Kults aus, gefolgt von bestimmten vorgeschriebenen Redewendungen.

Sie ließen einander los. »Wo hast du gedient?« fragte Larreka.

»Bei den Tamburu-Hopliten«, sagte Arnanak. »Im Pionierkorps, hauptsächlich auf den Inseln. Doch das ist lange her.«

»Ja, muß es wohl... Du bist der Oberherr von Ulu, nicht wahr? Die Götter wissen, daß ich genug über dich gehört habe. Und wir sind einander schon begegnet. Du scheinst mich das letzte Mal nicht erkannt zu haben, unter meinem Helm. Aber ich würde dich noch in der Endgültigen Dunkelheit wiedererkennen. Du trugst den Menschen von meinem Schiff. Ich warf ihren Proviantkasten auf das deine.«

Arnanak erschrak. War dies eine Schicksalsfügung von Sonne oder Aschenstern, oder eine Laune des Wanderers, die eine Bedeutung haben mochte, oder auch nicht?

Weil Larreka keine Unruhe zeigte, besann auch Arnanak sich wieder auf den Zweck der Zusammenkunft. »Dann mag es vielleicht gut sein, daß wir einander von neuem treffen. Laß uns für diesen Tag Frieden schwören und deine Leute können sich mit den meinigen ausruhen.« Er zeigte hinunter zur Wasserstelle, wo schattenspendende Sonnensegel aufgespannt waren. »Es gibt dort gutes Wasser. Und wir haben zur Bewirtung Bier mitgebracht.«

»Du und ich und dieser Mensch, wir haben Arbeit zu tun.«

»Gut.«

Die Krieger leisteten den Eid, jeder auf seine Weise, legten ihre Waffen ab und mischten sich untereinander. Die Südländer wachsamer als ihre Gastgeber. Arnanak ließ sich Ian Sparling vorstellen und führte die Verhandlungspartner zu seinem Zelt. Zur besseren Kühlung des Inneren waren die Seitenteile hochgeschlagen. Es stand zwischen blaßblauen harten Gräsern, die in der Gegend nicht heimisch waren: Die von Sturmwinden nach Süden getragenen Samen aus den Ödländern faßten bereits Fuß. Da sie fast ohne Wasser auskamen, überlebten sie die Zeit des Feuers besser als die meisten jener Pflanzen, von denen sich Sterbliche nährten.

Im Schatten des Zeltdaches gab es Teppiche, Bier, Wasser aus gekühlten Tierhäuten und Trinkbecher. Die Ischtarier ließen sich nieder. Der Mensch setzte sich mit ruckartigen Bewegungen und umfaßte die Knie mit den Armen. Sein Gesicht schien sehr mager, soweit Arnanak das beurteilen konnte. Er sagte zu ihm: »Die von deiner Art, die sich Jill Conway nennt, ist wohlauf. Sie hat keinen Schaden erlitten.«

»Das – ist gut zu hören«, murmelte Ian Sparling.

»Ich ergriff sie, als die Gelegenheit kam, weil ich dabei auch an ein Zusammentreffen wie dieses dachte. Wir sind seit jeher bereit gewesen, Frieden zu machen. Aber wir erhielten keine Nachricht...«

»Ihr habt uns keine zukommen lassen«, unterbrach ihn Larreka trocken. »Du hast uns lediglich wissen lassen, daß die Legion abziehen und nicht wiederkehren soll«.

»Dies ist unser Land«, stellte Arnanak fest.

»Nicht alles davon«, erwiderte Larreka. »Wir sind seit Oktaden im Besitz unserer Niederlassungen, und das Land dafür kauften wir von Eigentümern, die unsere Händler und Siedler willkommen hießen. Seit jenen Tagen haben wir oft gegen das Banditentum kämpfen müssen. Aber wer unter euch Barbaren hat irgendeinen Besitzanspruch auf unsere Häfen und Ortschaften?«

Arnanak wandte sich an Sparling: »Gern hätten wir Tassui die Bekanntschaft von deinesgleichen gemacht und mit euch Handel getrieben. Aber eure Tür blieb verschlossen.«

»Wir entsandten wiederholt Forscher in diese Gegend«, antwortete der Mensch. Nachdem er viel mit Jill Conway gesprochen und das Verhalten der Menschen kennengelernt hatte, fiel es Arnanak nicht schwer, aus Blick und Tonfall des Mannes Anspannung und innere Unruhe herauszulesen. »Aber das war in einer Zeit, als es unter den Einwohnern dieses Landes noch keine Einheit gab. In neuerer Zeit hatten wir eigene Schwierigkeiten, die uns beschäftigten...« Er zögerte, dann beugte er sich vor. »Nun, ich bin gekommen, um über ihre Freilassung zu sprechen. Wenn du wirklich unsere Freundschaft wünschst, wirst du sie sofort hierherbringen lassen und mir übergeben.«

»Und danach werden wir weitersprechen?« fragte Arnanak mit überlegenem Lächeln. »Hast du es dir so gedacht?«

»Was willst du von uns?«

»Eure Hilfe. Ich habe davon gehört, wie ihr der Gemeinschaft durch die nächsten vierundsechzig Jahre helfen wollt. Ist mein Volk des Lebens weniger würdig?«

»Ich... ah... bin nicht sicher, was... was wir am besten für euch tun könnten.«

»Ich verstehe«, sagte Arnanak düster. »Keine Berichte von allmächtigen Werken oder auch nur versprochenen Wundern in Beronnen sind mir zu Ohren gekommen.«

Ian Sparling überlegte, bevor er den Respekt des Tassu gewann, indem er sagte: »Ich könnte jede Art von Belohnung versprechen, aber warum? Du bist zu klug. Laß uns statt dessen über das Lösegeld für die Frau verhandeln. Verlange das Unmögliche, und du wirst nichts bekommen – nein, weniger als nichts: einen Angriff auf dein Land, das Scheitern deiner Pläne. Stellst du aber eine vernünftige und angemessene Forderung, so kann ich sie vielleicht erfüllen.«

»Wenn ihr fähig seid, das südliche Valennen zu verheeren«, versetzte Arnanak, »warum habt ihr dann nicht schon früher zugeschlagen? Wir haben der Gemeinschaft nicht wenig Schaden zugefügt, derselben Gemeinschaft, die von euch Rettung erwartet. Warum habt ihr mit militärischer Hilfe zurückgehalten? Ist es deshalb, weil ihr keine zu bieten habt?«

»Wir... wir sind nicht hierhergekommen, um Streit zu suchen«, sagte Ian Sparling, bemüht, versöhnlich zu erscheinen. »Dies ist nicht die Zeit für Drohungen. Nenne deine Forderung.«

»Was kannst du bieten?«

»Zuerst und vor allem unseren guten Willen. Dann Werkzeuge, Materialien, Ratschläge, wie ihr die schlechten Jahre überstehen könnt. So gibt es beispielsweise statt dieser schweren Zeltplanen einen viel leichteren und nicht weniger kräftigen Stoff, der nicht verrotten kann. Dies würde eure Bewegungsfreiheit bei der Suche nach wilder Nahrung vergrößern.«

Arnanak machte eine verächtliche Handbewegung. »Die Menschenfrau scheint wenig Wert für euch zu haben, wenn das alles ist, was euch einfällt. Nein, ich hätte lieber einen Vorrat jener Waffen, von denen ihr der Legion einige gegeben habt.« Arnanak richtete den Blick auf Larreka. »Auch müßt ihr aufhören, die Gemeinschaft zu unterstützen.«

Larreka stieß ein rauhes Glucksen aus und zeigte mit dem Daumen auf den Becher mit Bier vor sich. »Dies schmeckt auch nicht sehr gut«, sagte er.

»Ich weiß, daß ihr zwei euch zuvor miteinander abgesprochen habt.« Eine stählerne Ruhe erfüllte Arnanak. »Ich glaubte nicht ernstlich, daß die Menschen um einer einzigen Person willen ihre langgehegten Vorhaben aufgeben wollten oder könnten. In der Tat, die Gefangene hatte mich davor gewarnt.«

»Dann laß uns darüber sprechen, was wirklich getan werden kann«, drängte Ian Sparling.

»Ja«, stimmte Arnanak zu. »Tun wir das, Larreka. Wird die Zera Victrix Valennen aus freien Stücken verlassen, begleitet von unserem guten Willen, oder müssen wir sie vernichten? Tote Knochen sind hier Orakel, aber für Beronnen ohne Nutzen. Es ist noch nicht zu spät, darüber zu verhandeln, welche Inseln ihr behalten mögt, obwohl es für euere Sache das beste wäre, wenn ihr ganz in die Heimat zurückkehren würdet.«

»Hören wir auf, unsere Zeit zu vergeuden«, sagte der Legionär verdrießlich. »Ich dachte, wir könnten ein paar sinnvolle Vereinbarungen aushandeln. Wenn ihr unsere Jäger und Fischer in Ruße laßt, dann werden sie nur noch in kleinen Gruppen ausziehen und die Legionäre werden aufhören, die Hütten und Felder der Tassui anzuzünden.«

»Darüber ließe sich reden«, sagte Arnanak.

»Nicht so schnell!« rief Sparling aus. »Was ist mit Jill?«

Arnanak seufzte. »Du hast nichts geboten, was dem Wert der Geisel gleichkäme. Wenn ihr den Tassui an Unterstützung zukommen laßt, was ihr aufbringt, um die Zera Victrix zu stützen... kannst du mir das zusagen? Nein? Wenn nicht, werden wir sie bis nach unserem Sieg gefangenhalten. Unterdessen können wir von Zeit zu Zeit über ihren Preis sprechen – darüber und über vieles andere.

Du glaubst, Ian Sparling, du könntest die Gefangene freibekommen, ohne wirklich etwas dafür zu geben. Das ist ein Irrtum, verstehst du? Mein Ziel ist, daß die Tassui leben sollen, nicht als ein paar Hungerleider, sondern in Macht und Glück. Hast du bedacht, daß wir jene werden können, an deren Wohlwollen und Bereitschaft zur Zusammenarbeit euch einmal sehr viel liegen wird?

Wenn nichts anderes, so ist hier die erste wirkliche Gelegenheit für uns, Wissen übereinander auszutauschen, welches mehr wert sein mag als eine Schiffsladung Waren. Daher solltest du nicht um sie fürchten. Denke lieber darüber nach, wie wir vereinbaren können, daß sie zu dem kommt, was immer sie für ihre Gesundheit braucht, solange sie bei meinem Volk lebt.«

Sparling starrte ihn lange an. Er wußte nichts zu sagen. Die Stimmen und Geräusche der Krieger und Legionäre aus dem Lager berührten ihn unwirklich, wie aus einer anderen Welt. Vor dem Zelt stand flimmernd die Luft. Die dürre Vegetation roch wie versengt.

Schließlich brach Larreka das Schweigen und sagte: »Daß der Führer der Valenner schlau und stark ist, war mir bekannt. Erst heute sehe ich, daß er auch klug ist. Ein Jammer, daß wir dich töten müssen, Arnanak. Du hättest in deiner Legion bleiben sollen.«

»Ich bedaure, daß du dich nicht ergibst«, erwiderte der Oberherr mit ähnlicher Höflichkeit. »Dann bliebe dir erspart, den Untergang deiner Legion zu erleben.«

Ian Sparling regte sich. »Nun gut«, sagte er. »Ich habe diesen Ausgang vorausgesehen. Dann bringt mich zu ihr.«

»Was?« Arnanak war verblüfft.

»Sie ist ganz allein unter Fremden. Sie mögen wohlmeinend sein, aber sie sind nicht von ihrer Art, noch wissen sie, was sie tun müssen, sollte sie erkranken. Laß mich zu ihr. Dir kann es nichts ausmachen. Im Gegenteil, du wirst zwei von uns haben.«

Arnanak musterte nicht das Gesicht, das ihm fremd wie das Gesicht eines Daur war, sondern Larreka. Der Legionsoffizier schaute ruhig und gleichgültig drein. Er und sein Gast mußten diesen Gedanken bereits gründlich erörtert haben.

Die Entscheidung ließ nicht lange auf sich warten. Was war das Leben, wenn nicht eine Folge von Risiken? Es galt nur, sie richtig einzuschätzen. »Ich kann keine Versprechungen machen«, warnte Arnanak. »Es ist eine anstrengende, tagelange Reise bis zu dem Ort, wo wir sie gefangenhalten. Auch ist es dort kein leichtes Leben.«

»Ein Grund mehr für mich, daß ich hingehe«, sagte Ian Sparling.

»Gut. Zuvor aber will ich alles sehen, was du mitnimmst, Kleider,

Nahrung, alles. Jedes Stück wird durch meine Hände gehen und du wirst mir erklären, wozu es dient, bis ich mich vergewissert haben werde, daß du keinen Verrat planst.«

»Selbstverständlich.«

18

Jill war kaum in Ulu eingetroffen, als Arnanak eine Botschaft erhielt, die ihn wieder abberief. »Sie wollen in Port Rua verhandeln«, sagte er zu ihr. »Ich zweifle nicht daran, daß deine Anwesenheit bei uns damit zu tun hat. Mach dir nicht zu viele Hoffnungen. Alles spricht dafür, daß du noch länger bleiben mußt – vielleicht bis zum Winter.«

Sie gewann den Eindruck, daß sein Rat gut gemeint war. Der große, schwarzhäutige Barbar war keineswegs böse oder schlecht. Für sein Volk war er ein Held, der zum Retter und zum Gründer einer Nation werden mochte.

Er und sie hatten lange und offenherzige Gespräche miteinander geführt, zuerst an Bord seines Schiffes und später auf der Überlandreise von dem Fjord, wo er an Land gegangen war. Er hatte alles in seiner Macht Stehende getan, um ihr den Marsch über die hohen Berge zu erleichtern. Oft war sie auf ihm oder einem seiner Krieger geritten, wie sie früher auf Larreka zu reiten pflegte. Und dies, obwohl sie seinen Sohn getötet hatte, von dem ihm nicht einmal ein Knochen geblieben war, um in Träumen seine Seele zurückzurufen.

Während seiner Abwesenheit machte sie die Erfahrung, daß ihre Gefangenschaft leicht zu ertragen war. Sie bekam einen Raum für sich, wo man sie weitgehend unbehelligt ließ. Außerdem durfte sie frei umhergehen. Da ihr Vorrat an Aminosäuren und Vitaminen zwischen den Mahlzeiten in Verwahrung gehalten wurde, war an Flucht nicht zu denken.

»Am besten gehst du nicht außer Sichtweite der äußeren Einzäunung«, sagte Innukrat. »Du könntest dich sonst leicht verlaufen.«

»Ich kenne mich im Wald aus«, antwortete Jill, »und ich glaube nicht, daß es in Valennen Tiere gibt, die mir gefährlich werden.«

Innukrat überlegte und entschied dann: »Du wirst zwei- oder dreimal in Gesellschaft gehen und sehen, ob du den Rückweg finden kannst.« Als diese Bedingung erfüllt war, erhob sie keine weiteren Einwände.

Innukrat war eine Frau von Arnanak und nach seiner Abreise die einzige Eingeborene im Ort, die sehalisch sprach. Vor Ausbruch der Feindseligkeiten war sie Händlerin gewesen und bis zu den Außenposten der Zivilisation im Tal des Esali gekommen. Die für die meisten ischtarischen Gesellschaften charakteristische Gleichheit der Geschlechter galt auch hier; aber unter harten und einfachen Lebensbedingungen gab es notwendigerweise mehr Spezialisierung und Arbeitsteilung als anderswo. In der Regel wurde der Handel ebenso wie die Kriegführung mit dem Ausland von Männern übernommen, während Frauen den Handel im Heimatland besorgten. Überfälle fürchteten sie nicht. Solange sie auf den markierten Wegen blieben, waren ihre Personen und Traglasten unverletzlich. Jill fragte, ob Verstöße gegen dieses Gesetz vorkämen. »Ich habe davon gehört, aber es ist sehr selten«, sagte Innukrat. »Die Nachbarschaften brachten die Täter zur Strecke, erschlugen sie und pökelten sie ein.«

Anfangs erfreute sich Jill ihres Aufenthalts, fasziniert von der neuen und fremdartigen Umgebung, bis sie sich in jähem Schuldgefühl erinnerte, wie man sich zu Hause um sie sorgen mußte, und wie sie zu einer Trumpfkarte in der Hand von Larrekas Gegenspieler geworden war. Der Ort allein lohnte tagelange Erforschung. Seine Anlage war noch am ehesten mit der eines großen Gutshofes zu vergleichen. Ein weiter, unregelmäßig geformter, mit Ziegeln gepflasterter Hof war der Mittelpunkt der Siedlung. Auf einer Seite dieses Platzes erhob sich ein mächtiger, eingeschossiger Bau aus Bruchsteinmauerwerk und massiven Stämmen, dessen ausladendes Dach mit Rasen belegt war. Eine Hälfte dieses Gebäudes wurde von einer Halle eingenommen, worin sich der Haushalt für Mahlzeiten und zur Geselligkeit versammelte, die andere Hälfte war in Wirtschaftsräume und private Schlafkammern unterteilt. Nachdem Jill sich an den eckigen, strengen Stil gewöhnt hatte, schätzte sie die Schnitzereien an Dachstühlen, Täfelungen und Gesimsen genauso hoch ein wie alles, was sie in Beronnen gesehen hatte. Einfachere, kleinere Gebäude umstanden den Hof auf den anderen Seiten: Schuppen, Werkstätten, Gesindewohnungen, Ställe und Vorratslager. Zu allen Tageszeiten herrschte hier lebhaftes Treiben der mehr als zweihundert Bewohner des Hofes. Jill fand die Kleinen so unwiderstehlich wie sie es zu Haus gewesen wären, aber ohne gemeinsame Sprache konnte sie nicht viel mehr tun als zusehen. Die Valenner gewöhnten sich bald an ihre Anwesenheit.

Ulu lag zwischen den östlichen Vorbergen des mächtigen Gebirgszuges, der von den Einheimischen Weltenmauer genannt wurde. Die alten Wälder ringsum spendeten Schatten und ließen den Boden später austrocknen als in ungeschützten Gegenden, doch nun hing das rote und gelbe Laub auch hier welk, eingerollt und vertrocknet an den Zweigen. Die gelegentlichen blauen T-Pflanzen sahen besser aus, und verschiedentlich sah man die prächtigen Phönixbäume aufragen. In den Haushalten der Valenner wurde mit Feuerbohrern Feuer gemacht und Jill erinnerte sich, daß der Phönixbaum seinen – aus dem einheimischen Wort gleicher Bedeutung übersetzt – Namen hatte, weil seine Verbreitung von den alle tausend Jahre wiederkehrenden Dürreperioden und Flächenbränden begünstigt wurde.

Ein in die Wälder führender Pfad endete bei einer Hütte. Zwei bewaffnete Wächter verwehrten ihr den Durchgang. Sie fragte Innukrat nach dem Grund und bekam eine verlegene Antwort: »Es ist am besten, nicht darüber zu reden, bis der Oberherr zurückkehrt. Wenn er dann darüber sprechen will, wird er es tun.« Jill vermutete, daß die Hütte ein Heiligtum beherberge, oder daß das Ganze eine magische Stätte sei. Andererseits hinderte niemand sie daran, die Familiendolmen zu besuchen, obwohl man sie für den Ursprung der Traumorakel hielt.

Dies war die einzige Einschränkung ihrer Bewegungsfreiheit. Jeden anderen Weg konnte sie gehen, solange Hunger oder Erschöpfung es zuließen. Zehn Kilometer südöstlich endete der Wald, und sie hatte einen weiten Ausblick von entfernten Berggipfeln im Westen über gelbbraune Hügel und eine weite, steppenartige Ebene, die unter der Hitze von zwei Sonnen zu flimmern und zu zerfließen schien.

Da und dort sah sie die Anwesen von Kleinbauern. Das Gesellschaftssystem schien auf einer ziemlich urtümlichen Form des Feudalismus zu beruhen. Der Oberherr einer Region führte ihre Krieger in den Kampf, entschied auf Verlangen in Rechtsstreitigkeiten und amtierte bei den religiösen Riten. Ärmere Sippen und Familien der Region konnten unabhängig von ihm bleiben, wenn sie es vorzogen, aber die meisten fanden es vorteilhaft, seine Eidgeber zu werden und ihm im Austausch gegen das Schutzversprechen für den Haushalt und einen Anteil an seinen Nahrungsvorräten in schlechten Zeiten Gehorsam und bestimmte Dienste zu leisten. Jede Seite konnte den Vertrag mit einer angemessenen Begründung für nichtig erklären, und er war auch nicht bindend für die nächste Generation.

Innukrat erzählte von Streitigkeiten mit tödlichem Ausgang, besonders unter den Jungen. Beide Geschlechter wurden zu Stolz und Unbeugsamkeit erzogen. »Sie müssen bereit sein zu kämpfen, wenn wir überfallen werden oder selbst auf Beutezug ausgehen; denn du siehst, wie arm unser Land ist.« Nichtsdestoweniger sorgten Oberherren und Älteste dafür, daß das Blutvergießen sich in Grenzen hielt und Feinde miteinander versöhnt wurden.

Mit der Zeit begann Jill unter dem Alleinsein zu leiden. Sie bat Innukrat, sie die Sprache zu lehren, und die Frau kam dem Wunsch nach, soweit ihre ungezählten Pflichten es gestatteten. Jill erbot sich, ihr bei den Arbeiten zu helfen, bemerkte jedoch bald, daß sie nur im Weg war. Abgesehen davon, daß ihr die Kräfte fehlten, die die Arbeit mit dem schweren, primitivem Werkzeug erforderte, fehlte es ihr an Übung und Geschicklichkeit.

Sie ging dazu über, trotz der Hitze die meiste Zeit des Tages im Freien zu verbringen. Da sie im offenen Land Gefahr lief, einen Hitzschlag zu erleiden, wenn nicht gerade einer der seltenen Tage mit bedecktem Himmel war, die gelegentlich etwas Regen brachten, ging sie meistens in die Wälder, die zur Naturbeobachtung ohnehin besser geeignet waren. Verglichen mit den Wäldern südlicher Breiten war die Vegetation wenig artenreich, aber je mehr sie sich damit beschäftigte und vertraut machte, desto stärker faszinierte sie diese Beschäftigung, und häufig blieb sie bis in die Nacht aus.

So kam es zu ihrer seltsamen Begegnung.

Sie kehrte zurück, nachdem beide Sonnen, um diese Zeit enge Gefährten, untergegangen waren. Die Zeit der Abenddämmerung war kurz, doch reichte das spärliche Licht der Monde aus, um den Waldboden durch das licht gewordene Laubdach zu erhellen.

Häufig führte ihr Weg sie über eine freie Fläche, die sie eine Waldwiese genannt haben würde, wäre sie weniger verdorrt gewesen. Am Rande der Lichtung bog der Pfad um ein ausgetrocknetes Sumpfloch mit dichtem braunen Röhricht, so daß man die Lichtung erst sah, wenn sie vor einem lag.

Niedrige, knorrige Bäume umstanden die freie Fläche als eine Masse zusammenhängender Schatten. Hinter ihnen erhoben sich zur Rechten die fahlgrau schimmernden Felsbastionen der Weltenmauer in einem schwarzpurpurnen Himmel, wo weniger Sterne als sonst brannten. Denn Caelestia hatte Vollmond und war bereits aufgegangen, und Urania stand als strahlender Halbmond im Zenit. Licht lag bleich und starr auf toter Lia und trockenen Dornensträuchern und ließ die Luft heißer erscheinen, als sie war. Stille lastete schwer auf dem Land.

Jill hörte auf, es zu bemerken, verharrte bewegungslos. Nur der Puls pochte ihr dumpf in Kehle und Schläfen, als sie und das fremde Wesen einander gegenüberstanden. Es hatte die Lichtung überquert, als sie überraschend hinter dem Röhricht hervorgekommen war.

Nein, dachte sie. Das kann nicht sein. Eine optische Täuschung, hervorgerufen vom Mondschein... Oder eine Halluzination. Der Hunger, die Hitze...

Die Gestalt machte kehrt und sprang davon.

»Warte!« rief sie und stolperte der Erscheinung nach. Aber die war bereits zwischen den Bäumen verschwunden.

Momentan aufkommende Furcht ließ sie zum Dolch greifen, den Arnanak ihr gegeben hatte. Dann fiel ihr ein, daß nicht sie geflohen war, sondern das fremde Wesen. Gleichwohl beschloß sie, nicht länger an diesem Ort zu verweilen.

Während sie zur Siedlung eilte, so schnell der unebene Weg und das trügerische Licht es zuließen, versuchte sie sich die Gestalt zu vergegenwärtigen, wie sie vor ihr gestanden hatte. Zweifellos war es ein T-Tier gewesen. Wie immer das Leben vor einer Milliarde Jahren auf Tammuz ausgesehen haben mochte, als es sich auf Ischtar aus den niedrigsten Formen neu entwickelt hatte, war es nicht dem Entwicklungsmuster gefolgt, welches das Ortho-Leben auf der Erde und anderswo hervorgebracht hatte. Soweit bisher bekannt, gab es drei Geschlechter. Fell, Haare oder Milch waren unbekannt, und eine Überhöhung der Körpertemperatur wurde von den homöothermischen Tieren nicht durch Schweißabsonderung vermieden, sondern durch Veränderungen der Farbe. Sie waren eine Art Wirbeltiere, schienen ursprünglich aber von einem Tier abzustammen, das einem Seestern glich und keinen echten Kopf besaß, sondern eine Abzweigung, entstanden aus der Umwandlung des fünften Glieds in einen Träger von Mund und Sinnesorganen. Berichten zufolge gab es ein paar Arten von Zweifüßlern unter diesen Tieren...

Aber sie waren klein. Dieses war ein Riese seiner Art gewesen. Die Blütenblätter auf seinem Zweig mußten annähernd eineinhalb Meter über dem Boden gewesen sein. In der Rumpfmitte glaubte sie drei Augen ausgemacht zu haben, und die Beine waren für die gesamte Körpergröße lang und kräftig gewesen; das Tier schien sich mehr durch Springen als durch Laufen fortzubewegen. Aber auch die gummiartig wirkenden Arme mit den fünf sternförmig angeordneten Fingern hatten gut entwickelt ausgesehen.

Fingern?

Ja, wenn sie ihren Sinnen trauen durfte. Das Wesen hatte bei ihrem Anblick erschrocken den rechten Arm gehoben und die Finger gespreizt, als wolle es instinktiv einen Angriff abwehren. In der linken war etwas wie ein Messer gewesen.

Aber nein. Das mußte eine Sinnestäuschung gewesen sein. Es war eine bemerkenswerte Entdeckung, ohne Zweifel, ein T-Lebewesen, von dessen Existenz bisher niemand etwas geahnt hatte. Die Klimaveränderung mußte es aus dem Norden in diese Breiten verschlagen haben. Aber es konnte nur ein Tier gewesen sein!

Aus den Fenstern der Siedlung leuchtete ihr gelber Lichtschein entgegen. Sie stürzte in die Halle, suchte Innukrat und erzählte ihr aufgeregt, was sie erlebt hatte.

Innukrat machte ein Zeichen. »Du bist einem Daur begegnet«, sagte sie verlegen.«

»Einem was?«

»Ich glaube, wir sollten auch dieserhalb auf Arnanak warten.«

»Aber...« Erinnerung regte sich. Es gab in Primavera xenologische Daten über die Valenner, hauptsächlich aus zweiter Hand von Mitgliedern der Gemeinschaft. Ja, sie schien sich zu erinnern, daß die Valenner an eine Art Elf oder Kobold oder kleinen Dämon glaubten... »Haben diese... ah... Wesen, die in der Wildnis leben, magische Kräfte?«

»Ich sagte dir, warte auf Arnanak«, sagte Innukrat.

Er kehrte einige Tage später zurück. Jill wußte nicht, wie viele; sie hatte längst aufgehört, die Tage ihrer Gefangenschaft zu zählen.

Es ergab sich, daß sie bei seiner Ankunft in der Siedlung war. Um ihre Kleider zu schonen, hatte sie sich eine Länge von dem groben Stoff erbeten, den die Einheimischen aus Pflanzenfasern webten, und ein paar sackähnliche Kleider zusammengeheftet, zu denen sie einen Strick als Gürtel trug. Der Haushalt erzeugte den größten Teil des Bedarfs selbst. Eine Frau, die sich auf Lederarbeiten verstand, erklärte sich bereit, ein paar Schuhe für Jill zu machen, sei es, um ihren gewöhnlichen Tagesarbeiten zu entgehen, sei es, weil sie es als eine Herausforderung betrachtete, oder aus reiner Freundlichkeit. Jill zeigte ihr die aufgeplatzten alten Stiefel als Muster und erklärte mit Gebärden und den wenigen Worten Tassu, die sie beherrschte, wie die Dinger passen sollten.

Als sie im Eingang der offenen Werkstatt stand, einen Sonnenschirm in den Händen, den sie sich zum Schutz gegen Hitze und

Glut gemacht hatte, hörte sie auf einmal Rufe, Getrappel, Rasseln von Eisen. Arnanak und seine Gefolgsleute sprengten in den Hof. Jill ließ den Sonnenschirm fallen. Für einen Augenblick schwindelte ihr, dann schrie sie: »Ian!« und rannte über den Platz, ohne des sonnenheißen Pflasters zu achten, das ihr die Fußsohlen zu versengen drohte. »Ian, heiliger Himmel!«

Und sie warf sich in seine Arme, vergrub den Kopf an seiner Brust, die hart und stark war und nach seinem Schweiß und seiner Wärme roch. Sie hob den Kopf und küßte sein Gesicht, und nachdem sie ein wenig Abstand genommen hatte, um durch Tränen seine vertrauten hohlwangigen Züge anzusehen, küßte sie ihn wieder, mit einer bebenden Zärtlichkeit, die zu der Art von Liebenden wurde.

Schließlich lösten sie sich voneinander und standen Hand in Hand und sahen sich benommen an. Es machte keinen Unterschied, daß sie in der Gluthitze des sonnigen Hofs standen und von Dutzenden Ischtariern umdrängt wurden.

»Oh, Ian«, stammelte sie. »Du bist gekommen – mich zu holen?«

Das Glück der Wiedersehensfreude verlor sich aus seinem Antlitz, bis Backenknochen und Nase wie Riffe bei Niedrigwasser herausragten. »Es tut mir leid, mein Liebes«, antwortete er mit leblos gewordener Stimme. »Noch keine Freilassung.«

Ihre erste Reaktion war ungläubige Bestürzung. »Was? Warum bist du dann hier?«

»Ich konnte dich nicht alleinlassen.« Er faßte sich und sprach schnell weiter. »Hab keine Angst. Ich bin auf Grund eines Abkommens hier. Arnanak ist nicht bereit, uns gehen zu lassen – er und Larreka haben eine sehr begrenzte Vereinbarung getroffen, die an den Zielen der beiden nichts ändert –, aber er ist interessiert an guten Beziehungen mit uns Menschen. Er meint, zwei Geiseln seien besser als eine. Er möchte uns eines Tages gegen Konzessionen freilassen, die vielleicht nicht viel mehr sein werden, als die Herstellung diplomatischer Beziehungen mit seinem Machtbereich. Darum werden wir vorläufig gut behandelt. Wir haben uns unterwegs ausführlich unterhalten. Er ist wirklich kein schlechter Kerl, in seiner Art. Da ich nicht wußte, wie und unter welchen Bedingungen du gefangengehalten wirst, habe ich Ergänzungsnahrung, Medikamente, Sachen zum Anziehen und ein paar andere Dinge mitgebracht, darunter zwei oder drei Bücher, die du – wie ich glaube – besonders schätzt.«

Sie suchte in den blaugrünen Augen und begriff, daß er sie liebte. Wie hatte sie es vordem übersehen können?

»Das hättest du nicht tun sollen«, sagte sie gepreßt.

»Warum nicht? Ich... ich werde dir die Lage erklären, habe eine Menge Neuigkeiten zu erzählen... Aber es läuft darauf hinaus, daß ich die logische Wahl war. Wie ist es dir ergangen? Wie fühlst du dich hier?«

»Ganz gut...«

»Du siehst auch gut aus. Etwas dünn; aber weißt du, dieses sonnengebleichte Haar um das gebräunte Gesicht steht dir fabelhaft.« Hastig fügte er hinzu: »Zu Haus ist alles in Ordnung, wenigstens war es so, als wir von Port Rua aus Verbindung hatten. Alle lassen dich grüßen. Die ganze Gemeinde hofft auf deine Rückkehr.«

Arnanak gesellte sich zu ihnen. »Wollt ihr nicht hineingehen? Geht in euren Raum, meine Gäste. Die Leute werden euch das Gepäck bringen. Später werden wir tafeln. Aber ihr müßt einander viel zu erzählen haben.«

Das hatten sie in der Tat. Sparling kannte sie gut genug, um zu wissen, daß er ihr die ungeschminkte Wahrheit zumuten konnte. »Es ist kein echter Kompromiß. Bloß eine praktische Vereinbarung, um den Krieg für beide Seiten weniger destruktiv zu machen. Auf den Ausgang der Auseinandersetzungen hat sie keinerlei Einfluß. Die Tassui werden keine Ruhe geben, bis der letzte Legionär Valennen verlassen hat oder tot ist. Die Zera Victrix wird in der Hoffnung auf Verstärkung aushalten, solange sie kann. Ich habe übrigens Verständnis für den Standpunkt der Barbaren. Nach Arnanak sind die meisten von ihnen zum Tode verurteilt, wenn sie während der Zeit des Feuers – so nennen sie es – in ihrem Heimatland eingepfercht bleiben. Wir Menschen hätten uns Gedanken darüber machen sollen. Wir hätten auch für dieses Land Hilfeleistungen planen und über Evakuierungsmöglichkeiten nachdenken sollen. Nicht, daß dieses Schwein Dejerine uns die Ausführung erlaubt hätte.«

»Juri ist kein Unmensch«, sagte Jill. Darauf schaute Sparling so verletzt und finster drein, daß sie ihm die Wange streicheln und sich enger an ihn schmiegen mußte. Sie saßen Seite an Seite auf dem mit groben Stoff überzogenen Lager aus Stroh und Zweigen, die Rükken an der Wand aus rohen Holzbohlen, die Füße auf dem kühlen Lehmboden. Das einzige Fenster war mit locker gewebtem Stoff verhangen, und so blieb der Raum unter dem mit Soden belegten überhängendem Dach halbwegs kühl und luftig. Eine Tür gab es nicht; ein zweiter Stoffvorhang im Eingang ließ die Geräusche aus der Halle hereindringen.

»Arnanak auch nicht«, sagte er besänftigt. »Aber beide haben eine Mission, und Gott sei demjenigen gnädig, der ihnen dabei in den Weg kommt. Arnanak will für sein Volk Land gewinnen, das vom Periastron und seinen Folgen weniger hart betroffen ist als dieses; Land, wo sie die harte Zeit einigermaßen überleben können. Das bedingt natürlich eine Beeinträchtigung der Gemeinschaft. Sie kann nicht müßig bleiben, wenn einzelne ihrer Mitglieder überrannt, unterworfen oder vertrieben werden. Und wenn die Gemeinschaft untergeht, wird Beronnen offen und wehrlos vor den Eindringlingen liegen. Es würde wieder das Ende der Zivilisation auf Ischtar bedeuten. Als ich es Arnanak vorhielt, gab er die Möglichkeit unumwunden zu.«

»Ich weiß«, sagte Jill. »Aber er glaubt, seine Abkömmlinge werden die ischtarische Kultur beerben und wiedererrichten.«

»Das ist schon möglich, wenn man in langen Zeiträumen denkt. Aber wie viele ischtarische Lebensspannen werden bis dahin verstreichen? Was wird in der Zwischenzeit geschehen, und wie viel wird für immer verlorengehen?«

»Ich weiß, Ian, ich weiß.«

»Für uns ist die Zeit verdammt knapp geworden, wenn wir etwas tun wollen, um Larreka zu helfen. Arnanak sagte mir, er habe bereits Boten ausgeschickt, um Schiffe und Landstreitkräfte zusammenzufrufen. Ich gebe Port Rua keinen Monat mehr, dann bricht der Sturm los.«

Jill saß eine Weile schweigend. Irgendwie hatte Sparling nicht wie ein Mann gesprochen, der verzweifelt ist. Endlich sagte sie: »Du hörst dich an, als wären wir trotzdem nicht völlig hilflos.«

Er nickte. Seine mit Grau durchschossene Stirnlocke wippte auf und ab, lächerlich und liebenswert zugleich. »Wir können unser Möglichstes tun. Jill, ich wäre auch so gekommen, um dir zu helfen, aber ich habe mir einen Vorwand ausgedacht.« Er streifte den linken Ärmel zurück und zeigte ihr einen um das Handgelenk geschnallten Miniatursender. »Arnanak hat meine Sachen Stück für Stück überprüft, bevor er ihre Mitnahme erlaubte. Aber wie ich gehofft hatte, erkannte er dieses Ding nicht. Als ich ihm sagte, es sei ein Talisman, gab er sich zufrieden.«

Sie sah ihn stirnrunzelnd an. »Wie stellst du dir das vor? Wir müssen wenigstens dreihundert Kilometer von Port Rua entfernt sein. Unter idealen Bedingungen könnte ein Detektor deine Sendeimpulse aus zehn Kilometern Entfernung auffangen.«

»Denkst du«, sagte er bedeutungsvoll. »Du unterschätzt meine Gerissenheit. Larreka half mir die Einzelheiten ausarbeiten. Teil seines Abkommens mit den Valennern war, daß sie kleine Gruppen von Legionären unbehelligt auf die Jagd gehen lassen wenn die Soldaten ihrerseits davon absehen, Wälder, Savannen und Felder anzuzünden. Nun, ich brachte ein paar mit Sonnenenergie betriebene, transportable Übertragungsstationen mit. Larrekas Jägertrupps werden sie ungesehen an strategisch günstigen Orten in Bäumen, auf Gipfeln und so weiter verstecken.«

»Aber wie können sie nahe genug kommen?«

»Das können sie nicht, um so weniger als sie unseren Aufenthaltsort nicht kennen. Tatsächlich weiß Larreka bis heute nicht, wo Ulu ist. Arnanak hat darüber nichts verlauten lassen; er ist kein Dummkopf. Aber sicherlich wird eine von diesen Übertragungsstationen bis auf hundert Kilometer von hier herankommen. Nun, ich habe einige Plastikbehälter mit Proteinpulver mitgebracht, in verschiedenen Größen, um die Mengenüberprüfung zu erschweren. Arnanak ließ jeden Behälter unter seiner Aufsicht ausleeren und wieder füllen, wie ich erwartet hatte. Aber er dachte nicht daran, nach doppelten Böden Ausschau zu halten. In einem dieser Behälter ist ein größerer und stärkerer Sender untergebracht. Ein Signal meines Miniatursenders kann ihn einschalten. Dieser Sender wird unsere erste Übertragungsstation sein – und er hat mehr als hundert Kilometer Reichweite!«

Sparling holte tief Atem und sah sie stolz und erwartungsvoll an. »Das Gelingen des Plans hängt selbstverständlich von jedem Glied in der Kette ab«, fuhr er fort. »Ich denke, es wird eine Weile dauern, bis das System steht. Dann werden wir Funkverbindung mit Port Rua haben. Da ich nur die nötigste Ausrüstung mitbringen konnte, werde ich außerdem eine Weile brauchen, um die Umgebung dieses Ortes mit der nötigen Genauigkeit zu vermessen.«

»Vermessen? Wozu?«

»Ich hoffe, ich kann mit Hilfe von Sternhöhenmessungen und Peilungen von bestimmten Landmarken wie Berggipfeln unsere genaue Position ermitteln. Dann werden wir zu einem Treffpunkt marschieren, wo eine Maschine landen und uns abholen kann.« Er lächelte sie halb entschuldigend an. »Das alles kann mehrere Wochen in Anspruch nehmen; aber es war das Beste, was ich kurzfristig in die Wege leiten konnte.«

Arnanak war in bester Stimmung. Während er an einem Tischgestell in der Mitte des Saales stand, aß und trank und großsprecherische Reden führte, erheiterte und unterhielt sie ihn. Nicht, daß sie einen Seitenwechsel vorgegeben hätte; dafür kannte er sie zu gut. Aber sie machte deutlich, daß ihr Aufenthalt zu einer günstigen Meinung von seinem Volk geführt hatte, und daß sie sich gern für Valennen und seine Bewohner einsetzen würde. Es war keine Lüge. Jill hatte längst zu der Überzeugung gefunden, daß diesen Leuten ebenso geholfen werden sollte, wie der Gemeinschaft. Nur machte der grausame und unnütze Krieg, der anderswo geführt wurde, dies unmöglich. Sie fühlte sich weniger schuldig, als er sagte:

»Wir werden mehr darüber sprechen, nachdem ich die Legion aus Valennen hinausgeworfen habe. Schon um mein Wort wahrzumachen und die Tassui zusammenzuhalten, muß ich es tun. Ich habe die Legion immer wieder gewarnt, daß sie vernichtet würde, wenn sie dieses Land nicht verließe. Nun kommen meine Krieger von weither zusammen. Sie werden sehen, daß Arnanak Wort hält.«

Sparling blieb auf Jills Anweisung hin einsilbig und zurückhaltend. Der Oberherr mußte bereits ein Gespür für menschliche Haltungen und Ausdrucksformen entwickelt haben, und Sparling konnte sich nicht gut verstellen.

Am Ende der Mahlzeit wurde sie ernst und sagte mit geheimnisvoller Miene: »Ich muß dich etwas fragen. Könnten wir drei hinausgehen?«

Arnanak war dazu bereit. Sobald sie den Hof hinter sich gelassen hatten, nahm Jill ihn beim Ellbogen und zeigte. »Dort entlang«, schlug sie vor.

Er widerstrebte. »Dieser Weg führt zu einem verbotenen Ort.«

»Ich weiß. Komm, nur ein kurzes Stück.«

Er gab nach. Außer Sichtweite der Gebäude machten sie halt. Die Sonnen waren hinter der Weltenmauer versunken, und Schatten lagen dicht zwischen verdorrtem Gesträuch und knorrigen Bäumen. Der Himmel über ihnen war von einem rasch dunkelnden, tiefen Blau. Eine schwache Brise raschelte im trockenen Röhricht und brachte eine Ahnung von Nachtkühle.

Arnanaks Augen waren grüne Laternen in der Schwärze unter seiner Mähne. Zähne blitzten, als er mit glockentiefer Stimme sagte: »Sag, was du willst, aber mach es kurz; denn ich habe hier meine eigenen Besorgungen.«

Jill faßte sich ein Herz. »Was sind die Dauri, und was hast du mit ihnen zu tun?«

Er ließ die Rechte zum Schwertknauf sinken. »Warum fragst du das?«

»Ich glaube, ich bin einem Daur begegnet«, antwortete sie und beschrieb ihr Zusammentreffen. »Innukrat wollte mir nichts erzählen und sagte, ich müsse auf dich warten. Aber sicherlich weiß hier jeder von ihnen. Ich erinnere mich, Bemerkungen und Andeutungen gehört zu haben.«

Seine Spannung ließ nach. »Ja, die Dauri sind Wesen von nicht sterblicher Art. Man glaubt, daß sie besondere Kräfte haben, und viele Leute stellen kleine Opfergaben wie etwa eine Schüssel mit Nahrung hinaus, wenn ein Daur gesehen wurde. Aber das geschieht selten.«

»Die Nahrung ist für den Daur ohne Nutzen, nicht wahr?«

»Wie meinst du das?«

»Ich glaube, du weißt, wie ich es meine. Du weißt, daß es mein Geschäft ist, das Leben der Tiere zu erforschen. Der Daur, den ich sah, war nichts magisches. Er war so sterblich wie jeder von uns – ein Geschöpf, das zu der Art von Leben gehört, die in den Ödländern vorherrscht. Aber er trug ein Messer bei sich. Ich sah das Metall. Nun, wenn die Dauri zahlreich genug wären und einen so hohen Entwicklungsstand erreicht hätten, daß sie Metallerz abbauen und zu Werkzeugen schmieden, dann hätten wir Menschen sie entdeckt. Ich glaube, Arnanak, du gabst ihm das Messer... als Teil eines Handels.«

Es war ein Sprung ins Dunkle, aber welche andere Erklärung konnte es geben?

Sparling fügte hinzu: »Wie ich schon sagte, kamen wir Menschen in diese Gegenden, um sie zu erforschen, um zu sehen, wie sie sind. Meine Freunde und Gefährten würden jedem, der ihnen wichtige neue Erkenntnisse vermittelte, äußerst dankbar sein.«

Arnanak hatte unbewegt dagestanden. Nun kam er rasch zu seiner Entscheidung. »Gut«, sagte er. »Es ist kein absolutes Geheimnis. Ich habe anderen Tassui einiges darüber erzählt. Und ich werde euch zwei festhalten, bis meine Herrschaft über Valennen unerschütterlich ist.« Er wandte sich zum Gehen. »Folgt mir.«

Als sie ihm nachgingen, beugte Sparling sich zu Jill und wisperte ihr zu: »Dann hast du also recht. Eine unbekannte intelligente Rasse... und du bist hinter die Wahrheit gekommen.«

Bald erreichten sie die Hütte. Die Posten hoben salutierend die Speere und traten zur Seite. Arnanak entriegelte die Tür und führte die Menschen hinein. Darauf schloß er sie sofort wieder, bevor die Wächter an ihre Plätze zurückkehren und etwas sehen konnten.

Im Innern der Hütte verbreiteten zwei irdene Öllampen trübes Licht und düster tanzende Schatten. Vor den Fenstern, zu hoch in den Wänden, um hineinzuspähen, stand tiefe Dämmerung. Der einzige Raum war mit grob gearbeiteten Einrichtungsgegenständen möbliert, die für einen Kindergarten gemacht schienen. Auf Regalen lagen blaublättrige Vegetation und fremdartig geformte geschlachtete Kadaver: Nahrung für T-Leben. Eine kleine rückwärtige Tür verschaffte den Dreien, die hier lebten, freien Aus- und Eingang. Sparling stockte der Atem. Er tastete unwillkürlich nach Jill, die seine Hand ergriff und drückte, ohne ihre Aufmerksamkeit von den Seesterngestalten abzuwenden. Sie huschten in den hintersten Winkel, wo sie ängstliche Pfiffe und Triller hören ließen. Arnanak beschwichtigte sie mit ähnlichen Geräuschen und Worten seiner Sprache, und schließlich wagten sie sich wieder hervor, um den beiden Fremden gegenüberzutreten, die sich in ihren Augen gräßlich ausnehmen mußten.

»Hört den Bericht von meiner Suche«, sagte Arnanak.

Während er sprach, konnte Jill die Augen nicht von den Dauri abwenden. Der Körper schien wie bei den meisten Sophonten wenig spezialisiert. Bestimmte charakteristische Merkmale waren Jill aus Büchern über T-Biologie bekannt. In den ungefähr kugelförmigen Körpern mußten Skelette in der Form einander überschneidender Ringe stecken, mit Kugelgelenken für die fünf Glieder. Der oberste Zweig endete in fünf fleischigen Blütenblättern, die sowohl als Sinnesorgane zur Geruchswahrnehmung wie auch als Lippen und Zungen zum Hinabbefördern der Nahrung in den mit Zahnkränzen besetzten Schlund dienten. Unter jedem Blütenblatt befand sich außerdem ein kompliziertes Netz feinster Fibern, die Geräusche auffingen. An den Enden der gelenklosen, biegsamen Arme saßen fünf symmetrisch angeordnete Finger, die weniger gut als eine menschliche Hand geeignet waren, einen Schaft zu umfassen, aber für einen Gegenstand wie einen Faustkeil wie geschaffen schienen. Jill sah, wie die Griffe ihrer Eisenmesser geschnitzt waren, und bewunderte das Einfühlungsvermögen und die Erfindungsgabe Arnanaks, der die Form entworfen haben mußte. Die an den Armwurzeln sitzenden Augen waren gut entwickelt, wenn auch seltsam anzusehen, weil sie je nach der Lichtintensität von selbst dunkler oder heller wurden. Unter dem zur Nahrungsaufnahme dienenden Zweig war ein primitiveres drittes Auge, dessen Zweck offenbar die

Koordination von nicht überlappenden Sichtfeldern war. Die verbleibenden zwei Augen hatten sich zu Auswüchsen über den Beinen verändert, deren unterschiedliche Formen, Farben und Gerüche anzeigten, daß alle drei Geschlechter hier vertreten waren. Im trüben Licht der Öllampen war die Hautfarbe ein dunkles Purpur. Bei vollem Sonnenlicht würde sie ein beinahe metallisches Weiß zeigen.

Ja, bemerkenswert, aber durchaus nicht unverständlich, wenn man die Erscheinungsformen des T-Lebens kannte... Nur der Geist, der darin steckte, blieb unergründlich.

Und als Arnanak seinen Bericht endete und aus einer Truhe das Ding nahm, das er aus den Ödländern zurückgebracht hatte...

Sie waren sprachlos. Ein Kristallwürfel von vielleicht dreißig Zentimetern Kantenlänge enthielt Schwärze, in der ungezählte vielfarbige Lichtpunkte glommen. Als Arnanak ihn bewegte, veränderte sich der Blickwinkel, und winzige Symbole glühten jetzt neben diesem, dann neben jenem Lichtfunken auf.

»Seht es euch gut an«, sagte der Oberherr von Ulu. »Ihr werdet es nicht so bald wiedersehen, wenn überhaupt. Dieses Zauberzeichen und die Dauri hier werden mich begleiten, um meinen Kriegern für den Angriff Mut zu machen.«

In ihrem Raum war eine Lampe angezündet worden, und für Sparling stand ein zweites Lager aus Stroh und Zweigen bereit. Das Öl in der Lampe verbrannte mit einem feinen Tannenduft, die Luft war nicht zu warm, und als Jill den Vorhang zurückzog, blickten helle Sterne zum Fenster herein.

»Mein Gott, Ian, was für ein Wunder!« Jill konnte sich noch immer nicht beruhigen.

Er nickte nachdenklich. »Ja. Aber zu welchem Zweck? Jedenfalls werden wir die Information weitergeben.«

Sie ergriff seine Hände. »Du warst hier und hast es miterlebt. Weißt du, was das bedeutet?«

»Ich... ich bin froh, daß ich gekommen bin.«

»Ian«, sagte sie, mitgerissen von ihren Empfindungen, »dies ist die erste Gelegenheit, dir zu danken. Ich werde nie imstande sein, dir das zu vergelten, aber ich werde mein Möglichstes tun.«

»Ach, schon gut...« Er verzog den Mund zu einer schiefen Grimasse und sagte verlegen: »Hör zu, ich hätte auf getrennten Schlafkammern bestehen sollen. Wenn keine zweite Kammer frei ist, werde ich meinen Schlafsack suchen, wo immer sie ihn verstaut haben. Gute Nacht, Jill.«

»Was? Gute Nacht? Mach dich nicht lächerlich!«

Er schien sich zurückziehen zu wollen. Sie warf ihm die Arme um den Hals und küßte ihn. Nach einer Sekunde ging er darauf ein.

»Hör auf, so verdammt ehrenwert zu sein, Mann«, murmelte sie schließlich. »Ich habe Rhoda auch gern, wirklich, und... Du brauchst es nicht zu sagen, ich weiß, daß du keine Belohnung erwartetest, aber ich will es!«

Eine wispernde Stimme sagte ihr durch den dumpfen Trommelschlag des Blutes in den Schläfen, daß die Wirkung der letzten empfängnisverhütenden Spritze möglicherweise abgeklungen sei. Geh zum Teufel, sagte sie ihr. Dann kam ihr der Gedanke, daß die Sparlings schon immer mehr Kinder gewollt hatten, in Primavera aber keine zur Adoption frei waren.

»Ich glaube, ich liebe dich, Ian«, sagte sie. »Schon.«

19

Als in Ulu die Sommersonnenwende mit Tanz, Gesang, Musik und Opfern begangen wurde, überholte die gelbe Sonne am Himmel die rote. Von da an war Anu der Verfolger. Die Hitze nahm zu; Staubstürme tobten über das Land; tagelang brannte die Steppe, und bitterriechender Rauch zog in die Hügel; Wolken brandeten weiß gegen die Weltenmauer, aber nur selten luden sie ihren Regen hier im Vorland ab.

Sparling ignorierte alle Unbequemlichkeiten. Jill behauptete das gleiche, und er glaubte ihr, nicht bloß, weil sie die am beunruhigendsten aufrichtige Person war, die er kannte. Bei einer Luftfeuchtigkeit nahe null ist Temperaturtoleranz eine Frage der Entspannung und des Vermeidens aller vom Körper nicht verlangten Anstrengungen. Die Nahrung war einfach, aber noch immer reichlich. Abgesehen von dem Umstand, daß sie die Zusatznahrung unter Verschluß hielten und nur portionsweise ausgaben, waren die Eingeborenen bemüht, den wie Gäste behandelten Gefangenen jeden Wunsch zu erfüllen, entweder durch Hilfsbereitschaft oder indem sie die beiden in Ruhe ließen. Meistens war das letztere der Fall, denn die zwei nahmen alles, was jeder Tag und jede Nacht ihnen gewährte.

Er war nie so glücklich gewesen. Sein Glück wurde jedoch zunehmend von Schuldgefühlen getrübt, weniger um Rhodas willen, als vielmehr wegen des Umstandes, daß er die Fluchtvorbereitungen aus Furcht, er könnte die Zeit seines Glücks vorzeitig beenden, nur halbherzig betrieb. Er tröstete sich mit der Erkenntnis, daß es vollkommenes Glück nicht geben kann.

Sie sprachen selten über ihre persönliche Zukunft, denn beiden war bewußt, daß diese Zeit eine Episode bleiben mußte. Bald hörte auch er auf, die Tage zu zählen; sie lebten in einem abgetrennten Raum außerhalb der Zeit. Später berechnete er ihre Zahl auf dreiundvierzig und wünschte, sie hätten die Länge irdischer Tage gehabt.

Sie saßen am Ufer eines kleinen Baches, der um rundgeschliffene Steine murmelte, die er früher überspült hatte. Der Himmel schien blaß durch belaubte Zweige, die im Umkreis des Wasserlaufes einen angenehmen Halbschatten auf den mit goldenen und kupfernen Lichtflecken gesprenkelten Waldboden legten. Ein Ptenoid, blauschillernd wie ein Eisvogel, kauerte erschöpft von Hunger und Hitze auf einem dürren Ast und wartete auf Fische, die wahrscheinlich niemals kommen würden.

»Gut, versuchen wir es nochmal«, sagte Sparling und drehte den Knopf an seinem Sender. Jill saß an ihn gelehnt. Der feine Duft ihres Haars erfüllte ihn mit dem süßen und schmerzlichen Bewußtsein seines flüchtigen Glücks.

»Ich rufe Port Rua«, sagte er mechanisch. »Port Rua bitte melden.«

»Militärische Geheimdiensteinheit X13 ruft Port Rua«, fügte sie mit wichtiger Miene hinzu. »Höchste Geheimhaltungs- und Dringlichkeitsstufe. Wir benötigen neue Verkleidungen. Ein Zwiebelbrot hat unsere falschen Bärte unbewohnbar gemacht.«

Ich wünschte, ich hätte ihr Talent zum Spaßmachen, dachte Sparling. Laut sagte er: »Offen gesagt, ich beginne mir Sorgen zu machen. Larreka hatte versprochen, das Personal des Senders rund um die Uhr Dienst tun zu lassen. Entweder hat unsere Idee mit den Zwischenstationen nicht geklappt, oder ...«

Dünn wie Insektengezirp, aber scharf und in der Stille deutlich hörbar, meldete sich eine ischtarische Stimme: »Hier Port Rua. Seid ihr die gefangenen Menschen?«

Jill sprang auf und vollführte einen Freudentanz.

»Ja«, sagte Sparling, dessen Erleichterung hinter der ihrigen zurückblieb. »Soweit geht es uns gut. Wie sieht es bei euch aus?«

»Alles ruhig. Zu ruhig, finden wir.«

»Ja. Das wird nicht so bleiben. Kann ich den Kommandanten sprechen?«

»Jetzt nicht. Er inspiziert unser Signalsystem. Wir erwarten ihn erst morgen zurück. Aber ich kann euch mit Primavera verbinden.«

»Nein, lieber nicht. Es würde unsere Batterien unnötig belasten.« Ich wüßte auch nicht, dachte er bei sich, was ich zu Rhoda sagen könnte. »Aber gebt ihnen Nachricht und meldet, daß wir beide sehr großzügig behandelt werden. Ich werde übermorgen um die Mittagszeit wieder rufen. Einstweilen viel Glück.«

»Möge es auch euch beistehen.«

Sparling schaltete aus. »Schön«, sagte er. »Das ist ein großer Schritt vorwärts.«

»Und du hast ihn getan!« Sie warf sich auf ihn, riß ihn zu Boden und klammerte sich an ihm fest. Mit unbeholfenen Fingern nestelte er an ihrem Kleid.

Sie gingen unter Sternen und Monden. Das Licht auf den Vorbergen und den baumlosen Felskämmen war lavendelfarben und vertiefte sich mit zunehmender Entfernung, bis das Hügelland im Dunst mit dem Himmel verschmolz. Die Luft war mild, süßduftend. Aus dem Wald tönte der dunkle Ruf eines Nachtsängers herüber.

»Ich hätte nicht geglaubt, daß in der Zeit des Feuers eine solche Nacht möglich wäre«, meinte er. Und nachdem er sie von der Seite angesehen hatte, fügte er hinzu: »Es ist wie mit uns. Während ringsum alles verdorrt und in Stücke fällt, haben wir unser Glück gefunden.«

Sie drückte ihm die Hand. »So müssen die Menschen es zu allen Zeiten getan haben«, antwortete sie. »Andernfalls wären sie ausgestorben.«

Er blickte nach oben. »Ich frage mich, ob es Ischtars alter Himmel war, was wir in dem Würfel sahen. Ich wünschte, er hätte uns das Ding genauer untersuchen lassen. Aber ich würde sagen, daß es eine Art Miniaturplanetarium ist, das seine Energie vom Sonnenlicht oder einem langlebigen Isotop erhält und dessen Veränderungen von einem Festkörper-Kleinrechner gesteuert werden. Vielleicht hat es für Navigationszwecke gedient, oder für die Lehre...« Er seufzte. »Nun, wer kann die Gedanken eines Toten lesen? Geschweige denn die Gedanken einer toten Rasse.«

»Wenn sie tot ist«, erwiderte sie. »Sie könnte anderswohin weitergezogen sein. Sieh mal, diese Lebewesen konnten einen Gegenstand machen, der die Verwitterungsprozesse von einer Milliarde Jahren unbeschädigt überstand. Irgendwo im Norden sind Überreste ihrer Kultur – erodiert, verweht, oder wir hätten sie aus der Luft entdeckt, aber doch als Ruinen kenntlich. Wenn sie das vermochten, warum sollten sie nicht überlebt haben?«

»Wenn, wenn, wenn!« erwiderte er lächelnd. »Auf solche Fragen gibt es keine Antwort.«

»Egal«, sagte sie, »jedenfalls haben wir eine Entdeckung gemacht, die alles in den Schatten stellt, was...«

»Du hast sie gemacht.«

»Nein, Ian. *Wir.*«

»Ich würde viel dafür geben, wenn ich wüßte, wie wir die Information weitergeben und dafür sorgen könnten, daß sie nicht... nun, daß sie nicht mit uns stirbt, sollte das geschehen.«

»Wieso, wir werden es Larreka sagen, was sonst? Er kann Primavera davon verständigen. Sieh mal«, sagte Jill, mitgerissen von der Idee, »die Wahrheit sollte überall verbreitet werden. Arnanak nutzt Mythen und Aberglauben für seine politischen Zwecke aus. Laß die Tassui erkennen, daß die Dauri sterblich sind, daß Arnanak tatsächlich nicht mehr getan hat, als eine Abmachung mit bestimmten Vertretern einer anderen Spezies zu treffen – sie helfen ihm, wo sie können, und er verschafft ihnen dafür besseres Land, nachdem er die Gemeinschaft zerschlagen hat –, stell dir vor, Ian, wie sich das auf die Moral der Krieger auswirken würde!«

Er schüttelte den Kopf. »Nein, Jill. Ich habe darüber nachgedacht. Wenn sich das herumspricht, wird er wissen, daß sein Geheimnis verraten wurde; und wer könnte es verraten haben, wenn nicht wir? Er erzählte uns und anderen von seiner epischen Pilgerfahrt, aber er sagte nichts von der praktischen Politik, die daraus folgte, das hätte die Ehrfurcht zerstört. Er braucht nichts von Radiotechnik zu verstehen, um zu folgern, daß wir ihm irgendwie einen Streich gespielt haben. Und dann...«

»Ich glaube nicht, daß er rachsüchtig sein würde.«

»Vielleicht, vielleicht nicht. Er könnte uns töten, um seinen Ruf und sein Gesicht zu wahren. Ich bin nicht bereit, dich einem solchen Risiko auszusetzen.«

»Ich verstehe, was du meinst. Ich bin das einzige Ich, das ich habe.« Sie blieb stehen und erreichte damit, daß auch er haltmachte. Er sah, wie sie ihn im Mondlicht anblinzelte und die Nase rümpfte. »Und was noch wichtiger ist, du bist das einzige Du, das ich habe.«

Sie hätten auf ihre tägliche Ration Zusatznahrung notfalls verzichten können, aber als sie ihren Wunsch bekanntmachten, über Nacht auszubleiben, gab Innukrat ihnen unaufgefordert, was sie brauchten. »Die Höhen im Westen sind steil und unwegsam«, sagte sie ihnen. »Wenn ihr dorthin wollt, müßt ihr gesund und bei Kräften sein.«

»Du bist eine gute Person«, sagte Sparling, vom Gewissen geplagt.

»Wenn du das wirklich denkst«, antwortete sie, »dann erinnere dich nicht meiner, aber meiner Kinder, nachdem du in die Heimat zurückgekehrt und wieder Macht ausüben wirst.«

Die zwei Menschen verließen die Ansiedlung und machten sich auf den Weg. Er hatte einen Taschenkompaß bei sich, den die Tassui ihm gelassen hatten, weil solche Instrumente ihnen von den Legionären bekannt waren. Arnanak hatte ihnen mit der Bemerkung, sie könnten ihren Aufenthalt genausogut nutzen, indem sie aufzeichneten, was ihnen über das Land und seine Bewohner wissenswert erschiene, Papier und Bleistift gestattet.

Und so führten sie eine Vermessung durch, deren Ergebnis, übertragen auf Karten in Primavera, die Lage Ulus auf einige hundert Meter Genauigkeit fixieren würde.

Als sie am folgenden Tag auf dem Rückmarsch einen glühendheißen Geröllhang hinabstiegen, begann plötzlich der Miniatursender zu piepen. Sparling drückte auf den Sendeknopf und knurrte: »Was zum Teufel ist los?«

»Hier spricht Techniker Adissa in Port Rua«, sagte die winzige Stimme. »Wir haben eine Botschaft aus Primavera weiterzugeben.«

»Was soll das?« erwiderte er mit mühsam gezügelter Verärgerung. »Wir hätten gerade inmitten unserer Bewacher sein können! Ihr dürft nicht rufen, wir rufen euch. Ist das klar?«

»Ich bitte um Vergebung«, sagte der Ischtarier demütig.

»Das ist schon gut«, schaltete sich Jill ein. »Und da wir gerade ungestört sind, was für eine Botschaft ist es?«

»Nein, zuerst wollen wir wissen, wie es bei der Legion aussieht«, sagte Sparling, schon wieder besänftigt. Immer wieder abrutschend, stapfte er mühsam über den Steilhang zu einem schattenspendenden Felsdach, während das unter seinen Füßen losgetretene Geröll den Hang hinabprasselte.

»Die Ruhe dauert an«, berichtete Adissa. »Aber die Buschfeuer haben die nahegelegenen Jagdgebiete zerstört, und die Legion schickt keine Jagdgruppen mehr hinaus. Das letzte Schiff brachte

Lebensmittel und ein paar Soldaten. Es heißt, dies seien alle, die von anderen Stützpunkten der Legion erübrigt werden könnten; und von Beronnen ist keine Hilfe zu erwarten. Ich überspiele jetzt die Botschaft aus Primavera.«

Die beiden Wanderer kauerten unter dem überhängenden Felsen im Schatten nieder. Adissa schaltete eine Tonaufzeichnung ein. Die Stimme des Sprechers gehörte Goddard Hanshaw:

»Hallo, ihr zwei. Ich dachte, ihr würdet gern hören, was sich in letzter Zeit ereignet hat, obwohl, um die Wahrheit zu sagen, nur wenig davon erfreulich ist. Uns persönlich geht es gut, das möchte ich vorausschicken; aber sonst ist die Lage hier ziemlich verfahren.

Die übliche Situation. Die Leute verhalten sich ruhig und führen ihr Leben weiter, als ob nichts geschehen wäre, aber die ganze Zeit nimmt ihre Verärgerung und Erbitterung zu, und schließlich sind sie so damit gesättigt, daß jeder Anlaß genügt, um sie steinhart auskristallisieren zu lassen. Was es in unserem Fall ist... nun, ich kann es nicht mit Bestimmtheit sagen. Nachrichten vom Kriegsschauplatz, wo die Fronten wieder zum Stillstand gekommen sind, ohne daß Ruhe eingekehrt wäre: statt dessen wird das Ganze immer mehr zu einem gewaltigen Fleischwolf. Und obendrein sind wegen dieses selben nutzlosen Krieges zwei beliebte, wertvolle Mitglieder unserer Gemeinschaft den Barbaren in die Hände gefallen.

Dies und die Blockierung aller öffentlichen und privaten Projekte zugunsten des Stützpunktbaues hat hier in Primavera zu einer Art Generalstreik geführt, einer allgemeinen Verweigerung. Alle ständigen Bewohner, und sogar viele der Kontraktarbeiter, verweigern jede Zusammenarbeit mit dem Militär. Sie sprechen nicht einmal mit einem Mann in Uniform, der für sie ein ›Kollaborateur‹ ist. Natürlich gibt es manche, die sich lieber anders verhalten würden, aber sie wollen in den Augen ihrer Freunde und Mitbürger nicht zu Verrätern werden.

Ihr könnt euch denken, daß daraus viele Schwierigkeiten und Ärgerlichkeiten erwachsen. Hauptmann Dejerine wird immer wieder bei mir vorstellig und fordert mich auf, meinen Einfluß geltend zu machen. Durch stillschweigende Übereinkunft bin ich der einzige Siedler, der mit ihm und seinen Leuten Verbindung halten kann, ohne von seinen Mitbürgern boykottiert zu werden; alle begreifen, daß jemand diese Funktion erfüllen muß. Dejerine veranlaßte einige Festnahmen, doch als er sah, daß sie als eine Ehre angesehen wurden, ließ er die Verhafteten frei und verzichtete auf die Einleitung von Kriegsgerichtsverfahren. Er ist weder dumm noch stur oder böswillig, und in mancherlei Hinsicht tut er mir leid. Er bat mich wiederholt, informiert zu werden, sobald Nachrichten von euch einträfen. Wir haben ihm die Einrichtung dieser Funkverbindung verschwiegen.

Unter uns gesagt, ich bin keineswegs sicher, daß das Verhalten der Gemeinde klug ist. Niemand vermag heute zu sagen, welche Folgen der Widerstand haben wird. Vielleicht können wir die Einstellung des Stützpunktprojekts erreichen. Vielleicht wird man uns mit der Einstellung aller Versorgungslieferungen in die Knie zwingen. Niemand kann es wissen. Ich dachte, ihr solltet erfahren, wie die Dinge hier stehen, falls ihr auf eigene Faust Verhandlungen führt. Und ich werde euch auf dem laufenden halten. Macht euch keine Sorgen um uns. Die Situation ist hoffnungslos, aber nicht ernst, wie man so sagt. A vuestra salud. Ich übergebe das Mikrofon an Rhoda.«

»Guten Tag, mein Lieber«, sagte die Frauenstimme, und fuhr mit einigen besorgten Ermahnungen und Zärtlichkeiten fort, die Sparling mit geballten Fäusten und zusammengebissenen Zähnen ertrug. »Jill«, schloß Rhoda ihre Durchsage, »deine Eltern, deine Schwester und ihre Familie schicken dir ihre Grüße und guten Wünsche. Ich hoffe, du wirst auch meine annehmen. Alles Gute. Sei bedankt für das, was du bist und was du tust. Ich bete für eure gesunde Rückkehr. Auf Wiedersehen.«

Stille summte. »Das ist das Ende der Botschaft«, sagte Adissa.

»Gut, danke«, antwortete Sparling mechanisch. »Wir schalten aus. Ende.«

Er blieb eine Weile sitzen und starrte über die sonnenverbrannten Vorberge hinaus. Jill legte ihm den linken Arm um die Taille. »Du hast eine feinere Frau als ich verdiene«, sagte sie leise.

»Nein«, murmelte er. »Ich meine...« Er brach ab. »Außerdem können wir nichts ändern, nicht?« Er kam sich wie ein Feigling vor und mühte sich weiter: »Trotz meiner persönlichen Gefühle teile ich Goddards Zweifel. Eine allgemeine Verweigerung gegenüber dem Militär – der Friedenskontrollbehörde –, das ist eine heikle Sache. Schließlich dienen diese Männer uns allen.«

»Quäl dich nicht,« bat sie ihn. »Obwohl...«

Als er merkte, daß sie den Rest ungesagt ließ, wandte er den Kopf und sah das klare Profil vor dem Hintergrund aus nacktem Gestein und hitzeflimmernder Luft. »Ich frage mich, warum Papa oder

Mutter oder Alice nicht auf das Band gesprochen haben«, sagte sie nach einer Weile. »Kenne ich sie zu gut?«

Sie straffte die Schultern. »Jetzt fange ich selbst an, mich zu quälen. Zum Teufel damit. Komm, laß uns weitergehen. Aber zuerst einen Kuß.«

Nicht viel später endete die Zeit, die ihnen gehört hatte.

20

Larreka blinzelte vom östlichen Wachtturm über die Hafenanlagen von Port Rua, wo die wenigen Schiffe der Legion lagen, zu der feindlichen Flotte hinaus, die in die Bucht einlief. Achtundfünfzig schlanke Schiffsrümpfe zählte er – achtundfünfzig vom Licht des eben aufgegangenen Wanderers rot gefärbte Großsegel. Die Sonne, nicht viel höher am Himmel, blendete das Auge mit langen Strahlen, die von den kurzen, kleinen Wellen vielfach gebrochen und gespiegelt wurden. Er konnte kaum seine Zählung machen und bezweifelte, ob die Garnisonsartillerie gegen dieses blendende Licht einen Stein oder einen Brandpfeil ins Ziel bringen würde. Die Barbaren waren von diesem Nachteil nicht betroffen; auch hatten sie den Wind im Rücken. Obwohl er von der See her wehte, war er bereits heiß und brachte keine Erfrischung. Das Legionsbanner zu Larrekas Häupten klatschte träge gegen den Mast.

»Sieh einer an«, bemerkte Seroda, sein Adjutant. »Wer hätte gedacht, daß sie so viele zusammenbringen würden?«

Larreka nickte. »Ihr Häuptling ist eine schlaue Bestie. Er hielt sie ständig in Bewegung, ließ sie in kleinen Gruppen zwischen den Inseln und vor den Küsten Piratenüberfälle ausführen. So kamen wir nie an eine wirkliche Vorstellung von ihrer Gesamtstärke. Aber er nannte den Schiffern einen Termin und einen Treffpunkt, und als sie sich dort einfanden, erhielten sie ihre Anweisungen.« Er zupfte heftig am Schnurrbart. »Machen wir uns nichts vor, das ist bei weitem nicht seine ganze Kriegsflotte. Das Gros liegt wahrscheinlich draußen und erhält die Blockade aufrecht, für den Fall, daß jemand versuchen sollte, uns Hilfe zu schicken.«

»Warum sind dann diese in die Bucht eingelaufen?«

»Um uns abzuschneiden. Wenn wir uns bei Nacht einschifften und in die unbewachte Bucht ausliefen, hätten wir eine gute Chance, ihnen auf See zu entgehen und nach Haus zu kommen, um den Kampf von dort aus fortzusetzen.« Larrekas Blick ging über die Stadt mit ihren niedrigen, eng zusammengedrängten Lehmziegelhäusern, zum Fluß, der nur noch wenig Wasser führte, so daß Felsblöcke ihre rundgeschliffenen, glänzenden Rücken wie grauschwarze Ungeheuer aus dem Flußbett hoben, und über das braune und grauschwarze Land hinaus, das den Rest der Welt einschloß. Staubige Windhosen wanderten draußen über die Ebene, Tänzer, die eine gewalttätige Pantomime aufführten. »Ja«, sagte er, mehr zu sich selbst als zu seinem Adjutanten, »der Entscheidungskampf hat begonnen. Ihre Fußtrupen sollten bald eintreffen.«

Nach einem Augenblick des Nachdenkens setzte er hinzu: »Ihr Führer begeht allerdings eine Torheit. Er hat das gute alte Prinzip der Kriegführung vergessen, daß man seinem Gegner immer einen Rückzugsweg lassen sollte.«

»Er muß damit rechnen, daß wir uns bald ergeben werden«, sagte Seroda.

»Auch das wäre eine Art Rückzug, ja. Aber es ist nicht, was der Feind bezweckt. Die Schiffe dort draußen sprechen dagegen. Und in Valennen kann man nicht eine Menge müßiger Gefangener ernähren, schon gar nicht in dieser schweren Zeit. Entweder massakrieren sie uns, oder sie lassen uns als Sklaven arbeiten, in Bergwerken und Steinbrüchen über das Land verstreut, angekettet an Wagen oder Pflüge oder Mühlräder ... Was mich betrifft, ich würde das Massaker vorziehen.«

Nach zweimal vierundsechzig Jahren in der Legion hatte Seroda es nicht nötig, sich gegen mögliche Vorwürfe von Feigheit oder mangelnder Aktivität abzusichern. Er konnte sagen: »Vielleicht können wir doch noch etwas aushandeln. Schließlich würde es sie teuer zu stehen kommen, diesen Posten mit Gewalt zu nehmen. Sie könnten es noch immer vorziehen, uns gehen zu lassen.«

»In diesem Fall«, sagte Larreka, »ist es für uns ein Grund, zu bleiben.«

Die Barbaren, welche die Zera Victrix in ihren letzten Stunden tötete, würden für einen Angriff auf die Heimat nicht mehr zur Verfügung stehen.

Im Laufe des glühendheißen Nachmittags erreichte die Hauptmacht der Tassui Port Rua. Sie schlug einen Kilometer vor den Wällen in einem Bogen zwischen Fluß und Küste ihr Lager auf, viele tausend Krieger stark. Die grotesken Standarten, auf Stangen befestigte Schädel von Tieren oder Vorfahren, Schwänze erschlagener

Feinde, geschnitzte Totems und gefiederte und gehörnte Feldzeichen bildeten einen Wald, worin Speerspitzen blitzten, als ob er Früchte trüge. Ihre Trommeln rumpelten, ihre Hörner tuteten, sie riefen und sangen und galoppierten in Staubwolken hin und her.

Die Wälle der Stadt waren aus festgestampfter Erde unter einer hohen, scharf zugespitzten Palisade aus Phönixstämmen. Flankiert von Ecktürmen, stellten die vorgebauten Bastionen die Hauptstütze der Verteidigung dar. Jede von ihnen besaß ein Katapult, das mehrere Pfeile zugleich verschießen konnte, oder eine Schleuder mit Brandgeschossen. Vor der Palisade war ein trockener Graben, dessen Grund von zugespitzten Stangen starrte. Legionäre hielten die Laufgänge hinter den Palisaden besetzt, bewehrt mit glänzenden Schilden und Harnischen unter den im Wind flatternden Wimpeln und Bannern. In gleichmäßigen Abständen standen zwischen den Bogenschützen die wenigen Soldaten, die Feuerwaffen hatten.

Nach seiner Rückkehr hatte Larreka die meisten Zivilisten evakuieren lassen. Geblieben waren Frauen und Diener, darunter viele Einheimische, die praktisch Mitglieder der Legion waren. Ihre Arbeitskraft und Pflege wurden gebraucht. Wir sind in keiner schlechten Verfassung, überlegte er. Noch nicht.

Ein Horn ertönte dreimal, und zwei Gestalten kamen aus einem mit Federn und Feldzeichen geschmückten Pavillonzelt. Der erste war ein junger Krieger, der die Flagge, die er trug, nach Art der Unterhändler schwenkte. Der zweite war von eindrucksvoller Größe und mit Gold geschmückt. Arnanak persönlich, dachte Larreka auf seinem luftigen Ausguck. Soll ich gehen und mit ihm verhandeln? Seine Ethik riecht nach Verrat.

Aber nein, er ist ein Logenbruder.

Und trotz der Proteste seiner Offiziere ließ Larreka das Nordtor öffnen und die Zugbrücke über den Graben herunterlassen. Allein ging er den beiden entgegen. Er hatte die Rüstung abgelegt – warum sich darin rösten? – und trug nur seinen Krummsäbel aus Haelen, einen Beutel und einen roten Umhang. Der letztere war ein lästiges Ding, das ihm um die Beine klatschte, wenn er ging, aber Seroda hatte darauf bestanden, daß der Kommandant nicht allzu schäbig aussehen dürfe, wenn er seinem prächtig herausgeputzten Rivalen gegenübertrete.

Arnanak sprach zu seinem Begleiter, der salutierend die Flagge schwang. Er selbst stieß seinen Säbel demonstrativ in den Boden, bevor er mit Larreka den Händedruck und die Begrüßungsworte ihres Mysteriums austauschte.

Dann trat er einen Schritt zurück und sagte: »Heil dir, und Gesundheit. Eine große Freude wäre es mir, wenn wir die Todeswaffen, die wir tragen, niederlegen könnten.«

»Eine gute Idee«, sagte Larreka. »Und leicht getan. Geht einfach nach Hause.«

»Würdest du das gleiche tun?«

»Ich bin zu Hause.«

Arnanak seufzte. »Wir könnten euch ohnedies nicht einfach ziehen lassen«, sagte er. »Diese Gelegenheit hattet ihr früher. Nun muß ich der Zera Victrix ein Ende machen.«

»Nur zu, scheue nicht den Versuch. Aber worüber verhandeln wir dann, wenn wir im Schatten sitzen und Bier trinken könnten?«

»Ich habe ein Anerbieten, weil ihr tapfere Krieger seid. Ergebt euch. Wir werden jedem von euch die rechte Hand abhacken und euch ernähren, bis ihr euch erholt haben werdet; dann werden wir euch an Bord eurer Schiffe gehen lassen und die Freiheit geben. Ihr werdet niemals wieder Soldaten sein, aber ihr werdet zurückkehren.«

»Ach nein«, sagte Larreka und lächelte in die ernsten grünen Augen. »Ich könnte ein Gegenangebot machen, wobei ich allerdings einen anderen Teil eurer Anatomie verlangen würde. Aber wozu die Mühe?«

»Ich würde es vorziehen, euch am Leben zu lassen«, drängte Arnanak. »In der Tat, wir werden jeden von euch, der sich uns anschließen möchte, unversehrt lassen.«

»Glaubst du, es würde sich lohnen, diese Leute zu haben?« Aber dann begriff er, daß es ein kluger Vorschlag war. Die Fertigkeiten der Legionäre würden Arnanak durchaus zustatten kommen.

Arnanak breitete seine großen schwarzen Hände aus. »Andernfalls wäre es der Tod für alle, ausgenommen jene wenigen Unglücklichen, die wir gefangennehmen und zu Unfreien machen würden.« Das Licht blitzte von seinen goldenen Ketten und Armreifen. »Ihr habt keine Aussicht. Wenn nicht anders, könnten wir euch einfach aushungern.«

»Wir sind mit Vorräten gut versorgt und haben Brunnen, die besseres Wasser liefern als jenes, was ihr aus dem Fluß schöpfen müßt. Das Hinterland ist leer und ausgedörrt. Möchtest du sehen, wer zuerst hungrig wird?«

»Nun gut«, sagte Arnanak gleichmütig. »Und ihr seid in einer guten Verteidigungsposition. Das aber ändert nichts daran, daß ihr eingeschlossen und weit in der Minderzahl seid. Erwartest du Hilfe aus Beronnen? Laß sie es nur versuchen; unsere Schiffskapitäne werden sich über die Beute freuen. Zählst du auf die Menschen? Nun, sie haben noch nicht einmal versucht, jene zwei zu retten, die ich gefangen halte.«

»Unterschätze sie nicht, Freund. Ich habe gesehen, was sie können.«

»Denkst du, ich hätte diese ganzen Jahre gekämpft, gearbeitet und geplant, ohne vieles über die Menschen zu lernen und in meine Überlegungen mit aufzunehmen? Meine Geiseln bestätigen nur, was ich schon wußte. Die Menschen sind hier, um Kenntnisse zu sammeln, sie werden sich mit jedem einigen, der diesen Wissensdurst befriedigen kann, und sie werden nicht ohne eine Provokation kämpfen, die zu liefern ich mich hüten werde.«

Arnanak hielt inne. »Du hast recht, daß wir nicht beabsichtigen, euch zu belagern, Einohr«, fuhr er fort. »Wir werden eure Befestigungen stürmen. Es sei denn, du nimmst meine Bedingungen an. Kannst du sie guten Gewissens für deine Leute ablehnen?«

»Ja«, sagte Larreka. »Ich kann.«

Arnanak lächelte traurig. »Ich erwartete nichts anderes. Aber ich mußte den Versuch machen, nicht wahr? Nun denn... Bruder unter der Triade, ich wünsche dir eine kühne Reise in die Dunkelheit.«

»Und möge sie dir gnädig sein«, antwortete Larreka, wie der alte Brauch es verlangte; worauf sie einander als Glaubensbrüder umarmten und ihrer Wege gingen.

Gegen Abend drehte der Wind und frischte auf. Es wurde diesig, und später heulten die Böen hohl in der Dunkelheit, die kein Mondlicht durchdringen ließ. Im Schutz dieser finsteren Nacht brachten die Barbaren ihr Gerät in Position. Dazu gehörten die Belagerungsmaschinen, die sie den zur Wiedereroberung Tarhannas ausgerückten Legionären abgenommen hatten. Als der Morgen anbrach, eröffneten sie den Kampf mit Steinschleudern, Bogen und Brandgeschossen. Als die Sonne aufging, fast so rot wie der Wanderer, war die Schlacht voll entbrannt.

Pfeile schwirrten hinüber und herüber, Steingeschosse schlugen dumpf in die Böschung oder krachten splitternd durch Palisaden und Dächer. Heulen und Kreischen, Hornstöße und Trommelschläge erfüllten die Luft. Beide Sonnen stiegen, die Schatten schrumpften, die Hitze nahm zu. Der Wind fegte Wolken von Staub und Rauch über das Schlachtfeld, die in den Augen brannten und zwischen den Zähnen knirschten.

Larreka, von einem Standartenträger begleitet, überwachte die Verteidigung und feuerte seine Legionäre an. Die Standarte zeigte ihnen, wo er zu finden war, doch zog sie auch das feindliche Feuer auf sich; Larreka nahm dies als ein vertrautes Risiko in Kauf.

Eine Zeitlang konnten die Bogenschützen, die in den Türmen und Bastionen Deckung fanden, Versuche der Belagerer vereiteln, Planken über den Graben zu werfen. Nackte Barbaren taumelten zurück, durchbohrt von Pfeilen und Armbrustbolzen, oder kollerten die Böschung hinunter, um aufgespießt liegenzubleiben, während das Leben dunkel aus ihnen rann und im durstigen Erdreich versikkerte. Aber ihre Katapulte und Schleudern hämmerten auf die Wälle ein, bis zwei Bastionen zerschlagen waren. Nichts schützte diesen Sektor, außer der benachbarten Bastion; doch ihre Besatzung war unter dem Geschoßhagel der Angreifer gefallen.

Mit Triumphgebrüll schleppten die Belagerer lange, schwere Planken herbei um den Graben zu überbrücken und durch die breite Bresche in die Stadt einzudringen.

Larreka war indessen nicht untätig geblieben. Eine frische Mannschaft, gedeckt von Schildträgern, brachte ein Katapult in Stellung und spannte es. Auf der anderen Seite schien man es nicht zu bemerken, bis Larreka ein paar Steingeschosse schleudern ließ, um die richtige Entfernung zu finden. Schlecht organisiert, wie sie waren, gelang es den Eingeborenen nicht, das Katapult oder seine Bedienung rechtzeitig auszuschalten. Die Planken waren inzwischen gelegt, und eine Vorhut schwerbewaffneter Krieger hatte über sie den Wall und die zersplitterten Palisaden der zwei zerschossenen Bastionen erstürmt. Larrekas nächste Geschosse waren Brandbomben. Krüge mit flammendem Öl und Pech schlugen auf, zerplatzten und verspritzten ihren brennenden Inhalt. Die Verluste der Angreifer waren hoch, und die Plankenbrücke fing Feuer.

»Wir sollten lieber einen Unterstand aufsuchen, Herr«, sagte der Standartenträger. Die Bogenschützen der gegnerischen Vorhut hatten ihn erkannt und begannen gefährlich zu werden.

»Noch nicht«, antwortete Larreka. »Ich glaube, wir können auch dieses Belagerungsgeschütz kriegen.«

Er brauchte drei Schüsse, und zwei seiner Legionäre wurden tödlich getroffen. Aber die Belagerungsmaschine, deren Steingeschosse die breite Bresche in den Palisadenwall von Port Rua gebrochen hatten, wurde zu einem gewaltigen prasselnden Scheiterhaufen.

Er hatte wenig Zeit, sich über den Erfolg zu freuen. Kaum hatte er seine Gruppe hinter die Deckung einer notdürftig errichteten Barrikade geführt und zu einem sterbenden jungen Soldaten »Gut gemacht«, gesagt, als ein Meldegänger die Nachricht brachte, daß sechs Galeeren in die innere Bucht eingelaufen waren und auf den Hafen zuruderten.

Larreka überlegte, hielt Umschau unter den Offizieren und Mannschaften, die ihn umringten, und fragte: »Wer ist bereit, eine wirklich kritische Mission zu übernehmen?«

Nach kurzem Schweigen trat ein Kohortenführer vor, den er immer für einen vielversprechenden jungen Offizier gehalten hatte.

»Gut.« Larreka klopfte ihm auf die Schulter. »Du besorgst dir ein paar Freiwillige, genug, um auf einem Schiff die Segel zu setzen. Der Feind könnte am offenen Strand landen, aber ich vermute, daß er an der verlassenen Fischereipier festmachen wird, weil das bequemer ist. Wind und Gezeiten sind günstig; ihr könnt hinter ihnen einlaufen. Setzt das Schiff in Brand und laßt es zwischen ihnen zerschellen. Rettet euch in einem Boot, oder schwimmt. Wir werden einen Ausfall machen, die Besatzungen niederhauen und euch wieder einlassen.«

»Ist es wirklich klug, ein ganzes Schiff zu opfern?« fragte Seroda, der Adjutant.

Larreka blickte entschlossen in die Runde. »Wir werden uns nicht einschiffen«, erklärte er. »Im Gegenteil, wir werden auch die übrigen Schiffe in Brand setzen, um sie nicht in Feindeshand fallen zu lassen. Ich habe damit nur gewartet, um zu sehen, ob wir zuvor eine Verwendung wie diese für sie finden können.«

Er richtete den Blick auf den jungen Offizier. Vor dem Unterstand fegte der heiße Wind Staub und Sand durch die Gassen, dämpfte den Kampflärm bei den Wällen und übertönte das Stöhnen der Verwundeten im Nebenraum. Die Augen des anderen verrieten Larreka, daß der Mann wußte, wie die Chancen standen. Er trat auf den Offizier zu, umfaßte ihn bei den Schultern und sagte: »Die Gedanken deiner Kameraden begleiten dich.«

Hitze und Erschöpfung der Kämpfenden erzwangen eine Kampfpause. Die Tassui, deren Vorhut in der Einbruchstelle nahezu aufgerieben worden war, zogen sich in ihr Feldlager zurück, um auszuruhen und sich zu erfrischen. Larreka vermutete, daß die Galeeren bis nach dem Dunkelwerden draußen in der Bucht bleiben würden. Im Schutz der Nacht konnten die Mannschaften nahezu unbehelligt landen, ihren Brückenkopf sichern und die Erstürmung des Palisadenwalls auf der Hafenseite vorbereiten. Ihre zahlenmäßige Stärke war begrenzt und stellte die Verteidiger vor keine unlösbaren Schwierigkeiten; doch erforderte die Abwehr ihres Angriffs eine Streitmacht, die auf der Landseite schmerzlich vermißt würde.

Auch Larreka beschloß, die Kampfpause zum Ausruhen zu nutzen. Bleierne Müdigkeit lähmte seine Glieder, und niemand vermochte vorauszusagen, ob und wann sich wieder eine solche Gelegenheit ergeben mochte. Begleitet von Seroda, stapfte er zum Hauptquartier. Der Sendemast auf dem Dach ragte häßlich und skelettartig in den diesigen Himmel. Die Sonne war am Untergehen und der Wanderer schickte sich an, ihr zu folgen; beide zeigten sich in einem trüben, düsteren Rot, das der Farbe menschlichen Blutes glich.

Irazen, der nach Woluas Tod zum Mitkommandanten gewählt worden war, erwartete ihn im Eingang, ein stämmiger, narbenbedeckter Veteran, dem es an Ausstrahlung ebenso fehlte wie an Fantasie, der in einer bedrängten Lage wie dieser, wo es vor allem auf Zähigkeit und den Willen ankam, den unvermeidlichen Sieg des Gegners so teuer wie möglich zu machen, jedoch der rechte Mann war. »Du kommst zur rechten Zeit, Larreka«, sagte er. »Wir haben einen Anruf von den gefangenen Menschen. Als sie erfuhren, wie die Lage hier ist, bestanden sie darauf, dich zu sprechen – jedenfalls die Frau.«

Das war Jills Art, ja, dachte Larreka. Ian war bestimmt nicht weniger begierig, näheres zu hören, aber er hatte mehr Geduld. Welch eine angenehme Überraschung. Als er durch den Korridor zum Senderaum trottete, erhob sich Jill vor seinem inneren Auge, das schmale, von dunkelblondem Haar umrahmte Gesicht mit dem Stirnband, die Augen blau wie der Himmel über tropischen Inseln, das Lächeln so blitzend und hell wie Sonnenschein auf gischtspritzender Brandung, die großgewachsene Schlankheit, in der sich der Schatten einer pausbäckigen kleinen Person verbarg, die ihm lachend und vor Freude quietschend entgegengewackelt war...

»Da kommt er«, sagte der diensttuende Techniker und salutierte dem Kommandanten. Larreka machte vor dem Mikrofon halt und räusperte sich.

»Onkel!« brach Jills Ruf aus dem Lautsprecher. »Wie geht es dir?«

»Immer noch auf Deck«, sagte Larreka, wie man es in Haelen zu tun pflegte. »Und ihr?«

»Ach, uns geht es gut... wir haben einen Abendspaziergang unternommen und sitzen auf einem Hügel und sehen zu, wie das Tal unter uns sich mit Dämmerung füllt – aber Onkel, ihr werdet angegriffen!«

»Bisher haben sie nicht viel Freude daran gehabt«, sagte Larreka.

»Bisher?« hakte sie nach. »Und wie geht es weiter?«

»Genauso, versteht sich. Was dachtest du?«

Es wurde still. Vielleicht flüsterten sie am anderen Ende miteinander. Als Jill sich wieder meldete, war ihr Ton von sachlicher Nüchternheit bestimmt: »Wie lange könnt ihr noch aushalten?«

»Wieso, das hängt ganz davon ab...«, fing Larreka an.

»Ich befragte deinen Techniker, während wir auf dich warteten«, unterbrach sie. »Hilfe ist nicht zu erwarten, habe ich recht? Onkel, ich kenne dich und weiß, daß du mir Sorgen ersparen möchtest, aber verdammt noch mal, ich verlange, daß du mir die Wahrheit sagst.«

»Ich dachte, wir würden einfach ein wenig plaudern«, sagte Larreka in die kalten Antlitze der Instrumente und Apparate.

»Ich bin über das Alter hinaus, wo man mich mit ein paar Süßigkeiten abspeisen konnte«, sagte Jill. »Hör zu, ich weiß Bescheid. Der Rest der Gemeinschaft hat euch abgeschrieben. Angenommen, man würde dort seine Meinung ändern und erkennen, daß Valennen gehalten werden muß, wie du hofftest – selbst dann wäre es zu spät. Arnanak war der einzige, der eine konsequente und kluge Politik betrieben hat. Meine Leute sind gelähmt, oder vom eigenen Militär an die Kette gelegt. Dir ist der Rückzug versperrt, und da du nicht kapitulieren willst, bist du zum Untergang verurteilt. Arnanak hat zu uns ganz offen darüber gesprochen. Dein Ziel ist jetzt, den Untergang der Legion für den Feind so kostspielig zu machen, daß Beronnen und die Gemeinschaft eine Atempause gewinnen. Habe ich recht?« Jills Stimme schnappte über. »Ich sage es noch einmal, wir dürfen das nicht geschehen lassen!«

»Jeder muß einmal sterben, mein liebes Kind«, sagte er ihr in einer Aufwallung von Zärtlichkeit. »Du mußt es so sehen: Es bleibt mir erspart, zusehen zu müssen, wie es dir geschieht.«

Sie wollte nichts davon hören. »Ian und ich haben beschlossen, daß wir die in Primavera irgendwie wachrütteln werden... und das werden wir, Ian!« Nachdem sie tief Atem geholt hatte, wurde sie ruhiger. »Bleib einstweilen auf Empfang; wir werden dann eine Verbindung mit Hanshaw brauchen. Verstehst du?«

»Was habt ihr vor?« fragte Larreka. Eine noch unklare Furcht schärfte seine Worte.

»Das wissen wir noch nicht. Irgend etwas.«

»Ihr dürft nicht euch selbst riskieren, hörst du? Das ist ein Befehl, Soldat.«

»Nicht, um Port Rua zu retten?«

Larreka starrte in den Abgrund, bis ihm einfiel, wie er selbst den Führer einer Kohorte auf einen Brander abkommandiert hatte; und Jill hatte sich der Zera Victrix immer verbunden gefühlt. »Gut«, sagte er langsam. »Aber verständigt mich vorher, ja?«

»Gemacht, Onkel«, flüsterte sie.

Sparlings trockene, ein wenig verlegen klingende Stimme meldete sich zu Wort: »Ah... in Anbetracht der Batteriebeanspruchung sollten wir uns auf die wichtigsten praktischen Fragen beschränken. Hast du eine Vorstellung, wie lange ihr ohne Hilfe noch aushalten könnt?«

»Bis irgendwann zwischen morgen früh und dem Herbstäquinoktium. Das hängt von vielen Unwägbarkeiten ab«, sagte Larreka und dachte, was für ein großartiger Partner dieser Ian für Jill wäre, wenn zwanzig Jahre im Leben der Menschen nicht einen so enormen Unterschied machen würden. »Früher oder später werden sie unsere Verteidigung durchbrechen. Wir sind auf die Dauer zu wenige, um das zu verhindern. Aber wenn es uns gelingt, dem Gegner jetzt im Anfangsstadium schwere Verluste beizubringen, könnte Arnanak sich für eine vorsichtigere, langsamere Strategie entscheiden, um Krieger zu sparen, die er später noch bitter nötig haben wird. Sobald sie in der Stadt sind, werden wir um jedes Haus kämpfen.« Er überlegte. »Nun, wenn wir die Differenz teilen, kommen wir auf zweiunddreißig Tage. Das hört sich nach einer vernünftigen Schätzung ein.«

»Du meinst, länger werdet ihr euch nicht halten können?« fragte Sparling. »Also... dann werden wir schnell denken und handeln müssen. Ich glaube, ich habe schon den Keim einer Idee. Das Glück sei mit dir, Larreka.«

Die Verbindung brach ab, und er wandte sich zu Irazen um, der bei ihm gewartet hatte. »Gibt es sonst noch etwas?«

Irazen zuckte die Achseln. »Nichts von Bedeutung«, sagte er. »Ich werde mich um die Instandsetzung der Palisaden kümmern.«

»Gut. Ich möchte ein wenig schlafen. Bei Mondschein müssen wir mit neuen Angriffen rechnen. Ich werde bis dahin wieder draußen sein.«

Er suchte sein Quartier auf. Es war lange Zeit hindurch auch Meruas gewesen, und noch immer gab es Dinge von ihr, die ihn an sie erinnerten. Als er sich seiner Rüstung entledigte, stand er vor einer

Fotografie, die ihn selbst, Merua und ihr damals jüngstes Kind zeigte. Das Foto war in den frühen Jahren Primaveras von einem Menschen namens Jakob Zopf aufgenommen worden. Zopf war als Junggeselle gestorben, und seine eigenen Artgenossen hatten keine weitere Erinnerung an ihn als jene, die in den Archiven gespeichert war, doch wann immer sie die Menschensiedlung besuchte, pflegte Merua die Erdenblumen, die sie auf dem Grab ihres Freundes gepflanzt hatte. Ja, so eine bist du, dachte Larreka zu ihr.

Er streckte sich aus, schloß die Augen und überlegte, was er träumen solle. Spaß und Fantasie waren wahrscheinlich die klügste Wahl – zum Beispiel könnte er sich vorstellen, Flügel zu haben und sehen, was dann geschah. Es würde zu bedrückend sein, den Kopf beim Aufwachen voll von den Geistern der Vergangenheit zu haben. Aber wieviel Zeit blieb ihm noch, um die Vergangenheit und das, was in seinem Leben hätte sein können, zu durchforschen? Wenn er einen guten Todestraum wollte, dann sollte er jetzt anfangen, zu planen und zu experimentieren. Freilich mochte er nicht in einer Weise getötet werden, die es ihm gestatten würde, in dem Stil und in der Gesellschaft aus der Existenz zu scheiden, die er sich wünschte... Schließlich nickte er unvorbereitet ein und erlebte im Traum ein Festgelage, das sich als ungemein fröhlich und ausgelassen erwies.

Als Seroda ihn weckte, war draußen tiefe Nacht. Sein Adjutant hatte eine Sturmlaterne mitgebracht und meldete, daß die Barbaren auf der Seeseite wieder in Bewegung seien. Ihre Galeeren hätten die Anker gelichtet und hielten auf die Fischereipier zu. Sie hätten keinen Versuch unternommen, das größere Schiff anzugreifen, das auf der anderen Seite der Hafenbucht lag; vermutlich glaubten sie, der Kapitän warte auf eine höchst unwahrscheinliche Gelegenheit, sich unbemerkt an den Blockadeschiffen draußen im Meerbusen vorbeizudrücken.

»In Ordnung, ich komme mit«, sagte Larreka gähnend und mußte über das geträumte Festmahl schmunzeln. Seroda gab ihm eine Schüssel Suppe und half ihm beim Anlegen der Rüstung. Als Larreka das Hauptquartier verließ, war er in optimistischer Stimmung. Man konnte nie wissen; vielleicht würden seine Freunde wirklich einen Weg finden, um ihn herauszuhauen.

Der Angriff von der Seeseite sollte keine besonderen Überraschungen bringen; er traute den Offizieren an Ort und Stelle zu, daß sie die Entwicklung in der Hand behalten würden. Am Flußufer war die Lage undurchsichtiger, interessanter. Larreka ging dorthin und beobachtete das Vorfeld durch eine Schießscharte über dem Tor.

Caelestia hatte sich über die westlichen Hügel erhoben und zog rasch aufwärts. Der Wind hatte sich gelegt, und die Luft war weniger diesig als am Nachmittag. Klares Mondlicht lag auf dem öden Land, blinkte silbrig kühl auf dem Wasser, eine zitternde Brücke. Die Schiffe der Barbaren glitten schwarz hindurch und zersplitterten sie in tausend blitzende kleine Scherben. Als die Galeeren an der Fischereipier festmachten, stimmten die Besatzungen ein wildes Kriegsgeschrei an, das den trügerischen Frieden der Nacht jäh zerriß.

Es kam darauf an, diese Leute zu beschäftigen, bis der Brander dazwischenkäme. Auch auf der anderen Seite der Stadt wurde wieder gekämpft. Der Angriffslärm wehte über die mondbeschienenen Dächer herüber.

Bogensehnen schwirrten, Pfeile zischten. Die Angreifer gingen in schnellen Sprüngen von Deckung zu Deckung vor, so daß sie in den Schatten oft kaum zu sehen waren. Einige trugen qualmende und funkensprühende Pechfackeln, offenbar um Häuser und Verteidigungsanlagen in Brand zu setzen.

Hinter ihnen glitt ein plumpes, hochbordiges Schiff wie eine Geistererscheinung auf die Pier zu, die breiten Rahsegel plötzlich von Flammenzungen überlaufen, orangefarbene Glut hinter den offenen Luken. Das berstende Krachen, als das Schiff die Pier rammte, erschütterte den Boden und die Knochen von Legionären und Kriegern. Der Schiffsbug brach auseinander, im Nu erfaßte der Brand das ganze Schiff und griff weiter um sich. Doch die Valenner, so bestürzt sie sein mochten, gaben nicht auf. Sie erreichten den Palisadenwall, schütteten aus Lederbeuteln Öl und Pech über das Holz und zündeten es mit ihren Fackeln an.

Larreka begann zu begreifen, daß Arnanak ihn getäuscht und absichtlich zu der Annahme verleitet hatte, dies sei nur ein Ablenkungsmanöver. Dabei erfolgte von dieser Seite der Hauptstoß! »Hinaus, hinaus!« brüllte er. »Los, wir machen einen Ausfall! Werft sie zurück, bevor der ganze Wall niederbrennt!«

Er galoppierte die Rampe hinunter und zum Tor. Mit gezogenem Säbel führte er seine Legionäre ins Gefecht.

Stahl klirrte auf Stahl. Die Tassui warfen sich in todesverachtender Tapferkeit auf die Truppe, deren Angriffsschwung vor der Übermacht rasch erlahmte. Die Legionäre blieben in geschlossener Schlachtordnung hinter ihren Schilden und kämpften sich Schritt für Schritt vorwärts, um anderen Gelegenheit zu geben, die Feuerbrände zu löschen. Als Larreka angesichts der hohen eigenen Verluste den Befehl zur Umkehr geben und seine Truppe hinter den Wall zurückführen wollte, traf eine von Irazen geschickte Reserveabteilung ein, und die Legionäre konnten wieder zum Angriff übergehen. Schritt für Schritt drängten sie den Feind bis zu den brennenden Schiffen zurück.

»Recht so, Jungs!« feuerte Larreka sie an. »Vorwärts, erledigt sie, im Namen der Zera!«

Ein Schlag brachte ihn ins Wanken. Ein vom rechten Auge ausgehender scharfer Schmerz breitete sich rasch aus. Es wurde dunkel um ihn. Er ließ die Klinge aus Haelen fallen und tastete nach dem Pfeil, der in seiner Schläfe steckte. »Schon?« murmelte er. Seine Verblüffung machte einer schwindelnden Kreiselbewegung Platz. Die Beine wollten ihn nicht mehr tragen und gaben unter ihm nach. Ein Legionär beugte sich über ihn, aber Larreka bemerkte es kaum. Im roten Widerschein des Feuers am Boden liegend, rief er seine letzten Kräfte auf, das sie ihm hülfen, einen kurzen kleinen Todestraum zu träumen, ehe sie ihn ganz verließen.

21

Die massiven Steinwände hatten den Vorteil, daß es im Turm der Bücher selbst bei unerträglich hohen Außentemperaturen angenehm kühl blieb. Doppeltes Sonnenlicht fiel schräg durch die Fenster ein und wurde von den Vorhängen aus Glasperlenketten in ungezählten farbigen Tönen gebrochen. Ein ähnliches Farbenspiel von schmetterlingsähnlichen Entomoiden umgaukelte Jerassas Mähne. Der Gelehrte stand an einem Tisch, auf dem er ein Pergament entrollt hatte. Er sprach ein sehr präzises, beinahe pedantisches Englisch; aber kein Ischtarier konnte umhin, Sprache in Musik zu verwandeln:

»Hier sind Zeichnungen und Diagramme von verschiedenen, mit Muskelkraft angetriebenen Schiffen, die bei der Ankunft der Menschen in Gebrauch waren. In manchen Gebieten kann man sie noch heute finden. Sehen Sie, das Problem ist, daß unsereiner über größere Körperkräfte verfügt als ein Mensch, daß wir aber auch erheblich größer sind. In einem Schiff von gegebener Größe finden weniger Ruderer oder Besatzungsmitglieder Platz. Wie kann man die verfügbaren Kräfte am besten einsetzen?« Er zeigte auf das Pergament. »Hier ist ein sinnreiches Rahmenwerk mit einem System von Fassungen zu sehen, das uns in die Lage versetzt, nicht nur mit den Händen, sondern auch mit den Füßen an einem Ruder zu arbeiten. Und diese Darstellung zeigt eine Tretmühle, die Schaufelräder, oder, bei späteren Modellen, eine Schraube antreibt. Aber solche Vorrichtungen sind wenig wirksam und obendrein bruchgefährdet, wenn kein guter Stahl verwendet wird, der den auftretenden Torsionskräften widersteht. Aus diesem Grund kombinieren die Bewohner von Valennen und den benachbarten Inselgruppen Schratsegel mit gewöhnlichen Rudern, was ihren kleinen Schiffen eine hohe Beweglichkeit verleiht. Wir Beronner bevorzugen große Rahsegler, wie Sie bemerkt haben werden. Sie haben den Nachteil, daß sie langsamer und schwerfälliger sind. Dafür können sie größere Ladungen und mehr Passagiere befördern.

Seit Ihre Abgesandten uns verbesserte Methoden der Metallverhüttung gelehrt haben, experimentieren manche von uns mit Propellern, die von Windmühlen angetrieben werden. Sollte sich ein Bedarf ergeben, werden wir eines Tages vielleicht Maschinen bauen, aber vorläufig gibt es dafür keine Notwendigkeit, und das gegenwärtige Periastron wird solche Entwicklungen ohnedies für Jahrhunderte blockieren.«

Er fügte nicht hinzu, daß technische Hilfsmittel eingesetzt werden könnten, wenn Primavera über die eigenen Möglichkeiten frei verfügen dürfte. In der vollen, wohltönenden Stimme war nicht die Spur eines Vorwurfs. Aber Dejerine, der neben ihm stand, zuckte zusammen. Es war ihm unmöglich, länger an sich zu halten.

»Warum haben Sie mich empfangen?« fragte er. »Warum sind Sie zu meinen Leuten weiterhin freundlich, während die Menschen von Primavera nicht mit ihnen sprechen wollen?«

Jerassas goldbraune Augen blickten ihn ruhig an. »Was würden wir mit der Ablehnung dieser einsamen jungen Leute gewinnen? Wir würden uns nur der Möglichkeit berauben, Neuigkeiten von ihnen zu erfahren. Den meisten von uns ist bewußt, daß sie hierherbefohlen wurden und keinen Einfluß auf die Art ihrer Arbeit hatten. Die Bewohner Primaveras hoffen durch das Vorenthalten von Leistungen, besonderen Fähigkeiten und artgemäßem Umfang Druck auf Sie und Ihre Befehlshaber auszuüben. Wir besitzen solche Druckmittel nicht.«

Dejerine lächelte verlegen. »Ich darf sagen, daß Sie unsere Sympathie gewonnen haben. Wir bewundern den Gleichmut, mit dem Sie Ihr Los auf sich nehmen. Und wir beginnen zu verstehen, was wir verlieren würden, wenn Ihre Kultur zugrunde ginge. Aber wir haben unsere Pflicht.«

»Ich weiß«, sagte Jerassa. »Ich gehöre selbst einer Legion an.«

Der Ischtarier wollte sein Gespräch über wissenschaftliche Leistungen im Bereich der Gemeinschaft fortsetzen, als Dejerines Funksprechgerät summte. Er zog das flache Gehäuse aus der Uniformtasche, schaltete ein und sagte mit einem Anflug von Ungeduld: »Ja? Was gibt es?«

»Hier Leutnant Majewski«, sagte die blecherne kleine Stimme. »Es tut mir leid, Sie an Ihrem freien Tag zu stören, aber es ist dringend.«

»Ach ja, Sie haben die braven Bürger von Primavera im Auge zu behalten. Schießen Sie los.« Unbehagen breitete sich in ihm aus.

»Sie werden sich erinnern, Herr Hauptmann, daß die Leute unter Ingenieur Sparlings Leitung einen großen Vorrat von Explosivstoffen für ihre Projekte angesammelt hatten. Wir ließen den Vorrat im Lagerhaus und begnügten uns damit, die Kartons zu versiegeln. Als die Reibungen schlimmer wurden, installierte ich ohne Wissen der Leute einen Funkalarm, indem ich vorgab, die letzte Inventurliste zu überprüfen. Heute früh gegen Tagesanbruch wurde der Alarm ausgelöst. Unglücklicherweise hatten wir zu der Zeit niemanden in der Nähe der Stadt; die Einbrecher hätten sich dessen ohnehin vergewissert. Als ich mit einer Abteilung vom Stützpunkt eintraf, war die Arbeit getan. Sehr fachmännisch, wenn ich so sagen darf. Die Siegel an den äußeren und inneren Türen schienen unversehrt. Auch im Innern des Lagerhauses gab es auf den ersten Blick keine verdächtigen Anzeichen, so daß wir praktisch alles durchzählen und mit den Listen vergleichen mußten, um zu entdecken, daß zehn Kartons mit Sprengstoff und fünfzig Zündkapseln verschwunden waren.«

Dejerine pfiff durch die Zähne.

»Ja, da waren sehr vorsichtige und ortskundige Leute am Werk«, fuhr Leutnant Majewski fort. »Sicherlich wollen Sie wissen, warum niemand im Ort stationiert war; in diesem Fall hätten unsere Wachen das Alarmsignal zur gleichen Zeit wie wir gehört und rechtzeitig eingreifen können. Aber Bürgermeister Hanshaw hatte sie gebeten, sich an der Suche nach einer kleinen Maschine zu beteiligen, die über Funk gemeldet hatte, ein Sturm zwinge sie im Gebiet der Steinberge zur Notlandung. Nun, Herr Hauptmann, Sie gaben uns Anweisung, jeder vernünftigen und mit unserem Auftrag zu vereinbarenden Bitte nachzukommen. Unsere vier Leute in Primavera flogen also los und suchten. Natürlich vergeblich. Eine bewußte Irreführung, wenn Sie mich fragen, aber wir können es nicht beweisen.«

»Unglaublich!« murmelte Dejerine verwirrt. »Ich traue Hanshaw nicht zu, daß er sich mit Saboteuren einlassen würde... Weiß er, daß Ihnen der Einbruch bekanntgeworden ist?«

»Er wollte wissen, warum wir wieder im Lagerhaus herumsuchten, noch dazu am frühen Morgen. Ich dachte, ich sollte besser mit Ihnen sprechen, bevor ich etwas sagte, und erzählte ihm eine unbestimmte Geschichte, daß etwas über unsachgemäße Lagerung gemeldet worden sei. Er zog die Brauen hoch, bemerkte aber weiter nichts dazu.«

»Gut gemacht, Majewski. Ich werde dafür sorgen, daß es in Ihrer Akte erwähnt wird. Einstweilen bleiben Sie mit Ihren Leuten im Quartier und beantworten keine Fragen. Ich bin unterwegs.«

Dejerine schaltete aus, murmelte eine Entschuldigung und eilte nach einer flüchtigen Verneigung hinaus. Es war ein schwüler Tag. Im Westen erhoben sich dunkle Gewitterwolken. Am Himmel schwelte Anu und ließ alle Farben rotstichig erscheinen.

Während des kurzen Fluges nach Primavera rief Dejerine über Funk den Bürgermeister. Zu seiner Erleichterung war Hanshaw zu Hause. »Dejerine hier. Ich muß Sie sofort sprechen.«

»Ja, Hauptmann, ich muß gestehen, daß ich Ihren Anruf erwartete. Es wird am besten sein, wir führen unser Gespräch unter vier Augen, nicht wahr?«

Dejerine setzte die Maschine auf dem Platz vor dem Rathaus auf und ging hinein. Zwei Passanten taten, als ob sie ihn nicht sähen. Olga Hanshaw öffnete ihm, führte ihn mit unbewegter Miene ins Büro ihres Mannes und schloß die Tür hinter ihm. Hanshaws dickbäuchige Gestalt lag in einem Sessel. Auf dem Tisch daneben hatte er ein Aufzeichnungsgerät stehen. Statt sich zu erheben, nahm er die Hand von der Armlehne und lächelte, ohne die Zigarre aus dem Mund zu nehmen. »Hallo«, sagte er. »Nehmen Sie Platz.«

Dejerine nickte knapp und ließ sich ihm gegenüber auf einen Stuhl nieder. »Ich will mich nicht lange mit Vorreden aufhalten. Die Sache ist zu ernst für jede Art von Leisetreterei. Es wurde eine erhebliche Menge Sprengstoff gestohlen, und die Umstände geben Anlaß zu dem Verdacht, daß Sie den Diebstahl begünstigt haben.«

»Ich würde es nicht Diebstahl nennen, mein Bester«, erwiderte Hanshaw seelenruhig. »Das Zeug gehört uns.«

»Seit der Beschlagnahme nicht mehr. Sie wissen das so gut wie ich. Dann geben Sie Ihre Schuld also zu?«

»Ich würde es auch nicht Schuld nennen.«

»Dann war es ein Irrtum, Sie an Ihrem Platz zu lassen. Trotz unserer gelegentlichen Meinungsverschiedenheiten hätte ich niemals erwartet, daß Sie sich an strafbaren Handlungen beteiligen oder sie begünstigen würden.«

»Ach, kommen Sie.« Hanshaw stieß eine stinkende graue Rauchwolke aus. »Ich gebe zu, daß ich gehofft hatte, die Sache würde unentdeckt bleiben. Sie hatten das Lagerhaus gesichert, wie? Aber regen Sie sich nicht auf. Wir benützen das Zeug nicht, um Feinden der Erde zu helfen. Und die geringfügige Menge, die wir... ah... uns wieder angeeignet haben, wird Ihnen nicht fehlen.«

»Sie geben es also zu«, stellte Dejerine fest. »Sie selbst lockten die Wachmannschaft mit einer Falschmeldung fort, damit Ihre Leute – oder waren auch Sie dabei? – in ein Militärdepot einbrechen konnten. Dafür kann ich Sie vor ein Kriegsgericht bringen, Hanshaw, wissen Sie das? Fünf Jahre sind Ihnen dafür sicher.« Er blickte den dicken Mann forschend an. Hanshaw grinste ungerührt und hüllte seinen Kopf in eine Wolke Tabaksqualm. »Glauben Sie nicht, ich würde auch nur einen Augenblick zögern, alle Verantwortlichen vor das Kriegsgericht zu bringen. Es ist nicht mehr als meine Pflicht. Andererseits... wo ist das Zeug?«

»Draußen in der Wildnis, mit ein paar Technikern und ihren Sachen. Ich kann Ihnen nicht sagen, wo; wollte es gar nicht wissen, für den Fall, daß Sie mich verhören. Sie können die Leute erst festnehmen, wenn sie ihre Mission erfüllt haben. Sie müssen mir das glauben, Hauptmann. Aber ich sehe voraus, daß Sie zu jeder Rechtfertigung greifen werden, um ihnen ein Kriegsgerichtsverfahren zu ersparen.«

»Sie scheinen sich Ihrer Sache mächtig sicher zu sein, Hanshaw«, sagte Dejerine eisig. »Sagen Sie mir, was Ihre Leute mit dem gestohlenen Sprengstoff vorhaben.«

Hanshaw wischte sich Schweiß vom Gesicht; es begann ihm Mühe zu machen, den Anschein ruhigen Gleichmuts aufrechtzuerhalten. Sein Blick wich Dejerines Augen immer wieder aus, und als er sprach, kam ein rauher, gepreßter Ton in seine Stimme.

»Ich weiß, wie Sie denken, Hauptmann Dejerine«, sagte er, »aber ich bitte Sie, urteilen Sie nicht zu früh. Wenn Sie die Situation überblicken, werden Sie vielleicht mehr Verständnis für unsere Handlungsweise aufbringen. Ich möchte Ihnen ein Gespräch überspielen, das ich vor ein paar Tagen führte. Ich nehme solche Gespräche immer auf. Sie erinnern sich, wie die Lage in Valennen ist? Jill Conway und Ian Sparling als Gefangene im Hinterland, und Port Rua hart bedrängt von den aufständischen Kriegern des Landes.«

Bei Jills Erwähnung ging ein Stich durch Dejerine. »Ja«, sagte er.

»Als Sparling nach Valennen flog, schmuggelte er einen Miniatursender ein und brachte Verstärkerstationen mit, die von den Legionssoldaten aufgebaut wurden und die Gefangenen in Funkverbindung mit Port Rua brachte. Und über Port Rua mit uns, wenn der Anlaß es verlangte.«

»Warum haben Sie mir nichts davon gesagt?« verlangte Dejerine zu wissen.

»Nun, Sie sind ... Sie sind ein vielbeschäftigter Mann«, murmelte Hanshaw.

»Dachten Sie nicht, daß es mich interessieren würde? Gewiß, es gab Streit zwischen mir und diesen beiden, aber das bedeutet nicht, daß ihr Ergehen mir gleichgültig wäre ... Aber wie Sie wollen. Sie können Ihre Aufzeichnung einschalten.«

»Sie müssen wissen, Hauptmann Dejerine, daß die beiden uns vorher nicht direkt verständigt hatten, um die Batterien zu schonen. Über Port Rua hörten wir, daß sie bei guter Gesundheit seien und gut behandelt würden. Wir erfuhren auch, daß sie auf einer Art Gutshof im westlichen Hochland festgehalten werden. Ich verständigte sie meinerseits vom Boykott hier in Primavera, denn das könnte ihre Pläne oder Handlungen beeinflussen. Und dann bekam ich vorgestern eine Direktverbindung mit ihnen.«

Sein dicker, etwas zittriger Zeigefinger drückte die Einschalttaste, und Dejerine hörte Jills Stimme. Ihr Tonfall erschreckte ihn; es war nicht die klare, heitere Selbstsicherheit, die er kannte, sondern eine heisere, schwankende Forciertheit. »Hallo, bist du es, Goddard? Hier Jill Conway und Ian Sparling. Wir rufen aus Valennen.«

»Wie?« schnaufte Hanshaws Stimme. »Ja, ja, ich bin's. Ist was passiert?«

JILL: Schlimmes ist passiert.

SPARLING: Wir sind gegenwärtig nicht in persönlicher Gefahr.

HANSHAW: Wo seid ihr? Was ist geschehen?

SPARLING: Wir sind immer noch am gleichen Ort. Die Bedingungen haben sich nicht geändert. Wir dachten uns, daß du um diese Zeit daheim sein würdest. Bist du ungestört?

HANSHAW: Ich bin allein, ja.

JILL: Wie steht es mit Abhörgeräten? Wir wollen nicht, daß dieses Gespräch mitgehört wird.

HANSHAW: Da ist keine Gefahr, wenn du das Militär meinst. Es hört hier keine Sendungen ab, weil der größte Teil auf sehalisch abgewickelt wird. Ich lasse mein Haus in unregelmäßigen Abständen von Joe Seligmann auf Abhörwanzen und ähnliches absuchen, aber er hat noch nie welche gefunden. Dieser Hauptmann Dejerine ist ein Ehrenmann. Er wird wissen, daß ich nicht konspiriere.

JILL: Das wirst du aber tun.

HANSHAW: Was?

JILL: Wie ich dich kenne, wirst du es tun, nachdem du gehört hast.

HANSHAW: Also, kommen wir zur Sache. Was ist passiert?

JILL: Larreka ist... tot. Gefallen. Er...

HANSHAW: Lieber Himmel, nein! Wann? Wie?

SPARLING: (und ein unterdrücktes Schluchzen im Hintergrund): Du hättest davon gehört, wenn die Legion dieser Tage ihre nächste Meldung macht. Aber wir haben heute früh mit Port Rua gesprochen, weil wir wegen der schweren Kämpfe dort in Sorge waren. Er fiel letzte Nacht, als er einen Ausfall anführte. Ein Pfeil fuhr durch die Visierstangen seines Helms und... Die Garnison hält jedenfalls aus, aber sein Tod ist ein schwerer Schlag für die Moral, und ich bezweifle, daß sie so lange werden standhalten können, wie es ihnen unter seiner Führung möglich gewesen wäre.

HANSHAW: Die arme Merua...

JILL: Man wird sie von Sehala aus verständigen, sobald die Nachricht dort eintrifft... Ein Legionsoffizier wird sie ihr überbringen, wie es einer Soldatenfrau gebührt.

HANSHAW: Selbstverständlich.

JILL: Das verpflichtet uns noch mehr. Wir hatten bereits geschworen, daß wir einen Weg finden würden, um ihm zu helfen. Jetzt... er wird nicht umsonst gefallen sein!

HANSHAW: Was können wir tun?

SPARLING: Darüber haben wir lange nachgedacht. Aber zuvor solltest du uns schildern, wie die Dinge dort stehen.

HANSHAW: Nicht zum Besten, fürchte ich. Die Raumwaffe hat alles beschlagnahmt, was brauchbar ist. Ich kann mir nicht gut vorstellen, daß unsere paar kleinen Sportmaschinen die Barbaren durch Flugmanöver in Panik zu bringen vermöchten. Die meisten Valenner haben schon einmal ein Flugzeug am Himmel gesehen und von uns gehört. Feuerwaffen haben sie auch nicht im geringsten beeindruckt, wie ich hörte.

SPARLING: Kannst du Dejerine nicht überreden, schwere Waffen freizugeben oder beide Augen zuzudrücken, wenn ihr sie euch holt? Schließlich geht es auch um unsere Rettung. Ich habe unsere Position vermessen und auf der Karte genau angegeben, dazu die wichtigsten Landmarken der Umgebung. Ein Pilot, der uns abholen käme, könnte den Ort nicht verfehlen. Du sagtest, unsere Gefangenschaft und die Weigerung des Militärs, etwas für uns zu tun, sei einer der Gründe für den Boykott. Wenn das so ist, wird Dejerine hoffen, vielleicht sogar mit einiger Berechtigung, daß der Boykott mit unserer Befreiung aufhören wird.

HANSHAW: Ich... äh... Das glaube ich nicht. Unter der ruhigen Oberfläche haben sich hier sehr starke Emotionen angestaut. Die Erbitterung ist groß. Selbstverständlich werden wir eine Maschine schicken, um euch zu holen. Dazu werden wir einen der Zweisitzer mit Zusatztanks ausrüsten müssen, die dann dort bleiben; auf dem Rückflug wird es in der Kabine ein wenig eng sein, doch das werdet ihr sicherlich gern in Kauf nehmen. Aber was eure Fragen betrifft, ob Dejerine uns schwere Waffen zur Verfügung stellen oder auch nur stillschweigend dulden wird, daß Leute von uns aktiv in diesen Konflikt eingreifen... Kinder, ich sehe voraus, daß eine solche Affäre zur Sezession führen wird, ähnlich wie im Falle Eleutherias und Neu-Europas, nur würde Primavera sich der Gemeinschaft anschließen. Und als nächstes sehe ich voraus, daß die Erde eine Liefersperre verhängen oder Besatzungstruppen schicken wird, die sie schlecht entbehren kann. Dejerine aber würde man für die Entwicklung verantwortlich machen; seine militärische Karriere wäre erledigt. Und schließlich sehe ich voraus, daß er genau das gleiche voraussehen wird.

Nein, als euer politischer Verwalter kann ich euch nur sagen, daß die Lage an der Oberfläche ruhig ist, weil wir keine solche Parteinahme zugunsten der Zera Victrix haben. Die schwierige Lage, in der sie sich befindet, bekümmert uns und macht uns Sorgen; aber schließlich war es die Gemeinschaft und nicht wir, die sich für die Aufgabe der Legion entschied, als sie ihre Heimkehr ablehnte. Ob wir sie im Kampf unterstützen sollen... Nun, ich sagte schon, daß die Gefühle hier mächtig in Wallung sind, wenn auch mehr untergründig. Es wird sehr schwierig sein, zu vermeiden, daß du bei deiner Rückkehr nicht zu einer flammenden Symbolgestalt wirst, Jill: doppelt beraubt durch diesen verfluchten Krieg. Jedermann weiß, wie eng du mit Larreka befreundet warst... Ja, ich bitte euch, der Versuchung zu widerstehen. Das letzte, was wir hier brauchen können, wäre eine Explosion.

JILL: Doppelt beraubt?

HANSHAW: Was hatte ich gesagt? Da muß ich mich versprochen haben. Aber vergeuden wir jetzt keine Zeit; besprechen wir lieber die Einzelheiten eurer Rettung. Warum hast du dich nicht sofort nach beendeter Vermessung mit uns in Verbindung gesetzt, Ian?

JILL: Augenblick...

HANSHAW: Aber...

JILL: Warte einen Moment, ja? Du sagtest, meine Gefangennahme habe mit zu dem Boykott beigetragen. Aber ich geriet viel früher in Gefangenschaft. Du hast was übergangen, Goddard. Was geschah als nächstes?

SPARLING: Jill, das hat Zeit. Wenn wir zurückkommen, werden wir alles das erfahren.

JILL: Goddard, was verschweigst du mir?

Ihre Stimme war schrill. Ein Störgeräusch wie eine Explosion drang aus dem Empfänger.

HANSHAW: Ian hat recht, Mädchen. Warte, bis du hier bist!

Stille.

JILL (eine leblose Stimme): Es war wegen Donald, nicht wahr? Nachricht über meinen Bruder.

Stille.

HANSHAW: Ja. Er ist im Kampf gefallen.

Stille.

SPARLING: Jill, Liebling...

JILL: Seltsam, ich fühle nur Betäubung.

SPARLING: Du bist schon im Innersten getroffen.

JILL: Wie trägt die Familie es?

HANSHAW: Mit Stärke und Fassung. Ihr Conways seid alle so. Aber ich und mein Plappermaul... Jill, es tut mir schrecklich leid...

JILL: Nein, es war richtig so. So etwas zu verschweigen, ist niemals gut... Ian, kann ich mich auf diesen Stamm setzen und deine Hand halten, während du den Rest besprichst?

SPARLING: Natürlich. Ich bin bei dir.

Stille.

SPARLING: Hallo, Goddard? Entschuldige bitte. Es war auch für mich ein Schock.

HANSHAW: Alle mochten Donald, und niemand mochte den

Krieg. Die Nachricht von seinem Tod löste hier den Widerstand aus.

SPARLING (zögernd): Das ist vielleicht ein weiterer Grund, Port Rua zu Hilfe zu kommen. Aber paß auf, wir haben einen weiteren Grund. Einen, der alles verändert. Es ist unser Weg, so glauben wir, um jemanden zur Hilfeleistung zu bewegen. In dieser Gegend und weiter nördlich gibt es intelligentes T-Leben.

HANSHAW: *Was?*

SPARLING: Ja. Die merkwürdigsten kleinen Lebewesen, die du dir vorstellen kannst. Gott soll mich strafen, wenn's nicht wahr ist! Ich glaube, allein das Studium ihrer Psychologie könnte auf diesem Gebiet eine Revolution hervorbringen.

HANSHAW: Seid ihr sicher, daß sie intelligent sind?

SPARLING: Wir sind mit einigen zusammengekommen. Sie scheinen mit Werkzeugen umzugehen. Außerdem haben sie eine Sprache. Wir versuchten uns mit ihnen durch Zeichensprache zu verständigen, was sie sofort begriffen. Aber Arnanak, der neue Herrscher von Südvalennen, ist der eigentliche Entdecker. Wie er uns erzählte, nahm er schon in seiner Jugendzeit Verbindung zu ihnen auf, bereiste ihre Länder und lernte, sich mit ihnen in ihrer Sprache zu verständigen. Sie helfen ihm, und er benutzt sie zum Ausbau seiner Machtposition; in Valennen hält man sie nämlich für übernatürliche Wesen, die unsterblich sind. In Wirklichkeit hat er einen Handel mit ihnen gemacht. Wenn er seine Eroberungen abgeschlossen hat, sollen sie an der Beute teilhaben und zu ihren Ländern bessere bekommen. Aber das ist beileibe noch nicht alles. Diese Dauri, wie die Valenner sie nennen, sind offenbar wenig zahlreich und ziemlich primitiv, aber sie wissen, wo ein uraltes tammuzisches Ruinenfeld liegt. Wie es ursprünglich aussah und wie es nach einer Milliarde Jahren aussieht, kann ich nicht sagen. Aber Arnanak brachte einen Gegenstand von dort zurück, dem die Zeit nichts anzuhaben vermochte. Ich vermute, daß es sich um ein tragbares Planetarium in Würfelform handelt. Laß dir das eine Weile durch den Kopf gehen!

HANSHAW: Nicht möglich!

SPARLING: Es liegt auf der Hand, daß wir Menschen den Dauri viel mehr bieten können als er. Das heißt, wir könnten sie und ihre Geschichte erforschen – aber nur, wenn wir hier auf Ischtar Bewegungsfreiheit genießen und über unsere Hilfsmittel verfügen können. Da wir uns mit der Gemeinschaft zusammengetan haben, brauchen wir ihre Unterstützung, wenn wir etwas bewegen wollen.

Daraus folgt, daß wir die Gemeinschaft retten müssen, und da die Dauri in Valennen leben, ist Port Rua der Ort, wo wir anfangen müssen.

Stille.

HANSHAW: Mmmh... Ja, das ist richtig. Wenn wir der Legion helfen, den Vorposten zu halten, ja, dann sollte die Gemeinschaft imstande sein, den Norden in Schach zu halten, und dieser schreckliche Druck auf den Süden würde aufhören... Ja. Aber wie stellst du dir das vor, Ian?

SPARLING: Würde es möglich sein, daß die Maschine, die uns abholt – oder besser, zwei Maschinen – selbstgemachte Bomben an Bord nehmen? Wie es scheint, unternimmt der Feind massierte Angriffe, um durch die geschlagenen Breschen in die Stadt einzudringen. Da er über eine erdrückende Übermacht verfügt, wird ihm das auch gelingen. Nun, wenn unsere Maschinen Bomben in ihre Mitte werfen würden... Die Vorstellung ist mir verhaßt, bedenkt man aber die Alternative...

HANSHAW: Bist du sicher, daß die Methode zum Erfolg führen würde?

SPARLING: Nein, aber auf eine bessere Möglichkeit sind wir nicht gekommen.

HANSHAW: Verstehe. Also, laß mich überlegen. Unser Sprengstoff ist beschlagnahmt und unter Verschluß, aber – hmm... Ich werde mir den Vorschlag durch den Kopf gehen lassen und mit ein paar verläßlichen Leuten beraten. Du kannst ein paar Tage warten, oder?

SPARLING: Ja, wir rechneten damit, daß es nicht von heute auf morgen gehen würde.

HANSHAW: Wir bleiben in Verbindung. Wir wäre es, wenn ich dich jeden Tag um – sagen wir, um die Mittagszeit anrufen würde?

SPARLING: Das läßt sich machen. Ungefähr um zwölf?

HANSHAW: Gut. Also von morgen an.

SPARLING: Wir machen jetzt lieber Schluß.

HANSHAW: Also bis morgen. Jill, es tut mir unaussprechlich leid...

JILL: Danke Goddard. Versuchen wir... zu retten, wofür sie beide gelebt haben.

Hanshaw schaltete das Gerät aus. Eine halbe Minute verging, ehe er sich seufzend zu Dejerine wandte: »Wofür ganz Primavera lebt. Wenn Sie versuchen, unsere Hilfeleistungen angesichts dieser Nachrichten zu verhindern, werden Sie eine Revolte auslösen.«

Dejerine nickte nachdenklich. Er fühlte sich benommen und wie ausgelaugt. »Es würde zu Blutvergießen kommen, das ist ziemlich sicher. Aber Sie wissen auch, Hanshaw, daß eine Revolte eben das herbeiführen würde, woran Sie am wenigsten Interesse haben können: eine Besatzungstruppe, verschärftes Kriegsrecht, Inhaftierung oder Deportation der führenden Köpfe...«

Hanshaw hob beide Hände. »Selbstverständlich wollen wir alles tun, um das zu vermeiden. Aber Sie dürfen meinen Einfluß auf die Leute hier nicht überschätzen, Hauptmann.« Ein beschwörender Ton kam in seine Stimme. »Ich bitte Sie nur um eins: Reagieren Sie nicht sofort und mit Ihren Machtmitteln auf den Zwischenfall im Lagerhaus. Erklären Sie in Ihrem Bericht – wenn Sie schon einen machen müssen –, daß Sie von Maßnahmen absehen, solange die Untersuchung des Falles andauert. Ihre Führung wird das sicherlich vernünftig finden. Wir rechnen damit, daß wir unsere Expedition in vielleicht fünf Tagen werden aussenden können. Wenn alles vorbei ist, werden wir uns der Justiz stellen.«

Der Entschluß kam nicht von ungefähr. Es schien Dejerine, daß er unterhalb der Bewußtseinsschwelle schon lange dagewesen sei, und nun, da er ans Licht gekommen und von seinem Willen Besitz ergriffen hatte, verlieh es ihm eine große Ruhe.

»Nein«, sagte er. »Eine Verzögerung ist nicht notwendig.«

»Wie meinen Sie das?«

»Ich werde den Flug mit einer Militärmaschine machen. Es ist weitaus effektiver, außerdem sicherer für... für sie, falls Schlechtwetter aufkommen sollte. Wenn Sie morgen mittag Ihre Funkverbindung aufnehmen, werde ich dabeisein, um das nötige zu besprechen.«

»Sie sagen ›effektiver‹. Aber sagten Sie nicht zuvor, daß Sie an diesem Kampf nicht teilnehmen dürften?«

»Ich kann auf eigene Verantwortung einen Rettungsflug unternehmen. Das kann dem Ansehen der Raumwaffe nur förderlich sein. Aber ich erwarte von Ihnen, daß Sie strengstes Stillschweigen bewahren und dafür sorgen, daß Ihre Leute den gestohlenen Sprengstoff zurückbringen. Verstehen Sie?«

Hanshaw musterte den anderen lange, ehe er fragte: »Sie wollen allein fliegen?«

»Ja. Um Diskretion zu wahren.«

»Ich sehe.« Der Bürgermeister stemmte sich schnaufend in die Höhe und streckte die Hand aus. »Gemacht, Hauptmann! Wie wäre es mit einem Bier?«

22

Einen Tag vor dem vereinbarten Termin verkündeten Sparling und Jill, daß sie wieder eine längere Wanderung unternehmen und über Nacht draußen bleiben wollten. Innukrat musterte sie forschend. »Wieso?« fragte sie.

»Du weißt, daß es meine Arbeit ist, die Lebensweise von Tieren zu beobachten«, antwortete Jill. »Ich möchte diejenigen studieren, die bei Dunkelheit unterwegs sind.«

Arnanaks Frau seufzte. »Richtig. Und doch muß ich dir sagen, daß dein Verhalten in letzter Zeit ein anderes geworden ist. Ich wünschte, ich kennte deinesgleichen gut genug, um zu vermuten, wie und warum es zu dieser Veränderung kam. Ich kann sie nicht erklären, aber ich sehe sie und höre sie in deiner Sprache.« Ihre Rüsselnase blähte sich. »Ich kann sie sogar riechen.«

Jill war so bestürzt, daß sie keine Worte fand. Sparling kam ihr zu Hilfe. »Du hast recht«, sagte er zu Innukrat. »Der Kampf um Port Rua muß in diesen Tagen seinem Höhepunkt entgegengehen. Vielleicht ist er bereits entschieden. Die Leute dort sind unsere Freunde. Fürchtest du nicht für jene, die dir nahestehen, und sehnst du dich nicht nach einer Botschaft, mag sie auch schlechte Nachricht bringen?«

»Sind wir einander so ähnlich?« sagte Innukrat leise. »Dann könnt ihr gehen, wenn ihr wollt. Ich habe hier meine Arbeit, die mich hindert, zuviel zu denken.« Sie gab ihnen eine großzügige Ration einheimischen Proviants und ihre Zusatznahrung.

Als sie aufgebrochen waren, bekannte Jill: »Ich dachte, ich handelte richtig. Statt dessen komme ich mir wie eine Verräterin vor.«

Sparling nickte. »Ich kann dich gut verstehen. Aber Loyalität zur ganzen Schöpfung ist nicht möglich.«

Wie ich selbst habe lernen müssen, Rhoda, dachte er trübe. Morgen muß ich dir gegenübertreten, die du nie aufgehört hast, mich zu lieben.

Und vielleicht muß ich es mit Handschellen an den Gelenken tun, dachte er weiter. Ist das der Grund, warum ich auf das Gelingen meines verrückten Plans hoffe? Warum kam ich auf die Idee, als Dejerine uns von seinem Kommen verständigte?

Während der nächsten Stunde sprachen sie wenig, denn der Aufstieg in der Hitze war anstrengend. Das bei ihren früheren Wanderungen ausgewählte Ziel hatte die erforderlichen Eigenschaften: Es war weit von Ulu entfernt in einer unbesiedelten Gegend des Hochlands, leicht zu identifizieren und bot gute Landemöglichkeit. Andere Orte waren bequemer zu erreichen, aber hier konnten sie einen ungestörten Abend verbringen.

In Valennen war die Baumgrenze nicht von der Kälte gezogen, sondern von Trockenheit; und die Evolution hatte dem T-Leben der Ödländer die Fähigkeit verliehen, in diesen trockenen Zonen zu gedeihen. Kilometer vor dem Lagerplatz war der olivgelb und braunrot belaubte Wald allmählich lichter geworden und in die dürftige Buschvegetation einer Trockensavanne übergegangen, durchsetzt von niedrigen, breit hingelagerten Felsformationen. Hier in der Übergangszone zeigten sich mehr und mehr Vertreter der blaugrünen, lederigen Vegetationsform, die einige Kilometer weiter das Landschaftsbild bestimmte. Büsche wuchsen vereinzelt, und noch größer waren die Abstände zwischen den Bäumen. Wo der Vorgebirgskamm sich zu einem massigen Felsplateau verbreiterte, spendete eine Aushöhlung auf der Südseite Schatten. Aus einer geröllerfüllten Schlucht tröpfelte ein Rinnsal, das mehrere kleine Tümpel speiste, bevor es hangabwärts versickerte. Nahebei erhob sich der dunkle, bronzefarbene Stamm eines Phönixbaums, dessen Laubdach weiteren Schatten bot. Graublaue Bodenpflanzen und gefallenes Laub bildeten zu beiden Seiten des Wasserlaufs einen federnden Teppich. Westwärts erstreckte sich das Plateau beinahe baumlos, und der Blick reichte ungehindert zu den ehrfurchtgebietenden grauen Felsabstürzen der Weltenmauer.

Die erschöpften Wanderer warfen sich am Wasser zu Boden und tranken und tranken. Sparling tauchte das Gesicht in die gesegnete Kühle, die einen Geschmack von Eisen hatte, und ließ sich Staub und Schweiß aus den Poren waschen. Aufblickend, sah er Jills blonde Haarsträhnen im Wasser wehen. Erfrischt machten sie es sich im Schatten bequem. Die Pflanzendecke des Bodens war seltsam geruchlos – menschliche Nasen konnten den Duft nicht wahrnehmen –, aber das machte nichts; ihre verschwitzten Körper hatten den eigenen Geruch mitgebracht.

»Uff«, sagte Jill, als sie die Beine von sich streckte. Wie gut ist es, im Schatten auszuruhen!«

Nach einem forschenden Blick in ihr Gesicht sagte Sparling: »Daß du nicht niedergeschlagen bist, macht mich glücklicher, als ich erklären kann.«

Sie warf die nassen Strähnen zurück. »Ich weigere mich, es zu sein. Die Trauer kommt später. Donald und Larreka würden nicht wollen, daß ich hier um sie weinte... und du auch nicht, Ian.«

»Ich wünschte, ich hätte diese Fähigkeit – nein, diesen Mut, froh zu sein.«

Sie lächelte schief. »Meinst du, das fiele mir leicht? Es ist ein Kampf, und ich gewinne nicht alle Runden.« Sie streckte die Hand aus und fuhr ihm übers Haar. »Laß uns einander helfen, froh zu bleiben. Heute abend festliches Diner, gefolgt von Lustbarkeit. Morgen laufen wir in den Hafen ein.«

»Und was dann?«

»Wer weiß?« Sie wurde auf einmal ernst. Tränen netzten die Wimpern. »Ich bitte dich um eins, Ian. Um ein feierliches Versprechen.«

»Ja?«

»Dein Ehrenwort. Was immer ich tue, versuche nicht, mich daran zu hindern.«

»Was? Woran denkst du? Selbstmord? Ausgeschlossen!«

Sie schlug den Blick nieder, rang im Schoß die Hände. »Ich kann es dir nicht sagen. Alles ist hoffnungslos verwirrt und verstrickt. Aber angenommen, ich würde mich entschließen... ah... zur Erde zu reisen und Propaganda für Ischtar zu machen. Ich habe Anspruch auf angesammelten Urlaub und eine Passage. Aber du könntest mich zurückhalten, indem du mich bitten würdest, zu bleiben und deine Geliebte zu sein.«

»Glaubst du, ich würde so eigennützig sein? Im Gegenteil, wenn wir zurückkehren, habe ich... meine Verpflichtungen. Und du solltest nicht mehr von deinem Leben an einen alten Mann wenden, der dir niemals eine wirkliche..«

Sie verschloß ihm den Mund mit der Hand. Er küßte ihre Handfläche. »Still«, sagte sie. »Das werden wir später ausknobeln, wenn wir wissen, was die beste Lösung ist.« Nach einem Moment fügte sie hastig hinzu: »Siehst du jetzt, warum ich dein Wort will, daß du mich meinen eigenen Weg finden läßt, wie immer er sein mag? Ich muß diese Fragen frei und unabhängig überdenken können.«

Er nickte, und sie nahm ihm die Hand vom Mund. »Ja. Vielleicht hätte ich dieses Verlangen von dir erwarten sollen. Natürlich, Freiheit...«

»Dann habe ich dein Versprechen?«

Und er antwortete: »Ja, du hast es.«

Sie warf die Arme um ihn. »Danke, danke!« Sie kämpfte mit den Tränen. »Ich habe dich niemals mehr geliebt als jetzt.«

Er tröstete sie, so gut er konnte. Später, als Anu feurig drohend über den Gipfeln hing, machten sie Feuer und kochten ihr Abendessen. Der Tag schwand, Sterne und Monde kamen hervor. Die Liebenden spürten, daß es die letzte Nacht war; als sie sich nach kurzem Schlaf wieder aneinander entflammten, war in ihren Zärtlichkeiten die verzweifelte Heftigkeit des Abschieds.

Die Rettungsmaschine kam am nächsten Vormittag.

»Da ist er!« rief Jill. Sparlings Blick folgte ihrem ausgestreckten Arm. Ein metallisch funkelnder Punkt zog vom Süden herauf, wurde rasch zu einer geflügelten Barrakudagestalt und zog donnernd eine weite Schleife über ihnen. Sie verließen den Baumschatten und traten hinaus in die grelle Sonnenglut, um ihre Hemden zu schwenken und den Piloten aufmerksam zu machen. Die Maschine schraubte sich in Spiralen tiefer, setzte zur Landung an. »Ein Mordsding«, sagte Jill. »Im wahrsten Sinne des Wortes; sieht es nicht wirklich mörderisch aus?«

Sparling nickte. Er kannte den Jagdbombertyp. Zwei Maschinengewehre, zwei Kanonen, eine Laserkanone und zwei Raketen mit nuklearen Sprengköpfen von je einer Kilotonne. Der Miniatursender an seinem Handgelenk piepte. Er meldete sich und hörte Dejerines Stimme: »Hallo da unten. Alles klar?«

»Alles klar«, antwortete Jill. »Sie können landen.«

Der Hauptmann tat es. Die Schwenkflügel kippten. Die Feuerstrahlen der Motoren wurden nach unten gelenkt und wirbelten die trockene Erde auf. Sparling fühlte das Herz in der Kehle schlagen. War der Mann wirklich allein an Bord, wie er angekündigt hatte? Die Maschine setzte auf und kam zum Stillstand. Sie trotteten darauf zu.

Der kleine Seiteneinstieg wurde geöffnet, und jemand ließ eine Leiter herunter. Dejerine erschien gebückt in der Öffnung, eine schlanke Gestalt in Fliegerkleidung. Den Pilotenhelm hatte er abgelegt. Er winkte. Jill winkte zurück. Dann kletterten sie hintereinander die Leiter hinauf und zwängten sich an Dejerine vorbei durch die Öffnung. Der Hauptmann holte die Leiter wieder ein, schloß und verriegelte den Einstieg und wandte sich zu ihnen um.

Sie schüttelten einander die Hände. Dejerines Händedruck war fest und freundschaftlich. Aber schien er nicht müde, nervös, sogar mißtrauisch? Sparling wurde unsicher. Nun, nach allem, was der Mann durchgemacht hatte... Er trug keine Dienstpistole umgeschnallt. Keine Pistole...

»Willkommen!« begrüßte er sie. »Ich bin glücklich, Sie gesund und wohlbehalten wiederzusehen.« Er sah zwischendurch Sparling an, aber seine Aufmerksamkeit blieb auf Jill konzentriert. Warum auch nicht? dachte Sparling. Wer konnte Jill ansehen und nicht von ihr fasziniert sein?

»Sind Sie wirklich ganz allein gekommen?« fragte sie mit bewundernder Miene.

Dejerine bejahte. »Am besten machen wir uns gleich auf den Rückflug«, sagte er. »Die Wetterverhältnisse sind ausnahmsweise ideal. Keine Wirbelstürme, keine Unwetter, überall klare Sicht. Dieser Planet hat mehr Schönheit als der Geist verarbeiten kann.«

Die Klimaanlage an Bord überraschte sie mit Kühle und Luftfeuchtigkeit. Trotzdem wischte Dejerine sich mit dem Zeigefinger Schweißtropfen vom Schnurrbart. »Ich kann nicht verstehen, wie Sie es so lange in diesem Feuerofen ausgehalten haben«, sagte er. »Ich habe Lebensmittel, Getränke, Medikamente und frische Kleider mitgebracht. Möchten Sie etwas davon, bevor wir starten?«

Jetzt! Und es gab keine Zeit mehr für Zweifel oder Bedauern. Sparling zog sein Jagdmesser. »Ja«, sagte er mit rauher Stimme, die seltsam fremd in seinem Schädel widerhallte. »Sie können sich bereitmachen, die Legion zu befreien. Keine Bewegung! Das ist ein Überfall!«

Jill keuchte. Dejerines olivbraunes Gesicht schien ein wenig zu erbleichen, aber er blieb seltsam gefaßt; das Lächeln verlor sich aus seinen Zügen und machte einer ausdruckslosen Miene Platz.

»Meine private Idee«, sagte Sparling, um die Verantwortlichkeit von Anfang an klarzustellen. »Jill hat nichts davon gewußt. Als ich erfuhr, daß Sie uns holen würden – mit diesem Ungetüm, das jeden Krieger in Angst und Schrecken versetzen kann... Verstehen Sie? Ich bin bereit, mich anschließend zu ergeben, vor Gericht bringen zu lassen und meine Strafe abzusitzen. Aber bitte glauben Sie mir, Hauptmann, daß ich genauso bereit bin, Sie zu fesseln und selbst den Piloten zu spielen, wenn Sie meinen Anweisungen nicht folgen.«

»Ian...« Ihre Stimme brach wie Glas.

Dejerine befeuchtete sich die Lippen und sagte ruhig: »Wenn ich mich weigere, werden Sie mit Gewißheit Bruch machen. Wer ein Sportflugzeug steuern kann, der kann noch lange nicht mit einer Maschine wie dieser umgehen. Wollen Sie Miß Conways Leben riskieren?«

»Ich werde sie nach Ulu zurückschicken«, sagte Sparling. »Und zwar mit einer glaubwürdigen Geschichte, die meine Abwesenheit erklärt.«

Sie trat auf ihn zu. »Das wirst du nicht tun«, stellte sie fest.

»Und ob ich es tun werde«, entgegnete Sparling; und zu Dejerine: »Ich wiederhole, sie hat an keiner Verschwörung teilgenommen und wußte nichts von meinem Plan. Ihr Verhalten ist in jeder Hinsicht korrekt gewesen.«

Jill ballte die Fäuste und stampfte mit dem Fuß auf. »Du Idiot!« schrie sie. »Warum habe ich dich wohl versprechen lassen, mich nicht zu behindern, was immer ich täte? Ich wollte wie du das Flugzeug entführen!«

Er konnte sie nicht angaffen, denn er mußte Dejerine im Auge behalten. Er sah sie nur aus den Augenwinkeln: mit gerötetem Gesicht, blitzenden Augen und gefletschten Zähnen, schnaufend vor Aufregung. Er traute es ihr zu. Laut sagte er: »Du bist verrückt.«

»Das ist sie wirklich«, pflichtete ihm Dejerine bei, wie er selbst bestrebt, sie vor den juristischen Folgen ihrer Unbedachtsamkeit zu bewahren. »Ein Sonnenstich. Sparling, ich will Ihnen zugute halten, daß Sie ein ehrlicher Mann sind, wenn auch fehlgeleitet. Angenommen, ich würde unter Zwang tun, was Sie von mir verlangen, und Sie würden sich später ergeben: Miß Conway sollte in jedem Fall hierbleiben, wo sie in Sicherheit ist und wo wir sie später abholen können.«

Nun zog auch sie ein Messer aus dem Gürtel. »Niemals!« rief sie in wütender Entschlossenheit. »Ich spiele hier meine eigene Karte, ob ihr es wollt oder nicht. Ich nehme dich bei deinem Ehrenwort, Ian. Wenn du es brichst, wirst du gegen mich kämpfen müssen. Möchtest du das?

Hör zu. Wenn du allein mit ihm bist, hat er viele Möglichkeiten, dich auszuschalten. Er kann es mit einem Trick versuchen; er ist ein erfahrener Pilot und jünger als du; er kann mehr Beschleunigungsdruck vertragen. Er kann dich mit einem Sturzflug oder einem anderen Manöver betäuben und dir das Messer wegnehmen, und du bist geliefert. Aber wenn wir zu zweit sind – zwei von uns sind zu viele, da wird es zu riskant. Habe ich recht? Gegen zwei haben Sie keine Wahl, Dejerine. Sie werden es als Ihre Pflicht ansehen, die Maschine zu steuern und zu tun, was wir verlangen – und sei es nur, weil Sie wissen, daß zwei Hinterwäldler wie wir diese teure und von so weit herangeschaffte Todesmaschine zu Bruch fliegen würden.«

Sparling starrte sie entsetzt an. Er konnte nichts mehr tun, um sie aus der Sache herauszuhalten. Sie hatte alle Brücken hinter sich abgebrochen. Das Wissen war für Sparling wie ein Schlag in die Magengrube, der ihm die Luft nahm.

Dejerine schien nicht weniger schockiert. Er ließ die Schultern hängen, nagte auf der Unterlippe und grübelte mit gerunzelter Stirn, bis er schließlich, ohne den Blick von Jill abzuwenden, mit tonloser Stimme sagte:

»Ja. Ihre Analyse ist richtig. Ich werde für Sie fliegen.«

Er ging voraus in die Pilotenkanzel. Sparling und Jill zwängten sich hinter ihm in die Enge des freien zweiten Sitzes, ohne die Messer aus den Händen zu legen. Und Sparling dachte: Er vermutete, daß ich tun könnte, was ich tat. Nicht Jill, das war eine schlechte Überraschung, aber ich. Und er kam allein und ohne Waffe.

Ein Blick zu ihr zeigte Mitleid in ihrem Gesicht. Auch sie mußte es sehen.

23

Arnanak hob den Säbel und ließ die Klinge im Sonnenlicht blitzen. »Vorwärts!« brüllte er.

Ein mächtiges Knarren, Ächzen und Rumpeln erhob sich, als zwei Dutzend kräftige Krieger sich in die Gurte legten. Langsam kam die Brücke in Bewegung. Staub und Asche rauchten von ihren Rädern, drangen in Augen, Ohren, Nasen, Münder und Pflanzen. Sonne und Wanderer brannten erbarmungslos auf das dürre Land herab. Der Fluß lag wie Messing zur Rechten. Voraus erhoben sich die zerstörten und behelfsmäßig wieder instandgesetzten Erdwälle und Palisaden im flimmernden Dunst.

Die Sturmbrücke rumpelte unaufhaltsam vorwärts. Arnanak begleitete sie in einigem Abstand. Seine Leute brauchten die Ermutigung, die sein Anblick ihnen bot. Er und sein großer Legionärsschild würden der Gefahr trotzen, wenn er in Schußweite der Bogen- und Armbrustschützen käme.

Stolz schwellte seine Brust, wenn er die schwerfällige, furchteinflößende Sturmbrücke betrachtete. Sie war seine Idee gewesen, sein Werk. Die Ingenieure der Gemeinschaft hatten niemals etwas Vergleichbares zustande gebracht. Die Achsen und Räder dreier Fuhrwerke trugen lange, massive Balken, die vorn weit genug hinausragten, um den Graben zu überbrücken. Eine Steinpackung auf dem rückwärtigen Ende lieferte das notwendige Gegengewicht. Die Länge der Sturmbrücke war zum Schutz der Angreifer mit einem von Stangen getragenen Dach und Seitenwänden aus triefendnassen Zeltbahnen versehen. Eine zusätzliche Schutzwand aus Brettern bot den Zugmannschaften zu beiden Seiten der gewaltigen Maschine Deckung. Die Verteidiger hatten kein Mittel, das vorrückende Ungeheuer zum Stehen zu bringen. Dazu wären die schwersten Blöcke nötig gewesen, die ein Katapult schleudern konnte; und er hatte seine erbeuteten Belagerungsmaschinen die Verteidigungslinien der Nordseite mit Steingeschossen und Feuerbomben überschütten lassen, bis alle Bastionen zerstört waren.

Pfeile zischten von den geflickten Palisaden. Viele trugen Feuer und mehrere trafen. Aber es war unmöglich, die nasse Zeltbahn und die gleichfalls naßgehaltenen Balken in Brand zu setzen. Arnanak wich den heransausenden Geschossen mit geschickten Bewegungen aus. Trotz der Hitze machte es ihm Spaß, seine Gelenkigkeit zu erproben und mit den Pfeilen fangen zu spielen.

Von Larrekas Banner war noch immer nichts zu sehen. Er war seit Tagen verschwunden, seit jenem für beide Seiten so verlustreichen nächtlichen Kampf bei den Schiffen. War der Kommandant gefallen? In diesem Fall schlafe wohl, Bruder unter den Drei. Andererseits war Larreka ein gerissener alter Bursche, dem keine List unbekannt war...

Und die Sturmbrücke hatte den Graben erreicht!

Ein Triumphgebrüll erhob sich aus den Reihen der Tassui, als das Brückenende sich genau vor der zuletzt gelegten Bresche in die Böschung des Umfassungswalls bohrte.

Arnanak teilte seine Sturmtruppen auf, wies jeder Abteilung ihren Platz zu. Hinter den Wällen waren Trompetensignale und aufgeregte Rufe der Legionäre zu hören.

»Alles bereit zum Angriff«, sagte Arnanak zu den Kriegern seiner Garde. Der Befehl ging wie ein Lauffeuer durch das Belagerungsheer. Waffen blinkten durch brodelnde Staubwolken. Plötzlich wurde das Osttor geöffnet, und die Zugbrücke kam herab. Arnanak lachte. »Ha, das hatte ich erwartet!« Er gab den Truppen aus Ulu das Signal zum Angriff und galoppierte los. Seine Eidgeber strömten ihm nach.

Eine Legionärsabteilung hatte die Festung verlassen, um die Sturmbrücke von der Seite anzugreifen und zu zerstören, ehe die Angreifer ihre Hauptmacht nachziehen konnten.

Die Zahl der Legionäre war nicht gering, denn sie rechneten damit, sich den Rückweg freikämpfen zu müssen. Als sie sahen, daß sie vor Erreichen des Ziels angegriffen wurden, schwenkten sie auf die Tassui zu und gingen zum Gegenangriff über. Der Verlust dieser starken Abteilung würde die Garnison entscheidend schwächen.

»Ausfächern!« rief Arnanak. »Schließt sie ein!« So sehr er seine Elitetruppe in den Kampftechniken unterwiesen hatte, eine Ermahnung konnte nie schaden. Unter dem dünnen Firnis der Disziplin lagen noch immer ihre alten, wilden Instinkte.

Sein Befehl kam keinen Augenblick zu früh. Tragbare Katapulte begannen ihnen ganze Pfeilbündel entgegenzuschleudern, weiter als ein Bogen reichte. Er stürmte durch den zischenden Tod vorwärts, sah Kämpfer stürzen und sich am Boden wälzen. Einige kamen wieder auf die Füße und hinkten zurück oder schlossen sich wieder den stürmenden Kameraden an. Manche lagen still, und ihr Blut färbte einen Boden dunkel, der schon zu hart war, es zu trinken. Aber die Zahl der Gefallenen blieb gering, und bald waren die Tassui über den Südländern.

Arnanak stürzte sich an der Spitze von acht Kämpfern seiner Garde auf ein Trio schwerbewaffneter Legionäre in Rüstungen wie der seinigen. Schildbuckel stießen und drängten, Schildkanten hackten, Schwert und Streitaxt hieben von oben oder um die Schilde. Arnanak und ein Legionär stemmten sich gegeneinander, stießen vor, sprangen zurück, suchten eine Lücke in der Verteidigung des Gegners zu finden oder zu erzwingen. Schläge klangen auf Helmen, Harnischen und Beinschienen. Die Gefährten scharten sich um ihn. Da sie selbst kaum gepanzert waren, konnten sie nicht gegen einen voll gerüsteten Legionär antreten. Aber während ihr Oberherr ihn beschäftigte, hieben und stießen sie in jede Blöße. Nicht lange, und das Ende einer Pike riß ihm den Bauch auf. Er kreischte, als seine Gedärme herausfielen, brach über ihnen zusammen und machte sich zum Sterben bereit. Seine Gefährten lagen alle bereits in ihrem Blut.

Arnanak machte einen Trupp Leichtbewaffneter aus, die sich in der Nähe zum Gegenangriff sammelten, und ging sofort gegen ihn vor. Der Offizier des Trupps hätte ihm entkommen können, weil er keine Rüstung zu schleppen hatte, wollte aber nicht weichen. Augenscheinlich vertraute er auf ein kurzes Zauberrohr in seiner Rechten, das er von den Menschen bekommen haben mußte. Es krachte, und Arnanak spürte einen Schlag gegen seinen Schild, hörte einen schrillen, singenden Ton, der sich rasch entfernte. Einen Augenblick später hatte er den Offizier erreicht, stieß dessen Schild zur Seite und durchschlug ihm mit einem Säbelhieb das Rückgrat.

Auch anderswo hatten die geübten und tapferen Krieger von Ulu ihr Ziel erreicht. Die Formation der Legionärsabteilung war aufgebrochen und zersprengt. Nicht einer der Legionäre erreichte das schützende Tor; Hunderte bedeckten das Schlachtfeld.

Als der Staub sich senkte, sah Arnanak, daß seine Krieger noch auf den Wällen vor und zu beiden Seiten der Sturmbrücke kämpften. Die Bresche, durch die sie eingedrungen waren, lag unter schwerem Feuer; wie es schien, hatte die Legion alle noch verfügbaren Kräfte herangezogen, um den Einbruch abzuwehren. Sie verteidigte sich verzweifelt, aber Arnanak wußte, daß seine Tassui durchkommen würden. Noch an diesem Tag würden sie in Port Rua sein.

Ein schrilles Heulen durchbohrte den Himmel. Arnanak wandte den Kopf und blickte auf. Ein metallisches Ungetüm stieß herab, als käme es aus der Dämonensonne. Seine Herzen erbebten. Menschen! Was wollten sie?

Etwas Dünnes löste sich von dem fliegenden Boot, das nun abdrehte, und schoß mit ungeheurer Schnelligkeit auf die Belagerer herab. In einem schrecklichen Blitzschlag brach der Himmel auf.

Von einer Riesenfaust fortgeschleudert, flog Arnanak durch die Luft. Das Geräusch war zu groß, um gehört zu werden; es erfüllte ihn, hatte ihn, war er, und jeder Knochen in seinem Leib läutete. Er prallte auf einen Erdboden, der sich wie Meeresdünung hob und senkte. Der Schmerz seiner Verbrennungen holte ihn ein. Seine Seele zersplitterte in einem Schrei.

Doch ein Teil von ihr hielt aus. Es war ein Stein namens Arnanak, und obwohl das Feuer ihn in immer neuen Brandungswellen überflutete, lebte in seinem Kern der Wille, ein Magnetstein zu sein. Aus einer weißglühenden Blindheit, wo mächtige Winde tobten, zog er Arnanaks zerfetzte und zerstörte Seele zurück.

Er löste sich aus der Qual und hob den Blick. Er lag auf einer zu Asche gewordenen, stillen Erde – denn er konnte die Verstümmelten und Verbrannten nicht hören, die zwischen den umherliegenden Toten sich abmühten. Er konnte kein Geräusch hören. Vom Schlachtfeld erhob sich eine Wolke, höher als der Glaube, und oben breitete sie sich mächtig aus, gleich dem Phantom eines gigantischen Phönix. Die Stadt stand unversehrt hinter den zerschlagenen Palisaden, die Sturmbrücke war verlassen, mit zerrissener, brennender Plane. Ich muß am Rand der Vernichtung gewesen sein, sagte er sich. Ich muß gehen, und meine Söhne suchen.

Aber seine Hinterbeine wollten ihm nicht mehr gehorchen. Als er sah, daß Knochen wie Speerspitzen aus dem versengten Fleisch ragten, wußte er, warum. Er ließ sich auf die Hände nieder, ruderte mit den Vorderbeinen und zerrte seine tote Hälfte hinter sich her.

»Tornak!« versuchte er zu rufen. »Uverni, Aklo, Tatara, Igini!« Nein, Igini war auf dem fremden Schiff zu Tode gekommen, nicht wahr? »Korviak Mitusu, Navano!« Seine Söhne, die in Stolz und Ehre an seiner Seite gefochten hatten. Sicherlich waren sie nicht alle vom mörderischen Blitzschlag der Menschen getötet worden; sicherlich waren einige von ihnen unversehrt geblieben, um sein Werk zu vollenden, wie er es ihnen für den Fall seines Todes aufgetragen hatte. »Kusarat, Usayuk, Innukrat, Alinark...« Die Namen von Freunden und Frauen, von allen, die ihm nahestanden, kamen nun dazwischen und wirbelten durcheinander, während Dunkelheit an den Rändern seines Bewußtseins fraß. Er konnte nicht hören, ob ihm noch eine Stimme geblieben war.

»Menschen, warum?« rief er. »Auch ich wäre euer Freund gewesen. Ich hätte euch meine Dauri und das Ding gebracht.« Als er emporblickte, war er nicht sicher, ob das Schlächterboot zurückgekehrt war und über der Verwüstung schwebte, oder nicht, so trüb war seine Sicht geworden. Auch wußte er nicht, ob der Tote, neben dem er nun liegenbleiben mußte, weil er sich nicht weiterschleppen konnte, jemand war, den er kannte. Das Fleisch des Toten war auch zu sehr verkocht, als daß er ihn hätte erkennen können. War er näher zur Einschlagstelle gekrochen?

Wenn er in seiner Schwäche so weit kriechen konnte, dann... dann waren nicht alle erschlagen. Gewiß hatten die meisten überlebt und waren geflohen, um in die Heimat zurückzukehren. Manche von ihnen würden die Zeit des Feuers überstehen. Wenn die Menschen ihnen nicht rachsüchtig folgten... Aber warum sollten sie? Die Menschen hatten es nicht nötig. Sie waren allmächtig.

Arnanak seufzte und legte sich zur Ruhe. Die Nacht kam über ihn. Zu rasch für einen Todestraum? Nein, das durfte nicht sein, das ließ er nicht zu. Er war kein Tier, das irgendwo unter freiem Himmel krepierte, er war der Oberherr von Ulu.

Er richtete sich auf und zog die Klinge. »Gebt mir meine Ehre«, sagte er den Gesichtslosen. Grelles Licht blitzte auf dem Stahl. Er schlug nach den schwarzen Schwingen, die ihn umstürmten, und es klang hell gegen Schnäbel und Krallen. Wie sie heulten, diese Winde!

Der Explosionskrater glänzte schwarz unter ihnen, zu Glas gewordene Erde. Er war nicht übermäßig groß. Der Sprengkopf der Rakete war eine taktische Waffe, eine Präzisionswaffe, die ihre Gewalt keilförmig entlud und ein Minimum an harter Strahlung abgab. Vollkommen aber war auch diese Waffe nicht. Im Umkreis des Kraters lagen Opfer, die nicht verdampft waren, und zwischen diesen lagen Gestalten, die verbrannt und verstümmelt waren, sich aber noch bewegten. Das war das Schlimmste von allem.

Dejerine konnte es nicht ertragen. Er ging tiefer und setzte die Laserkanone ein. Grelle Lichtblitze stießen wieder und wieder zu und verkohlten die Körper der Explosionsopfer, und nach ein paar Minuten lag das Schlachtfeld in rauchendem Frieden. Einige der Unglücklichen hätten vielleicht gerettet werden können, wäre ihnen angemessene ärztliche Behandlung zuteil geworden. Doch wo gab es die?

Vater, vergib mir, hätte er gebetet, wenn es ihm möglich gewesen wäre, *denn ich wußte nicht, was ich tat.* Er hatte noch nie im Kampf gestanden. Aber es war, als ob er nicht zu beten wagte. Statt dessen kamen ihm längst vergessene Worte in den Sinn:

Denn du zählst meine Schritte; wachst du nicht über meine Sünde?

Verschlossen ist meine Missetat in einem Beutel; meine Schlechtigkeit nähst du ein.

Und der Berg wird fallen und zu nichts werden, und der Felsen wird von seinem Ort genommen.

Das Wasser höhlt den Stein; was aus dem Staub der Erde wächst, wird fortgespült; und du zerstörst der Menschen Hoffnung.

Die Oberhand gewinnst du über ihn für immer, und er stirbt; sein Antlitz wandelst du und schickst ihn fort.

Seine Söhne kommen zu Ehren, und er weiß es nicht; und sie werden gedemütigt, aber er sieht es nicht.

Aber sein Fleisch soll Schmerzen leiden, und seine Seele soll trauern.

Jill hörte auf zu weinen. »Ich – es ist schon gut«, antwortete sie mit kleiner und zittriger Stimme auf Sparlings begütigendes Gemurmel. »Danke, Liebling. Der Anblick war so schrecklich, ich hatte keine Ahnung, daß es so schlimm sein würde.«

»Nimm es nicht so schwer«, sagte Sparling.

»Nein, das kann ich noch nicht«, antwortete sie. Sie richtete sich auf, und Dejerine fühlte ihren Arm über seine Schulter reichen. »Hier«, sagte sie. In ihrer Hand lagen die Messer, mit denen sie und Sparling ihn bedroht hatten. »Nehmen Sie.«

»Ich will sie nicht«, murmelte Dejerine.

»Jedenfalls liefern wir Ihnen die Messer aus.« Und Jill warf sie ihm vor die Füße. Die Klingen schlugen hell zusammen.

Er blickte über die Schulter und sagte: »Da wir schon hier sind, können wir ebensogut landen. Wollen Sie?«

»Ja, ich würde mich gern umsehen«, sagte sie. Mit jedem neu gesprochenen Wort kam mehr Leben in sie.

Dejerine zog die Maschine in einen weiten Bogen und ging auf wenige hundert Meter Höhe herunter. Als sie langsam Port Rua und die im Norden angrenzende Flußebene überflogen, sahen sie überall fliehende Barbaren.

Schließlich fragte Sparling in unpersönlichem Ton: »Wie viele werden wir getötet haben?«

Dejerine mußte schlucken, bevor er hervorstoßen konnte: »Ein- oder zweitausend.«

»Von insgesamt... hatte Arnanak nicht von fünfzigtausend Kriegern gesprochen?«

Jill nickte. »Das sagte er.«

Dejerine lachte rauh auf. »Dann sind sie also noch glimpflich davongekommen, wie? Jeder von uns hat nur fünf oder sechshundert Leben auf dem Gewissen.« Er schüttelte den Kopf.

Sparling beugte sich über die Rückenlehne. »Glauben Sie mir, Hauptmann, auch ich bin nicht glücklich darüber, was wir getan haben. Ich fühle mich nicht rechtschaffen. Aber ich fühle mich auch nicht allzu schuldig. Die meisten Angriffsopfer starben so schnell, daß sie nichts mehr spürten.« Sparling machte eine Pause, während er nach Worten suchte. »Außerdem sind sie eine kriegerische Rasse. Feuerwaffen oder Sprengladungen hätten sie vielleicht daran gehindert, Port Rua zu erobern, aber ich glaube nicht, daß sie eine länger nachwirkende Abschreckung erzeugt hätten. Sie hätten neue Taktiken entwickelt, Erfindungen gemacht, Waffen von uns gestohlen und nachgebaut, und der Kampf wäre endlos weitergegangen, bis wir entweder hätten ein Blutbad unter ihnen anrichten oder nachgeben und ihnen die Kultur auf Ischtar auf Gedeih oder Verderb ausliefern müssen. Was sie heute erlebt haben... ich glaube nicht, daß sie es jemals wieder herausfordern werden.«

Dejerine nickte. »Das mag sein, aber es ist keine moralische

Rechtfertigung unseres Handelns. Nun, wollen Sie jetzt umkehren, oder haben Sie hier noch etwas zu tun?«

»Wieso, Sie sind der Chef«, antwortete Jill, verblüfft über die plötzliche Leere in ihm. Eifrig fuhr sie fort: »Ich würde vorschlagen, daß wir die Legion rufen, sie ermutigen und uns über die Lage informieren... überhaupt, könnten wir nicht landen? Die Nacht hier verbringen? Oder vielleicht das Lager der Barbaren ausfindig machen? Wer weiß, vielleicht finden wir dort diesen Gegenstand von Tammuz. Oder ein paar Dauri. Sie werden in großer Angst sein, diese kleinen Wesen.«

Indizien deuteten darauf hin, daß sich tatsächlich einige von den fremdartigen kleinen Wesen im größten Zelt des Heerlagers aufgehalten hatten. Aber sie waren verschwunden, vermutlich bei der Annäherung und Landung des Flugzeugs wie die im Lager anwesenden Tassui in den Busch der umliegenden Hügel geflohen. Dejerine stellte sich vor, wie sie dieses Land durchwanderten, das nur Hunger für sie bereithielt, und war überrascht, wie stark sein Wunsch war, daß sie lebendig die Ödländer erreichten, in denen sie zu Hause waren.

Den Sternenwürfel hatten sie zurückgelassen. Ehrfürchtig trug er ihn zu seiner Maschine.

Als er gegen Abend das Osttor von Port Rua durchschritt, salutierten die Legionäre ihm, der sie gerettet hatte. Sie bejubelten ihn nicht. Sparling erklärte, sie seien zu erschöpft und hätten zu viele ihrer Kameraden verloren, um Begeisterung zu zeigen. Unter den Soldaten war eine allgemeine Benommenheit spürbar. Ein paar kleine Trupps trugen vor den Wällen die Leichen der Gefallenen zusammen und begannen Massengräber auszuheben. Sonst geschah nichts.

Ein rauher, heißer Wind kam auf, der Staubwolken vor sich hertrieb, bis die Luft grau und sandig war und auf der Haut prickelte; Bel glühte so rot wie Anu.

»Wir werden uns halten«, sagte Irazen, der Befehlshaber der Legion, »wenn wir Unterstützung bekommen.«

Er empfing die drei in dem Büro, das Larreka gehört hatte. Es war ein weiß getünchter Raum mit einer schmucklosen Balkendecke, fast kahl bis auf ein paar Matratzen auf dem Lehmboden und einige Bücher und Erinnerungsstücke an den Wänden. Das Banner mit dem Kurzschwert hing gegenüber von Irazens Banner von einer Tragestange mit Querstab. Die Fensterläden waren gegen den

Sturm geschlossen. Zwei Laternen verbreiteten mattgelben Schein. Nach der stauberfüllten Hitze draußen schien es in dem Raum angenehm kühl.

Dejerine blickte von dem löwenköpfigen Wesen, das auch einer Zivilisation diente, zu Jill und Sparling und wieder zurück. Das Mädchen dolmetschte. Wie schlank und blond es war; das Lampenlicht schimmerte sanft auf dem Haar und glänzte weich in ihren Augen. »Was kann ich ihm sagen?« fragte sie, als die Stille gewachsen war.

»Was fragen Sie mich?« Dejerine breitete die Hände aus. »Wahrscheinlich bildet er sich ein, auf der Erde hätte man es sich anders überlegt. Warum sagen Sie ihm nicht die Wahrheit?«

»Nein, ach nein«, murmelte sie. »So tapfer bin ich nicht.« Nach kurzem Zögern wandte sie sich Irazen zu und sprach mit stockender Stimme ein paar Sätze. Die Antwort des Ischtariers schien ihre Verlegenheit nur um ein geringes zu vermindern.

»Ich erklärte ihm, daß dies ein Sonderfall sei, daß sie Ihre Befugnisse überschritten hätten, und daß die Erde keine weitere militärische Unterstützung leisten könne«, sagte sie. »Seine Enttäuschung scheint sich in Grenzen zu halten. Er erwartet nicht, daß der Bund der Valenner diesen Schlag überstehen wird. Aber er fürchtet, daß Arnanak oder seine Söhne überlebt haben und eine neue Streitmacht um sich sammeln könnten. Und er fürchtet die Verzweiflung der hungernden Valenner. Er sagt, die Zera Victrix habe die Hälfte ihrer Legionäre verloren. Er sagt auch, daß unsere Namen in ihren Annalen verzeichnet bleiben, so lange es eine Zera Victrix gebe.«

Dejerine dankte dem Kommandanten mit einem Neigen des Kopfes. »Sicherlich werden die Barbaren auch ihre Seeblockade aufgeben, wenn die Nachricht sie erreicht«, sagte er.

Irazen sprach weiter. Jill und Sparling tauschten besorgte Blicke aus. »Was sagt er?« fragte Dejerine, als der Kommandant geendet hatte.

»Er sagt...« Jill sah sich hilfesuchend nach Sparling um und ergriff seine Hand. »Er sagt, er sei nicht Larreka. Er werde bleiben, so lange es ihm möglich sei, doch könne sich die Legion hier nicht länger ernähren, und wenn die Gemeinschaft nicht bereit sei, sie zu versorgen, werde er Valennen aufgeben müssen.«

»Mit anderen Worten«, sagte Dejerine verdrießlich, »es ist alles umsonst gewesen.«

Sie versuchte zu lächeln. »Machen Sie nicht so ein Gesicht, Juri«, sagte sie. »Valennen wird jedenfalls nicht mehr die Bedrohung sein, die es war, und die Zera Victrix wird im Süden weiterleben.«

»Aber es wäre besser, wenn die Legion bleiben könnte, nicht wahr?« fragte Dejerine.

»Selbstverständlich«, antwortete Sparling. »Das zeigt schon ein Blick auf die Karte. Dies ist der Angelpunkt für den Schutz der Seeschiffahrt und der Zivilisation auf den Inseln, und der Handel der Gemeinschaft ist zu einem guten Teil von sicheren Seeverbindungen abhängig.«

Jill nickte. Die blonden Haarsträhnen umspielten ihren Halsansatz.

»Ich verstehe...«, murmelte Dejerine. Er steckte die Hände in die Taschen, ließ das Kinn auf die Brust sinken und starrte mit gedankenvoll gerunzelter Stirn vor sich hin.

»Was ist los? Fehlt Ihnen was?« Er bemerkte, daß eine Minute oder mehr vergangen sein mußte. Sie hatte ihn beim Ellbogen gefaßt und spähte ihm besorgt in die Augen. Auch Sparlings Miene verriet forschende, aufrichtige Anteilnahme.

»Nein... Es ist schon in Ordnung, danke. Eine Überlegung, weiter nichts.« Er blickte auf und sah die beiden an. Er glaubte zu verstehen, warum sie der Gefängnisstrafe in heiterer Gelassenheit entgegensahen. Etwas von der gleichen Kraft war auf ihn übergegangen.

»Ich... ich weiß nicht, was Sie dem Kommandanten hier sagen können. Es wird am besten sein, Sie bleiben unverbindlich. Machen Sie ihm Mut. Sagen Sie ihm, er werde sicherlich Nachschub bekommen. Wir seien überzeugt, daß die Gemeinschaft ihre Entscheidung revidieren und an dem festhalten werde, was sie hat...

Unter uns gesagt – einstweilen wird die Arbeit am Stützpunkt eingestellt. Was für die Bauarbeiten beschlagnahmt werden mußte, wird Ihnen zurückgegeben. Und die Raumwaffe wird Ihre Vorhaben, soweit sie friedlicher Natur sind und mit den Gesetzen der Föderation in Einklang stehen, nach Kräften unterstützen.«

»Oh, Juri!« rief Jill. Die blauen Augen standen plötzlich voll Tränen.

»Warum, werden Sie fragen«, fuhr Dejerine fort. »Nun, ich bin ein denkender Mensch wie Sie. Und in letzter Zeit wuchsen in mir die Zweifel an der Richtigkeit meines Handelns. Als ich nach Valennen flog, um Sie zurückzuholen, geschah das mit der unbestimmten Idee, daß Sie, Sparling, meine Maschine entführen und mich zwingen könnten, das zu tun, das wir taten. In dem Falle wäre es nicht meine Schuld gewesen, verstehen Sie? Sie allein hätten die Folgen zu tragen gehabt. Aber ich erwartete nicht, daß auch Sie bereit sein würden, diese Konsequenzen auf sich zu nehmen, Miß Conway.

Ich sah nicht voraus, was es für mich bedeuten würde, Lebewesen zu verbrennen, die sich nicht wehren konnten. Gleichgültig, wie gut oder wie schlecht die Sache gewesen sein mag, für die sie kämpften, sie waren uns wehrlos ausgeliefert.

Aber es ist nicht genug, zu töten. Wir müssen helfen und aufbauen. Meine Leute werden mit Freuden den geänderten Befehlen gehorchen, die ich bis zu meiner Ablösung erteilen werde. Primavera wird in der Föderation bleiben, auch nachdem man uns drei zur Rechenschaft gezogen haben wird. Denn wir werden diejenigen sein, die für Ischtar sprechen werden... Verstehen Sie?«

Sparling nickte. Jill aber warf Dejerine impulsiv die Arme um den Hals und küßte ihn.

Nachwort

Die Nacht war alt, als wir unseren Bericht beendeten.

Manchmal schien es uns, als hätte Espina die Berichterstattung selbst übernehmen können, so genau und kenntnisreich waren seine Fragen. Seine Aufmerksamkeit war nicht erlahmt, wo sogar wir, die zwei Generationen jünger waren als er, unter wachsender Müdigkeit gelitten hatten. Aber als er zuletzt sagte: »Yo comprendo... bastante«, da schloß er für eine Weile die Augen. Stille erfüllte den großen Raum. Nur die alte Standuhr redete weiter, und ihr langsames Ticken verdeutlichte mit ruhiger Unerbittlichkeit den Ablauf der Zeit.

Während der gesamten Dauer unserer Berichterstattung hatte er die Beleuchtung ausgeschaltet gelassen, und wir hatten Stunde um Stunde die Sternbilder über den Himmel ziehen sehen. Nun, da im Osten silbergraue Helligkeit aufkam, gaben sie eine verblaßte Krone für ihn ab. In Furcht und Hoffnung warteten wir.

Das ausgezehrte Adlergesicht wandte sich wieder zu uns her, die faltigen Lider hoben sich. »Ich bitte um Verzeihung«, sagte der Gerichtspräsident. »Ich hätte Sie nicht so lange warten lassen sollen. Aber ich mußte meine Überlegungen anstellen.«

»Selbstverständlich, Herr Präsident«, murmelte ich.

»Möglicherweise haben Sie sich gefragt, ob ich Sie für ein Katz-und-Maus-Spiel habe hierherkommen lassen...«

»Oh, gewiß nicht, Herr Präsident!«

Espina lächelte. »Ich gab Ihnen keinen Hinweis auf meine eigentliche Absicht. Um das Bild zu überprüfen, welches ich mir von der Angelegenheit gemacht hatte, wollte ich eine ausführliche Darlegung, wie Sie sie mir gegeben haben. Vielleicht dachten Sie, mich mit Ihrer Darstellung zu einem nachsichtigen Urteil bewegen zu können. Es mag sein, daß ein wenig Neugierde von meiner Seite mit im Spiel war, aber täuschen Sie sich nicht.«

Seine Miene verdüsterte sich. »Die gegen Sie erhobene Anklage ist sehr schwerwiegend. Ich fürchte, Sie sind sich dessen noch immer nicht in vollem Umfang bewußt.

Sie, Ian Sparling und Jill Conway, haben sich einer Flugzeugentführung schuldig gemacht. Erschwerend kommt hinzu, daß es sich um ein Militärflugzeug handelte und die Entführung in Kriegszeiten geschah. Sie verletzten damit nicht nur die geltenden Gesetze, was für sich genommen schon hinreichend strafwürdig gewesen wäre, sondern einen wesentlichen Grundsatz unserer Politik. Sie,

Juri Dejerine, ließen sich nach dem Piratenakt von den Entführern für ihre Ziele gewinnen und machten mit Ihnen gemeinsame Sache. Entgegen Ihren Befehlen unterbrachen Sie die Ihnen anvertrauten Arbeiten und setzten die Arbeitskräfte, Ausrüstungen und Materialien, die Ihnen zur Verfügung standen, für zivile Zwecke ein, die in keinem Zusammenhang mit Ihrem Auftrag standen. Zu diesem Zweck machten Sie sich der ständigen Konspiration mit den beiden anderen Angeklagten schuldig.

Sie haben alles das gehört; der Inhalt der Anklageschrift ist Ihnen bekannt. Nun hatten Sie Gelegenheit, mir Ihre Rechtfertigung vorzutragen: daß Sie einer entlegenen, nichtmenschlichen, technologisch rückständigen Kultur, die für niemanden außer für Wissenschaftler von Interesse ist, Hilfe leisten mußten; und daß Ihre Aktion ein knappes tausend Bewohner, von denen viele nur zeitweilig dort leben, von einer Sezession abgehalten habe, die, wäre sie erfolgt, für die Föderation bedeutend gewesen wäre. Kurzum, Sie stellten Ihre lokalen Interessen und Ziele über diejenigen von Milliarden Mitmenschen, über das geltende Recht und die staatliche Ordnung. Und Sie maßten sich das Recht an, danach zu handeln.

Die Anklagebehörde hat völlig zu Recht eine strenge Bestrafung mit anschließender Rehabilitation auf Lebenszeit beantragt.«

Angesichts dieser Strenge ließ ich meine Träume von einem Freispruch fahren, und meinen Gefährten ging es sicherlich genauso.

Nein, nicht ganz, denn nach einigen Pendelausschlägen der alten Standuhr richtete Jill sich auf und sagte in einem Ton rechtschaffener Empörung: »Herr Präsident, was immer wir getan haben, dieses geltende Recht, für das Sie sprechen, garantiert auch uns Rechte. Darunter das Recht, uns Gehör zu verschaffen. Vor der Öffentlichkeit! Glauben Sie, wir wären friedlich mitgegangen, als die Haftbefehle kamen, wenn wir gewußt hätten, daß uns wesentliche Bürgerrechte vorenthalten würden? Wir hätten uns mit Proviant in die Wildnis zurückziehen und unauffindbar bleiben können, bis Ihre Vollstrecker unverrichteter Dinge abgereist wären. Aber wir wollten uns Gehör verschaffen!«

Ian und ich ließen uns von ihr befeuern. »Ja«, sagte er. »Hauptmann Dejerine mag unter militärischem Disziplinarrecht stehen, aber Miß Conway und ich nicht. Die Vernehmungen ohne einen Anwalt, die Isolation während der Untersuchungshaft sind nach der Charta der Weltföderation illegal. Der Gerichtshof, dem Sie angehören, kann uns verurteilen, aber er wird uns nicht daran hindern, unsere Erklärung an die Öffentlichkeit zu bringen.«

»Auch die Militärjustiz ist dazu nicht berechtigt«, stimmte ich ihm bei. »Es ist ein Grund dafür, warum ich stolz war, Uniform zu tragen; warum ich es wieder sein würde.«

Espina begegnete unseren Blicken mit ruhiger Gelassenheit. Die Uhr schlug die volle Stunde. Er drückte einen Knopf an der Armlehne, räusperte sich und sagte: »Ausgezeichnet. Ich sehe, daß die lange Untersuchungshaft nicht vermocht hat, Ihren Kampfgeist zu lähmen. Nun, dieser Teil liegt hinter uns. Was folgt, wird in mancher Weise schlimmer sein.

Was Sie berichtet haben, bestätigt und ergänzt das Bild, das ich mir von der Situation gemacht hatte. Ich bin weiß Gott kein sehr barmherziger Mensch; aber ich versuche gerecht zu sein.

Sobald das Gericht wieder zusammentritt, werden seine Verhandlungen öffentlich sein. Die über den Fall in Umlauf befindlichen Gerüchte werden für weltweite Publizität sorgen. Wir werden das Verfahren ordnungsgemäß zu Ende führen, werden die Anklage und Ihr Schuldbekenntnis hören und schließlich das Urteil vernehmen, in dem sich nach dem Willen meiner Kollegen die ganze Härte des Gesetzes widerspiegeln soll.

Dann werde ich von meinem Vorrecht Gebrauch machen und die Vollstreckung des Urteils zur Bewährung aussetzen.«

Ich erinnere mich nicht gut an die nächsten Minuten, außer daß wir drei einander umarmten und lachten und weinten.

Als wir uns wieder gefaßt hatten, sahen wir, daß der Diener Cognac gebracht hatte. Das war eine Wohltat, ein Segen. Doch nachdem wir angestoßen hatten, zündete Espina sich eine weitere Zigarette an, hustete, blies Rauch von sich und sagte uns in dem gleichen harten Ton wie zuvor:

»Ich vermute, daß Sie in der Öffentlichkeit eine Welle von Sympathiekundgebungen auslösen werden. Machen Sie sich auf etwas gefaßt. Sie wissen nicht, welchen Symbolcharakter alles das hat.

Mein Ziel – und ich leugne nicht, daß ich eins habe – geht jedoch über das Ihre hinaus. Auf lange Sicht ist Ihr Ziel das größere und bedeutungsvollere; aber kurzfristig gesehen, deckt es sich mit dem meinigen. Ich möchte den Krieg beenden.«

Er nippte an seinem Cognac und paffte heftig, während wir im inneren Frieden der Erschöpfung dasaßen.

»Ja, den Krieg«, fuhr er fort. Sein mumienhaftes Antlitz machte eine angewiderte Grimasse. »Diesen sinnlosen, unvernünftigen, ungerechten Krieg. Unser einziges berechtigtes Interesse dort hätte sich auf Vermittlungstätigkeit zur Beilegung des Streits beschränken sollen. Statt dessen machten wir uns aus Chauvinismus und irrationaler Romantik Freunde zu Feinden. Aus Gefühlsduseligkeit machten wir uns selbst zu Schlächtern. Aus Schuldgefühl luden wir größere Schuld auf uns.

Die Zeit war reif, dem ein Ende zu machen. Die Erde und Naqsa können eine Vereinbarung aushandeln, die für keine der beiden Seiten unerträglich ist oder als allzu ungerecht empfunden wird. Die wachsenden Kosten und blutigen Verluste dieses Krieges haben zu einer starken Unterströmung in der ganzen Föderation geführt, die auf eine rasche Beendigung dieses unsinnigen Konflikts zielt. Aber bisher ist es nur eine Unterströmung. Die Politiker, die Medien, niemand will eine Initiative ergreifen. Alle vernünftigen Leute in exponierten öffentlichen Positionen fürchten die Propagandamaschine der Kriegsbefürworter in Wirtschaft und Militär. Sie scheuen sich, das politisch heikle Thema eines Verhandlungsfriedens anzuschneiden.

Ich werde Sie gebrauchen, um dieses Thema in aller Munde zu bringen.«

Er lächelte, die Hand wedelte mit der Zigarette. »Oh, ich habe auch meine eigennützigen Gründe«, gab er zu. Sein Schmunzeln war wie raschelndes Laub im heißen Wind von Valennen. »Welch ein prachtvoller letzter Kampf. Man wird nach meiner Absetzung rufen, nach einer Untersuchung meines Geisteszustandes, man wird Gesetzesänderungen verlangen, um meine Amtsbefugnisse zu beschneiden... nichts wird unversucht bleiben. Und ich werde mich in meiner Art wehren.

Aber auch Sie müssen an dem Kampf teilnehmen. Fürchten Sie nicht für sich selbst. Sie werden geschützt sein. Fürchten Sie auch nicht, daß Sie Salonradikale werden müssen. Sie werden einfach als Zeugen der Wahrheit auftreten. Denken Sie nicht, das werde einfach sein. Die wirtschaftlich Mächtigen können sich gute Journalisten und Verdrehungskünstler leisten. Das Schwierigste wird sein, ruhig, vernünftig und, ja, wahrhaftig zu bleiben.«

Er betrachtete sie forschend. »Welche Wahrheit können Sie verbreiten? Welche Auswirkungen dieses unnötigen Krieges haben Sie persönlich erfahren?

Der abwendbare Tod von Millionen Lebewesen, die in den Augen der Ewigkeit sehr wohl über uns stehen mögen, wird durch den Krieg wahrscheinlich. Eine hoch entwickelte Kultur, von der wir viel lernen können, ist in Gefahr gebracht. Sie selbst haben Zerstörung und Trauer erlebt, die nicht hätten sein müssen, darunter den

Verlust zweier Führer, die durchaus zum gemeinsamen Besten hätten zusammenarbeiten können, wenn wir ihnen eine Gelegenheit dazu gegeben hätten.

Schließlich ist die Kriegspolitik der Föderation dafür verantwortlich, daß auf Ischtar das Vertrauen in uns verlorengegangen ist. Nur am Rande sei hier erwähnt, daß die Föderation sich um die Dienste eines hervorragenden Offiziers gebracht hat: denn obgleich Sie auf freien Fuß gesetzt werden, Hauptmann Dejerine, wird es für die Raumwaffe unmöglich sein, Sie nicht zu entlassen.« Wieder brachte das Lächeln eine unerwartete Milde in seine Züge. »Ich darf wohl sagen, daß man Ihnen dort draußen einen Platz und ein herzliches Willkommen bereiten wird.

Glücklicherweise bringen Sie auch positive Nachrichten von einer intelligenten Spezies nebst Relikten einer hochentwickelten Rasse früherer Zeitalter: Durchaus vorstellbar, daß alle beide uns ein Wissen vermitteln werden, das dem menschlichen Geist neue Welten eröffnet. Aber dazu ist es notwendig, der Gemeinschaft vermehrte Hilfe angedeihen zu lassen; ferner muß dem Volk von Valennen geholfen werden, damit es seinerseits uns unterstützt. Und dies erfordert Frieden!

Ich denke, die Erde wird in einem Jahr oder so erkennen, wo ihre wahren Interessen liegen.«

Er ließ den Kopf zurücksinken und schloß die Augen. Auch Daniel Espina war sterblich. Wenig später verabschiedeten wir uns, und der Diener weckte den Piloten, der uns zurückfliegen sollte.

Wir warteten vor dem Haus auf ihn. Die Luft war windstill, dünn, erbarmungslos kalt und wunderbar klar. Eben war die Sonne über die Berggipfel gestiegen und übergoß die dunklen Granitflanken mit schräg gebündeltem Licht. Saphierblau leuchtete der Osthimmel.

»Ein Jahr«, sagte Ian. Jedes Wort rauchte weiß aus seinem Mund. »Oder höchstens zwei. Dann kehren wir heim.«

Und wenn wir Glück haben, dachte ich, fangen wir mit unserer Arbeit von vorn an.

»So viele Monate«, meinte Jill. Sie hatten längst aufgehört, Geheimnisse vor mir zu haben, wie auch ich keine vor ihnen hatte. Wir sind drei. Aber diese Stunde gehörte allein ihnen. »Du wirst Rhoda nachkommen lassen.«

»Wie sollte das möglich sein?« fragte er wider besseres Wissen.

»Der Richter kann das veranlassen. Du würdest nicht sein, der du bist, wenn du ihn nicht darum bätest.« Sie straffte die Schultern. »Einstweilen...«

Keiner von uns sagte etwas. Nach einer kleinen Weile fing sie wieder an: »Danach... Nun, wir werden sehen.« Sie machte sich nicht die Mühe, von Dingen wie der Tatsache zu sprechen, daß Liebe und Geliebtwerden Pflichten mit sich bringt. Ihr Blick sagte mir, daß ich zu ihrem ›Wir‹ gehörte.

Der Pilot kam. Jill ging mit ihm voran zum Flugzeug. Ich folgte ihr und wagte zu hoffen.

HEYNE BÜCHER

HEYNE SCIENCE FICTION

Deutschlands erste und größte SF-Reihe mit Romanen und Storysammlungen der Science Fiction- und Fantasy-Autoren von Weltrang

3561 David G. Compton
Zerfall

3563 Jack Vance
Trullion: Alastor 2262

3564 Daniel Keyes
Charly

3565 John Brunner
Die dunklen Jahre

3566 Konrad Fialkowski
Allein im Kosmos

3567 Alan Burt Akers
Die Waffenbrüder von Antares

3568 Lothar Streblow
Der Planet der bunten Damen

3569 **The Magazine of Fantasy and Science Fiction** 48. Folge

3571 Roger Zelazny
Im Zeichen des Einhorns

3572 Joe Haldeman
Der ewige Krieg

3573 Sergej Snegow
Menschen wie Götter

3574 Wolfgang Jeschke (Hrsg.)
Science Fiction Story-Reader 9

3576 Katherine Kurtz
Das Geschlecht der Magier

3577 Ben Bova
Jahrtausendwende

3578 Ursula K. LeGuin
Rocannons Welt

3580 Jack Vance
Marune. Alastor 933

3581 Peter Tate
Mondlicht auf stählernen Wiesen

3582 Stephen Goldin
Scavenger Jagd

3583 Gilles d'Argyre
Die Herrschaft des Zufalls

3585 Alan Burt Akers
Der Rächer von Antares

3586 Peter Dickinson
Das grüne Gen

3587 **The Magazine of Fantasy and Science Fiction** 49. Folge

3589 Stuart Gordon
Der Krähengott

3590 Robert Silverberg
Der Seher

3591 Alan Dean Foster
Die Eissegler von Tran-ky-ky

3592 Wolfgang Jeschke
Im Grenzland der Sonne

3594 Roger Zelazny
Die Hand Oberons

3595 Ian Wallace
Der Flug nach Ligeria

3596 Reinmar Cunis
Livesendung

3598 Katherine Kurtz
Die Zauberfürsten

3599 Poul Anderson
Zeit des Feuers

3600 Kate Wilhelm
Hier sangen früher Vögel

3601 Giorgio Scerbanenco
Mailand wird wieder aufgebaut

3602 Herbert W. Franke (Hrsg.)
Science Fiction Story-Reader 10

Wilhelm Heyne Verlag · Türkenstr. 5–7 · 8000 München 2

HEYNE BÜCHER

SCIENCE FICTION CLASSICS

Die großen „Klassiker" der Science Fiction in preiswerten Neuausgaben bei Heyne

Felix Aderca
Die Unterwasserstädte
3538 / DM 3,80

Hans Dominik
Atlantis
3447 / DM 5,80
Das stählerne Geheimnis
3456 / DM 4,80

Hellmuth Lange
Blumen wachsen im Himmel
3495 / DM 3,80

Clive Staples Lewis
Jenseits des schweigenden Sterns
3499 / DM 3,80
Perelandra
3510 / DM 3,80
Die böse Macht
3524 / DM 5,80

Laurence Manning
Der Jahrtausendschläfer
3529 / DM 3,80

Edward E. „Doc" Smith
Die Skylark und die Schlacht um Osnome
3491 / DM 4,80
Die Skylark und die Sternenwanderer
3503 / DM 4,80
Die Skylark und der Kampf um die Galaxis
3515 / DM 4,80

Leo Szilard
Die Stimme der Delphine
3475 / DM 3,80

Vercors
Das Geheimnis der Tropis
3483 / DM 3,80

Stanley G. Weinbaum
Der neue Adam
3542 / DM 3,80

H. G. Wells
Stern der Vernichtung
3550 / DM 3,80

Preisänderungen vorbehalten

WILHELM HEYNE VERLAG · TÜRKENSTR. 5–7 · 8000 MÜNCHEN 2